Rex Stout

Das Beste von Nero Wolfe

Das Beste von Nero Wolfe

**Der Dicke sitzt seine
aufregendsten Fälle aus –
ein schweißtreibender Job
für Assistent Archie**

Scherz
Bern München Wien

Inhalt

Der nächste Zeuge

Ich hatte schon früher mit Staatsanwalt Irving Mandelbaum zu tun gehabt, aber noch nie war er mir vor Gericht begegnet. An diesem Morgen jedoch, als er versuchte, das Schwurgericht von der Schuld Leonard Ashes am Tod Marie Willis' zu überzeugen, fand ich ihn recht gut und dachte mir, er würde bestimmt noch besser werden, wenn er erst einmal in Fahrt gekommen wäre. Er war klein, plump, glatzköpfig, hatte große Ohren, sah also nicht gerade blendend aus. Aber er wirkte tüchtig und selbstbewußt, ohne großspurig zu sein. Gelegentlich machte er eine kleine Pause und blickte mit schiefgestelltem Kopf die Geschworenen an, als ob er von ihnen Hilfe erwartete. Wenn er das tat, wandte er regelmäßig dem Richter und dem Verteidiger den Rükken zu, so daß diese sein Gesicht nicht sehen konnten. Ich aber sah es dann von meinem Platz im Saal aus jedesmal in Großaufnahme.

Es war am dritten Tag der Verhandlung, und Mandelbaum hatte seinen fünften Zeugen aufgerufen, einen erschrocken aussehenden kleinen Burschen mit zerschlagener Nase, der seinen Namen mit Clyde Bagby angab. Dieser leistete den Eid, setzte sich und richtete seine rehbraunen Augen auf Mandelbaum mit einem Ausdruck, als hätte er bereits jede Hoffnung aufgegeben.

Mandelbaum redete sanft und beschwichtigend. »Was sind Sie von Beruf, Mr. Bagby?« fragte er.

7

Der Zeuge schluckte schwer. »Ich bin Direktor der Bagby-Kundendienst-Ges.«

»Mit Ges. meinen Sie wohl Gesellschaft?« erkundigte sich Mandelbaum.

»Jawohl, Sir.«

»Gehört die Firma Ihnen?«

»Die Hälfte der ausgegebenen Aktien gehört mir, die andere Hälfte meiner Frau.«

»Wie lange betreiben Sie dieses Geschäft schon?«

»Gut fünf Jahre – fast fünfeinhalb.«

»Bitte erklären Sie, was dieser Name bedeuten soll.«

Bagbys Augen glitten blitzschnell von einem der Geschworenen zum anderen, ehe sie wieder am Staatsanwalt haftenblieben. »Nun, es ... es handelt sich um die Beantwortung von Telefonanrufen, wenn der Abonnent nicht zu Hause ist. Sie wissen ja, wie das vor sich geht.«

»Aber einigen Herren des Gerichts dürfte es wahrscheinlich unbekannt sein. Bitte, erklären Sie es also näher.«

Der Zeuge befeuchtete seine Lippen mit der Zunge. »Nun, nehmen wir einmal an, Sie seien als Firma oder auch als Privatperson im Telefonbuch eingetragen, sind aber öfter nicht zu Hause. In diesem Falle können Sie sich einer Kundendienst-Gesellschaft bedienen; alle Anrufe werden automatisch an diese weitergeleitet, wenn der Abonnent selbst nicht abnimmt. Dort notiert man sie und informiert den Kunden, sobald er nach Hause kommt und sich bei uns meldet. Es gibt ein paar Dutzend solcher Gesellschaften in New York, einige sind ganz große Unternehmungen mit Zweigstellen in anderen Städten. Meine eigene Firma, die Bagby-Kundendienst-Ges., ist bedeutend kleiner, denn ich habe mich auf Einzelpersonen, auf Privathäuser und Wohnungen spezialisiert. Große Geschäftshäuser oder Firmen nehme ich gar nicht an. Ich unterhalte mehrere Filialen in den wichtigsten Stadtbezirken, weil ich unmöglich alles von einer einzigen, zentralen Stelle aus leiten kann, denn ...«

»Entschuldigen Sie, Mr. Bagby«, unterbrach ihn der Anwalt, »wir müssen hier nicht technische Einzelheiten beschreiben. – Befindet sich eine Ihrer Niederlassungen in der 69. Straße in Manhattan?«

»Jawohl, Sir.«

»Beschreiben Sie uns, wie die Arbeit dort vor sich geht.«

»Nun, es handelt sich dabei um meine jüngste Zweigstelle; sie ist erst vor einem Jahr eröffnet worden. Außerdem ist sie auch die kleinste. Sie befindet sich deshalb nicht in einem Bürohaus, sondern in einer Etagenwohnung. Der Grund dafür ist das neue Arbeitsgesetz. Es verbietet uns, Frauen nach zwei Uhr morgens in einem Bürohaus arbeiten zu lassen. Mein Unternehmen verlangt jedoch Tag- und Nachtdienst. Daher stehen dort in Manhattan vier Mädchen für drei Schalttische zur Verfügung, und sie wohnen auch alle in der Etagenwohnung. Auf diese Weise kann eines der Mädchen den Dienst von acht Uhr abends bis zwei Uhr früh besorgen, ein anderes von zwei bis neun Uhr. Nach dieser Zeit arbeiten drei Mädchen, an jedem Schalttisch eine.«

»Sind die Apparate in der Wohnung aufgestellt?«

»Jawohl, Sir.«

»Beschreiben Sie dem Gericht, wie ein solcher Schalttisch aussieht und wie er bedient wird.«

Bagby warf nochmals einen nervösen Blick auf die Geschworenen, ehe er antwortete. »Er unterscheidet sich kaum von der Haustelefonanlage einer großen Firma. Er weist eine Reihe von Löchern für die Stöpsel auf. Natürlich ist die Anlage von der Telefongesellschaft installiert worden und hat eigene Anschlüsse für die Leitungen meiner Klienten. An jedem Schalttisch können bis zu sechzig Kundenleitungen angeschlossen werden. Jeder Kunde besitzt ein eigenes Lichtsignal, einen Anschlußkontakt und eine Karte mit seinem Namen. Sobald seine amtliche Rufnummer gewählt wird, leuchtet auch bei uns ein Licht bei seiner Nummer auf, und ein Summton wird hörbar.

Mein Klient selbst entscheidet, wie viele Summtöne wir abwarten müssen, ehe wir uns einschalten und Antwort für ihn geben. Einige verlangen das bereits nach dreimaligem Summen, andere wollen, daß länger gewartet wird. Ich habe einen Kunden, der erst nach fünfzehn Signalzeichen den Anruf von unseren Mädchen beantwortet haben will. Die ganz großen Kundendienstgesellschaften gehen auf so etwas gar nicht ein; aber ich tue es, denn gerade das Eingehen auf ihre persönlichen Wünsche schätzen meine Kunden besonders. Bei mir wissen sie, daß sie wirklich als Kunden und nicht nur als Nummern behandelt werden.«

»Besten Dank, Mr. Bagby.« Mandelbaum wandte sich mit einem verständnisheischenden Blick an die Geschworenen, drehte aber den Kopf gleich wieder zurück. »Doch das war es eigentlich nicht, was ich von Ihnen hören wollte. Ich will Ihnen lieber eine präzise Frage stellen: Wenn also das Licht am Anschlußkontakt eines Ihrer Kunden aufleuchtet und die Telefonistin die vereinbarten Summtöne abgewartet hat, dann schaltet sie sich ein und nimmt den Anruf entgegen. Stimmt das?«

Ich fand, daß Mandelbaums Verhör sich zu viel mit technischen Einzelheiten befaßte, wenn man bedachte, daß der Mann auf der Anklagebank schließlich um sein Leben kämpfte. Daher warf ich einen Blick auf Nero Wolfe, um zu sehen, ob er das gleiche dachte wie ich. Aber ich brauchte nur sein Profil anzusehen, um zu wissen, daß er sich als Märtyrer seines Berufs betrachtete und nicht die geringste Lust verspürte, sich auf irgend etwas einzulassen.

Das war zu erwarten gewesen. Zu dieser Morgenstunde hätte er, seiner eingefleischten Gewohnheit folgend, eigentlich auf der Dachterrasse bei den Gewächshäusern sein müssen, Theodor für die sorgfältige Pflege der Orchideensammlung ein Lob aussprechend oder sich sogar höchstpersönlich um die Pflanzen bemühend und sich die Hände dabei beschmutzend. Punkt elf Uhr würde er mit dem Aufzug zum Erdgeschoß fahren, wo er seine Büros hatte. Dann würde er dort das Faktotum Fritz mit einer Flasche Bier zu sich zitieren. Dann käme die Reihe an mich, seinen Sekretär Archie Goodwin. Er würde mir alle Instruktionen geben, die er im Augenblick für nötig erachtete. Ich müßte Briefe für ihn schreiben oder den Oberbürgermeister von New York beschatten, wenn Wolfe das für zweckmäßig hielt, um sein Einkommen zu vergrößern oder seinen Ruf zu verteidigen, der beste Privatdetektiv östlich von San Francisco zu sein. Und dann würde er natürlich auf sein Mittagessen warten, das Fritz immer so sorgfältig zubereitete.

Leider muß ich mich in der Möglichkeitsform ausdrükken, weil der Staatsanwalt es für nötig befunden hatte, Wolfe als Zeugen vorzuladen und am Verfahren gegen Leo Ashe teilnehmen zu lassen. Er haßte es, sein Heim verlassen zu müssen, ganz besonders jedoch, um vor Gericht zu erscheinen. Doch da er nun einmal Privatdetektiv war, mußte er solche Prüfungen in Kauf nehmen, wenn ihm daran lag, von seinen Klienten Honorare in Empfang zu nehmen. Diesmal jedoch ging es nicht einmal darum. Leo Ashe war zwar vor etwa zwei Monaten zu Wolfe gekommen, um ihm einen Fall zu übertragen, aber er war kurzerhand abgewiesen worden. Also ließ sich bei der Geschichte weder Ruhm noch Geld gewinnen. Auch ich war herbeizitiert worden, doch nur zur Unterstützung von Wolfe, falls das notwendig sein sollte. Und bis jetzt sah es nicht danach aus.

Es war kein Vergnügen, Wolfes wütende Miene zu betrachten, also drehte ich mich wieder zu den Hauptdarstellern um. Bagby sagte gerade: »Ja, Sir, sie schaltet sich in die Leitung ein und meldet sich dann mit: ›Mr. Billings' Wohnung‹ oder ›Mrs. Jones' Appartement‹ oder was von dem betreffenden Kunden gerade verlangt wird. Dann teilt sie dem Teilnehmer mit, daß Mrs. Jones leider ausgegangen sei, und fragt, was man ihr ausrichten soll. Manchmal hat der Kunde auch eine Botschaft für den Anrufer hinterlassen, die ihm dann ausgerichtet wird.« Bagby machte eine wegwerfende Handbewegung. »Wir richten alles aus, was man uns aufträgt. Wir behandeln eben jeden Kunden ganz individuell.«

Mandelbaum nickte. »Ich denke, das gibt uns ein klares Bild, was unter Ihrem Kundendienst zu verstehen ist. Nun, Mr. Bagby, sehen Sie sich bitte den Herrn im dunkelblauen Anzug an, der neben dem Polizisten sitzt. Er ist der Angeklagte in unserem Verfahren. Kennen Sie ihn?«

»Jawohl, Sir, das ist Mr. Leonard Ashe.«

»Wann und wo sind Sie ihm begegnet?«

»Im Juli kam er in mein Büro in der 47. Straße. Zuerst rief er mich an, dann kam er selbst.«

»Können Sie uns sagen, an welchem Tag das war?«

»Am zwölften Juli. Es war ein Montag.«

»Und was sagte er?«

»Er erkundigte sich, wie mein Kundendienst arbeitet, und das erklärte ich ihm. Dann verlangte er von mir die Überwachung seines Privattelefons in der 73. Straße, und zwar durchgehend, Tag und Nacht. Dafür bezahlte er einen Monat im voraus.«

»Äußerte er einen besonderen Wunsch?«

»Zuerst nicht, aber zwei Tage später rief er Marie Willis an und offerierte ihr fünfhundert Dollar, wenn sie . . .«

Der Zeuge wurde von zwei Seiten gleichzeitig unterbrochen. Der Verteidiger Jimmy Donovan schoß von seinem Stuhl auf und wollte bereits den Mund zu einem heftigen Protest eröffnen, doch gleichzeitig hob auch Mandelbaum die Hand, um den Zeugen am Weiterreden zu hindern.

»Einen Augenblick, bitte, Mr. Bagby. Antworten Sie nur kurz und präzise auf meine Fragen. Haben Sie Leonard Ashe als Kunden angenommen?«

»Klar! Es bestand für mich doch gar kein Grund, es nicht zu tun.«

»Wie lautet seine Privatnummer, die Sie überwachen sollten?«

»Rheinland zwei-drei-acht-drei-acht.«

»Haben Sie einen Anschluß für diese Nummer eingerichtet?«

»Jawohl, Sir, und zwar auf einem der drei Schalttische in der 69. Straße. Diese Zweigstelle bedient alle Anschlüsse der Verteilerstation Rheinland.«

»Wie hieß die Angestellte, die diesen Schalttisch bediente?«

»Marie Willis.«

Ein leichtes Gemurmel ertönte im Zuschauerraum, und Richter Corbett sah sich veranlaßt, die Stirn zu furchen und einen ärgerlichen Blick dorthin zu werfen.

Bagby fuhr mit seinen Erläuterungen fort: »Nachts werden die drei Schalttische natürlich nur von einem einzigen Mädchen bedient, und darin wechseln sich meine Angestellten ab. Aber am Tage richte ich es so ein, daß mindestens während der fünf Werktage dasselbe Mädchen am gleichen Schalttisch sitzt; auf diese Weise wird es mit seinen Kunden besser bekannt und weiß genau, wie jeder behandelt sein möchte.«

»Die Nummer von Leonard Ashe befand sich also auf dem Schalttisch von Marie Willis?«

»Ganz richtig, Sir.«

»Nachdem also die üblichen Maßnahmen getroffen worden waren, um Leonard Ashes Privatanschluß abhören zu können, trat dann noch ein besonderes Ereignis ein?«

»Jawohl, Sir.«

»Was und wann? Zuerst einmal, wann?«

Bagby überlegte einen Augenblick, wohl um sicher zu sein, daß er nichts Falsches aussagte. Dann erklärte er: »Das war am Donnerstag, drei Tage nach Übernahme des Auftrages von Ashe. Um genau zu sein: am fünfzehnten Juli. Marie rief mich im Büro an und sagte, sie möchte mich in einer wichtigen Angelegenheit sofort sprechen. Ich fragte, ob die Sache warten könne, bis ihr Dienst um sechs Uhr beendet sei, und sie stimmte zu. Kurz nach sechs begab ich mich zur 69. Straße und ging direkt in Maries Zimmer, wo sie bereits auf mich wartete. Sie sagte, Ashe habe sie am Vortag angerufen und sie ersucht, sich mit ihm zu treffen, um noch einige Einzelheiten bezüglich der Überwachung seiner Privatnummer festzulegen. Sie erklärte ihm sofort, eine derartige Besprechung müßte mit *mir* stattfinden, aber er bestand auf seinem Wunsch . . .«

Eine angenehme, aber sehr bestimmte Baritonstimme fiel ein: »Wenn Euer Ehren gestatten . . .« Jimmy Donovan war aufgesprungen. »Ich erhebe Einspruch dagegen, daß der Zeuge ein Gespräch zwischen Marie Willis und Leonard Ashe zu Protokoll gibt, bei dem er nicht selbst zugegen war, sondern das er nur vom Hörensagen kennt.«

»Wir nehmen nicht das Gespräch an sich zu Protokoll«, gab Mandelbaum kurz zurück, »sondern nur das, was Marie Willis nachher dem Zeugen darüber berichtete.«

Richter Corbett nickte. »So ist Ihre Aussage auch zu verstehen, nicht wahr, Mr. Bagby?«

»Jawohl, Sir.« Er schluckte: »Ich meine – Euer Ehren.«

»Dann fahren Sie also fort. Schildern Sie, was Marie Willis mit Ihnen besprach und was Sie ihr antworteten.«

»Nun, sie sagte, sie habe sich bereit erklärt, Ashe zu treffen, weil dieser ein Theaterproduzent sei und sie schon immer zur Bühne gewollt habe. Damals hatte ich noch gar nicht gewußt, daß sie so darauf versessen war, Schauspielerin zu werden. Sie war also zu seinem Büro in der 54. Straße gegangen, sobald sie frei hatte. Und nach ein paar Fragen und Antworten sagte er zu ihr – bitte, ich berichte nur, was sie mir erzählte –, sagte er also zu ihr, ihm liege daran, daß sie jedes Gespräch abhöre, das tagsüber mit seiner Privatnummer verbunden würde. Sie habe nichts anderes zu tun, als aufzupassen, wenn das Licht bei seiner Nummer aufleuchte. Und sobald es wieder verlösche, das heißt also, sobald jemand bei ihm den Hörer abgenommen habe, solle sie sich einschalten und das Gespräch abhören. Jeden Abend müsse sie ihn persönlich anrufen und ihm berichten, was vorgefallen sei. Das ist es, was sie mir erzählte. Sie sagte, er habe ihr fünfhundert Dollar auf den Tisch gezählt und gesagt, sie solle noch einmal tausend erhalten, wenn sie seinen Auftrag zu seiner Zufriedenheit ausführe.«

Bagby mußte einen Moment einhalten, um Atem zu schöpfen. Aber Mandelbaum drängte:

»Sagte sie sonst noch etwas?«

»Jawohl, Sir. Sie sagte, sie habe natürlich gewußt, daß dies ungehörig sei und sie ihn sofort hätte abweisen müssen. Aber sie befürchtete, er würde dann seinen Auftrag ganz zurückziehen, und sie wollte ihn nicht erzürnen. Daher erklärte sie ihm, sie wolle sich seinen Vorschlag überlegen. Später teilte sie ihm mit, sie habe jetzt darüber nachgedacht und wisse, was sie zu tun habe. Es sei ihr natürlich klar, daß er seiner Frau nachspionieren wolle, und dazu gebe sie sich auf keinen Fall her. Seine Frau ist die bekannte Schauspielerin Robina Kean, die vor zwei Jahren ihre Karriere aufgegeben hat, um Ashe zu heiraten. Marie schwärmte für Robina Kean; sie war ihr Ideal. Das hat mir Marie selbst gesagt. Sie hat ferner erklärt, sie habe sich entschlossen, drei Dinge zu tun: Erstens müsse sie mir die Sache berichten, denn Ashe sei mein Kunde und sie arbeite für mich. Zweitens wolle sie Robina Kean davon Mitteilung machen und sie warnen; denn sicherlich würde Ashe jemand anderem den Auftrag geben, die Gespräche seiner Frau zu überwachen, wenn wir ablehnten. Mir kam der Gedanke, der wirkliche Grund des Mädchens . . .«

Mandelbaum unterbrach den Redeschwall. »Welcher Gedanke Ihnen kam, steht hier nicht zur Debatte, Mr. Bagby. Berichtete Marie Ihnen auch von dem dritten Vorsatz, den sie ausführen wollte?«

»Jawohl, Sir. Sie wollte Ashe davon unterrichten, daß sie seine Frau warnen werde. Dazu fühlte sie sich verpflichtet, denn zu Beginn ihres Gespräches hatte sie Ashe zugesagt, nichts darüber verlauten zu lassen.«

»Gab sie Ihnen an, wann sie diese drei Vorsätze auszuführen gedachte?«

Der Zeuge nickte. »Das eine war ja bereits geschehen: Sie hatte *mich* benachrichtigt. Wie sie mir mitteilte, hatte sie Ashe angerufen und mit ihm vereinbart, ihn um sieben Uhr in seinem Büro aufzusuchen. Das machte die Zeit etwas knapp, denn um acht Uhr begann ihr Dienst. Und mir war auch die Möglichkeit genommen, ihr die Sache auszureden. Allerdings ging ich mit ihr hinunter, wir nahmen ein Taxi zur 54. Straße, wo Ashe sein Büro hat, und unterwegs sprach ich ständig auf sie ein. Doch das nützte alles nichts; sie blieb bei ihrem Entschluß.«

»Gingen Sie auch mit ihr hinauf?«

»Nein, das hätte doch nichts genützt. Sie wollte nun einmal die Sache allein durchfechten. Was konnte ich da tun?«

So war das also gewesen, dachte ich bei mir. Eine verteufelte Geschichte. Ich warf einen Blick auf Wolfe, doch seine Augen waren geschlossen, und daher wandte ich mich zur anderen Seite, um zu sehen, wie der Herr im dunkelblauen Anzug neben dem Polizisten die Sache aufnahm. Offenbar sah der Fall auch für Leo Ashe schlecht aus. Seine Falten um den Mund hatten sich vertieft, das dunkle, knochige Gesicht wirkte eingefallen, die Augen lagen tief in den Höhlen. Er sah genauso aus, wie man sich einen Anwärter für den elektrischen Stuhl vorstellt. Nein, sein Anblick war gar nicht erfreulich. Seufzend wandte ich meine Augen nach links, wo seine Frau in der ersten Reihe der Zuschauer saß.

Mein Ideal war Robina Kean nie gewesen, aber in ein paar Stücken hatte sie mir doch sehr gut gefallen, und jetzt bot sie die vollendete Wiedergabe einer verzweifelten Ehegattin – entweder aus wirklichem Mitgefühl für ihren Mann oder einfach als gute Schauspielerin. Sie war unauffällig gekleidet, und sie saß auch unauffällig und ruhig da, und dennoch gelang es ihr, wie eine große Dame zu wirken. Ihre Jugend und Schönheit waren unbestreitbar. Wie sie zu ihrem bedeutend älteren, unansehnlichen Gatten stand, blieb den Vermutungen der Zuschauer überlassen, und diese vermuteten allerlei. Die einen meinten, Ashe bedeute die ganze Welt für sie, und er sei ein Idiot, sie überhaupt nur zu verdächtigen; die anderen behaupteten, sie habe die Bühne nur verlassen, um gewissen Leidenschaften zu leben, und Ashe sei ein Idiot, das nicht schon früher bemerkt zu haben. Abgesehen von diesen beiden extremen Ansichten gab es natürlich die verschiedensten Meinungen. Wenn man sie so betrachtete, mochte man sie für einen Engel halten. Sah man jedoch ihn an, mußte man zugeben, daß es schon einer gewaltigen Erschütterung bedurft hatte, um ihn so elend zu machen. Ich mußte aber auch die zwei Monate berücksichtigen, die er bereits unter Mordverdacht im Gefängnis zugebracht hatte; diese konnten nicht spurlos an ihm vorübergegangen sein.

Mandelbaum fuhr nach einer effektvollen Pause fort: »Sie gingen also nicht mit Marie Willis in Ashes Büro hinauf?«

»Nein, Sir.«

»Auch später nicht, nachdem sie sich bereits dorthin begeben hatte?«

»Nein, Sir.«

»Haben Sie Ashe an jenem Abend überhaupt gesehen?«

»Nein, Sir.«

»Haben Sie mit ihm telefoniert?«

»Nein, Sir.«

Ich sah Bagby scharf an. Entweder sprach er die Wahrheit, oder er war ein meisterhafter Lügner. Und wie ein solcher sah er eigentlich nicht aus. Seit ich mit Wolfe arbeite, sind mir schon ein paar hartgesottene Lügner begegnet, und dieser Bagby glich ihnen ganz und gar nicht.

Mandelbaum fuhr fort: »Was taten Sie an jenem Abend, nachdem Sie Marie Willis den Aufzug zu Leonard Ashes Büro betreten sahen?«

»Ich begab mich in ein Restaurant, wo ich eine Verabredung mit einem Freund hatte. Das Lokal nennt sich *Hornby* und liegt in der 86. Straße. Danach, so um halb neun, ging ich in mein Trafalgar-Büro am Broadway. Dort habe ich sechs Schalttische eingerichtet, und ein neues Mädchen hatte an jenem Abend zum erstenmal Dienst. Eine Weile habe ich mit ihr gesprochen, dann nahm ich ein Taxi, um nach Hause zu fahren, quer durch den Park zu meiner Wohnung in der 70. Straße. Bald nach meiner Ankunft dort klingelte das Telefon: ein Anruf der Polizei, die mich informierte, daß man Marie Willis in meinem Rheinland-Büro ermordet aufgefunden hatte. So rasch als möglich fuhr ich dorthin. Es hatte sich schon eine große Menschenmenge auf der Straße versammelt, und ein Polizist geleitete mich die Treppe hinauf.«

Er hielt einen Moment ein, schluckte schwer und streckte das Kinn vor. »Sie war nicht berührt worden; nur der Strick, den man um ihren Hals geschlungen hatte, war entfernt worden. Da lag sie nun, direkt vor ihrem Schalttisch. Die Polizei wollte, daß ich sie identifiziere, und ich mußte . . .«

Diesmal wurde nicht der Zeuge unterbrochen, sondern ich. Ein leichtes Zupfen an meinem Ärmel, ein geflüstertes: »Kommen Sie, wir gehen!«, und Nero Wolfe bahnte sich einen Weg zur Tür im Hintergrund. Für einen Mann von seiner Figur bewegte er sich unglaublich leicht und behende, wenn es darauf ankam, und tatsächlich bemerkte auch niemand unser Fortgehen. Ich nahm an, daß es sich um etwas sehr Wichtiges handeln müsse, wenn er so mitten in der Verhandlung einfach ausriß. Vor all den Leuten ringsum mochte ich ihn nichts fragen, sondern folgte ihm schweigend zum Lift. Er drückte auf den untersten Knopf; wir stiegen im Erdgeschoß aus, und er stapfte dem Ausgang zu. Erst draußen auf dem Bürgersteig blieb er stehen, lehnte sich an eine Mauer und erklärte:

»Wir brauchen ein Taxi; aber vorher habe ich ein Wort mit Ihnen zu reden.«

»Nein, Sir«, entgegnete ich fest. »Zuerst habe *ich mit Ihnen* zu reden. Mandelbaum wird mit diesem Zeugen in ein paar Minuten fertig sein, und ob das Kreuzverhör lange dauert, wissen wir nicht. Aber dafür wissen wir, daß Sie als nächster Zeuge vorgesehen sind. Wenn Sie nun ein Taxi verlangen, so bedeutet das natürlich, daß Sie heimkehren wollen, und das . . .«

»Nein!« unterbrach er wütend. »Ich gehe nicht heim – ich *kann* nicht heim!«

»Stimmt! Denn wenn Sie es täten, würde man Sie durch einen Polizisten zurückholen und Ihnen außerdem eine hübsche Geldstrafe aufbrummen. Von mir gar nicht zu reden; aber schließlich habe auch ich eine Vorladung erhalten und bin zur Zeugenaussage verpflichtet. Ich gehe jetzt zurück. Was wollen Sie unternehmen?«

»Ich begebe mich in die 69. Straße.«

Verstört starrte ich ihn an. »Ich habe schon immer befürchtet, daß Sie eines Tages überschnappen werden. Ist es sehr schmerzhaft?«

»Ich erkläre Ihnen alles unterwegs.«

»Unterwegs? Ich gehe zurück in den Gerichtssaal.«

»Nein. Ich brauche Sie!«

Mir geht es ähnlich wie anderen Menschen auch: Ich fühle mich geschmeichelt, wenn ich benötigt werde. Daher gab ich nach, trat auf den Randstein und sah mich nach einem Taxi um. Sobald eines neben uns hielt, öffnete ich die Tür, Wolfe stieg ein, und ich folgte ihm. Nachdem er sich angeschnallt hatte und sich damit einigermaßen vor den Tükken des Verkehrs gefeit fühlte, gab ich dem Fahrer die Adresse an. Wir sausten los, und während ich mich behaglich zurücklehnte, gebot ich meinem Chef: »Schießen Sie los: Ich habe schon viele Erklärungen von Ihnen gehört, aber diese muß besonders gut sein, wenn ich sie akzeptieren soll.«

»Die ganze Sache ist widersinnig!« knurrte er. »Mandelbaums These – pah! Ich gebe zu, daß Mr. Ashe das Mädchen umgebracht haben könnte. Ich gebe ferner zu, daß er sich in eine solche Abneigung gegen seine Frau hineingesteigert hat, daß es schon fast Wahnsinn gleicht. Daher könnte man das Motiv gelten lassen, das dieser Zeuge aufgeworfen hat. Aber der Mann ist kein Trottel! Unter den gegebenen Umständen – und ich bezweifle, daß man Bagby in diesem Punkt eine Unwahrheit nachweisen kann – war Mr. Ashe bestimmt nicht so verrückt, selbst hinzugehen und das Mädchen umzubringen. Sie waren ja am Apparat, als er mich an jenem Tage anrief und mir seinen Auftrag erteilen wollte. Was halten Sie davon?«

Ich schüttelte den Kopf. »Nichts zu machen; *Sie* sind am Erklären. Immerhin lese ich die Zeitungen ja auch, und ich habe mit Lon Cohen von der *Gazette* darüber gesprochen. Es ist nicht so, als ob Ashe schon hineingegangen sei in der Absicht, das Mädchen zu töten. Seine Geschichte mag wahr sein, daß ein Mann, dessen Stimme er nicht kannte, ihn angerufen hat und ihn um ein Zusammentreffen in Bagbys Haus in der 69. Straße bat, damit sie beide Marie die Geschichte ausreden könnten. Demnach hätte sich Ashe dorthin aufgemacht, sah dann die offenstehende Tür des Büros und ging hinein. Da lag das Mädchen am Boden mit dem Strick um den Hals! Er rannte zum Fenster und brüllte nach der Polizei. Aber vielleicht paßt es Ihnen besser, anzunehmen, Bagby habe gelogen, als er behauptete, nicht er hätte Ashe angerufen; möglicherweise halten Sie ihn auch für einen skrupellosen Geschäftsmann, der lieber eine Angestellte umbringen als einen Kunden verlieren würde . . .«

»Pfui! Es handelt sich nicht um das, was mir lieber ist, sondern um lauter Dinge, die ich *nicht ausstehen* kann. Dazu gehört auch das Sitzen neben einer Frau, die nach Parfüm stinkt. Gleich wäre ich als Zeuge aufgerufen worden, und meine Aussage hätte nur diejenigen von Mr. Bagby unterstützt; das wissen Sie selbst. Das aber wäre mir unerträglich gewesen. Wenn Ashe auf die These von Mr. Mandelbaum hin als Mörder verurteilt werden sollte, dann ist es ein Justizmord. Dazu gebe ich mich nicht her. Es war gar nicht leicht, aufzustehen und einfach hinauszugehen, weil ich ja doch nicht nach Hause darf. Wenn ich das täte, würden die Burschen kommen und mich mit Gewalt zur Zeugenbank schleppen.«

Ich sah ihn von der Seite an. »Mal sehen, ob ich aus Ihren Argumenten klug werde: Sie ertragen es nicht, bei der Verurteilung von Ashe mitzuwirken, weil Sie Zweifel an seiner Schuld haben. Daher drücken Sie sich lieber. Stimmt's?«

»Das kommt der Wahrheit ziemlich nahe«, gab Wolfe zu.

»Aber nicht nahe genug«, wandte ich ein. »Wenn Sie erwarten, daß ich zu Ihnen halte und eine Geldstrafe riskiere, die Sie zahlen müssen, dann dürfen Sie nicht auch noch versuchen, mich zu bluffen. Drücken wir es also so aus: Wir bezweifeln, daß Ashe schuldig ist, aber man wird ihn wahrscheinlich doch verurteilen, weil Mandelbaum keinen Prozeß führt, der nicht zu seinen Gunsten endet. Geben wir ebenfalls zu, daß unser Bankkonto dringend einer Auffrischung bedürfte. Also versuchen wir, dem guten Mandelbaum einen Stein in den Weg zu legen, und hoffen dabei, Ashe möchte so liebenswürdig sein, uns nach dem Prozeß einen netten kleinen Scheck auszufüllen. Und wie ich Sie kenne, werden Sie sich eine Menge Aufträge und Gänge für mich ausdenken, selber aber gemütlich nach Hause gehen, etwas Gutes essen und sich mit einem Buch behaglich hinsetzen. Aber das fällt aus, weil die Polizei prompt erscheinen und Sie einfach mitnehmen würde. Daher müssen wir uns also beide auf die Socken machen. So sieht die Geschichte aus. Was haben wir denn in der 69. Straße.«

»Das weiß ich nicht.«

»Prima. Ich auch nicht.«

Es war ein altes baufälliges rotes Ziegelhaus, an dessen

Eingang ich das Schild der Bagby-Kundendienst-Ges. entdeckte. Ich läutete. Als ein scharfes Klicken ertönte, öffnete ich die Tür und ließ Wolfe den Vortritt. Wir gingen in den ersten Stock hinauf. Mr. Bagby verschwendete sein Geld offensichtlich nicht für teure Mietobjekte. Eine Tür stand offen, und ich schob Wolfe vor mir her, da ich nicht wußte, unter welchem Namen und Vorwand er uns einzuführen gedachte.

Als er sich dem Mädchen am Schreibtisch zuwandte, hielten meine Augen rasch Umschau. Dies war ja die Szene, wo der Mord stattgefunden hatte. Drei Fenster gingen auf die Straße hinaus. An der gegenüberliegenden Wand standen drei Schalttische, vor denen drei Mädchen mit Kopfhörern saßen. Alle hatten die Köpfe herumgedreht, um uns anzusehen.

Das Mädchen am Schreibtisch beim Eckfenster hatte nur einen gewöhnlichen Telefonapparat vor sich, natürlich auch eine Schreibmaschine und anderen Krimskrams.

Wolfe stellte sich tatsächlich mit seinem richtigen Namen vor: »Ich komme soeben vom Gerichtshof, wo die Verhandlung gegen Leonard Ashe stattfindet.« Mit einer leichten Kopfbewegung deutete er auf mich. »Dies ist mein Sekretär, Mr. Goodwin. Wir sind dabei zu überprüfen, wer außer den Erschienenen noch eine Vorladung erhalten hat. Ist Ihnen vielleicht eine Zeugenvorladung zugestellt worden?«

Er hatte mit so viel Autorität gesprochen, daß nur eine Frau unter hundert sich seine Anmaßung verbeten hätte, und diese gehörte nicht dazu. Ihr schmales Gesicht wandte sich ihm zu, und sie schüttelte den Kopf. »Nein, ich habe nichts Derartiges erhalten.«

»Ihr Name, bitte?«

»Pearl Fleming.«

»Demnach haben Sie am fünfzehnten Juli nicht hier gearbeitet?«

»Nein, ich tat damals in einem anderen Büro Dienst. Hier

befand sich zu dieser Zeit noch kein Schreibtisch, und eine der Telefonistinnen nahm die Anrufe für das Büro ab.«

»Ich verstehe.« Wolfes Tonfall deutete an, was für ein Glück sie hatte, daß er sich mit dieser Auskunft zufriedengab. »Sind die Damen Hart, Velardi und Weltz hier?«

Beinahe hätte ich erstaunt die Brauen gehoben, aber ich beherrschte mich noch rechtzeitig, denn ich wollte ihm meine Verblüffung nicht zeigen. Und außerdem kannte ich ja sein Gedächtnis, das jeden Namen, den er einmal im Zusammenhang mit einem Mordfall gelesen hatte, speicherte, und mochten auch schon Monate vergangen sein. Das Register in seinem Kopf funktionierte besser als jede ausgeklügelte Kartei.

Pearl Fleming deutete zu den Schalttischen hinüber. »Den Tisch dort drüben bedient Miss Hart, dann folgt Miss Velardi. Uns zunächst sitzt Miss Yerkes. Sie kam nach . . . sie ist der Ersatz für Miss Willis. Miss Weltz ist heute nicht hier; sie hat ihren freien Tag. *Sie* hat eine Vorladung erhalten, aber . . .«

Sie unterbrach sich und wandte den Kopf. Das Mädchen beim Fenster hatte seinen Hörer niedergelegt, war aufgestanden und kam nun auf uns zu. Sie mochte ungefähr in meinem Alter sein, hatte scharfe braune Augen, eingefallene Wangen und ein kantig vorspringendes Kinn.

»Sind Sie nicht Nero Wolfe, der Detektiv?« wollte sie wissen.

»Ja«, gab er zu. »Sie heißen Alice Hart?«

Sie nickte bloß. »Was wünschen Sie?«

Er trat einen Schritt zurück, denn es behagt ihm nicht, wenn sich jemand so dicht vor ihm aufpflanzt, besonders wenn dieser Jemand eine Frau ist. »Ich wünsche Auskünfte, Miss – und zwar von Ihnen, von Bella Velardi und Helen Weltz.«

»Wir wissen nichts!«

Er zuckte die Achseln. »Dann habe ich eben Pech; aber immerhin sollten Sie erst meine Fragen hören.«

»Von wem wurden Sie geschickt?«

»Ich lasse mich nicht schicken, ich komme von selbst. Es gibt erhebliche Zweifel, daß Leonard Ashe Marie Willis getötet haben soll – und ich hasse Zweifel. In solchen Fällen gebe ich nicht nach, bis ich die Wahrheit herausgefunden habe, die volle Wahrheit. Es ist also immer besser, wenn man meine Neugier gleich befriedigt. Sollte es mir gelingen, dabei auch noch Mr. Ashe das Leben zu retten, wäre das sehr erfreulich. Auf jeden Fall habe ich mich jetzt in diesen Fall eingemischt und lasse mich durch nichts und niemand mehr davon abhalten. Wenn Sie und die anderen Damen sich weigern, mir *heute* die gewünschten Auskünfte zu geben, dann gibt es andere Tage . . . und andere Möglichkeiten.«

Alice Hart verzog das Gesicht. Sie hob das kantige Kinn und war bereits im Begriff, ihm eine scharfe Abfuhr zu erteilen; doch plötzlich senkte sie wieder den Blick. Zu dem Mädchen am Schreibtisch sagte sie nur: »Pearl, bitte übernimm eine Weile meinen Tisch. Ich werde nicht lange fortbleiben.« Zu Wolfe gewandt, zischte sie: »Hier durch, bitte; wir gehen in mein Zimmer.« Hochmütig drehte sie sich um und ging voran.

»Einen Augenblick, Miss Hart!« Wolfe hielt sie zurück. »Ein Punkt ist bisher in den Zeitungen nicht erwähnt worden.« Er blieb beim mittleren Schalttisch hinter Bella Velardi stehen. »Marie Willis' Leiche wurde hier gefunden, am Boden vor dieser Schaltanlage. Wahrscheinlich saß sie auf dem gleichen Stuhl, den Sie jetzt benutzen, als der Mörder ins Zimmer trat. Sie alle wohnen doch hier in dieser Wohnung, nicht wahr?«

»Ja.«

»Wie konnte denn der Mörder wissen, daß das Mädchen zu dieser Zeit allein in der Wohnung war?«

»Keine Ahnung! Vielleicht hat sie es ihm selbst erzählt. Soll das etwa der Zweifel sein, von dem Sie sprachen?«

»Du liebe Zeit, nein! Natürlich ist es möglich, daß sie es

ihm erzählt hat und die beiden sogar noch eine Weile zusammen schwatzten. Er wartete ab, bis ein Anruf kam und sie ihm den Rücken zuwendete, um den Anruf zu beantworten. Das ist zwar nur eine Nebensache, aber ich möchte trotzdem jemanden finden, der mit Bestimmtheit wüßte, daß Miss Willis zu der fraglichen Zeit allein hier war. Sie war schlank und klein; daher würde das weder Sie von der Tat ausschließen noch die beiden anderen Damen. Natürlich besitze ich keine Beweise. Ich will Sie nicht des Mordes verdächtigen.«

»Hoffentlich!« sagte Alice Hart giftig. Sie ging uns voran zu einer Tür am anderen Ende des Zimmers und dann einen schmalen Korridor entlang. Wolfe folgte ihr, und ich trottete hinterdrein. Dabei überlegte ich mir, daß die Reaktion des Mädchens auf Wolfes Bemerkung etwas heftig ausgefallen war. Auch hatte ich erwartet, daß die beiden anderen Damen sich ebenfalls auf ihren Stühlen entrüstet umdrehen würden, doch sie taten es nicht. Sie blieben bewegungslos sitzen und starrten auf ihre Schalttafeln. Was aber Alice Hart betraf, so hatte ihre Stimme trotz der Heftigkeit ihrer Reaktion sehr erleichtert geklungen. Ich fragte mich nur, ob das Nero Wolfe auch aufgefallen war.

Das Zimmer des Mädchens war eine Überraschung. Es war viel größer als der Raum, in dem die Schalttische standen, und geradezu luxuriös eingerichtet. Und wenn das Gemälde über dem Kamin nicht ein echter van Gogh war, würde ich mich sofort hängen lassen. Ich sah, daß Wolfe ebenfalls das Gemälde kritisch betrachtete, als er sich in einen Lehnsessel fallen ließ, der tatsächlich groß genug für seine Kehrseite war. Ich schob einen Stuhl neben ihn, während Miss Hart sich auf dem Sofa niederließ.

Sobald sie saß, redete sie auch schon: »Um was handelt es sich also?«

Mißbilligend schüttelte Wolfe den Kopf: »Ich stelle die Fragen, Miss, nicht Sie.« Mit seinem dicken Daumen wies er auf den van Gogh: »Wie kommen Sie zu diesem Bild?«

Sie warf einen kurzen Blick hinüber, ehe sie ihn wieder mit gerunzelten Brauen ansah: »Das geht Sie gar nichts an!«

»Damit haben Sie vollkommen recht. Aber lassen Sie mich die gegenwärtige Lage schildern: Sie sind natürlich von der Polizei und der Staatsanwaltschaft ausgefragt worden, aber alle diese Leute waren von Anfang an der festen Meinung, Leonard Ashe sei der Schuldige. Da ich jedoch diese Auffassung nicht teile, muß ich eine andere Lösung finden. Und in einem solchen Falle gibt es bei mir keine Grenzen für die Unverschämtheit, mit der ich unbequeme Fragen stelle. Zum Beispiel die Geschichte mit diesem Bild: Wenn Sie mir keine befriedigende Antwort geben wollen, dann setze ich einen sehr fähigen Mann auf diese Spur; und ich kann Ihnen versichern, daß ich binnen kürzester Frist alles erfahre, was ich wissen will. Die Frage ist nur, ob Sie mir jetzt und hier Rede und Antwort stehen, oder ob ich den längeren und für Sie peinlicheren Weg wählen muß, Auskunft bei allen Ihren Bekannten und Freunden einzuholen. Falls Sie also keine Fragen beantworten wollen, dann sagen Sie es mir lieber gleich, damit ich meine Zeit nicht verschwende.«

Sie versuchte ein Ausweichmanöver. »Was soll das Bild mit dem Mordfall zu tun haben, das verstehe ich nicht.«

»Wahrscheinlich gar nichts – wahrscheinlich haben Sie auch nichts damit zu tun. Aber dieses Bild hat einen großen Wert; und es kommt mir seltsam vor, es an dieser Stelle hängen zu sehen. Gehört es Ihnen?«

»Ja; ich habe es gekauft.«

»Wann?«

»Vor etwa einem Jahr – von einem Kunsthändler.«

»Gehört Ihnen alles, was sich in diesem Zimmer befindet?«

»Ja. Ich liebe nun einmal schöne Dinge in meinem Heim. Das ist die einzige Leidenschaft, der ich fröne.«

»Wie lange arbeiten Sie schon für Mr. Bagby?«

»Seit fünf Jahren.«

»Wie hoch beläuft sich Ihr Gehalt?«

Sie versuchte nicht mehr, in die Zügel zu beißen: »Achtzig Dollar pro Woche.«

»Das genügt aber nicht für solche kostspielige Extravaganzen. Haben Sie eine Erbschaft gemacht? Beziehen Sie Alimente – oder sonst etwas?«

»Nein, verheiratet war ich nie. Ich besaß einige Ersparnisse, und . . . nun, ich *wollte* mich eben mit schönen Dingen umgeben. Wenn man fünfzehn Jahre lang sehr sparsam lebt, dann kommt schon ein kleines Vermögen zusammen.«

»Sicherlich. Wo waren Sie an jenem Abend, als Marie Willis getötet wurde?«

»Ich machte einen Autoausflug mit Bella Velardi. Wir wollten uns etwas abkühlen, denn der Tag war sehr heiß gewesen. Erst nach Mitternacht kehrten wir zurück.«

»In Ihrem Wagen?«

»Nein. Helen Weltz hatte uns erlaubt, ihren Wagen zu benutzen. Sie besitzt einen Jaguar.«

Ich hob die Augenbrauen und mischte mich ein. Ich belehrte Wolfe: »Der Jaguar ist ein Klassewagen. *Sie* könnten sich allerdings nicht hineinzwängen. Aber wenn man schlank ist und die Steuern und Sonderausstattung zusammenrechnet, kommt man auch mit viertausend Dollar noch nicht aus.«

Er warf mir nur einen kurzen Blick zu und wandte sich dann wieder an das Mädchen. »Natürlich hat sich die Polizei erkundigt, wer von Ihnen einen Grund haben könnte, Marie Willis aus dem Weg zu räumen, nicht wahr?«

»Ja. *Ich* hatte jedenfalls keinen Grund dazu.«

»Standen Sie auf freundschaftlichem Fuß mit ihr?«

»Jedenfalls auf recht kameradschaftlichem.«

»Hat irgendein Klient Sie jemals vertraulich darum ersucht, Gespräche für ihn abzuhören?«

»Sicherlich nicht!«

»Wußten Sie etwas davon, daß Marie Willis gerne zur Bühne gegangen wäre?«

»O ja, das hat sie uns allen erzählt.«

»Mr. Bagby hat das aber bestritten.«

Ihr Kinn war nicht mehr so angriffslustig vorgereckt. »Er war ihr Arbeitgeber. Mit ihm würde sie wohl kaum darüber gesprochen haben. Wann haben *Sie* mit Mr. Bagby geredet?«

»Ich habe kein Wort mit ihm gewechselt. Aber ich habe ihn als Zeugen vor Gericht gehört. Wußten Sie etwas davon, daß Miss Willis für Robina Kean schwärmte?«

»Ja, das war uns allen bekannt. Sie versuchte sogar, Robina Kean in ihren Rollen zu imitieren.«

»Wann hat sie Ihnen mitgeteilt, daß sie entschlossen sei, Mrs. Kean über die Absichten ihres Mannes zu informieren?«

Alice zog die Brauen zusammen. »Ich habe nicht behauptet, daß sie mir das anvertraut hätte.«

»Hat sie es wirklich nicht getan?«

»Nein!«

»Aber sie hat sich anderen gegenüber in diesem Sinne geäußert?«

»Ja, Miss Velardi wußte es. Sie können ja Miss Velardi selbst fragen.«

»Danke, das werde ich auch tun. – Kennen Sie Guy Unger?«

»Ja – aber nicht sehr gut.«

Wolfe war wieder bei seinem Lieblingsspiel, das er oft mit Erfolg anwandte. Er warf den anderen ein paar Bälle zu und wartete, ob sie wieder zurückkämen. Das ist ein erprobter Weg, um neue Anhaltspunkte zu finden. Aber es ist auch ein Geduldspiel, das man manchmal tagelang fortsetzen muß, und dazu hatten wir diesmal bestimmt keine Zeit. Wenn es einem der Mädchen im Vorderzimmer in den Sinn kommen sollte, das Büro des Staatsanwalts anzurufen, dann konnte in den nächsten Minuten schon die Hölle los sein.

Was nun diesen Guy Unger betraf, so war das wieder ein neuer Name, den Wolfe aus den Zeitungen aufgeschnappt hatte. Es hieß, er sei Marie Willis' Liebhaber gewesen, die Reporter waren sich aber nicht recht klar darüber gewesen. Die Meinungen gingen in dieser Beziehung stark auseinander.

Miss Hart ihrerseits vertrat die Auffassung, Marie habe an der Gesellschaft von Guy Unger Gefallen gefunden, nichts weiter. Sie wußte nichts von einer Krise in ihren Beziehungen, die den jungen Mann veranlaßt hätte, sie mit einem Strick radikal zu lösen.

Fünf Minuten lang warf Wolfe so seine Bälle, immer wieder einen anderen Standpunkt wählend. Doch das Mädchen warf keinen zurück. Schließlich erhob er sich stöhnend.

»Schön«, knurrte er. »Lassen wir es vorläufig dabei bewenden. Ich möchte jetzt mit Miss Velardi sprechen.«

»Aber natürlich, ich schicke sie Ihnen sofort her.« Alice Hart schnellte auf; sie war plötzlich voller Eifer. »Ihr Zimmer ist gleich nebenan. Bitte, kommen Sie mit.«

Augenscheinlich wollte sie uns nicht mit ihrem van Gogh allein lassen. An der Schublade ihres Schreibtischs hing ein Vorhängeschloß, das ich bestimmt innerhalb weniger Sekunden geknackt hätte. Leider jedoch tappte Wolfe hinter dem Mädchen her, und so blieb mir nichts anderes übrig, als ihm zu folgen. Vor der Tür bog sie rechts ab zum nächsten Zimmer, dessen Tür offenstand. Dort verließ sie uns mit ein paar gemurmelten Worten und eilte mit hastigen Schritten dem Büro zu. Wolfe kennt keine Hemmungen; er marschierte unaufgefordert ins Zimmer, und ich natürlich dicht auf seinen Fersen.

Dieser Raum sah ganz anders aus als der von Alice. Kein van Gogh befand sich darin, auch keine kostbaren Möbelstücke. Das Bett war noch nicht gemacht. Wolfe blieb eine ganze Weile davor stehen und betrachtete es; dann ließ er sich auf einen abgeschabten Sessel nieder, der natürlich viel zu klein für ihn war, und befahl mir brummig: »Sehen Sie sich um, Archie!«

Das tat ich denn auch. Bella Velardi liebte Spalten und halbaufgezogene Schubladen. Die Schranktür stand offen, die Laden der Kommode waren herausgezogen. Das ist eine Angewohnheit, die ich gar nicht ausstehen kann. Also ging ich auf den Schrank zu und versuchte ihn zu schließen. Aber er war so voll, daß er allen meinen Anstrengungen widerstand. Daher ließ ich es bleiben und bahnte mir einen Weg zu den Büchern und Zeitschriften, die in wüstem Durcheinander auf einem Tischchen herumlagen. Mein Blick fiel auf den obersten Buchtitel: *Ein Fehltritt zuviel.* Das Umschlagblatt zeigte eine kurvenreiche Blondine, die mit weit aufgerissenen Augen vor einem bösartig aussehenden Muskelathleten zurückschrak. Daneben stapelten sich Broschüren über Pferderennen und die letzten Ausgaben einer Sportzeitschrift.

»Hm!« Zu Wolfe gewandt, erläuterte ich: »Sie hat eine Vorliebe für das Pferdegeschlecht.«

»Was soll das heißen?«

»Sie schließt Pferdewetten ab.«

»Und . . .?«

»Verliert natürlich. Wieviel? Das hängt ganz von der Höhe ihrer Einsätze ab. Wahrscheinlich kleinere Summen, da sie sich vorsichtigerweise gleich zwei Sportzeitschriften hält.«

Er grunzte. »Lassen Sie nur eine von den Schubladen offen, und schließen Sie die anderen. Wir wollen doch sehen, wieviel Schnüffelei sie sich von uns gefallen läßt.«

Ich gehorchte. Die sechs Schubladen der großen Kommode enthielten nichts als Wäsche, soviel ich sehen konnte. Natürlich hätte ich tiefer schürfen müssen, um eventuell etwas Interessantes zu entdecken, aber dazu blieb mir keine Zeit. Ich schloß alle Fächer, um deutlich zu demonstrieren, was ich von einer solchen Unordnung halte. Auch der Toilettentisch schien auf den ersten Blick nichts Besonderes zu enthalten. Im zweiten Fach lagen unter anderem Krimskrams eine Anzahl von Fotografien, meistens Schnappschüsse. Als ich sie flüchtig durchblätterte, stutzte ich plötzlich. Da war eine Aufnahme von Bella Velardi und einem anderen Mädchen, beide im Badeanzug, und hinter ihnen ein Mann. Die Aufnahme war am Strand gemacht worden. Ich nahm das Bild heraus und brachte es Wolfe.

»Erkennen Sie den Mann?« fragte ich. »Ich lese nie die Zeitungen, sondern sehe mir nur die Bilder an. Es muß allerdings schon zwei Monate her sein, daß ich den Burschen in der Zeitung gesehen habe.«

Er hielt die Aufnahme etwas schräg und betrachtete sie prüfend. Dann nickte er. »Guy Unger.« Er schob die Fotografie in seine Tasche. »Schauen Sie nach, ob Sie weitere Bilder von ihm finden.«

Ich wanderte wieder zum Toilettentisch. »Ich fürchte, Sie werden kein Glück haben bei dem Mädchen. Alice ist jetzt mindestens schon vier Minuten weg; entweder berichtet sie alles haarklein, oder sie haben bereits um Hilfe telefoniert. In diesem Falle . . .«

Das Geräusch von klappernden Absätzen ließ sich im Korridor vernehmen. Rasch schloß ich die beiden Fächer, öffnete aber gleichzeitig ein anderes und fingerte darin herum. Als die Schritte bereits im Zimmer erklangen, schob ich ohne Hast auch dieses Fach zu und drehte mich gelassen nach Bella Velardi um. Ich war darauf vorbereitet, einen empörten Ausruf von ihr zu vernehmen, doch nichts dergleichen entrang sich ihren Lippen. Ihre stechenden schwarzen Augen und der zusammengekniffene Mund bewiesen deutlich, daß sie sehr wohl zu lauter Empörung fähig war; doch augenscheinlich war ihr Kopf momentan viel zu sehr mit etwas anderem beschäftigt. Sie tat so, als hätte sie das hastige Schließen der Schublade gar nicht bemerkt, und das war sehr aufschlußreich. Wenn man alle bisherigen Beobachtungen dazurechnete, mußte man unbedingt zu dem Schluß kommen, daß diese Telefonmädchen irgend etwas zu verbergen hatten.

Bella Velardi sagte mit dünner, heiserer Stimme: »Miss Hart hat mir angedeutet, daß Sie von mir eine Auskunft haben wollen.« Sie setzte sich auf die Kante des ungemachten Bettes.

Wolfe betrachtete sie mit halbgeschlossenen Augen. »Wissen Sie, was eine hypothetische Frage ist, Miss Velardi?«

»Selbstverständlich.«

»Nun, ich möchte Ihnen eine solche stellen: Wenn ich drei gewitzte Detektive aussende, um herauszufinden, wieviel Dollar Sie ungefähr bei Pferdewetten im vergangenen Jahr verloren haben – wie lange hätten die drei schätzungsweise mit dieser Aufgabe zu tun?«

»Was zum . . .« Sie blinzelte ihn unter den langen Wimpern hervor an. »Das weiß ich wirklich nicht.«

»Aber ich! Wenn die Leute Glück haben, brauchen sie fünf Stunden, wenn sie Pech haben, fünf Tage. Es wäre also entschieden einfacher und billiger, wenn Sie es mir freiwillig sagen würden. Wieviel haben Sie verloren?«

Sie zwinkerte wieder. »Woher wollen Sie wissen, daß ich überhaupt verloren habe?«

»Ich weiß es tatsächlich nicht. Aber Mr. Goodwin ist ein Experte in solchen Dingen, und aus den hier herumliegenden Zeitungen schloß er, daß Sie vom Wetteufel besessen sind. Wenn das stimmt, dann ist mit Sicherheit anzunehmen, daß Sie eine Aufstellung über Ihre Gewinne und Verluste besitzen.« Er drehte sich zu mir herum. »Archie, Ihre Suche wurde unterbrochen. Fahren Sie jetzt damit fort; wir wollen herausfinden, wie es sich damit verhält.«

Ich ging zu der kleineren Kommode hinüber. Wolfe bluffte wieder einmal, und ich fragte mich, ob es ihm wohl glücken werde. Ließ sie sich seine Unverschämtheiten gefallen, ohne sofort die Polizei zu rufen, dann war das zwar kein Beweis, daß sie eine Mörderin sei, aber doch eine Bestätigung, daß sie etwas zu verbergen hatte.

Jedenfalls blieb sie nicht stillschweigend sitzen. Sobald ich im Begriff war, die erste Schublade herauszuziehen, löste sich ihre Zunge. »Bitte, Mr. Wolfe, ich bin bereit, Ihnen alles zu erzählen, was Sie wissen möchten. Bestimmt!« Sie beugte sich vor, aber ihre Hände blieben verkrampft. »Ich war nur im ersten Moment so verblüfft. Ich mache ja gar kein Geheimnis daraus, daß ich Pferdewetten abschließe, aber die Beträge, um die es dabei geht . . . nun, das ist eine andere Sache. Sehen Sie, ich besitze Freunde, die leidenschaftlich gern Wetten abschließen. Sie wollen nicht, daß ihre Angehörigen etwas davon erfahren. Deswegen geben sie mir das Geld, und ich schließe dann die Wetten in meinem Namen ab. Manchmal handelt es sich um hundert Dollar in der Woche, manchmal auch um etwas mehr.«

Das war natürlich eine plumpe Lüge, und Wolfe erkannte das sofort. Er nahm sich nicht einmal die Mühe, nach den Namen dieser Freunde zu fragen.

Er nickte bloß. »Wie hoch ist Ihr Einkommen?«

»Nur fünfundsechzig Dollar die Woche; ich selbst kann also kaum Geld für Wetten ausgeben.«

»Klar. – Nun zu den Fenstern in diesem Vorderzimmer, wo Sie arbeiten. Wenn es recht heiß ist im Sommer und eine von Ihnen nachts am Schalttisch sitzen muß, werden da die Fenster offengelassen?«

Sie konzentrierte sich mühsam auf diesen neuen Gedanken. »Manchmal, wenn es wirklich sehr heiß ist, und zwar gewöhnlich das Mittelfenster. Es kann auch vorkommen, daß alle geöffnet werden.«

»Sind dann auch die Jalousien hochgezogen?«

»Ja, sicher.«

»Am fünfzehnten Juli war es sehr heiß. Blieben an diesem Abend die Fenster offen?«

»Das kann ich nicht sagen; ich hatte an diesem Tage frei.«

»Wo waren Sie?«

»Drüben in Jersey, mit einer Freundin – mit Alice Hart. Wir wollten uns abkühlen und kehrten erst nach Mitternacht zurück.«

Großartig, dachte ich. Das erledigt die Frage. Eine von den beiden hätte uns Lügen auftischen können, aber nicht beide die gleichen Lügen.

Wolfe sah sie scharf an. »Wenn an diesem Abend die Fenster offen und die Jalousien hochgezogen waren, wie es anzunehmen ist, hätte dann wohl jemand bei vollem Verstand Marie Willis umgebracht, während sie für jeden Vorübergehenden deutlich sichtbar war? Was halten Sie davon?«

Sie suchte nach einem Ausweg, doch schließlich gab sie nach: »Nein, das ist nicht anzunehmen.«

»Dann muß also der – oder die – Betreffende zuerst die Fenster geschlossen und die Jalousien heruntergelassen haben, ehe er ans Werk ging. Wie hätte Leonard Ashe das unter den gegebenen Umständen wohl fertiggebracht, ohne Miss Willis Angst einzujagen?«

»Ich weiß nicht. Vielleicht wollte er . . . nein, ich weiß es wirklich nicht!«

»Was wollte er vielleicht?«

»Nichts. Ich habe keine Ahnung.«

»Wie gut kennen Sie Guy Unger?«

»Oh . . . ziemlich gut.«

Kürzer konnte sie sich wirklich nicht mehr fassen.

»Haben Sie ihn in den letzten zwei Monaten oft gesehen?«

»Nein, sehr wenig.«

Wolfe griff in seine Tasche und zog die Fotografie hervor. Er hielt sie ihr hin und fragte: »Wann wurde das Bild aufgenommen?«

Sie wollte danach greifen, doch er zog die Hand rasch zurück. Nach einem kurzen Blick meinte sie gleichzeitig: »Oh, das !« Sie setzte sich wieder, aber plötzlich explodierte sie in hellem Zorn: »Das haben Sie aus meinem

Zimmer gestohlen! Was haben Sie sich sonst noch angeeignet, Sie . . .?« Sie war aufgesprungen und bebte am ganzen Körper. »Machen Sie, daß Sie hinauskommen! Und wagen Sie es ja nicht, noch einmal bei mir einzudringen!«

Wolfe schob die Aufnahme gelassen wieder in seine Tasche, erhob sich und wandte sich mir zu: »Kommen Sie, Archie. Es scheint doch Grenzen für alles zu geben.« Er marschierte zur Tür, und ich folgte ihm.

Als er bereits auf der Schwelle stand, hastete sie an mir vorbei und ergriff ihn am Arm. »Warten Sie einen Moment! Ich habe das nicht so böse gemeint; manchmal geht eben mein Temperament mit mir durch. Dieses . . . dieses Foto ist ganz unwichtig für mich, wirklich!«

Er blieb beharrlich: »Wann wurde das Bild aufgenommen?«

»Am Sonntag vor zwei Wochen.«

»Wer ist das andere Mädchen?«

»Helen Weltz.«

»Und wer hat geknipst?«

»Ein Mann, der in unserer Gesellschaft war.«

»Sein Name?«

»Ralph Ingalls.«

»War Guy Unger mit Ihnen oder mit Ihrer Freundin zusammen?«

»Nun, wir . . . wir waren einfach alle zusammen.«

»Unsinn! Zwei Männer und zwei Mädchen sind niemals ›einfach zusammen‹. Es bilden sich immer zwei Paare. Wie war das also damals?«

»Nun – Guy und Helen und Ralph und ich.«

Wolfe warf einen Blick auf den Sessel, den er vorhin verlassen hatte, aber anscheinend fand er doch, es lohne nicht die Mühe, noch einmal umzukehren.

»Dann hat sich also Mr. Ungers Interesse seit dem Tode Marie Willis' auf Miss Weltz konzentriert?«

Sie zuckte die Achseln. »Davon weiß ich nichts. Sie sehen sich eben ganz gern.«

»Seit wann arbeiten Sie hier?«

»In dieser Zweigstelle seit ihrer Eröffnung. Vorher war ich zwei Jahre lang im Trafalgar-Büro.«

»Wann erzählte Ihnen Miss Willis, daß sie Robina Kean von dem Ansinnen ihres Gatten in Kenntnis setzen wolle?«

Sie war offensichtlich auf diese Frage gefaßt und bereit zu antworten: »Noch am gleichen Vormittag – am Donnerstag, dem fünfzehnten Juli.«

»Hielten Sie den Entschluß von Miss Willis für richtig?«

»Nein. Ich dachte, es sei gescheiter, dem Kunden einfach zu erklären, sie übernehme diese Aufgabe nicht, und damit basta. Ich sagte ihr auch, das würde zu Schwierigkeiten führen. Aber sie war ganz vernarrt in diese Robina Kean . . .« Sie zuckte wieder die Achseln. »Wollen Sie sich wirklich nicht mehr setzen?«

»Danke, nein. Wo befindet sich jetzt Miss Weltz?«

»Es ist ihr freier Tag.«

»Ich weiß; aber wo kann ich sie finden?«

Sie öffnete den Mund, um etwas zu sagen, doch sie schloß ihn wieder. Aber endlich bequemte sie sich doch: »Ich weiß es nicht bestimmt. Aber warten Sie einen Moment, ich will mich erkundigen.«

Wir hörten das Klappern ihrer Absätze, als sie durch den Korridor ging. Nach kaum zwei Minuten war sie wieder zurück und meldete: »Miss Hart meint, sie sei wahrscheinlich in dem Sommerhäuschen, das sie in Westchester gemietet hat. Soll ich dort anrufen und mich erkundigen?«

»Ja, ich bitte darum.«

Sie klapperte wieder davon, und diesmal folgten wir ihr. Im ersten Zimmer konzentrierten sich die anderen Mädchen auf ihre Schalttische. Während Bella Velardi sich mit Miss Hart unterhielt und diese zu ihrem Schreibtisch ging, um eine Nummer zu wählen, blieb Wolfe stockteif stehen und sah sich um. Er betrachtete die Fenster, die

Schalttische, die Mädchen und mich. Sobald Miss Hart ihm meldete, Helen Weltz sei am Apparat, begab er sich zum Schreibtisch und nahm den Hörer in die Hand.

»Miss Weltz? Hier spricht Nero Wolfe. Wie Miss Hart Ihnen bereits gesagt hat, bin ich gerade dabei, ein paar Ermittlungen im Zusammenhang mit dem Mord an Marie Willis anzustellen, und möchte gerne mit Ihnen sprechen. Ich habe zwar noch eine andere Verabredung, aber die könnte ich ohne weiteres verschieben. Wie lange würde es dauern, bis Sie in der Stadt sind? Wie . . . Sie können nicht kommen? Nein, die Sache hat nicht Zeit bis morgen . . . Ausgeschlossen . . . Ich verstehe; Sie sind also den ganzen Nachmittag dort . . . Gut, das werde ich tun.«

Er hing auf und bat Miss Hart, mir den Weg zu diesem Sommerhaus in Westchester zu beschreiben. Sie gehorchte, aber die Route war so kompliziert, daß ich mein Notizbuch herauszog und alles aufschrieb. Ich notierte mir auch die Telefonnummer. Wolfe war bereits, ohne sich zu verabschieden, hinausgegangen. Mir blieb es also überlassen, dem Mädchen höflich zu danken und dann meinen Brotherrn auf der Treppe wieder einzuholen. Als er auf dem Bürgersteig endlich anhielt, erkundigte ich mich ganz bescheiden: »Ein Taxi nach Katonah?«

»Nein!« Er kochte vor Wut. »Zur Garage – holen Sie den Wagen!«

Daraufhin schlugen wir den Weg nach Westen ein.

Als wir in dem Parkhaus standen und darauf warteten, daß Peter den Wagen aus dem ersten Stock herunterbrachte, kam Wolfe endlich mit dem heraus, auf das ich schon die ganze Zeit gewartet hatte.

»Von hier aus haben wir nur vier Minuten zu Fuß bis nach Hause.«

Ich grinste ihn an. »Jawohl, Sir. Ich wußte, daß diese Bemerkung kommen mußte, schon als Sie telefonierten. Um nach Katonah zu gelangen, müssen wir fahren – und das bedeutet die Benutzung des Wagens. Der Wagen jedoch steht in der Garage, und die Garage ist so nahe bei der Wohnung, daß man ebensogut zuerst hinaufgehen und etwas essen könnte. Sind wir aber erst einmal in der Wohnung und hinter verschlossenen Türen, brauchen wir keinen Telefonanruf abzunehmen und können uns noch einmal überlegen, ob wir nach Westchester fahren sollen. Ich kenne doch Ihre Taktik!«

»Das stimmt nicht«, brummte Wolfe übellaunig. »Der Gedanke kam mir erst im Auto.«

»Ich kann natürlich das Gegenteil nicht beweisen«, meinte ich achselzuckend, »aber ich mache Ihnen einen Vorschlag: Hier nebenan befindet sich ein Telefon. Rufen Sie Fritz an. Oder soll ich es tun?«

»Nicht übel«, bemerkte er bloß, ging zu dem anschließenden kleinen Büroraum und setzte sich vor das Pult. Er wählte sogar, ohne meine Hilfe dabei zu beanspruchen. Sobald Fritz antwortete, erklärte er ihm, wo wir uns befänden, stellte einige Fragen und erhielt anscheinend Antworten, die ihm gar nicht behagten. Unwirsch gab er Fritz Befehl, auf eventuelle Anfragen jedem Menschen zu sagen, er habe keine Ahnung, wo wir uns befänden, er habe nichts von uns gehört und erwarte uns vorläufig auch nicht.

Dann legte er den Hörer ab, starrte erst das Telefon und dann mich vorwurfsvoll an und knurrte:

»Vier Telefonanrufe! Einer vom Gerichtshof, einer aus dem Büro des Staatsanwalts, und zwei von Inspektor Cramer.«

»O weh!« Ich zog ein Gesicht. »Gerichtshof und Staatsanwalt, schön, das geht in Ordnung. Aber Cramer! Wenn Sie sich auch nur bis auf eine Meile dem Tatort eines Mordes nähern, dann juckt es ihn schon am ganzen Körper. Und Sie können sich ja vorstellen, was für einen Verdacht er jetzt in seinem Gehirn herumwälzt, weil Sie einfach aus der Zeugenbank verschwunden sind. Gehen wir also nach Hause! Es wird ganz interessant sein zu erfahren, ob er nur einen Wachtposten vor der Tür aufgestellt hat oder gleich mehrere. Natürlich werden Sie sofort in Haft genommen und kriegen dann überhaupt kein Essen; aber was schadet das schon!«

»Schweigen Sie!«

»Jawohl, Sir. Hier kommt übrigens der Wagen.«

Als wir hinaustraten, rollte auch schon der braune Wagen von der Rampe und hielt neben dem Bürgersteig. Peter kam eilig heraus und riß die hintere Tür für Wolfe auf, der sich konsequent weigert, vorn neben dem Fahrer zu sitzen, weil er befürchtet, bei einem Zusammenstoß den Kopf an der zersplitternden Windschutzscheibe zu verletzen. Ich kletterte hinter das Steuer, löste die Bremsen, legte den Gang ein und gab Gas.

Zu dieser Tageszeit ist der West Side Highway nicht allzusehr überfüllt, und von der Hudsonbrücke an konnte ich meinen Gedanken gestatten, spazierenzugehen. Aber wohin sollten sie sich wenden? An sich hätte ich unserer Kasse ganz gern mit einem klingenden Zeichen der Dankbarkeit von Leonard Ashe aufgeholfen, aber wie sollten wir ihn denn vom Verdacht des Mordes reinigen können? Die ganze Lage war so verdammt kindisch. Daheim, in seinem behaglichen Lehnstuhl, konnte Wolfe seinen Geist zur Ordnung rufen; doch auf der harten Bank des Gerichtshofes und mit einem parfümierten Frauenzimmer dicht neben sich, da hatte er die Herrschaft verloren und taumelte in luftleerem Raum herum. Natürlich würde er jetzt nicht mehr den Rückzug antreten und sich bei den Anwälten entschuldigen; das ließ sein Eigensinn nicht zu. Er konnte aber auch nicht einfach nach Hause gehen, und selbst die Fahrt nach Katonah würde sich vielleicht als Schuß ins Blaue herausstellen. Als ich im Rückspiegel einen Polizeiwagen hinter uns herjagen sah, biß ich mir auf die Lippen. Erst als er an uns vorbeiraste, ohne anzuhalten, atmete ich erleichtert auf. An sich wäre es natürlich lächerlich gewesen, wenn man eine Polizeistreife wegen eines herumvagabundierenden Zeugen für die Staatsanwaltschaft mobilisiert hätte, aber mich hätte es nicht gewundert, wenn sich Cramers Wut auf Wolfe auf diese Weise Luft gemacht hätte.

Als ich an einer Kreuzung langsamer fahren mußte, erklärte ich meinem Chef, es sei jetzt Viertel vor zwei und ich hätte Hunger wie ein Wolf. Er gab mir schlicht und einfach die Order, irgendwo zu halten und uns mit Zwieback, Käse und Bier zu versorgen. Ich bog sofort von der Hauptstraße ab und hielt vor einem kleinen Laden. Wolfe verschlang den Zwieback und das Bier, verweigerte aber nach einem kurzen Blick den Käse. Ich selbst war viel zu hungrig, um Einwände gegen dessen Qualität zu erheben. Meine Uhr zeigte auf achtunddreißig Minuten nach zwei, als ich die Landstraße verließ und, Alice Harts Angaben befolgend, in einen schmalen Seitenweg einbog, der zu beiden Seiten von dichten Büschen eingesäumt war. Als ich einen freien Platz erreichte, mußte ich scharf bremsen, um nicht den gelben Jaguar zu rammen, der dort parkte. Linker Hand lief ein Kiesweg an einer Wiese entlang, die dringend hätte gemäht werden müssen. Er führte zu einem weißgestrichenen Häuschen mit blauen Fensterläden. Als ich aus dem Wagen kletterte, kamen zwei Leute um die Hausecke. Das Mädchen, das voranging, war gerade im richtigen Alter und hatte genau die richtige Figur, mit blauen Augen und blondem Haar, das genau zur Farbe des Jaguars paßte und mit einem gelben Band zusammengehalten wurde. Mit leichtem Schritt näherte sie sich. »Sie sind bestimmt Archie Goodwin. Ich heiße Helen Weltz, und dies hier ist Guy Unger. Bitte kommen Sie mit. Wir wollen uns in den Schatten des alten Apfelbaumes setzen.«

Soweit ich mich an sein Bild in der Zeitung vor zwei Monaten erinnerte, hatte Guy Unger nicht gerade wie ein Mörder ausgesehen. Auch in Fleisch und Blut tat er das nicht. Kleine Augen blinzelten mir aus einem runden, festen Gesicht entgegen. Ich hatte den Eindruck, er würde am liebsten sein Mündchen öffnen und den Daumen hineinstecken wie ein kleines Kind. Nur der graue Anzug, den er trug, war erstklassig.

Der Apfelbaum stammte sicher noch aus der Zeit der ersten Kolonisten; seine Produkte lagen überall auf dem Boden herum. Wolfe warf einen mißtrauischen Blick auf die weißen Holzstühle, aber da keine andere Sitzgelegenheit in Sichtweite war und er sonst wohl hätte stehen müssen, entschloß er sich schließlich doch, vorsichtig Platz zu nehmen. Helen Weltz erkundigte sich als höfliche Gastgeberin, was wir zu trinken wünschten. Wolfe lehnte dankend ab, was sie keineswegs zu verwundern schien. Sie setzte sich direkt ihm gegenüber, lächelte ihn strahlend an und verstand es dabei, auch mich in dieses Lächeln einzuschließen.

»Sie ließen mir am Telefon gar keine Zeit«, beklagte sie sich, »sonst hätte ich Ihnen gesagt, es lohne die Mühe nicht, extra hier herauszufahren. Ich weiß gar nichts über diese gräßliche Geschichte mit Marie. An dem Unglückstag habe ich einen Ausflug mit einem Segelboot gemacht und war weit weg vom Tatort. Hat man Ihnen denn das nicht erzählt, Mr. Wolfe?«

Wolfe knurrte. »Das ist es nicht, was ich Sie fragen will, Miss Weltz. Solche Routineangelegenheiten werden von der Polizei erledigt, und zweifellos hat sie sich schon mit Ihrem Alibi beschäftigt. Ich selbst bin erst sehr spät in diesen Fall hineingezogen worden, und wenn es nicht *zu* spät sein soll, dann muß ich jetzt etwas exzentrisch und verwirrend vorgehen. Zum Beispiel: »Wann ist Mr. Unger hierhergekommen?«

»Nun, er ist eben erst . . .«

»Einen Augenblick, bitte!« mischte sich Unger ein. Er hatte ein halbvolles Glas von dem neben ihm stehenden Tischchen genommen und hielt es zwischen den Fingerspitzen. Seine Stimme war nicht hoch und schrill, wie ich angenommen hatte, sondern ein dunkler Bariton. »Lassen Sie mich aus dem Spiel. Ich bin nur ein unbeteiligter Zuschauer. Allerdings bin ich nicht neutral, denn ich stehe auf der Seite von Miss Weltz, wenn sie mich um meinen Beistand bitten sollte.«

Wolfe nahm sich nicht einmal die Mühe, ihm einen Blick zu gönnen. »Ich will Ihnen erklären, Miss Weltz, weshalb ich diese Frage stellte, und zwar werde ich es sehr genau erklären. Als ich in der 69. Straße mit Miss Hart und Miss Velardi sprach, benahm ich mich in jeder Beziehung ganz abscheulich, und die Damen hätten das Recht gehabt, mich ohne weiteres hinauszuwerfen. Seltsamerweise taten sie das nicht. Ich erkannte, daß sie vor irgend etwas entsetzliche Angst hatten, und ich will herausfinden, warum. Ich nehme an, Sie kennen den Grund. Ich nehme ebenfalls an, daß Miss Hart nach meinem Fortgang nochmals mit Ihnen telefonierte, Ihnen die Situation schilderte und mit Ihnen besprach, wie man sich am besten sichern könnte. Ferner nehme ich an, daß entweder Miss Hart oder Sie selbst anschließend Mr. Unger anriefen und ihn genügend unter Druck setzten, daß er sofort hierherkam. Natürlich muß mir das alles recht merkwürdig vorkommen. Es könnte zum Beispiel meinen Verdacht bestärken, daß . . .«

»Lassen Sie das!« schnitt Unger das Wort ab. »Ich habe vor etwa zehn Minuten gehört, Sie seien hierher unterwegs – nämlich erst, als ich selbst eintraf. Miss Weltz hat mich gestern eingeladen, sie heute nachmittag zu besuchen. Ich habe den Zug nach Katonah genommen und von dort aus ein Taxi.«

Jetzt blickte ihn Wolfe voll an. »Ich kann das nicht widerlegen, Mr. Unger, aber es widerspricht meiner Annahme absolut nicht, ganz im Gegenteil. Jedoch wäre ich wahrscheinlich mit Miss Weltz rascher fertig, wenn Sie sich eine Weile zurückziehen wollten – sagen wir, für zwanzig Minuten?«

»Ich halte es für besser, wenn ich bleibe!«

»Schön, aber dann halten Sie uns bitte nicht mit Unterbrechungen auf.«

»Guy, benehmen Sie sich anständig!« Helen wies den jungen Mann schroff zurecht und lächelte dann Wolfe freundlich an. »Ich will Ihnen sagen, was ich glaube: Er möchte Ihnen einfach zeigen, wie gerissen er ist. Als ich ihm erklärte, Nero Wolfe komme hierher, da hätten Sie ihn hören sollen! Er stotterte etwas davon, wie berühmt und wie klug Sie seien und daß er selbst herausfinden wolle, ob das stimmt. Ich gebe nicht vor, gescheit zu sein; ich war einfach erschrocken.«

»Erschrocken? Worüber denn, Miss Weltz?«

»Nun, ich hatte Angst vor Ihnen. Das ginge doch wohl jedem so, wenn er sich plötzlich Ihnen gegenübergestellt sähe.«

»Das allein reicht nicht aus, um sich nach Hilfe und Unterstützung umzusehen.« Wolfe erfaßte den Humor der Sache nicht. »Jedenfalls dann nicht, wenn die Möglichkeit vorhanden ist, mich einfach abzuweisen – und dieser Ausweg wäre Ihnen geblieben. Warum haben Sie ihn nicht gewählt? Warum sind Sie bereit, meine Gegenwart zu ertragen?«

»Das nenne ich eine komische Frage!« Sie lachte. »Aber ich will Ihnen zeigen, weshalb ich dazu bereit bin.« Sie stand auf, trat einen Schritt vor, um ihm leicht auf die Schulter zu klopfen und seinen Hinterkopf zu streicheln. »Ich wollte die einmalige Gelegenheit nicht versäumen, den großen Nero Wolfe zu berühren – mit meinen eigenen Händen berühren!« Sie lachte noch einmal, ging zum Tischchen hinüber und goß sich eine gute Portion Kognak ein. Dann kehrte sie zu ihrem Stuhl zurück, setzte sich und leerte das Glas in einem Schluck. Dabei schüttelte sie sich und meinte: »Brr! Deshalb!«

Unger furchte die Stirn, als er das Mädchen anschaute. Man brauchte tatsächlich nicht Wolfes geschulten Geist, um zu bemerken, daß Helen kurz vor einem Nervenzusammenbruch stand.

Wolfe meinte trocken: »So, nun haben Sie mich also berührt, und trotzdem sind Sie bereit, mich weiter zu ertragen. Natürlich hat Ihnen Miss Hart berichtet, daß ich die These ablehne, Leonard Ashe habe Marie Willis getötet. Das gedenke ich auch zu beweisen. Es ist jetzt zu spät für mich, aus den gewöhnlichen Informationsquellen zu schöpfen. Außerdem sind alle Tatsachen bereits von kompetenter Seite gründlich und eingehend beleuchtet worden. Da ich also nicht in der Lage bin, Mr. Ashes Unschuld zu beweisen, bleibt mir nur übrig, genügend neue Tatsachen zusammenzutragen, um mindestens einen starken Zweifel an seiner Schuld aufkommen zu lassen. Können Sie mir dabei helfen?«

»Aber nein! Ich weiß doch gar nicht, wie ich Ihnen helfen kann.«

»Da gibt es mehrere Möglichkeiten. Die eine besteht zum Beispiel darin, daß Sie jemanden nennen können, der sowohl ein Motiv wie die Gelegenheit zur Ausführung der Tat besaß. Nun, wie steht es damit?«

Sie kicherte, hielt sich aber gleich darauf den Mund zu, wahrscheinlich aus Schreck darüber, daß das Gespräch über einen Mord sie zum Lachen reizen konnte. »Tut mir leid«, bemerkte sie, »aber Sie sind wirklich drollig! Im Büro des Staatsanwalts hat man uns stundenlang ausgequetscht, um zu erfahren, ob außer Ashe noch jemand anders Marie aus dem Wege haben wollte. Aber jetzt haben sie eben *doch* Ashe in der Zange, und das muß ja wohl bedeuten, daß man ihm die Tat beweisen kann. Und nun kommen *Sie* so einfach daher und glauben, Sie könnten das ganze Gebäude in ein paar Minuten umbauen! Finden Sie das nicht selbst komisch?«

Sie nahm ihr Glas mit unsicherer Hand, reckte sich, um einen Schauer zu unterdrücken, und ging auf den Tisch zu. Guy Unger griff nach ihrem Arm und hielt sie fest.

»Sie haben genug gehabt, Helen!« erklärte er zornig. »Kein Alkohol mehr für Sie!« Einen Moment starrte sie ihn an, dann ließ sie das Glas auf seinen Schoß fallen und wandte sich wieder ihrem Stuhl zu.

Wolfe betrachtete sie. »Nein, Miss Weltz«, gab er zu, »nein, ich hoffte nicht, Ihnen in ein paar Minuten ein Geständnis zu entlocken. Das einzige, das ich erwartete, war die Bestätigung meiner Annahme, daß ihr alle etwas wißt, das kein Außenstehender erfahren soll – und diese Bestätigung haben Sie mir bereits gegeben. Jetzt gehe ich an die wirkliche Arbeit, aber ich gestehe, daß ich nur wenig Hoffnung auf Erfolg habe. Vielleicht muß ich mein Versagen zugeben, nachdem ich viel Zeit und Geld und Energie daran verschwendet habe. Natürlich setze ich auch meine Hilfsquellen ein: ein halbes Dutznd der fähigsten Detektive. Zum Schluß müssen wir möglicherweise alle zugeben, daß die allgemeine Nervosität in Ihrem Büro gar nichts mit Marie Willis zu tun hat. Aber das will ich erst tun, wenn ich den Grund Ihrer heimlichen Sorge kenne. Ich muß ihn erfahren. Wenn Sie der Meinung sind, meine Nachforschungen könnten für Sie und die anderen zu Unannehmlichkeiten führen, dann sagen Sie es mir lieber gleich. Das würde . . .«

»Ich habe Ihnen nichts zu sagen!«

»Unsinn. Sie stehen ja dicht vor einem Nervenzusammenbruch.«

»Nein, nein, nein!«

»Ruhig, Helen – bleiben Sie ganz ruhig.« Guy Ungers kleine stechende Augen fixierten Wolfe. »Was wollen Sie eigentlich von ihr? Soweit ich es bis jetzt begriffen habe, suchen Sie Leonard Ashe vom Verdacht des Mordes zu reinigen. Ist das richtig?«

»Ja.«

»Und weiter nichts?«

»Nichts.«

»Wollen Sie damit sagen, daß Sie von Ashes Rechtsvertreter beauftragt wurden?«

»Nein. Es hat mir bloß nicht gepaßt, Zeuge der Anklage zu sein, während ich immer stärkere Zweifel an Ashes Schuld hegte.«

»Weshalb zweifelten Sie daran?«

Wolfes Schultern hoben sich ganz leicht und senkten sich wieder. »Ahnung und Widerspruchsgeist.«

»Ich begreife.« Unger krauste sein Kindermündchen, was er besser unterlassen hätte. »Also einfach auf Vermutungen hin!« Er lehnte sich vor. »Oh, ich will damit Ihre Motive nicht in Zweifel ziehen, verstehen Sie mich richtig. Sie haben überhaupt keine Vollmachten, sich einzumischen. Aber wenn Ihnen Miss Weltz nun sagen würde, Sie möchten sich zum Teufel scheren, dann wäre die Sache für Sie keineswegs abgetan – ganz im Gegenteil! Sie wird Ihnen also jetzt alles sagen, was in direktem Zusammenhang mit diesem Mord steht, und ich werde das gleiche tun. Wir haben ja schließlich vor dem Staatsanwalt und vor der Polizei ausgepackt, warum also nicht auch vor Ihnen? Übrigens, verdächtigen Sie *mich* auch?«

»Ja.«

»Ausgezeichnet!« Unger lehnte sich zurück. »Ich begegnete Marie Willis vor etwa einem Jahr. Dann bin ich ein paarmal mit ihr ausgegangen, ungefähr einmal pro Monat, später auch öfter. Wir haben zusammen gegessen und uns dann irgendeine Theatervorstellung angesehen. Aber wir waren nicht verlobt und dachten auch gar nicht an eine engere Bindung. In der letzten Juniwoche – also vierzehn Tage vor ihrem Tod – hatte sie Urlaub, und wir machten zu viert einen Ausflug in meinem Boot, den Hudson hinauf. Die beiden anderen waren Freunde von mir, ein Mann und ein Mädchen. Wünschen Sie ihre Namen zu wissen?«

»Nein.«

»Nun, diese Bootsfahrt stempelte auch mich zu einem Verdächtigen, als man nach dem Mörder suchte. Aber dieser Ausflug war eine ganz harmlose Angelegenheit.

Wir hatten uns nur ein paar vergnügte Tage machen wollen. In meinen Beziehungen zu Marie Willis gab es absolut nichts, das mich hätte veranlassen können, sie umzubringen. Haben Sie in diesem Punkt noch Fragen an mich?«

»Nein.«

»Und selbst wenn man mir ein Motiv hätte unterstellen können, hätten die guten Leute damit nichts anfangen können, denn am fünfzehnten Juli befand ich mich weit vom Schuß. Das war ein Donnerstag, und um fünf Uhr nachmittags betrat ich mein Boot und fuhr den Harlem River bis zum Sund hinauf. Um zehn Uhr abends schliefen wir alle auf dem Boot, das ich in der Nähe von New Haven an einem Steg vertäut hatte. Mein Freund Ralph Ingalls war mit seiner Frau dabei, und Miss Helen Weltz. Natürlich hat die Polizei längst mein Alibi nachgeprüft, aber vielleicht paßt Ihnen die Art und Weise nicht, wie diese Leute Erkundigungen einziehen. Es soll Ihnen unbenommen sein, das selbst nachzuholen. Haben Sie eine Frage?«

»Eine oder zwei.« Wolfe rutschte auf seinem Stuhl herum. »Was sind Sie von Beruf?«

»Du meine Güte! Haben Sie denn nicht einmal die Zeitungen gelesen?«

»Doch, aber das war vor etlichen Wochen, und soweit ich mich erinnere, waren die Angaben darüber zeimlich unbestimmt. ›Makler‹, so hieß es dort. Sind Sie Börsenmakler?«

»Nein, ich handle einfach mit allem, was mir unter die Hände kommt.«

»Haben Sie ein eigenes Büro?«

»Das brauche ich nicht.«

»Haben Sie irgendwelche Transaktionen für jemanden durchgeführt, der mit der Bagby-Kundendienst-Gesellschaft in Verbindung steht?«

Unger warf den Kopf in den Nacken. »Das ist eine seltsame Frage! Weshalb möchten Sie denn das wissen?«

»Weil ich befürchte, Ihre Antwort werde positiv lauten.«

»Sie wollen also nur Ihre Neugierde befriedigen?«

»Aber, aber, Mr. Unger!« Wolfe hob abwehrend die Hand. »Da Sie ja bereits von mir gehört haben, wissen Sie ja wohl auch, daß ich es hasse, Auto zu fahren, selbst wenn Mr. Goodwin am Steuer sitzt. Glauben Sie denn ernstlich, ich habe diese Fahrt hierher nur zum Zeitvertreib unternommen? Aber wenn Ihnen die Frage peinlich ist, dann brauchen Sie sie nicht zu beantworten.«

»Wieso sollte sie mir denn peinlich sein?« Unger ging zum Tisch hinüber, goß etwas Kognak in sein Glas und füllte es mit Wasser auf. Dann nahm er einen tüchtigen Schluck und stellte das Glas wieder hin, ehe er zu Wolfe zurückschlenderte.

»Ich will Ihnen etwas sagen«, begann er in einem völlig neuen Ton. »Diese ganze Geschichte ist einfach dumm. Ich vermute, Sie haben irgendwelche Gerüchte gehört, und ich möchte mit Ihnen allein darüber sprechen. Lassen Sie uns einen kleinen Spaziergang unternehmen.«

Wolfe schüttelte ablehnend den Kopf. »Ich unterhalte mich nicht gern im Stehen. Wenn Sie aber keine Zeugen brauchen können, dann werden Miss Weltz und Mr. Goodwin den vorgeschlagenen Spaziergang unternehmen . . . Archie?«

Ich erhob mich sofort. Helen Weltz blickte erst Unger und dann mich an, aber sie stand gehorsam auf. »Also gehen wir Blümchen pflücken«, schlug sie vergnügt vor. »Mr. Unger wünscht nicht, daß ich seine Geheimnisse erfahre.«

Sie ging voran. Das dürre Laub der Bäume raschelte unter unseren Füßen. In der Wiese stand das Gras kniehoch.

»Goldrute kenne ich«, rief ich ihr zu, »aber wie heißen die blauen Blüten?«

Ich erhielt keine Antwort. Nach etwa hundert Metern versuchte ich es nochmals: »Jetzt dürften wir weit genug sein. Wenn sie kein Megaphon benützen, hören wir sie nicht mehr.«

Schweigend ging sie weiter. »Letzter Versuch«, rief ich ihr zu. »Unger würde natürlich ein kompletter Narr sein, wenn er Wolfe jetzt anzugreifen wagte – aber weiß ich denn, ob er keiner ist? Leuten, die in einen Mordfall verwickelt sind, ist alles zuzutrauen.«

Endlich reagierte sie. »Er hat nichts mit diesem Mord zu tun!«

»Irrtum! Wenn Mr. Wolfe mit ihm fertig ist, ist er bestimmt kein Unschuldsengel mehr.«

Sie warf sich ins Gras, verbarg das Gesicht in den Händen und schluchzte lautlos. Ich ließ sie eine Weile gewähren, dann kniete ich neben ihr nieder und packte ihren Knöchel.

»Das hat alles gar keinen Sinn«, erklärte ich schroff. »Heulen Sie lieber richtig los, schreien Sie, und schlagen Sie um sich. Falls Unger dann denken sollte, ich mißhandle Sie, und er Ihnen zu Hilfe eilt, dann habe ich wenigstens einen Grund ihn niederzuschlagen.«

Sie murmelte etwas, das ich durch die vorgehaltenen Hände nicht verstehen konnte. Es hörte sich so an wie »Gott, steh mir bei«. Langsam verebbte das Schluchzen und hörte endlich ganz auf. Als sie wieder sprach, klang es bereits viel deutlicher: »Sie tun mir weh!«

Ich lockerte meinen Griff um ihren Knöchel und zog schließlich meine rechte Hand ganz weg, als auch sie die Hände fallen ließ und den Kopf hob.

Ihr Gesicht war gerötet, doch die Augen waren trocken. »Du meine Güte«, sagte sie, »wie schön wäre es, wenn Sie jetzt die Arme um mich legen und flüstern würden: ›Schon gut, Liebling, schon gut! Mache dir keine Gedanken mehr, ich bringe alles in Ordnung. Überlasse nur alles mir!‹ O ja, das wäre herrlich!«

»Vielleicht komme ich noch dazu, wenn ich erst weiß, *was* ich in Ordnung bringen muß«, schlug ich vor. »Meine Arme um Sie zu legen – das ist kein Problem. Also, wo drückt Sie der Schuh?«

»Ach Gott«, seufzte sie, »ich bin ja eine solche Närrin! Sie haben meinen Wagen gesehen – meinen Jaguar?«

»Klar, ein erstklassiges Ding!«

»Ich möchte ihn am liebsten verbrennen! Wie fängt man das an, ein Auto anzuzünden?«

»Da gibt es ein gutes Mittel: Füllen Sie ihn mit Benzin, werfen Sie ein brennendes Streichholz hinein, und rennen Sie davon, so schnell Sie können. Aber passen Sie auf, was Sie der Versicherungsgesellschaft erzählen, denn sonst können Sie dafür ins Kittchen kommen.«

Darauf gab sie keine Antwort. »Es handelt sich nicht nur um den Wagen, sondern um viele andere Dinge, die ich einfach haben wollte. Oh, warum habe ich nicht geheiratet! Ich hätte ein Dutzend Männer haben können, aber nein, das paßte mir eben nicht. Ich wollte selbständig sein und alles allein schaffen. Auch der Wagen sollte *mir* gehören, mir allein! Und jetzt ist es so weit mit mir gekommen, daß ich dasitze und heule und *Sie* anflehe – Sie, einen völlig Unbekannten! –, mir meine Sorgen abzunehmen. Ich warne Sie davor. Sie hätten ein schönes Stück Arbeit damit!«

»Das sollte Sie nicht kümmern«, tröstete ich. »Der Handel wäre für mich wahrscheinlich weniger schlecht, als Sie annehmen. Welche Verpflichtungen müßte ich übernehmen?«

Sie wandte den Kopf, um über die Wiese zum Haus zu schauen. Wolfe und Unger saßen noch unter dem Apfelbaum; offensichtlich dämpften sie ihre Stimmn, denn kein Laut ließ sich vernehmen.

Mit fragendem Blick drehte sie sich wieder zu mir um. »Ist das Ganze ein Bluff von ihm? Versucht er uns einfach nur auszuquetschen?«

»Nicht ganz. Wenn er auf diese Weise etwas herauskriegt, ist es ihm recht. Sonst wählt er einen schwierigeren Weg. Sicher ist jedoch, daß er alles erfährt, was er wissen will. Wenn Sie auf einer Truhe sitzen, damit er sie nicht öffnen kann, dann möchte ich Ihnen dringend raten, schleunigst aufzustehen, bevor er Ihnen weh tut.«

»Er *hat* mir schon weh getan.«

»Er wird Sie nicht schonen.«

Sie seufzte. »Wahrscheinlich nicht«, mit bebenden Fingern griff sie nach einer blauen Blume und riß die Blüte ab. »Sie haben gefragt, was für eine Blume das sei. Es sind wilde Astern. Sie haben dieselbe Farbe wie meine Augen.« Sie zerdrückte die arme Blume und ließ sie fallen. »Ich weiß schon, was ich tun werde. Auf dem Weg hierher habe ich es mir überlegt. Wie spät ist es?«

Ich warf einen Blick auf mein Handgelenk. »Viertel nach drei.«

Sie überlegte. »Vier Stunden brauche ich . . . vielleicht fünf. Wo kann ich heute abend um neun Uhr herum mit Nero Wolfe in der Stadt sprechen?«

Aus alter Gewohnheit wollte ich schon die Büroadresse angeben, doch rechtzeitig kam mir noch in den Sinn, daß wir jetzt unser Büro meiden müßten. »Seine Nummer steht im Telefonbuch. Aber er wird heute abend wohl kaum dort anzutreffen sein. Rufen Sie an, und verlangen Sie Fritz. Sagen Sie ihm, Sie seien die Herzkönigin, dann wird er Ihnen Auskunft geben. Nennen Sie keinen anderen Namen, denn Mr. Wolfe haßt es, belästigt zu werden, wenn er dienstlich unterwegs ist. Aber warum wollen Sie sich Zeit und Mühe nicht sparen? Sie haben sich doch anscheinend entschlossen, ihm etwas zu erzählen. Tun Sie es jetzt!«

Sie schüttelte den Kopf. »Unmöglich. Das wage ich nicht.«

»Wegen Unger?«

»Ja.«

»Wenn *er* verlangen kann, ungestört mit Mr. Wolfe zu sprechen, dann steht Ihnen das gleiche Recht zu.«

»Ich habe Ihnen doch gesagt, ich wage es nicht!«

»Schön; gehen wir spazieren, bis Unger weg ist, und dann kehren wir zurück.«

»Er geht nicht, wenn ich nicht mitkomme. Er will mit mir in die Stadt zurückfahren.«

»Dann nehmen Sie es auf Tonband auf. Benützen Sie mich als Band. Auf mein exaktes Gedächtnis können Sie sich verlassen; ich werde Wolfe alles Wort für Wort wiederholen. Und wenn Sie dann am Abend anrufen, hat er bereits Zeit gehabt . . .«

»Helen, Helen!« Das war Unger, der so ungeduldig rief. Sie bemühte sich, rasch aufzustehen, und ich half ihr dabei. Als wir über die Wiese gingen, stieß sie zwischen den Zähnen hervor: »Wenn Sie ihm etwas sagen, leugne ich alles! Werden Sie mit ihm reden?«

»Mit Wolfe ja, aber nicht mit Unger.«

»Wenn Sie es dennoch tun, leugne ich jedes Wort!«

»Keine Sorge, ich denke gar nicht daran.«

Als wir uns dem Apfelbaum näherten, standen die beiden auf. Ihre Mienen zeigten deutlich, daß sie keinen Nichtangriffspakt unterzeichnet hatten. Immerhin schien es auch zu keinen Kampfhandlungen gekommen zu sein. Wolfe erklärte: »Ich bin hier fertig, Archie«, und stapfte davon. Niemand redete, die Atmosphäre war gespannt. Als ich Wolfe um das Haus herum folgte, sah ich, daß es ziemlich schwierig sein würde, den Wagen zu wenden, ohne den Jaguar zu rammen. Mir blieb daher nichts übrig, als rückwärts zu fahren, den gleichen holprigen Weg zwischen den Büschen hindurch, bis ich wieder die Straße erreichte.

Als wir etwa eine halbe Meile gefahren waren, rief ich meinem stummen Mitfahrer auf dem Rücksitz zu: »Ich habe eine kleine Neuigkeit für Sie.«

»Halten Sie irgendwo an«, befahl er lauter als unbedingt nötig. »Ich kann während der Fahrt nicht reden.«

Etwas weiter fand ich einen günstigen Platz zum Parken. Ich hielt an und drehte mich um. »Da haben wir uns etwas Hübsches aufgehalst«, sagte ich grinsend und meinte damit Helen Weltz. Er runzelte die Stirn, aber erst als ich mit meiner Erzählung fertig war, zeigte sein ganzes Gesicht tiefe Falten.

»Hol's der Kuckuck!« knurrte er. »Sie war gerade richtig in Panikstimmung, aber bis sie anruft, hat sie sich natürlich wieder beruhigt.«

»Mag sein«, gab ich zu. »Und was weiter? Wenn Sie es wünschen, fahre ich noch einmal zurück und nehme sie in die Zange. Aber dann müssen Sie mir Wort für Wort aufschreiben, was ich sagen soll.«

»O pfui! Ich habe ja nicht behauptet, daß ich es besser gemacht hätte. Sie sind der Fachmann für hilflose junge Mädchen. Ist dieses Prachtexemplar eine Mörderin, die sich reinwaschen möchte? Oder was ist sie eigentlich?«

Ich schüttelte den Kopf. »Keine Ahnung! Sie versucht, sich herauszuwinden, aber ich konnte nicht entdecken, aus welcher Patsche. Was wollte Freund Unger denn von Ihnen? Versuchte er, Ihnen einen Bären aufzubinden?«

»Nein. Er bot mir Geld an, erst fünftausend, dann zehntausend Dollar.«

»Und wozu?«

»Das hat er nicht klar definiert. Einfach ein Sonderhonorar für neue Nachforschungen. Für einen Menschen mit etwas Grütze im Hirn stellte er sich sehr ungeschickt an.«

»Das ist ja allerhand! Ich habe Ihnen schon häufig gesagt, Sie sollen öfter aus Ihrem Bau gehen. Jetzt sind Sie erst fünf Stunden unterwegs, und schon offeriert man Ihnen zehntausend Dollar. Was haben Sie dem Burschen gesagt?«

»Daß ich es gar nicht gern sehe, wenn man mir Schmiergelder anbietet.«

Ich hob die Brauen. »Er war so schön in Panikstimmung, aber er wird sich wieder beruhigen«, ahmte ich ihn nach. »Warum haben Sie ihn denn nicht gleich festgenagelt?«

»Das hätte Zeit gebraucht, und die fehlt mir augenblicklich. Ich habe ihm erklärt, ich gedenke morgen früh vor Gericht zu erscheinen.«

»Morgen«, sagte ich erstaunt. »Und mit was für einer Geschichte, wenn ich fragen darf?«

»Zumindest mit einem Ablenkungsmanöver; sollte aber Miss Weltz' Angstzustand länger anhalten, dann bekomme ich vielleicht noch etwas Besseres in die Hand. Das ahnte ich allerdings nicht, als ich mit Mr. Unger sprach.«

Ich überlegte mir die Sache. »Gut«, erklärte ich schließlich. »Sie haben einen schweren Tag gehabt. Bald wird es dunkel sein, Zeit zum Abendessen, und dann legen Sie sich in die Falle. Wenn Sie wirklich entschlossen sind, morgen vor Gericht zu erscheinen, können wir ja jetzt nach Hause fahren. Ich werde dafür sorgen, daß Sie um fünf Uhr dort sind.«

Ich drehte mich wieder um und wollte den Motor anlassen, aber Wolfes Stimme unterbrach mich noch einmal.

»Wir fahren nicht nach Hause. Cramer hat bestimmt einen Mann vor der Türe aufgepflanzt, und eine Ablösung steht bereit, um die ganze Nacht Wache zu halten. Wahrscheinlich sogar mit einem Haftbefehl in der Tasche. Das kann ich nicht riskieren. Ich hatte eigentlich an ein Hotel gedacht, aber auch das scheint mir zu gefährlich, und jetzt, da mich Miss Weltz sprechen will, kommt es überhaupt nicht mehr in Frage. Ist Sauls Wohnung günstig gelegen?«

»Ja, aber er besitzt nur ein Bett. Doch Lily Rowan hätte genügend Raum in ihrem Spielzeughäuschen, und dort sind wir bestimmt willkommen, besonders Sie. Sie erinnern sich doch noch an die Zeit, als sie Parfüm über Sie ausgoß?«

»Ich vergesse nichts!« knurrte er böse. »Wir müssen es irgendwie schaffen, zu Saul zu gelangen. Übrigens sind Nachforschungen anzustellen, für die ich ihn wahrscheinlich brauche. Aber zuerst rufen Sie ihn an. Vorwärts also – zur City.«

Er griff nach seinen Haltegurten. Und ich betätigte den Anlasser.

Seit vielen Jahren schon träumt Inspektor Cramer vom Morddezernat davon, Wolfe einmal einsperren zu können, und wäre es auch nur über Nacht. An diesem Tag wäre es ihm beinahe gelungen, wenn ich nicht Vorsicht hätte walten lassen. Nachdem ich mit Saul Panzer und anschließend mit Fritz telefoniert hatte, rief ich bei der Redaktion der *Gazette* an und verlangte Lon Cohen an den Apparat. Als er meine Stimme hörte, rief er: »Na, so etwas! Rufen Sie von Ihrer Zelle aus an?«

»Nein. Aber wenn ich Ihnen sagte, wo ich bin, würden Sie sich zum Mitschuldigen machen. Ist unser Verschwinden bemerkt worden?«

»Sicher! Die ganze Stadt ist in Aufruhr. Ein rasende Meute hat das Gerichtsgebäude belagert. Wir bringen eine Großaufnahme von Wolfe, aber von Ihnen müssen wir ein neues Bild haben. Könnten Sie in fünf Minuten bei uns in der Redaktion erscheinen?«

»Klar, mit Vergnügen! Aber ich rufe eigentlich wegen einer Wette an. Läuft ein Haftbefehl gegen uns?«

»Darauf können Sie sich verlassen! Das war das erste, was Richter Corbett nach der Mittagspause unterzeichnete. Hören Sie zu, Archie: Lassen Sie mich einen Mann zu Ihnen schicken . . .«

»Danke bestens!« rief ich und hing auf. Hätte ich diesen Zehner nicht geopfert, wären wir ohne besondere Vorsichtsmaßnahme zu Saul gefahren und dort prompt der Polizei in die Hände gelaufen. Damit wäre das Problem, wo wir die Nacht zubringen sollten, ohne unser Zutun gelöst gewesen.

Inzwischen war es beinahe acht Uhr geworden. Wolfe und ich hatten in einer kleinen Kneipe gegessen, wo es ein paar hervorragende Spezialitäten gab, und außerdem hatte ich mindestens zehnmal versucht, Ashes Anwalt Jimmy Donovan ans Telefon zu bekommen. Das wäre wohl nicht so schwierig gewesen, wenn ich ihm hätte ausrichten können, Nero Wolfe wolle ihn in einer dringenden

Angelegenheit sprechen und würde an einem bestimmten Ort zu erreichen sein. Doch das wäre leichtsinnig gewesen, denn ein Rechtsanwalt steht unter Amtseid, und Donovan hätte uns sofort verpfeifen müssen. So krochen wir jetzt also durch den dichten Verkehr, und Wolfes finstere Miene, die ich im Rückspiegel genoß, machte das Vergnügen nicht größer.

Mein Programm ging dahin, Wolfe vor Sauls Haus abzusetzen, dann einen Parkplatz für den Wagen zu suchen und meinem Chef zu folgen. Doch als ich eben den Blinker betätigte und bremsen wollte, entdeckte ich zum Glück eine wohlbekannte breitschultrige Gestalt auf dem Bürgersteig. Rasch setzte ich meinen Fuß auf das Gaspedal und fuhr weiter. Glücklicherweise wechselte das Licht bei der Kreuzung eben auf Grün, so daß ich nirgends anzuhalten brauchte. In sicherer Entfernung brachte ich den Wagen zum Stehen und wandte mich zu Wolfe um: »Ich fuhr weiter, weil ich beschlossen habe, daß wir Saul nicht aufsuchen wollen.«

»Was ist das wieder für ein Unsinn?« Wolfes Gesicht war grimmig.

»Kein Unsinn! Sergeant Purley Stebbins ist soeben dort ins Haus gegangen. Zu unserem Glück ist es bereits dunkel, denn sonst hätte er uns unbedingt sehen müssen. Was nun?«

»Er ging in das Haus, in dem Saul wohnt?«

»Ja.«

Ein kurzes Schweigen folgte. »Und das macht Ihnen offensichtlich noch Spaß!« rief er erbittert.

»Ich könnte mir einen netteren Zeitvertreib vorstellen. Ich bin ein Flüchtling vor der Gerichtsbarkeit, muß mich verborgen halten, und dabei wollte ich eigentlich heute abend einem Polospiel zuschauen. Wohin nun?«

»Das weiß ich doch nicht! *Sie* haben doch mit Saul wegen Miss Weltz gesprochen.«

»Stimmt nicht ganz. Ich habe Fritz bloß ausgerichtet, sie

soll sich mit Saul in Verbindung setzen, und Saul habe ich gesagt, ein Gespräch mit der jungen Dame wäre Ihnen wichtiger als die schönste blaue Orchidee. Sie kennen doch Saul.«

Wieder entstand ein Schweigen. Doch endlich schien mein Chef zu einem Entschluß zu kommen. Er knurrte: »Sie besitzen die Privatadresse von Mr. Donovan?«

»Jawohl. 77. Straße.«

»Wie lange brauchen wir, um dorthin zu gelangen?«

»Zehn Minuten.«

»Also, dann los!«

»Schön. Lehnen Sie sich zurück, und machen Sie sich's gemütlich.« Ich gab Gas.

In dieser verkehrsarmen Zeit brauchte ich tatsächlich nur neun Minuten, und ich fand sogar einen günstigen Parkplatz dicht neben dem Haus des Anwalts. Als wir dorthin marschierten, warf uns der Streifenpolizist einen zweiten Blick zu, aber das sollte wahrscheinlich bloß Wolfes auffallender Figur gelten. Meine Nerven waren eben etwas überreizt. Das Haus hatte ein Vordach, einen großen Teppich in der Eingangshalle – und vor allem einen Pförtner. Diesem meldete ich ganz obenhin: »Donovan. Wir werden erwartet.« Aber der Bursche ließ sich nicht so leicht abschütteln.

»Gut und schön, Mister, aber ich habe strikten Befehl . . . Wie lautet Ihr Name, bitte?«

»Richter Wolfe«, mischte sich Nero selbst ein.

»Einen Augenblick, bitte.«

Der Mann verschwand durch eine Tür. Bald darauf kehrte er zurück; sein ganzes Gesicht war ein einziges Fragezeichen, aber er wagte nicht, auch nur eine Frage auszusprechen. Schweigend geleitete er uns zu einem Lift; erst als wir eingestiegen waren, öffnete er den Mund: »Zwölf B«, bemerkte er.

Als wir im zwölften Stockwerk ausstiegen, brauchten wir nicht erst lange nach dem Buchstaben B Ausschau zu halten, denn eine Tür am Ende der Halle war weit offen, und Jim Donovan selbst stand auf der Schwelle. In Hemdsärmeln, mit offenem Kragen und ohne Krawatte sah er einem Hausknecht ähnlicher als einem Advokaten, und auch seine Stimme unterstützte diesen Eindruck, als er brüllte: »Was, *Sie* sind das? Was soll das nun wieder heißen? *Richter* Wolfe, ha!«

»Das ist sehr einfach: Ich wollte da unten bloß peinlicher Neugier aus dem Weg gehen.« Wolfe war höflich, aber kurz angebunden. »Ich mußte unbedingt zu Ihnen vordringen.«

»Das geht nicht; es wäre höchst unkorrekt. Sie sind Zeuge der Anklage. Man hat einen Haftbefehl für Sie ausgestellt. Ich muß sofort melden, daß Sie hier aufgetaucht sind.«

Damit hatte er vollkommen recht. Er konnte wirklich nichts anderes tun, als uns die Tür vor der Nase zuschlagen und mit dem Büro des Staatsanwalts telefonieren. Doch er unterließ das; meiner Ansicht nach überwog seine Neugier die Berufsethik.

»Ich bin nicht als Zeuge der Anklage hierhergekommen«, erklärte Wolfe geduldig. »Und ich habe auch nicht im Sinn, diesen Punkt mit Ihnen zu diskutieren. Wie Sie wissen, kam Ihr Mandant Leonard Ashe im Juli zu mir und wollte mir eine Aufgabe übertragen, die ich ablehnen mußte. Inzwischen sind mir einige Punkte in diesem Zusammenhang klargeworden, die man ihm zur Kenntnis bringen müßte. Ich gebe zu, daß es unkorrekt wäre, mit *Ihnen* darüber zu sprechen, doch bei Ashe selbst wäre das etwas anderes. Er steht unter Mordanklage und ist in Untersuchungshaft.«

Ich hatte das Gefühl, als ob ich Donovans Verstand direkt unter der Hirnschale arbeiten sähe. »Das ist eine unerhörte Zumutung«, erklärte er. »Sie wissen genau, daß es nicht geht.«

»Doch, doch, wenn Sie nur wollen, läßt es sich einrichten. Deshalb bin ich direkt zu Ihnen gekommen. Sie sind sein

Anwalt. Mir genügt es, wenn ich ihn morgen früh sehen kann, ehe die Sitzung beginnt. Natürlich können Sie der Unterredung beiwohnen, wenn Sie Lust dazu haben, aber es wird Ihnen wohl nichts daran liegen. Ich brauche nicht länger als zwanzig Minuten.«

Donovan biß sich auf die Unterlippe. »Ich darf Sie nicht einmal fragen, was Sie eigentlich mit ihm besprechen möchten.«

»Das verstehe ich. Aber vor morgen früh stehe ich nicht im Zeugenstand; dort können Sie mich dann ins Kreuzverhör nehmen.«

»Nein!« Auf der Stirn des Anwalts erschien eine strenge Falte. »Nein, ich darf Ihnen diese Erlaubnis nicht geben, das kommt gar nicht in Frage. Ich dürfte eigentlich nicht einmal mit Ihnen hier sprechen, und es ist meine Pflicht, dies am Morgen sofort Richter Corbett zu melden. Guten Abend!«

Er trat zurück und schloß die Tür; immerhin schmetterte er sie nicht zu, was ich sehr anständig von ihm fand. Wir ließen den Lift heraufkommen, fuhren hinunter und gingen hinaus zum Wagen.

»Jetzt rufen Sie Saul an«, gebot Wolfe.

»Jawohl, Sir. Donovans Bemerkung, er werde am Morgen dem Richter Bericht erstatten, heißt ja wohl, daß er augenblicklich nichts unternehmen will. Aber natürlich könnte er seinen Entschluß ändern. Ich fahre lieber ein paar Häuser weiter, ehe ich telefoniere.«

»Gut. Wissen Sie, wo Leonard Ashe wohnt?«

»Ja. 73. Straße.«

»Fahren Sie in diese Richtung. Ich muß seine Frau sprechen, und es wäre besser, wenn Sie vorher anriefen und das vereinbarten.«

»Das dürfte eine Kleinigkeit sein. Sie sitzt sicher zu Hause und wartet darauf, daß ein paar so seltsame Vögel wie wir auftauchen. Muß ich mich als Richter Goodwin melden?«

»Nein. Wir sind, was wir sind.«

Während wir in westlicher Richtung davonfuhren, überlegte ich krampfhaft, wie ich mich wohl am besten Robina Kean nähern könnte. Schließlich verwarf ich jeden Gedanken an Mummenschanz und dachte, der gerade Weg sei immer noch der beste. Als wir am Ziel anlangten, hatte ich das Glück, einen leeren Parkplatz zu finden. Ich ließ Wolfe im Wagen, stieg aus und fand eine Telefonkabine vor einem Drugstore.

Zuerst rief ich Saul Panzer an. Er hatte noch nichts von der Herzkönigin gehört, aber es war ja auch erst kurz nach halb neun, und sie hatte gesagt, um neun Uhr würde sie sich melden. Sergeant Stebbins war bei ihm aufgetaucht und wieder gegangen. Er hatte nur erklärt, die Polizei sei besorgt über das Verschwinden von Nero Wolfe, weil er ein wichtiger Zeuge in einem Mordfall sei, und man befürchte, es sei ihm etwas zugestoßen, da auch Archie Goodwin nirgends aufzufinden wäre. Er hatte natürlich verschwiegen, daß Inspektor Cramer befürchtete, Wolfe sei im Begriff, ihm seinen ganzen Fall durcheinanderzubringen, und er möchte das so rasch als möglich unterbinden. Hatte Wolfe mit Saul Panzer telefoniert? Und wußte dieser, wo man ihn erreichen konnte? Natürlich hatte Saul geleugnet, irgend etwas von uns zu wissen, und Purley mußte nach ein paar bissigen Bemerkungen den Rückzug antreten.

Daraufhin stellte ich eine andere Nummer ein, und eine weibliche Stimme antwortete. Ich verlangte Mrs. Ashe zu sprechen, aber die Stimme behauptete, Mrs. Ashe ruhe sich aus und dürfe nicht gestört werden. Daraufhin wurde ich energischer, gab an, daß ich im Namen von Nero Wolf anrufe, und es sei sehr wichtig und dringend. Doch auch das nützte nichts, die Stimme blieb bei ihrer kühlen Ablehnung. Ich erkundigte mich, ob sie jemals von Nero Wolfe gehört habe, und das bestätigte sie. Schön, sagte ich, dann solle sie Mrs. Ashe bestellen, Nero Wolfe müsse sie unbedingt sofort sehen, und er könne in fünf

Minuten bei ihr sein. Mehr zu sagen, sei mir am Telefon unmöglich, aber wenn sie ihn nicht empfangen wolle, werde sie das ihr Leben lang bereuen. Die Stimme verlangte, ich solle am Apparat bleiben, ließ mich jedoch so lange warten, daß ich schon bedauerte, ihr kein Lügenmärchen aufgetischt zu haben. Doch als ich eben die Tür der Zelle öffnen wollte, um etwas frische Luft hereinzulassen, meldete sie sich wieder und sagte, Mrs. Ashe sei bereit, Mr. Wolfe zu empfangen. Ich bat sie noch, den Pförtner entsprechend zu verständigen, hing auf und kehrte zum Wagen zurück. »Die Sache geht in Ordnung. Sie müssen aber schon einen triftigen Grund angeben, nachdem ich Ihren Besuch als lebensnotwendig hingestellt habe. Kein Wort von Helen Weltz. Stebbins stellte nur ein paar dumme, belanglose Fragen und erhielt die Antwort, die er verdiente.«

Ächzend kletterte Wolfe aus dem Auto, und wir begaben uns zu der angegebenen Hausnummer. Hier war alles klein, aber tipptopp, der Boden viel zu elegant für Auslegware. Der Pförtner sah aus wie Laurence Olivier, und der Mann am Lift wie sein älterer Bruder. Sie waren beide kühl bis ans Herz hinan, ganz unpersönlich. Als wir im sechsten Stock ausstiegen, blieb der Liftmann in der geöffneten Tür stehen, bis wir bei der Tür mit Robina Keans Namensschild auf die Klingel gedrückt hatten und eingelassen worden waren.

Die Dame, die uns einließ, sah nicht nur aus wie Phyllis Jay – sie war es tatsächlich. Nachdem ich oft genug harte Dollar bezahlt hatte, um sie im Film zu sehen, hätte ich mich natürlich freuen müssen über diese Gratisvorstellung aus nächster Nähe. Aber ich hatte keine Zeit dazu, mein Geist war mit anderen Dingen beschäftigt. Der ihrige übrigens auch. Natürlich spielte sie Theater, weil das einer Schauspielerin so im Blut liegt, aber der übliche Glanz fehlte; die Rolle war nicht dafür geschaffen. Heute war sie nur Helferin für eine Freundin in Not und hielt sich strikt an diese Rolle, auch als sie Wolfe Hut und Stock abnahm, und uns anschließend quer durch ein riesiges Wohnzimmer in einen anderen, kleineren Raum geleitete.

Robina Kean ruhte auf einem Sofa und strich mit beiden Händen über ihr Haar. Wolfe blieb drei Schritte vor ihr stehen und verbeugte sich. Sie blickte zu ihm auf, schüttelte das Haupt, wie um eine Fliege abzuwehren, preßte die Fingerspitzen auf ihre Augen und sah Wolfe noch einmal mit einem tiefen Blick an. Phyllis Jay bemerkte mit sanfter Stimme: »Ich bin im Studio, Robbie«, wartete lange genug, um zum Bleiben aufgefordert zu werden, wandte sich dann aber ab und verschwand. Mrs. Ashe forderte uns auf, Platz zu nehmen, und nachdem ich einen passenden Stuhl für Wolfe herbeigeholt hatte, setzte ich mich an seine Seite.

»Ich bin müde, todmüde«, beklagte sie sich. »Und so . . . so ausgeleert. Ich kann mir nicht vorstellen, daß . . . Aber um was handelt es sich eigentlich? Natürlich hat es irgendwie mit meinem Mann zu tun, nicht wahr?«

Entweder war ihr das kunstvolle Lispeln angeboren, oder sie hatte es so lange geübt, daß es beinahe natürlich wirkte. Sie praktizierte es sogar jetzt, obwohl sie bestimmt an anderes zu denken gehabt hat.

»Ich werde mich so knapp wie möglich fassen«, versprach Wolfe. »Wissen Sie, daß ich Ihren Mann kenne und daß er mich im Juli aufgesucht hat?«

»Ja, das ist mir bekannt. Ich weiß alles darüber – jetzt.«

»Heute wurde ich vom Staat als Zeuge aufgeboten und sollte unser damaliges Gespräch bestätigen. Als ich aber im Gerichtssaal saß und darauf wartete, aufgerufen zu werden, da hatte ich plötzlich eine Eingebung, die sich vielleicht für Ihren Mann günstig auswirken könnte. Daher durfte die Sache natürlich nicht auf die lange Bank geschoben werden. Ich machte also, daß ich fortkam. Mr. Goodwin, mein Assistent, folgte mir, und wir haben den ganzen Tag damit zugebracht, meine Idee mit den Tatsachen in Einklang zu bringen.«

»Was für eine Idee ist das?« Ihre Hände waren geballt, der ganze Körper angespannt.

»Dazu kommen wir später. Wir haben bereits einige Fortschritte gemacht und werden heute abend noch weiter kommen. Auf alle Fälle besitze ich Informationen, die für Ihren Gatten äußerst wertvoll sind, denn sie dienen zu seiner Entlastung – zumindest dürften sie bei den Geschworenen Zweifel an seiner Schuld aufkommen lassen, und das ist vorerst das wichtigste. Die Frage ist nur: Wie gelangen diese Informationen zur Kenntnis des Gerichts? Wir haben keine Zeit, den üblichen, langwierigen Weg einzuschlagen. Ich habe da einen besonderen Schachzug im Sinn, aber zu diesem Zwecke muß ich zuerst mit Ihrem Gatten sprechen.«

»Wie sollte das möglich sein? Er ist ja . . .«

»Es geht nicht anders! Ich habe vorhin kurz mit seinem Anwalt, Mr. Donovan, gesprochen, doch ich wußte von vornherein, daß das zwecklos sei. Ich wollte bloß eventuellen Einwänden von Ihnen die Spitze abbrechen. Obwohl ich als Zeuge geladen war, habe ich mich eigenmächtig von der Verhandlung entfernt, und deswegen hat man jetzt einen Haftbefehl gegen mich erlassen. Außerdem stehe ich unter Eid als Zeuge der Anklage, und es wäre unkorrekt vom Verteidiger, mit mir auch nur zu reden, geschweige denn eine Unterhaltung mit seinem Klienten zu gestatten. Doch *Sie*, als Gattin eines Mannes, der um sein Leben kämpft, haben keine derartigen Verpflichtungen. Sie besitzen bestimmt auch einflußreiche Bekannte, die Ihnen eine Unterhaltung mit Ihrem Mann vor Beginn der Verhandlung ermöglichen können. Dann brauche ich nur als Ihr Begleiter mitzukommen. Zwanzig Minuten sind für mich völlig ausreichend, selbst zehn Minuten würden genügen. Natürlich dürfen Sie nichts von mir erwähnen, wenn Sie die Bewilligung anfordern; Sie nehmen mich einfach mit, und dann sehen wir weiter. Wollen Sie das tun?«

Sie hatte die Stirn in Falten gelegt. »Ich verstehe nicht – Sie wollen wirklich nichts anderes als mit ihm reden?«

»Ja.«

»Was haben Sie denn mit ihm zu besprechen?«

»Das werden Sie morgen früh hören, wenn wir ihn in der Zelle aufsuchen. Die ganze Sache ist etwas verwickelt, und ich kann nicht riskieren, daß sie zu früh publik wird.«

»Sagen Sie mir wenigstens, ob es sich dabei um *mich* dreht.«

Wolfe hob die Schultern und zog den Atem tief ein, um ihn dann wieder auszuprusten. »Sie haben erklärt, Sie seien müde, Madam. Nun, ich bin es ebenfalls. Ich wäre an Ihnen höchstens interessiert, wenn ich überzeugt wäre, Sie hätten mit dem Mord an Marie Willis zu tun – und das glaube ich nicht. Lassen Sie sich nur eines sagen: Ich riskiere meinen Ruf, meine Selbstachtung und möglicherweise sogar meine Freiheit, indem ich einen Schritt unternehme, der für Ihren Gatten von Vorteil sein könnte. Aber ich will nicht, daß auch Sie noch in Gefahr geraten. Natürlich bin ich von einer Annahme ausgegangen, die vielleicht gar nicht stimmt: Ich setzte nämlich voraus, daß Sie nicht wünschen, Ihren Gatten wegen Mordes verurteilt zu sehen. Ich kann Ihnen nicht versprechen, daß meine Angaben ihm die Freiheit verschaffen werden, aber immerhin bin ich kein Anfänger in diesen Dingen.«

Ein dunkles Rot überflog ihre Wangen. »Das hätten Sie nicht zu sagen brauchen!« Seltsamerweise war jedes Lispeln verschwunden. »Mein Mann ist keineswegs ein Narr, aber diesmal hat er sich wie ein solcher benommen. Ich bin ihm ehrlich und innig zugetan, und ich möchte . . .« Ihre Lippen begannen zu zittern. »Ich habe meinen Mann lieb, sehr lieb. Und ich bin zu allem bereit, was ihm helfen kann. Zu verlieren habe ich ohnehin nichts mehr. Aber wenn ich diesen Schritt unternehme, muß ich Mr. Donovan davon in Kenntnis setzen.«

»Nein, das dürfen Sie nicht! Er würde es nicht nur verbieten, sondern mit allen Mitteln unterbinden. Diesen Entschluß müssen Sie ganz allein fassen!«

Sie löste die verkrampften Hände und reckte sich. »Ich hatte jeden Mut und jede Lebensenergie aufgegeben. Aber es ist wie eine Erlösung, wenigstens *etwas* tun zu können!« Plötzlich stand sie auf. »Ja, ich will tun, was Sie verlangen! Ich mobilisiere meine einflußreichen Bekannten, wie Sie es nennen. Überlassen Sie das ruhig mir, und fahren Sie mit Ihren Nachforschungen fort. Wo kann ich Sie erreichen?«

Wolfe drehte sich zu mir um. »Die Nummer von Saul, Archie!« Ich kritzelte sie auf einen Zettel und händigte diesen Robina Kean aus. Wolfe erhob sich. »Dort werde ich die ganze Nacht sein, Mrs. Ashe, bis um neun Uhr früh. Aber ich hoffe, Sie werden mich vorher benachrichtigen.«

Ich bezweifle, daß sie ihm überhaupt zuhörte. Sie war so glücklich darüber, etwas unternehmen zu können, daß sie uns völlig vergaß. Sie ging mit uns in den Korridor hinaus, doch ohne es zu merken. Kaum stand ich auf der Schwelle, schloß sie bereits die Tür.

Wir gingen zurück zum Wagen und fuhren wieder ins Stadtinnere. Es schien unwahrscheinlich, daß Stebbins es sich in den Kopf gesetzt hatte, Saul Panzer einen nochmaligen Besuch abzustatten, doch vorsichtshalber hielt ich in sicherer Entfernung von dessen Hause an und blickte scharf hinüber. Etwas Besorgniserregendes bemerkte ich nicht, dafür jedoch eine Lücke zwischen den geparkten Autos, in die ich unseren Wagen hineinquetschen konnte. Die Tür für Wolfe öffnete ich erst, nachdem ich nochmals genau Umschau gehalten hatte. Wir überquerten die Straße, und beim Eingang drückte ich auf die Klingel.

Als wir den Lift im fünften Stockwerk verließen, stand Saul bereits dort und erwartete uns. Für viele Menschen ist Saul Panzer wohl nichts anderes als ein kleiner Mann mit einer großen Nase, der immer unrasiert aussieht; andere jedoch – und dazu gehören Wolfe und ich – wissen, daß er der beste selbständig arbeitende Detektiv ist, der jemals einen Menschen beschattete. Wolfe war noch nie persönlich bei ihm gewesen, ich aber wohl, meistens an freien Samstagabenden, wenn wir mit drei oder vier Gleichgesinnten Poker spielten. Im Wohnzimmer blieb Wolfe stehen und blickte sich um. Es war ein großer Raum, der durch zwei Deckenleuchten und zwei Tischlampen erhellt wurde. Auf der einen Seite befanden sich die Fenster, die Rückwand war mit Bücherregalen angefüllt, und die beiden Schmalseiten enthielten Gemälde und Gestelle mit allen möglichen Dingen, von Mineralien angefangen bis zu Korallen und Meermuscheln. In der entferntesten Ecke stand ein Klavier.

»Ein schönes Zimmer«, bemerkte Wolfe. »Höchst befriedigend. Ich gratuliere Ihnen dazu.« Er entdeckte sofort den Sessel, der sich am besten für seine Figur eignete, und ließ sich darin nieder. »Wie spät ist es?«

»Zwanzig Minuten vor zehn.«

»Hat sich diese Frau bereits gemeldet?«

»Nein. Sir. Darf ich Ihnen ein Bier eingießen?«

»Sicher – eh, ich bitte darum!«

Im Verlauf der nächsten drei Stunden genehmigte er sich sieben Flaschen; außerdem vertilgte er eine Unmenge kleiner Brötchen mit Gänseleberpastete, Sardinen, sauren Pilzen und dreierlei Sorten Käse. Ich fand diese reiche Auswahl etwas übertrieben, aber für das erste- und wahrscheinlich letztemal, daß Wolfe Saul einen Besuch abstattete, mochte es angehen.

Saul hatte es so eingerichtet, daß Wolfe in seinem Bett, ich auf der Couch im Wohnzimmer und er selbst auf dem Boden schlafen sollte. Aber um Viertel vor eins saßen wir immer noch um den Tisch herum. Wolfe und Saul hatten sich drei hitzige Schachrunden geliefert; jetzt aber waren wir alle müde und gähnten unverfroren. Von Helen Weltz hatten wir bis jetzt noch nichts gehört, doch bestand immer noch eine geringe Hoffnung. Die andere Angelegenheit war geregelt. Kurz nach Mitternacht hatte Robina Kean angerufen und Wolfe mitgeteilt, sie werde sich um halb neun Uhr morgens mit ihm in Zimmer 917 in der Centre Street Nr. 100 treffen. Er hatte mich gefragt, ob ich wüßte, ob dieses Zimmer 917 eine Zelle sei, doch ich wußte es auch nicht. Nachher lehnte er sich in seinem Sessel zurück und schloß eine Weile die Augen. Doch plötzlich öffnete er sie wieder und erklärte Saul, er sei bereit zu einem dritten Spiel.

Um Viertel nach eins raffte er sich hoch, gähnte und knurrte: »Sie hat ihre Angst überwunden und ruft nicht mehr an. Ich gehe zu Bett.«

»Es tut mir nur leid, daß ich keinen Pyjama in Ihrer Größe habe«, entschuldigte sich Saul, »aber vielleicht . . .«

Das Telefon klingelte. Ich war sofort beim Apparat und hob den Hörer ab. »Hallo!« rief ich gedankenlos.

»Ich möchte mit . . . hier spricht die Herzkönigin.«

»Klar, ich habe doch Ihre Stimme sofort erkannt. Hier Archie Goodwin. Wo befinden Sie sich?«

»In einer Kabine bei der Central Station. Ich konnte Unger nicht eher loswerden. Was soll ich jetzt tun?«

»Gehen Sie bis zur Ecke der 38. Straße, das ist nur ein kurzer Weg. Dort treffe ich Sie in fünf Minuten. Ist das recht?«

»Jawohl.«

»Sie kommen bestimmt?«

»Natürlich!«

Ich hing auf, drehte mich um und bemerkte leichthin: »Sie hat die Angst anscheinend doch noch nicht überwunden. Bereiten Sie uns einen starken Kaffee, Saul, ja? Sie braucht entweder das – oder einen Kognak. Und vielleicht mag sie auch etwas Käse.« Ich trollte mich davon.

Am folgenden Morgen, um sechs Minuten nach zehn, stand Staatsanwalt Mandelbaum wieder im Gerichtssaal vor Richter Corbett. Der Raum war gedrängt voll. Jimmy Donovan, der Verteidiger, sah keineswegs mehr wie ein

Hausknecht aus. Er blätterte in einigen Papieren, die sein Assistent ihm ausgehändigt hatte.

»Euer Ehren«, sagte Mandelbaum soeben, »ich möchte einen Zeugen aufrufen, der gestern hätte erscheinen sollen, jedoch nicht aufzufinden war. Erst vor wenigen Minuten wurde mir gemeldet, daß er jetzt anwesend ist. Sie werden sich erinnern, daß auf mein Ersuchen hin ein Haftbefehl für Mr. Nero Wolfe ausgestellt wurde.«

»Ich weiß.« Der Richter räusperte sich. »Ist er jetzt hier?«

»Ja, Euer Ehren.« Mandelbaum drehte sich um und rief: »Mr. Nero Wolfe!«

Wir waren erst eine Minute vor zehn eingetroffen und hätten bestimmt keinen Einlaß mehr gefunden, wenn wir uns nicht zum Gerichtsdiener durchgedrängt und diesem auseinandergesetzt hätten, daß wir als Zeugen geladen seien. Der Mann hatte Wolfe angestarrt und zugegeben, daß er ihn kenne. So gelangten wir im letzten Moment doch noch hinein und hatten uns gerade auf eine Bank gezwängt, als Richter Corbett eintrat. Erst als Wolfe aufgerufen wurde und nach vorne ging, konnte ich mich etwas behaglicher hinsetzen.

Er stapfte den Mittelgang hinunter, durch die Schranke zum Zeugenstand, und blieb dort stehen.

»Ich habe Ihnen nach der Vereidigung ein paar Fragen zu stellen, Mr. Wolfe«, erklärte der Richter.

Ein Polizist legte die Bibel vor Wolfe hin, und dieser sprach die Eidesformel nach; dann setzte er sich. Zeugenstühle sollten für jede Größe berechnet sein, doch dieser reichte nur ganz knapp. Jetzt redete der Richter. »Sie wissen, daß Sie für gestern vorgeladen waren. Zuerst waren Sie auch anwesend, doch mitten in der Verhandlung gingen Sie fort und konnten nicht mehr gefunden werden; deshalb mußte ich einen Haftbefehl erlassen. Weshalb haben Sie sich aus dem Gericht entfernt? Sie stehen unter Eid.«

»Ich hatte ein Motiv, das mir wichtig und unaufschiebbar

erschien. Selbstverständlich werde ich mich näher erklären, wenn Sie es verlangen, aber ich möchte das hohe Gericht ergebenst um etwas Geduld bitten. Es ist mir klar, daß ich eine Strafe zu erwarten habe, falls meine Erklärungen unbefriedigend sein sollten. Aber ich frage Euer Ehren, ob ich jetzt gleich über diesen Punkt verhört werden muß oder ob es möglich ist, das nach meiner Zeugenaussage zu tun. Der Grund, warum ich mich aus dem Saal entfernte, ergibt sich nämlich aus meiner Aussage, und daher würde ich es begrüßen, wenn diese zuerst erfolgen könnte, falls der hohe Gerichtshof damit einverstanden ist. Ich werde den Saal nicht verlassen.«

»Daran ist nicht zu zweifeln – Sie stehen unter Arrest.«

»Nein, das ist ein Irrtum, ich kam freiwillig her.«

»Nun, dann wird es eben nachgeholt.« Der Richter wandte leicht den Kopf. »Lieutenant, dieser Mann steht unter Arrest!« Er drehte sich wieder zu Wolfe um. »Gut, Sie werden sich also später wegen Mißachtung des Gerichts zu verantworten haben. Mr. Mandelbaum, Sie können fortfahren.«

Mandelbaum trat vor. »Bitte, teilen Sie dem hohen Gericht Ihren Namen, Beruf und Adresse mit.«

»Ich bin Nero Wolfe, amtlich zugelassener Privatdetektiv. Mein Büro befindet sich im gleichen Haus wie meine Wohnung, 918 West, 35. Straße, Manhattan.«

»Kennen Sie den Angeklagten?« Mandelbaum zeigte mit dem Finger: »Diesen Mann?«

»Jawohl, Sir. Das ist Mr. Leonard Ashe.«

»Wann und unter welchen Umständen haben Sie ihn kennengelernt?«

»Er kam nach telefonischer Verabredung in mein Büro, und zwar am Dienstag, dem dreizehnten Juli, vormittags elf Uhr.«

»Was haben Sie bei dieser Gelegenheit mit ihm besprochen?«

»Er verlangte meine beruflichen Dienste und erklärte mir,

er habe am vorhergehenden Tag einen Antwortdienst für sein Privattelefon in der 73. Straße in New York eingerichtet. Er habe erfahren, daß eine der Angestellten diesen Dienst während fünf oder sechs Tagen in der Woche übernehme, und zwar sei es immer die gleiche Angestellte. Er wünschte von mir, ihren Namen ausfindig zu machen und ihr vorzuschlagen, sie solle alle tagsüber eingehenden Anrufe auf seiner Nummer abhören und sie entweder ihm selbst oder mir mitteilen.«

»Hat er Ihnen gesagt, weshalb er dieses Abkommen wünschte?«

»Nein, so weit kam er gar nicht.«

Donovan war schon auf den Füßen. »Ich erhebe Einspruch, Euer Ehren! Hier handelt es sich also um eine bloße Schlußfolgerung des Zeugen. Er wußte nicht, was der Angeklagte beabsichtigte, als er dieses Ersuchen stellte.«

»Streichen Sie das«, gab Mandelbaum höflich nach. »Streichen Sie die ganze Antwort bis auf das Wörtchen ›Nein‹. Ihre Antwort lautet doch nein, Mr. Wolfe?«

»Jawohl, Sir.«

»Hat der Angeklagte etwas verlauten lassen über eine Entschädigung, die der betreffenden Angestellten für das Abhören der Gespräche zukommen sollte?«

»Er nannte keine Summe, aber er deutete an . . .«

»Andeutungen will ich nicht hören. Mich interessiert nur, was er wirklich sagte.«

Ich gestattete mir ein verstohlenes Grinsen. Ausgerechnet Wolfe, der von anderen, in erster Linie natürlich von mir, immer höchste Genauigkeit und knappe Antworten verlangte, war nun bereits zweimal wegen verschwommener Ausdrucksweise gerügt worden! Ich würde nicht versäumen, das bei guter Gelegenheit auszuwerten. Doch Wolfe schien gänzlich unbeeindruckt.

»Er sagte, er würde schon dafür sorgen, daß es sich für das Mädchen lohne. Einen Betrag nannte er nicht.«

»War das alles, was Sie mit Ashe besprachen?«

»Das war ungefähr alles. Die ganze Unterhaltung dauerte keine fünf Minuten. Sobald ich begriff, was er eigentlich im Sinn hatte, lehnte ich ab.«

»Haben Sie ihm gesagt, weshalb Sie das taten?«

»Jawohl, Sir.«

»Was sagten Sie genau?«

»Ich bemerkte, es sei allerdings die Aufgabe eines Detektivs, sich um anderer Leute Angelegenheiten zu kümmern, aber ich lehne es konsequent ab, mich mit Ehezerwürfnissen zu befassen, und könne daher seinen Auftrag nicht übernehmen.«

»Hatte er davon gesprochen, daß es sich darum handle, seine Frau zu überwachen?«

»Nein, Sir.«

»Wieso kamen Sie denn dazu, von ehelichen Zerwürfnissen zu reden?«

»Ich hatte das aus der Art seines Auftrages geschlossen.«

»Was sagten Sie ihm noch?«

Wolfe rutschte auf dem Stuhl hin und her. »Ich möchte ganz sicher sein, daß ich Ihre Frage richtig verstehe. Meinen Sie damit, was ich *an jenem Tage* sagte oder bei einer späteren Gelegenheit?«

»Ich sprach von jenem Tage. Es gab doch gar keine spätere Gelegenheit.«

»Doch, Sir.«

»Wollen Sie damit andeuten, daß Sie eine zweite Besprechung mit dem Angeklagten hatten?«

»Ja, Sir.«

Mandelbaum hielt sich gut. Er drehte mir zwar den Rücken zu, so daß ich den Ausdruck von Bestürzung auf seinem Gesicht nicht sehen konnte, aber das war auch gar nicht nötig. In seinen Akten lag Wolfes unterschriebene Aussage, die unter anderem feststellte, er habe Leonard Ashe weder vor noch nach dem dreizehnten Juli gesehen. Seine Stimme schraubte sich eine Note höher. »Wann und wo fand diese zweite Begegnung statt?«

»Kurz nach neun Uhr heute früh, in diesem Gebäude.«

»Sie haben heute vormittag mit dem Angeklagten gesprochen?«

»Ja, Sir.«

»Wie kam es dazu?«

»Seine Frau hatte es so eingerichtet, daß sie mit ihm sprechen konnte, und sie gestattete mir, sie zu begleiten.«

»Wie konnte sie das einrichten? Wer hat die Genehmigung dazu erteilt?«

»Das weiß ich nicht.«

»War Mr. Donovan, der Anwalt des Angeklagten, zugegen?«

»Nein, Sir.«

»Wer war dabei?«

»Mrs. Ashe, Mr. Ashe, ich selbst und zwei bewaffnete Wärter, der eine bei der Tür und der andere vorne im Zimmer.«

»Welches Zimmer war das?«

»Das weiß ich nicht. Es stand keine Nummer an der Tür. Aber ich glaube wohl, daß ich Sie hinführen könnte.«

Mandelbaum schnellte herum und warf einen scharfen Blick auf Robina Kean, die auf der vordersten Bank saß. Ich bin kein Rechtsanwalt und wußte daher nicht, ob er sie auf die Zeugenbank rufen lassen konnte. Natürlich braucht eine Ehefrau nicht gegen ihren Mann auszusagen, aber ich war mir nicht klar darüber, ob dieses Verbot in diesem Fall auch galt. Jedenfalls stellte Mandelbaum keine derartige Forderung. Er bat den Richter bloß um einen Augenblick Geduld und ging zum Tisch, wo er leise mit einem Kollegen sprach. Ich sah mich inzwischen um. Ich hatte bereits Guy Unger unter der Zuhörerschaft entdeckt. Bella Velardi und Alice Hart saßen auf einer Bank nahe dem Ausgang. Augenscheinlich war die Bagby-Agentur an diesem Tage ihrer wertvollsten Kräfte beraubt. Clyde Bagby, der Chef, saß ein paar Reihen vor Unger. Helen Weltz, die Herzkönigin, die ich vor sieben

72

Stunden aus Sauls Zimmer in ein Hotel gebracht hatte, kauerte ganz in meiner Nähe auf ihrem Stuhl.

Mandelbaums Kollege stand auf und ging eilends fort, während der Anwalt selbst sich wieder Wolfe zuwandte.

»Wissen Sie nicht«, fragte er streng, »daß es ein Vergehen gegen das Gesetz bedeutet, wenn ein vom Staat zitierter Zeuge mit dem Angeklagten spricht?«

»Nein, Sir, das wußte ich nicht. Ich nahm bisher an, das hänge ganz davon ab, *was* gesagt werde. Ich habe mit Mr. Ashe nicht über meine Zeugenaussage geredet.«

»Worum drehte sich denn das Gespräch?«

»Über gewisse Dinge, von denen ich annahm, sie könnten ihn interessieren.«

»Was für Dinge? Bitte sprechen Sie sich deutlicher aus!«

Ich holte tief Atem, spreizte meine Finger und entspannte mich. Der Teufelskerl hatte es tatsächlich wieder geschafft! Nachdem Mandelbaum diese Frage gestellt hatte, konnte er es nicht mehr vermeiden, daß die Geschworenen sich alles anhörten, was Wolfe ihnen mitteilen wollte. Wolfe sagte: »Ich erklärte dem hohen Gerichtshof bereits, daß ich mir gestern hier in diesem Raum plötzlich eine neue Meinung über den Mord an Marie Willis gebildet hatte, während ich darauf wartete, aufgerufen zu werden. Mir schien, gewissen Fragen sei noch nicht genügend Aufmerksamkeit geschenkt worden, und dies machte meine Rolle als Zeuge der Anklage unhaltbar. Ich war entschlossen, mir über diese Dinge Aufschluß zu verschaffen, obwohl ich mir voll bewußt war, daß das Verlassen dieses Raumes mir eine Strafe einbringen konnte. Mir schien die Unfehlbarkeit des hohen Gerichtshofes wichtiger als meine persönliche Bequemlichkeit zu sein, und ich war überzeugt, daß Richter Corbett . . .«

»Bitte, Mr. Wolfe, Sie haben sich jetzt nicht wegen Mißachtung des Gerichtes zu verteidigen.«

»Nein, Sir. Sie fragten, was ich zu Mr. Ashe sagte. Er erkundigte sich, welche Meinung ich mir gebildet habe, und ich bekannte ihm, diese sei zweispältig. Erstens seien mir Zweifel an seiner Schuld gekommen, die sich aus meiner langjährigen Erfahrung mit Verbrechen und Verbrechern ergeben hätten. Zweitens sei die Polizei so befangen durch die Beweise, die samt und sonders auf Mr. Ashe hinwiesen, daß möglicherweise anderen Spuren keine Beachtung geschenkt worden sei. Zum Beispiel lenkt ein erfahrener Detektiv sein Augenmerk stets auf die Personen, die eine Vorzugsstellung einnehmen, wie zum Beispiel Ärzte, Rechtsanwälte, vertraute Dienstboten, intime Freunde und selbstverständlich auch nahe Verwandte. Wenn sich unter diesen Kategorien ein Schurke befindet, hat er naturgemäß die beste Gelegenheit zu einem Verbrechen. Mir ging auf . . .«

»Haben Sie all das zu Mr. Ashe gesagt?«

»Jawohl, Sir. Mir ging auf, daß auch eine Telefonvermittlung in die gleiche privilegierte Kategorie gehört wie die eben erwähnten Personen. Das erkannte ich in dem Moment, als Mr. Bagby gestern die Art und Weise schilderte, wie sein telefonischer Kundendienst funktionierte. Ein skrupelloser Mensch kann ohne weiteres die Gespräche abhören und daraus finanziellen Nutzen ziehen, wenn er es darauf anlegt. Dabei mag es sich um Börsenberichte handeln, um geschäftliche Unternehmungen, um alles mögliche. Die meisten Leute sprechen am Telefon offen und unvorsichtig, weil ihnen gar nicht der Gedanke kommt, man könnte sie belauschen. Für einen Erpresser müßte das Abhören solcher Gespräche von unschätzbarem Vorteil sein. Man brauchte ja nur . . .«

»Das sind müßige Überlegungen, Mr. Wolfe. Haben Sie tatsächlich darüber mit Mr. Ashe gesprochen?«

»Ja, Sir.«

»Wie lange waren Sie mit ihm zusammen?«

»Nahezu eine halbe Stunde. Ich kann in einer halben Stunde ziemlich viel sagen.«

»Daran zweifle ich nicht! Aber Sie sollten die kostbare Zeit des Gerichtshofes nicht durch leeres Geschwätz in Anspruch nehmen.« Mandelbaum bedachte die Geschworenen mit einem seiner verständnisheischenden Blicke, dann wandte er sich wieder an Wolfe. »Sie haben Ihre Zeugenaussage vor dem Angeklagten nicht erwähnt?«

»Nein, Sir.«

»Haben Sie irgendwelche Andeutungen gemacht bezüglich des Vorgehens des Verteidigers?«

»Nein, Sir.«

»Weshalb haben Sie dann auf diesem Interview bestanden?«

»Einen Augenblick!« Donovan war aufgesprungen. »Ich erhebe Einspruch! Euer Ehren, dieser Mann ist von der Staatsanwaltschaft als Belastungszeuge benannt worden. Der Anklagevertreter kann seinen Zeugen nicht ins Kreuzverhör nehmen. Ich erhebe deswegen Einspruch.«

Richter Corbett nickte. »Dem Einwand wird stattgegeben. Mr. Mandelbaum, Sie kennen das Gesetz.«

»Aber ich sehe mich plötzlich einer ganz unerwarteten Situation gegenüber.«

»Er ist immer noch *Ihr* Zeuge; Sie können ihm nach Belieben Fragen stellen, die zum Beweis Ihrer Anklage dienlich sind.«

Mandelbaum blickte zuerst Wolfe an, warf dann einen Blick auf die Geschworenen, schritt gelassen zu seinem Tisch und starrte einen Moment darauf nieder. Dann hob er den Kopf und bemerkte kurz: »Keine weiteren Fragen.« Er setzte sich.

Jimmy Donovan stand auf und trat vor, aber er wandte sich an den Richtertisch statt an den Zeugen: »Euer Ehren, ich möchte betonen, daß ich keine Ahnung hatte von dieser Unterredung, die heute früh zwischen dem Zeugen und meinem Mandanten stattfand. Falls es verlangt wird, bin ich bereit, das unter Eid auszusagen.« Jetzt erst drehte er sich um: »Mr. Wolfe, weshalb haben Sie eine Besprechung mit Mr. Ashe gewünscht?«

Ich spürte Wolfes Erleichterung über das Gelingen seines Planes. Aufatmend erklärte er: »Ich habe eine Nachricht erhalten, die mich an seiner Schuld zweifeln ließ, und wollte mich so rasch als möglich darüber vergewissern, um die Sache dann sofort dem Gerichtshof und den Geschworenen unterbreiten zu können. Als Zeuge der Anklage und von der Justiz gesuchte Person befand ich mich in einer heiklen Lage. Ich überlegte mir, wenn ich ein Gespräch mit Mr. Ashe führte, würde das höchstwahrscheinlich im Verlauf meiner Befragung durch Mr. Mandelbaum dem Gericht offenbart werden, und dann würde man auch wissen wollen, über was wir gesprochen haben. Daher war mir daran gelegen, Mr. Ashe über meine Vermutung und Entdeckung zu informieren. Wenn Mr. Mandelbaum mir dann gestattete, alles Gesprochene hier vor Gericht zu wiederholen, war der Zweck erfüllt. Und selbst wenn er die Befragung vorzeitig abbrechen sollte, würde wohl der Verteidiger mir in einem Kreuzverhör die Möglichkeit geben, weiterzureden.« Wolfe zuckte die Achseln. »Deshalb wünschte ich eine Besprechung mit Mr. Ashe.«

Der Richter furchte die Stirn. Einer der Geschworenen stieß ein seltsames Geräusch aus, das wohl ein unterdrücktes Lachen sein mochte. Die Zuhörer rutschten unruhig hin und her, und jemand kicherte. Ich dachte mir, Wolfe besitze schon ein gehöriges Maß an Frechheit, aber er hatte kein einziges Gesetz verletzt. Donovan hatte ihm eine klare Frage gestellt und eine ebenso klare Antwort erhalten. Ich hätte viel darum gegeben, das Gesicht des Anwalts sehen zu können. Aber ich hörte nur seine Stimme, und diese verriet nicht, was in ihm vorging.

»Haben Sie noch mehr mit Mr. Ashe gesprochen als das, was Sie uns eben berichtet haben?«

»Jawohl, Sir.«

»Bitte wiederholen Sie alles vor dem hohen Gerichtshof.«

»Ich sagte ihm, ich habe gestern diesen Saal unerlaubterweise verlassen und eine Strafe riskiert – nur, um meine

Theorie zu erhärten. Ich sagte ihm, ich sei mit meinem Assistenten, Mr. Archie Goodwin, zum Büro der Bagby-Kundendienst-Gesellschaft in der 69. Straße gegangen, wo Marie Willis ermordet wurde. Ich sagte ferner, daß ein Blick auf die Schalttische mich davon überzeugte ...«

Mandelbaum fuhr in die Höhe. »Ich erhebe Einspruch, Euer Ehren. Schlußfolgerungen des Zeugen können nicht zugelassen werden.«

»Er berichtet ja nur, was er zu Mr. Ashe sagte«, gab Donovan zu bedenken, »und zwar auf ausdrückliches Verlangen der Staatsanwaltschaft.«

»Der Einwand muß abgewiesen werden«, erklärte Richter Corbett düster.

Wolfe faßte zusammen: »Ich überzeugte mich davon, daß es für eine einzelne Telefonistin ausgeschlossen war, Gespräche auf ihren Leitungen öfter abzuhören, ohne daß ihre Kolleginnen das merkten. Wenn also etwas Derartiges vorkam, mußten alle Angestellten unter einer Decke stecken. Ich sagte Mr. Ashe, daß ich mit zwei Kolleginnen von Marie Willis gesprochen habe, nämlich mit Alice Hart und Bella Velardi, und diese Unterredungen hätten mich in meiner Vermutung bestärkt. Erstens seien beide Damen sehr nervös und unsicher geworden, als sie merkten, daß ich sie selbst sehr energisch aufs Korn nahm, und zweitens habe es sich gezeigt, daß ihre persönlichen Ausgaben und Ansprüche bei weitem das Maß überschritten, das man bei einer Telefonistin mit normalem Einkommen erwarten durfte. Ich sagte ... Verzeihung, Sir, ist es wirklich notwendig, daß ich jedem Satz die Bemerkung ›ich sagte‹ voranstellen muß?«

»Ich denke, das können Sie unterlassen«, meinte Donovan, »vorausgesetzt, daß Sie sich wirklich nur auf das beschränken, was Sie heute früh zu Mr. Ashe sagten.«

»Ich werde mich ganz genau daran halten. Die Extravaganz in den Ausgaben zeigte sich auch bei der dritten Kollegin, Miss Helen Weltz. Sie hatte ihren freien Tag, und

Mr. Goodwin fuhr mich zu ihrem Landhaus in der Nähe von Katonah. Die junge Dame verlor noch mehr die Fassung als ihre beiden Kolleginnen, ich möchte sagen, sie erlitt beinahe einen Nervenzusammenbruch. Ein Mann namens Guy Unger befand sich bei ihr, und auch er schien sehr beunruhigt. Nachdem ich den Zweck meines Herkommens erklärt hatte, wünschte er, mit mir unter vier Augen zu sprechen, und offerierte mir zehntausend Dollar für Dienste, die er nicht genauer bezeichnete. Ich nahm natürlich an, er wolle mich von weiteren Nachforschungen abhalten, und schlug deshalb sein Angebot aus.«
»Das alles sagten Sie Mr. Ashe?«
»Jawohl, Sir. Inzwischen hatte Helen Weltz unter vier Augen mit Mr. Goodwin gesprochen und ihm gesagt, sie möchte mit mir reden, müsse jedoch zuerst Mr. Unger loswerden. Sie versprach, mich später aufzusuchen, und da wir ja von der Polizei gesucht wurden, gab ihr Mr. Goodwin die Adresse eines Bekannten an. Dorthin kam sie auch kurz nach Mitternacht. Mein Angriff hatte sie völlig niedergeschmettert. Sie befand sich in tödlicher Angst und bekannte, die Agentur sei schon seit Jahren auf diese Weise mißbraucht worden, wie ich es vermutet hatte. Sämtliche Angestellten waren daran beteiligt gewesen, einschließlich Marie Willis. Ihre Führerin, Alice Hart, sammelte Informationen . . .«
Es gab eine plötzliche Unterbrechung. Alice Hart erhob sich auf der Zuschauertribüne und schritt dem Ausgang zu, wobei ihr Bella Velardi auf den Fersen folgte. Die Anwesenden, Zuschauer, Geschworene und selbst Richter Corbett blickten ihnen nach, doch kein Mensch sagte oder tat etwas. Erst als sie noch fünf Schritte von der Tür entfernt waren, rief ich dem Wächter zu: »Das ist Alice Hart!«
Jetzt kam Leben in die Bude. Der Wächter hielt die beiden Mädchen zurück, und Richter Corbett erklärte laut: »Keiner verläßt den Saal!«
Die Zuhörer wurden unruhig, beugten sich vor und mur-

melten miteinander, einige standen sogar auf. Der Richter klopfte mit seinem Hammer auf den Tisch und gebot Ruhe, aber er konnte natürlich nicht gut sagen, sonst werde der Saal geräumt: Miss Hart und Miss Velardi gaben ihren vergeblichen Versuch auf und kehrten zu ihren Plätzen zurück.

Als es im Raum endlich still wurde, wandte sich der Richter wieder Wolfe zu: »Fahren Sie fort.«

Das tat er denn auch: »Alice Hart sammelte die Informationen von den Mädchen ein und gab ihnen dafür von Zeit zu Zeit eine größere Summe als Entschädigung. Guy Unger und Clyde Bagby taten das gleiche. Die größte Summe, die Helen Weltz auf einmal erhielt, betrug fünfzehnhundert Dollar, und zwar bekam sie das Geld vor ungefähr einem Jahr von Guy Unger. Im Verlaufe von drei Jahren bezog sie auf diese Weise mehr als fünfzehntausend Dollar – ihr Gehalt nicht eingerechnet. Sie hatte keine Ahnung, was mit den Informationen geschah, die sie Alice Hart übermittelte, und wollte auch nicht zugeben, daß damit Erpressungen verübt wurden, aber sie gestand schließlich, einige dieser Mitteilungen wären schon dafür geeignet gewesen.«

»Wissen Sie«, erkundigte sich Richter Corbett, »wo diese Helen Weltz sich jetzt befindet?«

»Jawohl, Euer Ehren, sie ist hier anwesend. Ich habe ihr gesagt, wenn sie herkommt und die Sache durchsteht, werde ihre Hilfe vom Gerichtshof wahrscheinlich dankbar anerkannt.«

»Haben Sie noch irgend etwas beizufügen, das Sie heute früh mit Mr. Ashe besprachen?«

»In der Tat, Euer Ehren. Soll ich strikt auseinanderhalten, was Helen Weltz sagte und wie meine eigene Auslegung lautet?«

»Nein – einfach alles, was Sie Mr. Ashe mitgeteilt haben.«

»Ich eröffnete ihm, daß gerade sein Wunsch, die Identität der Bagby-Angestellten zu erfahren, die seine Nummer bediente, und sie zum Abhorchen der Gespräche zu veranlassen, mich an seiner Schuld hatte zweifeln lassen. Ich konnte nicht glauben, daß ein Mann mit derartigen Hemmungen wirklich imstande wäre, eine Frau zu erdrosseln und dann kaltblütig das Fenster zu öffnen und nach der Polizei zu rufen. Ich erkundigte mich auch über den Mann, der Ashe angerufen und gesagt hatte, wenn er sich mit ihm in der Bagby-Agentur treffen wolle, könnten sie gemeinsam Miss Willis von ihrem Entschluß abbringen. Ich fragte ihn, ob die Stimme des Mannes möglicherweise die von Mr. Bagby gewesen sein könnte, und Ashe gab zu, das sei sehr wohl möglich. Allerdings hatte er den Eindruck, daß die Stimme verstellt gewesen sei.«

»Hatten Sie irgendeinen Beweis dafür, daß Mr. Bagby tatsächlich der Anrufer gewesen ist?«

»Nein, Euer Ehren. Außer meinen eigenen Beobachtungen und Vermutungen besaß ich nur die Aussage von Miss Weltz. In erster Linie hatte sie mir erklärt, Marie Willis sei eine Gefahr für das ganze Unternehmen geworden. Ihr wurde sowohl von Bagby wie von Unger befohlen, Ashes Auftrag zum Abhorchen seiner Leitung anzunehmen und Mrs. Ashe nichts davon zu sagen. Doch Miss Willis vergötterte die Schauspielerin. Sie wies daher das Ansinnen ab und drohte, Robina Kean alles zu offenbaren. Gleichzeitig kündigte sie ihre Stellung. Damit hatte sie ihr Schicksal besiegelt. Der finanzielle Erfolg und die Sicherheit der Gesellschaft hingen ja davon ab, daß kein Mensch ahnte, Bagbys Kundendienst würde das Vertrauen seiner Kunden zu Erpressungen mißbrauchen. Bagby erhielt die Informationen, und Unger nützte sie aus – ein Außenstehender also, der anscheinend nichts mit der Agentur zu tun hatte. Miss Willis' Auflehnung mußte also für alle Beteiligten eine Katastrophe herbeiführen, und es ging nur noch darum, wer es übernehmen sollte, diese Gefahr aus dem Wege zu schaffen. Ich sagte Mr. Ashe, all diese Tatsachen seien geeignet, einen starken Zweifel an seiner

Schuld aufkommen zu lassen. Doch ich ging noch weiter und nannte auch den Menschen, der aller Wahrscheinlichkeit nach seine Stelle als Angeklagter einnehmen müßte. Wünschen Sie auch diese Einzelheit zu hören?«

Der Richter verhehlte seine Spannung nicht mehr. »Ja, fahren Sie fort!«

»Ich erklärte Mr. Ashe, nach meiner Ansicht sei Mr. Bagby am meisten verdächtig. Die gegenseitigen Alibis von Miss Hart und Miss Velardi können vielleicht angefochten werden, aber ich habe mit beiden Damen gesprochen und hatte nicht das Gefühl, die eine oder andere sei schuldig. Miss Weltz schließe ich ebenfalls aus, denn als sie gestern abend zu mir kam, war sie in einem derartig aufgeregten Zustand, daß sie sich unbedingt verraten hätte. Und damit fällt automatisch auch Mr. Unger aus, der zum fraglichen Zeitpunkt eine Bootsfahrt mit ihr machte. Mr. Bagby hatte ja auch zweifellos am meisten zu verlieren. Er gibt zu, an jenem Abend zu seiner Wohnung gegangen zu sein, und diese befindet sich in der 70. Straße, also ganz nahe dem Ort des Verbrechens. Ich überlasse es der Polizei, die genaue Zeittafel aufzustellen; in solchen Dingen kann man sich auf sie verlassen.«

Wolfe spitzte den Mund. »Ich denke, das ist alles. O nein! Ich sagte Mr. Ashe auch noch, daß ich heute früh einen Mann – Saul Panzer – in die 69. Straße zum Haus der Bagby-Agentur geschickt habe, damit er verhindert, daß dort Beweismaterial vernichtet würde. Damit habe ich wohl erschöpfend Auskunft gegeben und erwarte nun die Klage des hohen Gerichtshofes gegen mich und Mr. Goodwin wegen Mißachtung des Gerichtes.«

»Nein«, knurrte Richter Corbett. »Sie wissen sehr genau, daß Sie diese Klage durch Ihre Aussage zu einer lächerlichen Farce gemacht haben; sie ist damit hinfällig geworden. Haben Sie noch irgendwelche Fragen an den Zeugen zu stellen, Mr. Donovan?«

»Nein, Euer Ehren.«

»Mr. Mandelbaum?«

Staatsanwalt Mandelbaum erhob sich und trat zum Richtertisch. »Euer Ehren werden zugeben, daß ich mich in einer außerordentlichen Lage befinde. Ich möchte um Verschiebung der Verhandlung bis zur Nachmittagssitzung ersuchen, damit ich den Fall überprüfen und mit meinen Amtskollegen besprechen kann. Wird meiner Bitte stattgegeben, dann möchte ich noch eine zweite anschließen: nämlich die, daß fünf Personen vorläufig als Hauptzeugen in Haft genommen werden, und zwar Alice Hart, Bella Velardi, Helen Weltz, Guy Unger und Clyde Bagby.«

»Dem Ersuchen wird stattgegeben.« Der Richter hob seine Stimme. »Die fünf soeben genannten Personen sollen vortreten. Alle übrigen mögen auf ihren Plätzen bleiben und weitere Entscheidungen abwarten.«

Alle gehorchten bis auf zwei. Nero Wolfe verließ den Zeugensitz und stapfte durch den Saal, und als er in der Nähe von Robina Kean vorbeikam, sprang diese auf, rannte auf ihn zu und schlang die Arme um seinen Hals. Gleichzeitig drückte sie ihre Wange an die seine. Ich sagte ja bereits, daß Schauspielerinnen immer eine Vorstellung geben müssen, aber diese war vollkommen unvorbereitet und trotzdem sehr natürlich. Mir gefiel sie wenigstens sehr gut, denn sie bewies, daß die Familie Ashe sich sicher dankbar zeigen würde.

Ich muß noch beifügen, daß Wolfe tatsächlich einen sehr anständigen Scheck von Leonard Ashe erhielt. Das hätte ihm aber nicht den Verdruß erspart, noch einmal als Zeuge vor Gericht erscheinen zu müssen, sobald das Verfahren gegen den wirklichen Mörder eröffnet wurde. Doch eine Woche vor Beginn der ersten Sitzung erhielten wir die Nachricht, daß man ihn als Zeugen nicht benötige. Die Staatsanwaltschaft war bereits im Besitz so vieler Beweise für Bagbys Schuld, daß die Geschworenen auch ohne seine Mithilfe den Angeklagten verurteilen würden.

Die sprechenden Bleistifte

1

Es fing mit einer Verkettung von Umständen an, aber wann tut es das nicht? Um nur einen zu erwähnen: Wenn ich an jenem Vormittag nicht zur Bank gemußt hätte, wäre ich wahrscheinlich gar nicht in diese Gegend gekommen.

Aber nun war ich da und registrierte beifällig die strahlende Sonne und die frische klare Luft, als ich von der Lexington Avenue in die 37. Straße einbog. Es waren etwa vierzig Schritte bis zur angegebenen Nummer, die ein fünfgeschossiges, gelbes Backsteinhaus bezeichnete. Es war hübsch und säuberlich, mit Blumenkübeln neben der Haustür. Die Eingangshalle dahinter war nicht viel größer als mein Schlafzimmer, hatte einen modernen Teppich, einen Kamin ohne Feuer, weiteres Grün und einen Zerberus in Uniform, der mich mißtrauisch musterte.

Als ich den Mund aufmachte, um ihn zu beruhigen, ergaben sich weitere Umstände. Ein großer Mensch in dunkelblauem Mantel und Homburg kam von der Straße herein, strebte an mir vorbei zum Lift, und im selben Augenblick öffnete sich die Tür des Aufzugs, und eine junge Dame trat heraus. Wir vier waren für den kleinen Vorraum eine ganze Menge Leute und mußten einander ausweichen. Inzwischen hatte ich mich an den Zerberus gewandt.

»Mein Name ist Goodwin, und ich möchte zu Leo Heller.« Er sah mich an, und seine Miene veränderte sich. »Doch nicht etwa der Archie Goodwin, der für Nero Wolfe arbeitet?«

Die Dame, unterwegs zur Haustür, bremste einen Schritt davor und drehte sich um, und der große Mensch im Lift hinderte dessen Tür am Zugleiten und steckte den Kopf heraus, während der Portier fortfuhr: »Ich habe Ihr Foto in der Zeitung gesehen. Hören Sie, ich hätte gern ein Autogramm von Mr. Wolfe.«

Es wäre wohl angebrachter gewesen, wenn er meins hätte haben wollen, aber ich bin ja nicht so. Der Mann im Selbstbedienungslift ließ die Tür sich schließen, aber die junge Dame stand noch am Eingang.

Ich muß sie mal ein Weilchen dort stehenlassen, während ich erläutere, was ich hier zu suchen hatte. In erster Linie befriedigte ich meine Neugier. Am Vortag erreichte uns nachmittags um fünf in Nero Wolfes Büro ein Anruf. Nach dem Gespräch war ich drei Treppen hinaufgestiegen, vorbei an den Schlafzimmertüren, bis unters Dach, wo tausend Quadratmeter Glas in Aluminiumrahmen zehntausend Orchideen beschirmen. Die Farbenpracht in den drei Treibhäusern verschlägt mir nicht mehr den Atem, aber eine tolle Show ist es doch jedesmal aufs neue. In einem Zwischenraum stand Wolfe, mit einem Odontoglossum-Setzling in der Hand, den wütenden Blick darauf gerichtet, ein Klotz aus wildem Zorn, während Theodore Horstmann, der Orchideenwärter, neben ihm verharrte, die Lippen schmal zusammengepreßt.

Als ich näher kam, zielte Wolfe in seiner Wut auf mich und bellte: »Blattläuse!«

Ich ließ mich dadurch nicht aufhalten.

»Was wollen Sie denn?« zürnte er.

»Ich bin mir darüber im klaren«, sagte ich höflich, aber bestimmt, »daß der Zeitpunkt schlecht gewählt ist, aber ich habe Mr. Heller gesagt, daß ich mit Ihnen sprechen werde. Er hat angerufen . . .«

»Erzählen Sie es mir später! Wenn überhaupt!«

»Ich muß zurückrufen. Es ist Leo Heller, der Wahrscheinlichkeitsrechner. Er sagt, seine Berechnungen haben zu dem Verdacht geführt, einer seiner Klienten könne ein schweres Verbrechen begangen haben, aber es ist nur ein Verdacht, und er möchte ihn der Polizei nicht eher melden, bis genauer nachgeforscht worden ist; das sollen wir besorgen. Ich habe nach Einzelheiten gefragt, aber die wollte er am Telefon nicht nennen. Ich dachte, ich kann ja gleich mal hingehen und sehen, ob es lohnt. Er . . .«

»Nein!«

»Bitte, meine Trommelfelle sind nicht versichert. Was – nein?«

»Hinaus!« Er bedrohte mich mit dem blattlausbefallenen Setzling. »Ich will nichts davon wissen! Von diesem Mann nehme ich keinen Auftrag an, zu keinem Honorar! Hinaus!«

Ich drehte mich um – prompt, aber würdevoll – und ging. Wenn er mit dem Blumentopf geworfen hätte, wäre ich natürlich in die Knie gegangen, und das ziemlich schwere Ding wäre in eine Gruppe Calanthes geflogen, die in voller Blüte standen; nur der liebe Gott weiß, was Wolfe dann angestellt hätte.

Auf dem Weg hinab ins Büro schmunzelte ich. Wolfe hätte auch ohne Schädlinge so reagiert; die kleinen Viecher hatten seinen Zorn nur gesteigert. Leo Heller war ein berühmter Mann, über den in Illustrierten und Sonntagszeitungen berichtet wurde. Als er noch Mathematikprofessor am Underhill College gewesen war, hatte er so nebenbei aus Jux begonnen, die Gesetze der Wahrscheinlichkeit anzuwenden, mit Hilfe überaus komplizierter mathematischer Formeln, in bezug auf die verschiedensten aktuellen Geschehnisse, angefangen von Baseballspielen und Pferderennen bis zu Ernteergebnissen und Wahlen. Als er seine Resultate nach zwei Jahren überprüfte, entdeckte er staunend und hocherfreut, daß seine Formeln in 86,3 Prozent der Fälle zu richtigen Voraussagen geführt hatten; darüber hatte er in einer Zeitschrift geschrieben. Natürlich hatten ihn daraufhin alle möglichen

Leute gebeten, alles mögliche zu berechnen, und einigen von ihnen tat er den Gefallen. Dann hatte er einer Frau in Yonkers geraten, wo sie nach einunddreißigtausend Dollar in bar suchen solle, die sie verloren hatte, und sie fand das Geld tatsächlich und bestand darauf, ihm zweitausend Dollar zu geben. Nunmehr widmete er seine Wahrscheinlichkeitsrechnungen vornehmlich den mannigfaltigen Problemen der Menschen – und hängte seine Professur an den Nagel.

Das war vor drei Jahren gewesen, und jetzt ging es ihm blendend. Man erzählte sich, sein Jahreseinkommen sei sechsstellig, und es gebe nichts auf der Welt, das er nicht mit Formeln zu berechnen versuche – vorausgesetzt, man gab ihm genug Daten und Fakten.

Es war nicht bekannt, ob Hellers Erfolgsquote noch immer bei 86,3 Prozent lag, aber ich wußte zufällig, daß er ganz gut zurechtkam. Vor ein paar Monaten hatte der Präsident eines großen Konzerns Wolfe beauftragt, unter seinen Mitarbeitern den Mann zu ermitteln, der für die Konkurrenz spionierte. Ich hatte damals in anderer Sache zu tun, und Wolfe hatte Orrie Cather losgeschickt, Details zu eruieren. Orrie hatte viel Zeit darauf verwendet, und dann hatten wir eines Tages vom Präsidenten erfahren, daß er ungeduldig geworden sei und sich mit seinem Problem an Heller gewandt habe; Heller hatte eine Formel ausgeknobelt und den Namen eines jüngeren Vizepräsidenten präsentiert – und der hatte alles gestanden! Unser Klient gab freimütig zu, daß die meisten Fakten, die er Heller gegeben hatte, von Orrie Cather zusammengetragen worden waren, und wollte unsere Rechnung begleichen, aber Wolfe war so sauer, daß er mir doch tatsächlich auftrug, ihm keine zu schicken. Natürlich befolgte ich diese Anweisung nicht, weil ich wußte, wie leid es ihm nach seelischer Abkühlung tun würde. Immerhin wußte ich aus gelegentlichen Äußerungen seinerseits, wie sehr er Leo Heller immer noch zürnte, weshalb auch kein Auftrag dieses Herrn diskutabel war – selbst wenn in weitem Umkreis der 35. Straße keine einzige Blattlaus zu sehen gewesen wäre.

Im Büro rief ich Heller an und sagte ihm, es sei nichts drin.

»Mr. Wolfe empfindet Ihr Ansinnen als Beleidigung. Er verkauft keinen Rohstoff für Antworten, sondern nur fertige Antworten.«

»Ich bin durchaus bereit, ihn für eine Antwort gut zu bezahlen«, erwiderte Heller mit einer dünnen Stimme, die zum Quieken neigte. »Ich bin wegen dieses Klienten, dieser Situation, sehr besorgt, und die mir vorliegenden Daten reichen nicht aus. Ich wäre sehr dankbar, wenn Mr. Wolfe sich die Unterlagen einmal ansähe und . . .«

»Und«, warf ich ein, »wenn sein Ergebnis lautet, daß Ihr Klient ein so schweres Verbrechen begangen hat, wie Sie vermuten, dann entscheidet er, ob und wann die Polizei einzuschalten ist, nicht Sie. Klar?«

»Selbstverständlich.« Heller war sehr beflissen. »Ich will keinesfalls einen Verbrecher schützen, im Gegenteil.«

»Okay. Dann steht die Sache so: Es hätte keinen Sinn, wenn ich Mr. Wolfe die Sache heute nochmals vortrüge, er ist beleidigt, wie gesagt. Aber morgen früh muß ich zu unserer Bank in der Lexington Avenue in Ihrer Nähe, ich könnte da vorbeischauen und mich näher unterrichten. Offen gestanden bezweifle ich nach wie vor, daß Mr. Wolfe den Auftrag übernimmt, aber Geld können wir jederzeit brauchen, und ich will versuchen, ihn zu überreden. Soll ich kommen?«

»Um wieviel Uhr?«

»Sagen wir, Viertel nach zehn.«

»Kommen Sie. Meine Sprechstunde beginnt um elf. Fahren Sie mit dem Lift in den vierten Stock. Ein Pfeil zeigt nach rechts, zum Wartezimmer, aber gehen Sie nach links, zur Tür am Ende des Flurs, und klingeln Sie, ich lasse Sie dann ein. Wenn Sie pünktlich sind, haben wir mehr als eine halbe Stunde Zeit.«

»Ich bin immer pünktlich.«

An jenem Morgen war ich ein bißchen zu früh. Es war neun Minuten nach zehn, als ich das Haus in der 37. Straße betrat und dem Zerberus meinen Namen nannte.

2

Ich versprach dem Portier, mich bei Nero Wolfe um ein Autogramm zu bemühen, und notierte mir seinen Namen: Nils Lamm. Die junge Dame stand noch da und betrachtete uns mit gefurchter Stirn. Sie war 23 oder 24 Jahre alt, reichte mir bis ans Kinn, und ohne die Stirnfalten hätte ihr Gesicht wohl Aufmerksamkeit erregt. Weil sie den Blick nicht von mir ließ, fragte ich: »Möchten Sie auch ein Autogramm?«

»Ich . . . Nein, ich . . .« Sie zögerte, dann faßte sie einen Entschluß. »Ich möchte Sie etwas fragen.«

»Bitte, gern.«

Jemand marschierte von der Straße herein, eine resolute Dame in Nerz, Typ Chefin, zwischen Zwanzig und Sechzig, und wir traten beiseite, um ihr den Weg zum Lift freizumachen. Die Dame erklärte Nils Lamm, sie begehre Leo Heller zu sprechen, und weigerte sich, ihren Namen zu nennen; aber als Lamm darauf bestand, verriet sie ihn: Agatha Abbey. Sie entschwand mit dem Lift.

Die junge Dame erklärte mir, sie habe die ganze Nacht gearbeitet und sei müde, und deshalb setzten wir uns auf die Bank neben dem Kamin. »Mein Name ist Susan Maturo«, sagte sie. »Ich bin staatlich geprüfte Krankenschwester.«

»Danke. Meinen Namen wissen Sie, und *ich* bin staatlich geprüfter Detektiv.«

Sie nickte. »Deswegen möchte ich Sie ja fragen. Wenn ich Nero Wolfe beauftrage, etwas zu untersuchen, was kostet das?«

Ich hob die Schultern und ließ sie wieder sinken. »Das

kommt drauf an. Auf das ›etwas‹, die nötige Zeit, seine Laune, Ihre finanziellen Verhältnisse . . .«

Ich hielt inne, um das unverschämte Glotzen zu erwidern, mit dem ein weiterer Besucher uns bedachte – ein dürrer langer Kerl mit einem braunen Anzug, der unbedingt gebügelt werden mußte, und mit einer geschwollenen Aktenmappe unterm Arm. Als er meinen Blick sah, wandte er sich ab und marschierte zum Aufzug, ohne mit Nils Lamm ein Wort zu wechseln.

Susan Maturo fuhr fort: »Mich hat etwas schwer betroffen, und es wird immer schlimmer statt besser. Ich fürchtete schon um meinen Verstand, und deshalb beschloß ich, diesen Leo Heller aufzusuchen, ob er mir helfen könne. Ich kam also heute früh, aber während ich in seinem Wartezimmer saß – zwei Leute waren schon vor mir, ein Mann und eine Frau – und mir alles noch einmal durch den Kopf gehen ließ, da sagte ich mir, ich sei verbittert und rachsüchtig, und schließlich stand ich auf und wollte wieder gehen. Dann hörte ich hier unten Ihren Namen und fragte Sie, was es kostet, wenn Nero Wolfe Nachforschungen anstellen würde. Aber das war wohl ein bißchen voreilig, denn eigentlich möchte ich es ihm erst darlegen und um seinen Rat bitten, was eventuelle Ermittlungen betrifft.«

Es war ihr voller Ernst, und sie war sehr aufgeregt. »Die Sache ist die«, erklärte ich ihr. »Um Mr. Wolfe mit etwas zu bewegen, bei dem sich kein dickes Honorar abzeichnet, müssen fachmännische Vorbereitungen getroffen werden, und der einzige Fachmann dafür bin ich.« Ich blickte auf meine Uhr, es war 10 Uhr 19. »Ich bin verabredet, aber ich kann fünf Minuten erübrigen, wenn Sie mir kurz das Wichtigste erzählen wollen, und dann sage ich Ihnen, was ich davon halte. Was hat Sie so schwer betroffen?«

Ihre Lippen zitterten, und sie preßte sie einen Moment aufeinander, dann sagte sie: »Wenn ich darüber reden soll, ist mein Hals wie zugeschnürt, und fünf Minuten reichen ohnehin nicht aus; außerdem brauche ich jemanden, der alt und weise ist wie Nero Wolfe. Kann ich ihn denn nicht besuchen?«

Ich versprach, ich wolle mich darum bemühen, aber es sei sinnlos, Wolfe unvorbereitet zu überfallen, und obwohl ich weder alt noch weise sei, müsse sie mich schon etwas einweihen, ehe ich ihr Rat und Hilfe geben könne. Sie pflichtete mir bei und nannte Adresse und Telefonnummer, und wir verabredeten, uns im Laufe des Tages auszusprechen. Ich öffnete ihr die Haustür, und sie ging.

Auf der Fahrt nach oben zeigte meine Uhr 10.28, also war ich nun doch nicht pünktlich, aber bis Hellers Sprechstunde begann, war immer noch eine halbe Stunde Zeit. Im vierten Stock sah ich den beschriebenen Pfeil zum Wartezimmer, wandte mich in entgegengesetzter Richtung, drückte den Klingelknopf neben der Tür am Ende des Flurs und bemerkte dabei, daß die Tür einen Spalt offenstand. Als auch das zweite Klingeln nichts bewirkte, stieß ich die Tür auf, ging hinein und rief Hellers Namen. Keine Antwort. Und kein Mensch zu sehen.

Ich dachte, wahrscheinlich ist er ins Wartezimmer gegangen und kommt gleich zurück, und blickte mich um, denn es interessierte mich, wie es wohl bei einem Wahrscheinlichkeitsrechner aussah; einiges beeindruckte mich sehr. Die Tür war aus Metall, etwa acht Zentimeter dick, zwecks Sicherheit oder Schalldämpfung. Wenn es Fenster gab, dann hinter dicken Vorhängen, jedenfalls leuchtete nur künstliches Licht, und zwar direkt aus Blenden unter der Zimmerdecke. Der Raum war vollklimatisiert. Karteikästen nahmen die Rückwand ein, sie waren alle verschlossen. Der Boden war mit samtartigem Material bedeckt, auf dem man einen Schritt kaum hörte.

Es herrschte völlige Stille. Kein Geräusch war zu hören, obwohl es unten auf der Lexington und der Third Avenue überaus geräuschvoll zuging.

Ich warf einen Blick auf den Schreibtisch, an dem freilich nichts Auffälliges war – bis auf die Maße. Er war doppelt so groß wie ein normales Exemplar. Unter anderem sah ich Bücher mit Titeln, die mir nicht verlockend erschienen, ein Rechenstab aus Elfenbein oder guter Imitation und einen Stapel Notizblöcke. Papier war verstreut, und ein Gefäß mit scharf gespitzten Bleistiften war umgefallen; ein paar Stifte lagen am Rand des Schreibtischs in einer Art Muster nebeneinander.

Ich war schon zehn Minuten da, aber Heller war immer noch nicht erschienen; wenn Wolfe getreu seinem Fahrplan um elf von seinem Morgenbesuch bei den Orchideen herunter ins Büo kam, war meine Anwesenheit erwünscht. Deshalb ging ich hinaus, ließ die Tür angelehnt, wie ich sie vorgefunden hatte, und begab mich ins Wartezimmer.

Dieser Raum war weder klimatisiert noch schallgedämpft. Fünf Leute saßen herum, von denen ich drei bereits gesehen hatte: den großen Menschen mit dunkelblauem Mantel und Homburg, den Chefinnentyp im Nerz, der sich Agatha Abbey nannte, und den dürren langen Kerl mit der Aktentasche. Von den beiden anderen war keiner Leo Heller. Einer war ein schmieriger kleiner Kerl mit viel Pomade, und das andere war eine Matrone mit Reservekinn. Ich wandte mich an die Versammlung. »Ist Mr. Heller kürzlich hier gewesen?«

Alle schüttelten brav die Köpfe, und der Pomadenwicht sagte: »Vor elf läßt er sich nicht blicken.«

Ich dankte und ging wieder in das andere Zimmer. Immer noch kein Heller. Ich rief auch nicht mehr, denn selbst wenn ihn das zum Vorschein gebracht hätte – ich hätte ja doch gleich gehen müssen.

Auf der Straße winkte ich einem Taxi, weil es zu Fuß zu lange gedauert hätte, und zu Hause saß ich kaum zwanzig Sekunden im Büro, als das Geräusch des mit Wolfe herabschwebenden Aufzugs zu vernehmen war.

Es war komisch. Sonst habe ich immer Ahnungen, und in

den Jahren bei Wolfe habe ich schon durchaus zutreffende gehabt, aber an jenem Tag spürte ich auch nicht im geringsten, daß etwas in der Luft lag. Ich war bester Dinge, als ich Wolfe fragte, wie es um die Blattlausbekämpfung stehe, und nach dem Mittagessen rief ich die Nummer an, die Susan Maturo mir gegeben hatte. Es meldete sich aber niemand.

Dafür meldete sich später jemand, kurz nach sechs. Ich ging zur Haustür, weil es geklingelt hatte, und draußen stand Inspektor Cramer von der Mordkommission Manhattan.

Ich bat ihn herein und ins Büro, wo Wolfe Bier trank und drei Senatoren der Vereinigten Staaten auf dem Bildschirm ungnädig musterte.

3

Cramer, umfänglich und stämmig, mit scharfen und skeptischen grauen Augen im großen roten Gesicht, nahm im Ledersessel vor Wolfes Schreibtisch Platz. Bier hatte er abgelehnt, das Fernsehen war aus- und die Beleuchtung eingeschaltet worden.

Cramer ergriff das Wort. »Ich komme auf dem Weg zum Präsidium vorbei und habe nicht viel Zeit.« Er war barsch, was bei ihm normal war. »Ich hätte gern rasch ein paar Auskünfte. Was tun Sie für Leo Heller?«

»Nichts.« Wolfe war brüsk, was ebenfalls normal war.

»Sie arbeiten nicht in seinem Auftrag?«

»Nein.«

»Warum wollte ihn Goodwin dann heute vormittag besuchen?«

»Er wollte nicht.«

»Langsam«, schaltete ich mich ein. »Ich ging aus eigenem Antrieb hin, zur Erkundung. Mr. Wolfe wußte nichts davon, und er erfährt es soeben erst.«

Es folgten zwei Blicke voller Erbitterung – Cramer blitzte Wolfe an und Wolfe mich. Cramer ergänzte mit Worten. »Du lieber Himmel. Das ist das Beste, was ihr euch je geleistet habt! Wie lange habt ihr zum Einstudieren gebraucht?«

Wolfe ließ zeitweilig von mir ab, um Cramer zurechtweisen zu können. »Angenommen, wir hätten. Rechtfertigen Sie es, wieso Sie in mein Haus eindringen und über Mr. Goodwins Tun und Lassen Auskunft verlangen. Und wenn er Mr. Heller besucht hätte? Ist Mr. Heller tot aufgefunden worden?«

»Ja.«

»Wirklich?« Wolfes Brauen hoben sich. »Gewaltanwendung?«

»Ermordet. Schuß ins Herz.«

»In seinen Räumen?«

»Ja. Ich möchte von Goodwin einiges hören.«

Wolfes Blicke richteten sich auf mich. »Haben Sie Mr. Heller erschossen, Archie?«

»Nein, Sir.«

»Dann tun Sie Mr. Cramer den Gefallen. Er hat es eilig.«

Ich erzählte zunächst vom Anruf tags zuvor, von Wolfes Weigerung, für Heller zu arbeiten, meinem zweiten Gespräch mit Heller, dann von meinem vormittäglichen Besuch in der 37. Straße, mit allen Einzelheiten, ausgenommen genauerer Schilderung von Susan Maturos Seelenzustand. Ich sagte lediglich, sie habe um einen Termin bei Wolfe ersucht und mir nicht verraten wollen, wieso.

Cramer brummte: »Ich weiß nur zu gut, wie neugierig Sie sind, Goodwin. In diesem Zimmer gab es drei Türen außer der, zu der Sie hineingingen. Sie haben keine davon geöffnet?«

»Nein.«

»Eine davon ist die Tür zu dem großen Einbauschrank, in dem Hellers Leiche von einem Besucher entdeckt wurde, von einem Bekannten, um 15 Uhr. Der Arzt sagt, das

Frühstück, das Heller um halb zehn einnahm, sei zum Todeszeitpunkt noch keine Stunde im Magen gewesen. Mithin steht praktisch fest, daß die Leiche im Schrank lag, während Sie im Zimmer waren. Außerdem war ein Schuß abgefeuert worden. Sie haben absolut nichts gemerkt?«

»Nein. Klimaanlage.«

»Und Sie haben auch nicht in die Schubläden des Schreibtisches geguckt?«

»Nein. Nächstes Mal tu ich's.«

»Wir haben hineingeschaut.« Cramer zog etwas aus der Brusttasche. »In einer Schublade fanden wir diesen Umschlag, verschlossen. In Hellers Handschrift war mit Bleistift draufgeschrieben: ›Nero Wolfe‹. Darin befanden sich fünf Hundertdollarnoten.«

»Es tut mir leid, daß ich nicht nachgesucht habe«, sagte ich wahrheitsgemäß.

Wolfe rührte sich. »Ich nehme an, das Kuvert ist auf Fingerabdrücke untersucht worden.«

»Selbstverständlich.«

»Darf ich es mal haben, bitte?«

Wolfe streckte die Hand aus. Cramer zögerte einen Augenblick, dann warf er es auf den Schreibtisch, und Wolfe hob es auf. Er nahm die Scheine heraus, lauter ganz neue, zählte sie und blickte in den Umschlag.

»Er war verschlossen«, bemerkte er, »und mein Name stand darauf. Aber Sie haben ihn geöffnet.«

»Jawohl.« Cramer hielt die Hand hin. »Geben Sie's wieder her.«

Wolfe steckte die Scheine wieder ins Kuvert und dieses in die Tasche.

»Das gehört mir«, stellte er fest.

»Es ist ein Beweisstück«, zürnte Cramer, »und ich verlange es zurück.«

Wolfe schüttelte den Kopf. »Was beweist es? Als Polizeibeamter sollten Sie es zur Genüge begutachtet haben.« Er klopfte mit einem Finger auf seine Tasche. »Mein Eigentum. Bringen Sie es oder mich mit einer Straftat in Verbindung.«

Cramer beherrschte sich, was unter diesen Umständen nicht leicht war. »Ich hätte es mir denken können«, sagte er grimmig. »Sie wollen mit einer Straftat in Verbindung gebracht werden? Okay. Vorweg ein paar Tatsachen. Heller bewohnte in diesem Haus in der 37. Straße den dritten Stock und arbeitete im vierten, dem obersten Stockwerk. Heute vormittag um fünf vor zehn verließ er seine Wohnung und ging nach oben. Goodwin sagt, er betrat das Büro um 10 Uhr 28. Wenn also die Leiche zu dieser Zeit im Schrank war – und das steht nahezu fest –, dann wurde Heller zwischen 9 Uhr 55 und 10 Uhr 28 erschossen. Wir konnten niemanden ermitteln, der den Schuß gehört hat, was uns wohl wegen der schalldämmenden Ausstattung auch nie gelingen wird. Wir haben das getestet.«

Cramer kniff die Augen zu und öffnete sie wieder. »Weiter. Von dem Portier haben wir eine Aufstellung aller Personen, die das Haus in dieser Zeit betreten haben. Die meisten von ihnen haben wir schon, den Rest kriegen wir auch noch. Es waren sechs. Susan Maturo, eine Krankenschwester, verließ das Haus, ehe Goodwin hinauffuhr, und die anderen fünf gingen später, zu verschiedenen Zeiten, nachdem sie es angeblich leid waren, auf Heller zu warten. Wie es aussieht, hat einer von ihnen Heller ermordet. Jeder kann vom Lift aus zunächst ins Büro gegangen, Heller erschossen haben und dann ins Wartezimmer gegangen sein.«

Wolfe murmelte: »Und wieso der Tote im Schrank?«

»Natürlich um die Entdeckung zu verschieben. Wenn jemand zufällig den Mörder aus Hellers Büro kommen sah, mußte er sagen können, er habe Heller gesucht und nicht gefunden. Beim Weggehen ließ er die Tür angelehnt, um – wenn ihm einer begegnete – es plausibler zu machen, daß er sie so angetroffen hatte. Außerdem durfte er natürlich das Haus nicht verlassen. Weil sie wußten, daß Heller ab elf Klienten empfing, waren alle sechs so früh gekommen, um nicht zu lange warten zu müssen – den Täter eingeschlossen. Er mußte mit den anderen im Wartezimmer warten. Jemand ging allerdings weg, die Krankenschwester, und ließ es sich angelegen sein, Goodwin zu erklären, warum sie ging. Wir werden sehen, ob sie im Verhör glaubhaft bleibt.«

»Sie wollen mich mit einer Straftat in Verbindung bringen.«

»Stimmt.« Cramer gab sich selbstbewußt. »Erst noch eine Tatsache. Die Waffe befand sich beim Toten im Schrank, ein alter Revolver. Die Chance, seine Herkunft zu ermitteln, steht eins zu tausend, trotzdem versuchen wir es. Und nun kommen wir zu Anmerkungen, wie Sie das immer zu nennen belieben. Der Täter war bewaffnet, handelte mit Vorsatz. Er klingelte und wurde eingelassen. Da Heller zum Schreibtisch ging und sich setzte, konnte er . . .«

»Ist das erwiesen?«

»Ja. Er konnte zunächst keine tödliche Gefahr befürchtet haben. Im Laufe des Gesprächs jedoch, das aufgrund der zeitlichen Umstände nicht länger als ein paar Minuten gedauert haben kann, bekam er nicht nur Angst, er muß vielmehr gespürt haben, wie nahe ihm der Tod war, und in diesem schalldichten Zimmer war er absolut hilflos. Die Waffe war auf ihn gerichtet. Er redete, suchte Zeit zu gewinnen, nicht weil er aufs Überleben hoffte, sondern weil er eine Nachricht hinterlassen wollte, die nach seinem Tod vorgefunden werden sollte. Vor Nervosität zitternd, mit möglicherweise wie flehend erhobener Hand, warf er ein Gefäß mit Bleistiften auf seinem Schreibtisch um. Dann spielte er wie nervös mit ihnen herum, wobei er wahrscheinlich ständig weiterredete. Dann muß der Schuß gefallen sein. Der Täter ging um den Schreibtisch herum, überzeugte sich, daß sein Opfer tot war, und schleifte die Leiche in den Schrank, wir haben Spuren davon gesichert. Er merkte nicht, daß die verstreuten Bleistifte so geordnet waren, daß sie eine Nachricht darstellten – sonst hätte er sie mit einer Handbewegung vom Tisch gefegt. Er hatte es sehr eilig, aus dem Raum und ins Wartezimmer zu kommen.«

Cramer stand auf. »Wenn Sie mir acht Bleistifte geben, zeige ich Ihnen, wie sie lagen.«

Ich bediente ihn mit einer Handvoll aus meiner Schale. Cramer begab sich auf Wolfes Seite, der das Gesicht verzog und seinen Sessel rückte, um Platz zu machen. »Ich befinde mich jetzt wie Heller am Schreibtisch«, sagte Cramer, »und lege die Bleistifte, wie er es von seinem Platz aus getan hat.« Nachdem er die acht Stifte zu seiner Zufriedenheit geordnet hatte, trat er beiseite. »Bitte, sehen Sie es sich an.«

Wolfe inspizierte das Bild von seiner Seite, ich von meiner. Aus Wolfes Perspektive sah es sich so an:

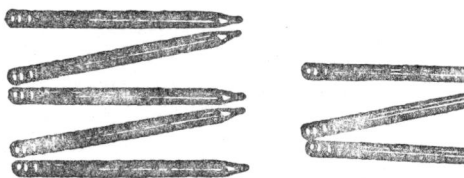

»Sie sagen«, erkundigte sich Wolfe, »das sei eine Nachricht?«

»Ja«, behauptete Cramer. »Es muß eine sein.«

»Weil Sie es sagen?«

»Quatsch. Sie wissen genau, daß diese Bleistifte nicht zufällig so hingefallen sind. Goodwin, Sie haben sie gesehen. Lagen sie so?«

»In etwa«, gab ich zu. »Ich wußte zu dieser Zeit nicht, daß ein Toter im Schrank lag, deshalb war ich nicht so daran interessiert wie Sie. Aber da Sie mich fragen, die Bleistift-

97

gummi von einem der Stifte lag in der Mitte.« Ich legte einen Finger auf die Stelle. »Genau da.«

»Legen Sie alles so, wie Sie es gesehen haben.«

Ich ging zu ihnen hinter den Schreibtisch und tat wie geheißen, indem ich aus einem Bleistiftende den Radiergummi zog und so hinlegte, wie ich es gesehen hatte. Nun sah es so aus:

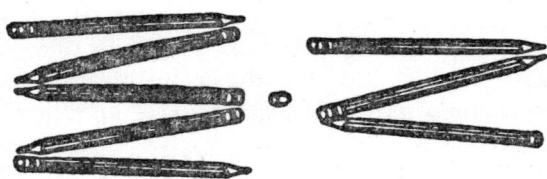

»Ich glaube«, sagte Cramer, »daß Heller es seitlich angeordnet hat, um die Wahrscheinlichkeit zu verringern, daß sein Gegenüber sah, was das war. Kommen Sie bitte hierher, beide. Sehen Sie es sich von hier aus an.«

Wolfe und ich traten neben ihn an die linke Seite des Schreibtisches. Ein Blick genügte, was wir sahen, wenn man die Seite um neunzig Grad drehte.

Cramer fragte: »Kann man sich ein deutlicheres NW vorstellen?«

»Ich schon«, bemerkte ich. »Was soll der Extrableistift links am W?«

»Den hat er absichtlich hingelegt, zur Tarnung, oder aber er ist zufällig hingerollt, da will ich mich nicht streiten. Aber es ist unverwechselbar ein NW.« Er richtete seinen Blick auf Wolfe. »Ich versprach, Sie mit einer Straftat in Verbindung zu bringen.«

Wolfe, wieder im Sessel, verhakte die Finger ineinander. »Das ist doch nicht Ihr Ernst.«

»Und ob.« Cramer nahm im roten Ledersessel Platz. »Deshalb bin ich hier, und zwar allein. Sie bestreiten, Goodwin hingeschickt zu haben, aber ich glaube Ihnen nicht. Er gibt zu, daß er zehn Minuten in Hellers Büro war, weil er das muß, denn der Portier sah ihn hinauffahren, und fünf Leute haben ihn im Wartezimmer gesehen. In Hellers Schreibtisch liegt ein an Sie adressierter Umschlag mit fünfhundert Dollar. Aber der Triumph ist diese Nachricht. Heller hatte nur Sekunden, um sie zu hinterlassen. Ist es eine Frage, was sie zu bedeuten hat? Für mich nicht. Sie bezieht sich auf die Person oder die Personen, die seinen Tod auf dem Gewissen haben. Ich nehme an, sie soll sie identifizieren. Widersprechen Sie dieser Behauptung?«

»Nein. Sie hat viel für sich. Sehr wahrscheinlich.«

»Dann fordere ich Sie auf, irgendwelche Personen namhaft zu machen, für die die Initialen NW stehen könnten. Falls Sie dies jetzt und hier nicht können, nehme ich Sie und Goodwin zwecks Einvernahme mit. Meine Leute warten draußen. Wenn ich es nicht tue, holt Sie der Staatsanwalt.«

Wolfe richtete sich auf und seufzte tief. »Sie sind heute ungewöhnlich lästig, Mr. Cramer.« Er stand auf. »Entschuldigen Sie bitte einen Augenblick.« Er holte ein Buch vom Regal und schlug es auf. Es war zu weit weg, als daß ich es hätte erkennen können. Er suchte hinten im Inhaltsverzeichnis, dann eine Seite etwa in der Mitte. Er blätterte zweimal um, kehrte zum Schreibtisch zurück und verschloß das Buch in einer Schublade.

Cramer meldete sich wieder zu Wort. »Ich bin ja kein Phantast. Sie haben ihn nicht erschossen. Sie waren nicht dort. Ich behaupte nicht einmal, daß Goodwin ihn ermordet hat, obwohl er Gelegenheit hatte. Ich behaupte, Heller hat eine Nachricht hinterlassen, die zum Täter führt, und die Nachricht lautet NW; das steht für Nero Wolfe und heißt, Sie wissen etwas, und das will ich wissen. Antwor-

ten Sie mit ja oder nein: Wissen Sie etwas, das darauf hinweist oder hinweisen könnte, wer Leo Heller ermordet
hat – oder nicht?«

Wolfe nickte. »Ja.«

»Aha. Sie wissen etwas. Was?«

»Die Nachricht, die er hinterließ.«

»Sie lautet lediglich NW. Reden Sie weiter.«

»Ich brauche mehr Informationen. Liegen die Bleistifte
noch so auf dem Schreibtisch?«

»Ja. Es wurde nichts verändert.«

»Sie haben natürlich einen Mann dort. Lassen Sie mich
mit ihm telefonieren. Sie können mithören.«

Cramer zögerte, dann rief er aber an und erläuterte seinem Beamten, daß Wolfe mit ihm sprechen wolle, dann
gab er Wolfe den Hörer und ergriff meinen.

Wolfe war knapp und höflich. »Ich habe erfahren, daß die
Bleistifte unverändert auf dem Schreibtisch liegen, daß
alle bis auf einen Radiergummi am Ende haben, und daß
ein Radiergummi auf dem Tisch liegt zwischen den beiden Bleistiftgruppen. Stimmt das?«

»Jawohl.« Ich hörte am Apparat beim Globus mit.

»Nehmen Sie den Gummi und stecken Sie ihn in den Bleistift, der keinen hat. Ich möchte wissen, ob er so lose war,
daß er von selber herausrutschen konnte.«

Es dauerte eine Weile, dann meldete sich der Polizist wieder. »Der Radiergummi kann nicht von selber herausge-
rutscht sein. Ein Stück davon steckt noch oben im Bleistift.
Er muß herausgezogen und zerbrochen worden sein, die
Bruchstellen sind hell und neu.«

»Danke, das genügt. Aber um sicherzugehen, schlage ich
vor, Bleistift und Gummi im Labor daraufhin untersuchen zu lassen, ob die Bruchstellen zueinander passen.«

»Soll ich das tun, Inspektor?«

»Ja, von mir aus.« Cramer verfügte sich wieder in den roten Sessel. »Na und?«

»Das wissen Sie selber«, erklärte Wolfe. »Der Radiergummi wurde abgebrochen und absichtlich so plaziert, er gehört zur Nachricht. Wohl als Punkt hinter dem N, um zu zeigen, daß es ein Anfangsbuchstabe ist? Und er starb, ehe er auch hinter das W einen Punkt legen konnte.«

»Sarkasmus ändert gar nichts. Es bleibt ein NW.«

»Nein. Es ist keins. Und war nie eins.«

»Für mich und den Staatsanwalt schon. Es ist wohl besser, wenn wir uns jetzt in seine Amtsräume begeben.«

Wolfe hob eine Hand. »Sie sind nicht gedankenlos, aber dickköpfig. Ich warne Sie, Cramer: Wenn Sie weiter von der Annahme ausgehen, Mr. Hellers Mitteilung lautet NW, dann geraten Sie in eine Sackgasse. Das wenigste, was Ihnen passieren kann, ist, ein Esel geheißen zu werden.«

»Ich nehme an, Sie wissen, was die Mitteilung besagt.«

»Ja.«

»Bitte, ich warte . . .«

»Sie werden noch ein Weilchen warten müssen. Wenn ich dächte, ich könnte mir dieses Geld verdienen« – er klopfte auf seine Tasche –, »indem ich Ihnen diese Mitteilung entzifferte, dann wäre das einfach für mich; aber bei Ihrem gegenwärtigen seelischen Zustand würden Sie lediglich denken, ich mache Ihnen etwas vor.«

»Versuchen Sie's doch mal.«

»Nein.« Wolfe schloß die Augen halb. »Ein Gegenvorschlag. Sie können so weitermachen, wie Sie angefangen haben, und sehen, wie weit Sie kommen; wobei zu sagen wäre, daß Mr. Goodwin und ich jegliche Kenntnis der Sachlage oder der betroffenen Personen leugnen werden, abgesehen von dem, was Sie erfahren haben; ich werde meinen eigenen Weg gehen. Oder aber Sie bringen den Mörder hierher und lassen mich mit ihm auf meine Weise umgehen – in Ihrer Gegenwart.«

»Gern. Wie heißt er?«

»Sobald ich ihn habe. Ich brauche alle sechs Besucher, um zu erfahren, wen Heller mit seiner Nachricht gemeint hat.

Da ich die Mitteilung lesen kann und Sie nicht, sind Sie doch ganz offensichtlich eher auf mich angewiesen als umgekehrt ich auf Sie, aber Sie könnten mir viel Zeit, Mühe und Kosten ersparen.«

»Wenn Sie die Mitteilung deuten können und sich weigern, dies in meiner Gegenwart zu tun, dann unterschlagen Sie Beweise.«

»Unsinn. Eine Mutmaßung ist kein Beweis. Ihre Mutmaßung, es heiße NW, ist auch keiner. Meine ebenfalls nicht, aber sie wird zu einem Beweis – wenn ich die Führung übernehme.« Wolfe machte eine ungeduldige Handbewegung, und seine Stimme hob sich. »Verdammt, schlage ich etwa ein fröhliches Fest zu meiner Belustigung vor? Glauben Sie, ich freue mich auf eine Invasion meines Hauses durch Scharen von Polizisten, die verängstigte und verdächtigte Bürger hereintreiben?«

»Nein. Das weiß ich nur zu gut.« Cramer musterte Wolfe, dann mich, und keinen von uns wie einen Busenfreund.

»Ich telefoniere jetzt«, sagte er, stand auf und kam zu meinem Tisch.

4

Bei drei der verängstigten Bürger mußte Wolfe glücklicherweise ganz von vorn anfangen. Sie waren fest entschlossen gewesen, nicht zu verraten, weshalb sie zu Leo Heller gekommen waren, und wie wir aus den Vernehmungsprotokollen entnahmen, hatten die Beamten ihre liebe Not gehabt, es ihnen dennoch zu entlocken.

Bis der erste kurz vor zwanzig Uhr ins Büo geleitet wurde, hatte sich Wolfe einigermaßen mit seinem bedauerlichen Geschick abgefunden und sah der Unbill tapfer ins imaginäre Auge. Nicht nur, daß er sein Abendessen in einem Viertel der üblichen Zeit einnehmen mußte, er hatte außerdem einen strikten Grundsatz verletzen und beim Essen Dokumente lesen müssen, und dies alles in der Gesellschaft von Inspektor Cramer, der die Einladung angenommen hatte, mit uns einen Happen zu essen. Natürlich kehrte Cramer mit uns ins Büro zurück und rief aus der Versammlung im Vorzimmer einen Polizeistenografen herein, der sich an einem Ende meines Schreibtisches niederließ. Sergeant Purley Stebbins, der den Bürger einlieferte und vor Wolfe und Cramer setzte, bezog einen Stuhl an der Wand.

Der Bürger, den die Unterlagen als John R. Winslow auswiesen, war der große Mensch in dunkelblauem Mantel und Homburg, der den Kopf aus dem Lift gesteckt hatte, um Archie Goodwin zu sehen. Jetzt wirkte er unglücklich und schlapp, und er war einer der drei, die den Zweck ihres Besuchs bei Heller hatten verschweigen wollen; das konnte ich ihm angesichts der Tatsache nicht sehr verübeln.

Zunächst einmal beschwerte er sich. »Ich glaube, dies ist verfassungswidrig. Die Polizei hat mich gezwungen, über meine privaten Angelegenheiten zu sprechen, und das war vielleicht nicht zu umgehen, aber Nero Wolfe ist Privatdetektiv, und ich brauche mich von ihm nicht verhören zu lassen.«

»Ich bin dabei«, sagte Cramer. »Ich kann Wolfes Fragen wiederholen, wenn Sie darauf bestehen, aber dann dauert es länger.«

»Ich schlage vor«, meinte Wolfe, »wir fangen mal an und sehen, wie es läuft. Ich habe Ihre Aussage gelesen, Mr. Winslow, und ich versichere Ihnen, daß ich genauso diskret wie die Polizei bin. Sie waren heute zum dritten Mal bei Mr. Heller. Sie wollten ihn mit Informationen versorgen, damit er berechnen konnte, wie lange Ihre Tante noch leben wird. Sie erwarten, von ihr ein beträchtliches Vermögen zu erben, und wollten Ihr weiteres Vorgehen auf sichere Annahmen gründen. Das ist Ihre Aussage, aber Ermittlungen ergeben, daß Sie tief verschuldet und finanziell in starker Bedrängnis sind. Leugnen Sie das?«

»Nein.« Winslows Unterkiefer arbeitete. »Ich leugne es nicht.«

»Stehen Ihre Schulden ganz oder teilweise in Verbindung mit irgendeiner Straftat?«

»Nein!«

»Angenommen, Mr. Heller hätte eine triftige Berechnung der Lebensdauer Ihrer Tante aufgestellt, wie hätte Ihnen das geholfen?«

»Ich verhandelte wegen eines großen Kredits. Die Zinsen sollten mit jedem Monat anwachsen, um den sich die Rückzahlung verzögerte, und ich mußte wissen, was ich da riskieren konnte.«

»Welche Daten hatten Sie Heller für seine Berechnungen gegeben?«

Winslow sah den Stenografen und mich an, aber wir konnten ihm auch nicht helfen. Er antwortete Wolfe: »Alle möglichen. Das Alter meiner Tante, ihre Lebensgewohnheiten – wie sie aß, schlief, alles, was ich wußte –, ihr Gesundheitszustand, soweit er mir bekannt war, wie alt ihre Eltern und Großeltern geworden waren, ihr Gewicht und ihre Figur – ich gab ihm Fotos –, ihr Temperament und ihre Interessen, ihre Haltung Ärzten gegenüber . . .«

Wolfe brummte: »Hat er Ihnen im Zusammenhang mit der Langlebigkeit etwa auch die Möglichkeit vorgeschlagen, Sie könnten darauf Einfluß nehmen, indem Sie sich Ihrer Tante entledigen?«

Winslow fand das komisch. Er lachte nicht lauthals, aber er kicherte.

»Hat er?« beharrte Wolfe.

»Ich weiß nicht, nein, wirklich nicht.«

»Von wem hat Ihre Tante das Vermögen geerbt?«

»Von ihrem Mann, meinem Onkel Norton.«

»Wann starb er?«

»Vor sechs Jahren.«

»Wie? Woran?«

»Ein Jagdunfall. Er wurde bei der Hirschjagd erschossen. Ich befand mich zu diesem Zeitpunkt zwei Kilometer entfernt.«

»Hat er Ihnen etwas vermacht?«

»Nein.« Winslow errötete. »Er mochte mich nicht und hinterließ mir nur sechs Cents.«

Wolfe schaute Cramer an, aber der ließ ihn gar nicht erst fragen. »Zwei Beamte ermitteln bereits. Der Jagdunfall ereignete sich in Maine.«

Wolfe goß sich Bier ein. Als der Schaum den Rand erreichte, stellte er die Flasche weg und fuhr fort: »Mr. Winslow, ich schlage vor, Sie berichten uns jetzt von allem, was zwischen Ihnen und Mr. Heller besprochen wurde. Von Anfang an, möglichst wortgetreu. Ich werde so wenig wie möglich unterbrechen.«

»Aber Sie haben doch alles gelesen«, widersprach Cramer. »Was soll das, zum Donnerwetter? Haben Sie eine Spur, oder haben Sie keine?«

Wolfe nickte. »Doch. Mr. Winslow weiß nicht, um welche Spur es sich handelt, und für Sie sind es böhmische Dörfer.« Er wandte sich an Winslow. »Bitte sprechen Sie, mein Herr.«

Es dauerte über eine Stunde, mit Unterbrechungen. Sie wurden von verschiedenen städtischen Beamten verursacht, die im Haus verteilt waren – im Vorzimmer, im Eßzimmer und in drei Schlafzimmern –, wo sie andere verängstigte Bürger bearbeiteten, sowie vom Telefon. Zwei Anrufe kamen von Leuten der Mordkommission, die sich bemühten, eine abhanden gekommene Bürgerin aufzuspüren – eine Henrietta Tillotson, Mrs. Albert Tillotson, das war die füllige Matrone, die ich in Hellers Wartezimmer bei den anderen hatte sitzen sehen. Außerdem riefen der Polizeichef und der Staatsanwalt und andere interessierte Stellen an.

Als Purley Stebbins aufstand, um Winslow aus dem Zimmer zu geleiten, war Wolfes Spur für Cramer offenbar noch immer ein böhmisches Dorf, und für mich, ehrlich gesagt, auch.

Wolfe labte sich am Bier. »Sagen Sie Ihren Leuten«, wandte er sich an Cramer, »die zur Zeit die Verdächtigen vernehmen, sie sollen auf alles achten, was mit der Zahl Sechs zusammenhängt. Sie dürfen es sich nicht merken lassen, die Zahl selber nicht erwähnen, aber wenn in irgendeinem Zusammenhang die Sechs auftaucht, dann sollen sie diesen Zusammenhang sorgfältig ergründen. Ich setze voraus, sie wissen alle von Hellers Vermutung, daß einer seiner Klienten ein schweres Verbrechen begangen habe?«

»Sie wissen, daß Goodwin es behauptet. Was ist mit der Sechs?«

Wolfe schüttelte den Kopf. »Das muß vorerst genügen.«

»Winslows Onkel starb vor sechs Jahren und hinterließ ihm sechs Cents.«

»Das weiß ich. Sie sagen, in dieser Sache werde ermittelt. Soll Mr. Goodwin Ihren Leuten Bescheid sagen?«

Cramer verneinte und ging hinaus.

Als er wiederkehrte, war Bürgerin Nr. 2 von Stebbins hereingebracht, Wolfe vorgestellt und auf Winslows Platz verwiesen worden. Es war Susan Maturo, und bei ihr war zu bedenken, daß Hellers Verdacht gegen einen Klienten eigentlich voraussetzte, daß er ihn schon mindestens einmal gesehen hatte, und laut Susan Maturo hatte sie Heller nie zuvor besucht oder gesehen. Genaugenommen entlastete das aber weder sie noch Agatha Abbey, die ebenfalls behauptete, es sei ihr erster Besuch gewesen. Heller hatte sich mit potentiellen Klienten manchmal telefonisch verabredet, auch außerhalb seines Büros, das war bekannt. Miss Maturo und Miss Abbey konnten durchaus zu diesen Klienten gehören.

Wolfe ging ziemlich sanft mit ihr um, wahrscheinlich weil sie das angebotene Bier akzeptiert hatte, davon trank und sich die Lippen leckte. Es gefällt ihm, wenn andere seine Freuden teilen.

»Sie wissen wohl, Miss Maturo«, sagte er, »daß Sie ein Sonderfall sind. Die Tatsachen weisen darauf hin, daß Mr. Heller von einer der sechs Personen ermordet wurde, die heute vormittag das Haus betraten, um ihn zu besuchen, und Sie sind die einzige von diesen sechs, die vor elf Uhr wegging, also ehe Mr. Hellers Sprechstunde gewöhnlich begann. Ihre Erklärung dafür ist nahezu inkonsequent. Haben Sie keine bessere? Warum sind Sie weggegangen?«

Sie schluckte, wollte etwas sagen, brachte keinen Ton hervor und mußte nochmals schlucken. »Sie haben sicher von der Explosion und dem Feuer im Montrose Hospital vor einem Monat gehört?«

»Gewiß. Ich lese Zeitung.«

»Sie wissen also, daß in jener Nacht 302 Menschen ums Leben kamen. Ich hatte dort Dienst, in Station G im fünften Stock. Außer den Toten gab es zahlreiche Verletzte, aber ich kam ohne einen Kratzer davon. Meine beste Freundin starb, als sie Patienten retten wollte, sie verbrannte, und eine andere gute Freundin ist nun zeitlebens ein Krüppel, und ein junger Arzt, mit dem ich verlobt war . . . Er kam bei der Explosion um, wie andere von meinen Bekannten. Ich weiß nicht, wieso ich unverletzt blieb, denn ich habe mich bestimmt bemüht, zu helfen und zu retten. Und dann – dann begann ich den Menschen zu hassen, der diese Bombe gelegt hat. Nach zwei Wochen versuchte ich wieder zu arbeiten, in einem anderen Krankenhaus, aber es ging nicht. Ich las alles, was die Zeitungen über das Attentat schrieben, und hoffte immer, man würde den Täter fassen. Ich konnte an nichts anderes mehr denken, und dann bin ich zur Polizi gegangen und wollte helfen, aber man hatte mich natürlich längst vernommen, und ich hatte alles gesagt, was ich wußte. Die Tage vergingen, und langsam sah es aus, als werde man den Täter niemals fassen. Ich wollte irgend etwas tun und hatte von Leo Heller gelesen. Ich beschloß, ihn um seine Hilfe zu bitten.«

Wolfe gab ein Geräusch von sich, und ihr Kopf fuhr hoch. »Ich habe Ihnen doch gesagt, daß ich diesen Menschen hasse!«

Wolfe nickte. »Das haben Sie. Reden Sie weiter.«

»Nichts weiter, ich ging hin, heute früh. Ich habe etwas Geld gespart und borgte mir noch welches, um ihn bezahlen zu können. Aber während ich im Wartezimmer saß, dachte ich plötzlich, ich müsse verrückt sein, so verbittert und rachsüchtig, daß ich nicht mehr wußte, was ich tat. Ich wollte nochmals darüber nachdenken, deshalb ging ich ... dann hörte ich in der Halle die Namen Archie Goodwin und Nero Wolfe. Mir kam der Einfall, diese beiden könnten den Täter doch ausfindig machen. Also sprach ich mit Mr. Goodwin und bat ihn um einen Termin bei Mr. Wolfe.«

Wolfe betrachtete sie. »Inkonsequent ist das nicht, aber weise ist es auch nicht. Halten Sie sich für eine intelligente Frau?«

»Wieso ... Ja. Es reicht wohl aus. Ich bin eine gute Krankenschwester, und dabei muß man intelligent sein.«

»Und trotzdem dachten Sie, dieser Scharlatan könne mit seinem Hokuspokus den Verbrecher entlarven, der die Bombe im Krankenhaus gelegt hat?«

»Ich dachte, er arbeitet wissenschaftlich. Er war berühmt wie Sie.«

»Gütiger Himmel!« Wolfe machte große Augen. »Und wozu wollten Sie meinen Rat erbitten?«

»Ob Sie dachten, es gebe noch eine Chance – ob Sie dachten, die Polizei werde den Verbrecher noch finden.«

Wolfes Augen wurden wieder normal, dann schlossen sie sich halb. »Miss Maturo, Sie sagen, Sie seien Heller nie begegnet, aber Sie können das nicht beweisen. Ich könnte also annehmen, Sie hätten ihn schon getroffen, nicht in seinem Büro, und mit ihm gesprochen; und Sie wären überzeugt gewesen, gleichgültig, wodurch, daß er die Bombe im Krankenhaus gelegt hatte; und daß Sie, von Haß besessen, in sein Büro gingen und ihn erschossen. Eine . . .«

Sie rief: »Weshalb um alles in der Welt hätte ich glauben sollen, er habe die Bombe gelegt?«

»Keine Ahnung. Ich stelle Hypothesen auf. Die offizielle Untersuchung dieses Falles führt Mr. Cramer, und zweifellos sprechen zwei oder drei seiner Leute bei Ihren Freunden und Bekannten vor, um zu erfahren, ob Sie jemals den Verdacht laut werden ließen, Leo Heller habe etwas mit der Katastrophe im Krankenhaus zu tun. Außerdem erkundigen sie sich wahrscheinlich, ob Sie einen Groll gegen das Hospital hegten, der Sie veranlaßt haben könnte, selber die Bombe zu legen.«

»Lieber Gott!« Ein Muskel an ihrem Hals zuckte. »Ich?« Mit einem Mal war sie aus ihrem Sessel und an Wolfes Schreibtisch, den sie mit den Fäusten bearbeitete, während sie sich vorbeugte. »Wie können Sie es wagen, so etwas zu sagen! Die sechs Menschen, die mir auf dieser Welt am liebsten waren – sie alle sind in jener Nacht gestorben! Wie wäre Ihnen denn da zumute?« Weiter Faustarbeit. »Wie kann einem Menschen da zumute sein?«

Ich war auf den Beinen und neben ihr, brauchte aber nicht einzugreifen. Sie richtete sich auf und zitterte einen Moment am ganzen Körper, dann faßte sie sich wieder und nahm Platz. »Entschuldigen Sie«, sagte sie leise mit belegter Stimme.

»Hm«, machte Wolfe grimmig. Eine Frau, welche die Nerven verliert, geht ihm auf die seinen. »Auf meinen Schreibtisch donnern hilft gar nichts. Wie hießen die sechs Menschen, die Ihnen am liebsten waren und ums Leben kamen?«

Sie zählte sie auf, und er wollte Näheres über sie wissen. Ich begann allmählich zu befürchten, er habe tatsächlich keine andere Spur als ich auch und Cramer einen Bären aufgebunden, um ihn von seiner fixen Idee mit NW abzubringen.

Er befaßte sich noch immer mit Susan Maturo, als ein Beamter Cramer im Flüsterton eine Nachricht überbrachte. Cramer stand auf und ging zur Tür, dann überlegte er es sich und kehrte um.

»Sie können es ja wissen«, erklärte er Wolfe. »Wir haben Mrs. Tillotson. Sie ist draußen.«

Dies war ein Glück für Susan Maturo, sonst hätte Wolfe sie vielleicht noch eine Stunde oder länger bearbeitet. Sie wollte mir im Hinausgehen wohl zulächeln, aber es war ein so klägliches Lächeln, wie ich es noch nie gesehen hatte. Wenn ich nicht im Dienst gewesen wäre, hätte ich ihr aufmunternd auf die Schulter geklopft.

Der nächste Bürger war aber nicht Mrs. Tillotson, sondern ein uniformierter Gesetzeshüter. Cramer wandte sich an Wolfe und sagte: »Das ist Mr. Roca. Er war in Hellers Büro, mit ihm haben Sie wegen der Bleistifte telefoniert. Berichten Sie, Roca.«

»Jawohl, Sir. Der Portier rief an, unten sei eine Frau, die heraufkommen wolle, und ich sagte ihm, er solle sie raufschicken.«

»Und weiter?«

»Sie kam mit dem Aufzug. Ihren Namen wollte sie mir nicht nennen. Sie fragte, wie lange ich noch bliebe und ob sonst noch jemand käme, und dann ließ sie die Katze aus dem Sack. Sie bot mir dreihundert Dollar, dann vierhundert und schließlich fünfhundert, wenn ich ihr die Schranktüren in Hellers Büro aufschließen würde und sie eine Stunde lang darin allein ließe. Das brachte mich in Verlegenheit.«

»Tatsächlich?«

»Jawohl, Sir.«

»Und wie haben Sie das Problem gelöst?«

»Wenn ich die Schlüssel gehabt hätte, dann wäre ich auf ihr Angebot eingegangen. Anschließend hätte ich sie fest-

110

genommen und zur Durchsuchung gebracht, und dann hätten wir gewußt, was sie den Schränken entnommen hatte. Das hätte den Fall gelöst. Aber ich hatte die Schlüssel nicht.«

»Nein. Und wenn Sie sie gehabt und die Dame allein gelassen hätten und sie hätte etwas aus den Schränken genommen und verbrannt, dann hätten Sie wohl die Asche aufgesammelt und zur Untersuchung ins Labor geschickt, was?«

Roca schluckte. »Ich gebe zu, daß ich an Verbrennen nicht gedacht habe. Aber wenn ich die Schlüssel gehabt hätte, hätte ich wohl gründlicher nachgedacht.«

»Aha. Haben Sie das Geld genommen, zum Beweis?«

»Nein, Sir. Ich nahm sie fest und rief an. Als die Ablösung kam, brachte ich sie hierher. Ich bleibe zwecks Gegenüberstellung hier.«

»Für heute abend haben Sie ihr genug gegenübergestanden. Mehr als genug. Wir unterhalten uns später. Sagen Sie Burger Bescheid, er soll sie hereinbringen.«

5

Obwohl ich am Vormittag nur kurz in Hellers Wartezimmer gewesen war, erinnerte ich mich genau, was ich gesehen hatte, denn Beobachten habe ich lange geübt – und doch hätte ich Mrs. Tillotson kaum wiedererkannt. Sie hatte fünf Pfund Gewicht verloren und dopplt so viele Falten bekommen.

»Ich möchte Sie unter vier Augen sprechen«, erklärte sie Inspektor Cramer.

So eine war sie. Ihr Mann war Präsident von irgend etwas, und daher erwartete sie ganz selbstverständlich Vorrechte. Cramer brauchte gut fünf Minuten, um ihr klarzumachen, daß sie eine Frau wie andere auch war.

Daraufhin entschloß sie sich zu einer dreisten Lüge. Sie

fragte, ob der Mann, der sie hergebracht hatte, Angehöriger der Polizei sei, und Cramer bestätigte es ihr.

»Das«, erklärte sie, »ist bedauerlich. Sie werden wissen, daß mich ein Beamter am späteren Nachmittag in meiner Wohnung aufgesucht hat. Er sagte mir, Leo Heller sei ermordet worden, und wollte wissen, aus welchem Grund ich heute früh in seinem Büro gewesen sei. Natürlich wollte ich mit einer solchen Sache nichts zu tun haben, und daher antwortete ich ihm, ich sei nicht bei Heller gewesen. Aber das genügte ihm nicht, und so gab ich zu, ich habe ihn besuchen wollen, aber in einer Privatangelegenheit, über die ich nicht zu sprechen wünsche . . . Schreibt dieser Mann dort auf, was ich sage?«

»Ja. Das ist sein Beruf.«

»Den möchte ich nicht haben. Aber Ihren auch nicht. Der Beamte bestand darauf, ich müsse den Grund meines Besuchs bei Heller angeben, und als er mir mit Verhaftung und Einvernahme beim Staatsanwalt drohte, erklärte ich ihm, mein Mann und ich hätten einige Schwierigkeiten mit unserem Sohn gehabt, besonders wegen seiner Ausbildung, und ich wollte Heller fragen, welches College am geeignetsten für ihn sei. Das wissen Sie wohl alles.«

Cramer nickte. »Ja.«

»Als der Beamte gegangen war, machte ich mir Sorgen, suchte eine Freundin auf und bat sie um Rat. Das Peinliche war, daß ich Heller zahlreiche Einzelheiten über meinen Sohn mitgeteilt hatte. Teilweise sehr intime und vertrauliche, und nun würde die Polizei wohl dies alles lesen, und das wollte ich vermeiden. Heller hatte zwar gesagt, er bediene sich einer speziellen Kurzschrift, die niemand außer ihm lesen könne, aber ich war da nicht ganz sicher. Ich beschloß, in Hellers Büro zu gehen und den Wachhabenden zu bitten, mir die Unterlagen über meine Familie zu geben, zumal sie mit dem Mord ja nichts zu tun hatten.«

»Ich verstehe«, sagte Cramer.

»Und das habe ich auch getan. Und der Polizist tat, als

höre er mich an und stimme mit mir überein, und dann plötzlich nahm er mich wegen Bestechungsversuch fest. Er hat mich gewaltsam hierhergebracht, und Sie sind sich hoffentlich im klaren, daß ich eine Beschwerde vorzubringen habe, und dies tue ich hiermit!«

Cramer betrachtete sie. »Haben Sie versucht, ihn zu bestechen?«

»Nein, natürlich nicht!«

»Sie haben ihm kein Geld angeboten?«

»Nein!«

Purley Stebbins knurrte, Cramer holte tief Luft, und Wolfe fragt: »Soll ich mal?«

»Nein, danke«, antwortete Cramer essigsauer. Er ließ den Blick nicht von Mrs. Tillotson. »Sie begehen einen Fehler, Madam«, sagte er. »All diese Lügen nützen Ihnen gar nichts. Sie machen es sich damit nur schwerer. Versuchen Sie, abwechslungshalber mal die Wahrheit zu erzählen!«

»Sie nennen mich eine Lügnerin!« schrie sie. »Und das vor Zeugen!« Sie zeigte mit dem Finger auf den Stenografen. »Schreiben Sie auf, was er gesagt hat!«

»Das tut er ohnehin«, versicherte Cramer. »Und nun hören Sie mal zu, Mrs. Tillotson. Ich bin überzeugt, daß Sie lügen, auch bezüglich dessen, was Sie angeblich aus Hellers Akten holen wollten. Er hat seine Notizen in einer privaten Kurzschrift abgefaßt, die zu entschlüsseln eine Kompanie von Experten ihre liebe Not haben wird. Das wissen Sie, und ich glaube nicht, daß Sie das Risiko eines Bestechungsversuches eingingen, nur um seine Notizen über sich und Ihre Familie an sich zu bringen. Ich glaube, bei seinen Unterlagen ist etwas, das leicht mit Ihnen oder Ihrer Familie in Verbindung zu bringen ist, und dahinter waren Sie her. Morgen früh werden unsere Leute Hellers sämtliche Papiere prüfen, eines nach dem anderen, und wenn sich so etwas Entsprechendes darunter befindet, werden sie es entdecken. Inzwischen behalte ich Sie zum Zwecke weiterer Vernehmung in Haft.«

Sie überlegte ein Weilchen, dann sagte sie: »Wenn man seine Akten durchsucht, wird man finden, wonach ich suchen wollte – also kann ich es Ihnen ruhig erzählen. Es sind einige Briefe, in Umschlägen, an mich adressiert. Sie sind nicht unterschrieben, sondern anonym, und ich wollte, daß Heller ihren Absender ermittelte.«

»Und sie betreffen Ihren Sohn?«

»Nein, sie betreffen mich. Sie drohen mir, und ich bin sicher, daß das Ganze zu einer Erpressung führen soll.«

»Wie viele Briefe sind es?«

»Sechs.«

»Und Heller sollte den Absender finden. Wie oft haben Sie ihn besucht?«

»Zweimal.«

»Natürlich gaben Sie ihm so viele Informationen wie möglich. Wir werden die Briefe morgen früh finden, aber jetzt können Sie uns berichten, was Sie Heller erzählt haben. Möglichst wortgetreu, bitte.«

Ich gestattete mir ein Schmunzeln und sah Wolfe an, ob es ihn freute, daß Cramer sich seiner Methode und sogar seiner Worte befleißigte, aber er saß nur da und wirkte geduldig.

Es war schwer zu sagen, für mich jedenfalls, wieviel Mrs. Tillotson uns verriet und wieviel sie verschwieg. Wenn es in ihrer Vergangenheit etwas gab, wofür jemand Geld oder Rechenschaft von ihr verlangte, dann wußte sie entweder nicht, worum es sich dabei handelte, oder sie hatte es Heller vorenthalten, oder sie hatte es ihm anvertraut, wollte es uns jedoch keineswegs wissen lassen. Es ging hin und her, sie versuchte, sich genau an ihre Gespräche mit Heller zu erinnern, und Cramer fragte kreuz und quer, bis sie sich derart in Widersprüche verwickelt hatte, daß es ein Dutzend Wahrscheinlichkeitsrechner gebraucht hätte, um sie zu entwirren.

Wolfe schaltete sich schließlich ein. Er blickte zur Wanduhr, rückte seine Siebteltonne Gewicht in eine bequemere

Stellung und verkündete: »Es ist nach Mitternacht. Gott sei Dank haben Sie eine Armee zur Hand, um das alles nachzuprüfen. Wenn Ihr Lieutenant Rowcliff noch da ist, überlassen Sie ihm die Dame; wir wollen ein bißchen Käse essen, ich habe Hunger.«

Cramer war wie jeder andere heilfroh über die Pause. Purley Stebbins entführte Mrs. Tillotson. Der Stenograf folgte den beiden. Ich ging in die Küche, um Fritz zu helfen, weil ich wußte, daß er alle Hände voll zu tun hatte, um die Beamtenschwärme im Haus mit belegten Broten zu versorgen. Als ich mit Proviant ins Büro zurückkehrte, redete Cramer auf Wolfe ein, der sich mit geschlossenen Augen im Sessel zurückgelehnt hatte. Ich reichte Teller mit Fritz' Il Pesto und Crackers herum, verteilte Bier für Wolfe und den Stenografen, Kaffee für Cramer und Stebbins und Milch für mich. Nach vier Minuten erkundigte sich Cramer: »Was ist das?«

Wolfe verriet es ihm. »Il Pesto.«

»Was ist denn da drin?«

»Canestratokäse, Sardellen, Schweineleber, schwarze Walnüsse, Schnittlauch, Basilikum, Knoblauch und Olivenöl.«

»Ach du lieber Gott!«

Nach weiteren vier Minuten wandte sich Cramer in einem Ton an mich, als erweise er mir höchste Gnaden. »Geben Sie mir noch ein paar davon, Goodwin.«

Anschließend machte er Wolfe wieder Vorwürfe, der aber nicht darauf einging, sondern abwartete, bis Cramer Luft holen mußte, und dann sagt: »Es ist gleich ein Uhr, und wir haben noch drei Leute.«

Cramer schickte Purley nach einem weiteren verstörten Bürger. Diesmal war es der lange dürre Kerl, der beim Betreten des Hauses in der 37. Straße stehengeblieben war, um Susan Maturo und mich anzustarren. Da ich seine Aussage gelesen hatte, wußte ich, daß er Jack Ennis hieß, ein ausgezeichneter Feinmechaniker war, zur Zeit arbeitslos, ferner unverheiratet und wohnhaft in Queens. Außerdem war er der geborene Erfinder, der nur noch nicht ins große Geschäft gekommen war. Sein brauner Anzug war noch nicht gebügelt worden.

Nachdem Cramer ihm erläutert hatte, Wolfes Fragen seien Teil der offiziellen Vernehmung zum Tode Leo Hellers, neigte Ennis den Kopf und musterte Wolfe, als überlege er, ob solch ein Vorgehen seinen Beifall verdiene oder nicht.

»Sie sind ein Selfmademan«, erklärte er Wolfe. »Ich habe von Ihnen gelesen. Wie alt sind Sie?«

Wolfe erwiderte seinen Blick. »Ein andermal, Mr. Ennis. Heute sind Sie das Objekt, nicht ich. Sie sind 38, stimmt's?«

Ennis lächelte. Er hatte einen großen Mund mit dünnen, blutleeren Lippen, und sein Lächeln war nicht eben anziehend. »Entschuldigen Sie, wenn ich unverschämt wirkte und nach Ihrem Alter fragte, aber in Wirklichkeit ist es mir auch egal. Ich weiß, daß Sie in Ihrer Branche ganz oben schwimmen, und ich wollte nur wissen, wie lange Sie dazu gebraucht haben. Ich bin ebenfalls auf dem Weg nach oben, aber der Anfang ist verdammt schwer, und deshalb bin ich neugierig. Wie alt waren Sie, als Ihr Name zum erstenmal in der Zeitung stand?«

»Zwei Tage. Meine Geburt wurde in den standesamtlichen Nachrichten vermerkt. Ich habe erfahren, Ihr Besuch bei Leo Heller habe mit Ihrer Absicht in Verbindung gestanden, ein berühmter Erfinder zu werden.?«

»Das stimmt.« Ennis lächelte wieder. »Hören Sie, das ist doch alles dummes Zeug. Die Polizei hat mich sieben Stunden vernommen, und was hat es eingebracht? Welchen Sinn hat es denn, immerzu weiterzumachen? Weshalb um Himmels willen hätte ich den Mann denn umbringen sollen?«

»Das möchte ich auch gern wissen.«

»Sehen Sie, ich weiß es genausowenig. Ich habe Patente

für sechs Erfindungen, aber noch keine ist auf dem Markt. Eine davon ist noch nicht vollkommen, aber es fehlt nur eine Kleinigkeit, dann wird das der Knüller. Bloß, ich finde die Kleinigkeit nicht. Ich habe von diesem Heller gelesen und dachte, wenn ich ihm alle Unterlagen gebe, kann er eine Formel berechnen und mir auf die Sprünge helfen. Also suchte ich ihn auf. Ich habe drei lange Sitzungen mit ihm gehabt. Schließlich glaubte er, es genüge, um eine Formel zu entwickeln, und wollte es versuchen. Für heute früh waren wir verabredet, da wollte er mir sein Ergebnis mitteilen.«

Ennis machte eine Kunstpause. »Ich hoffe jedenfalls, er hatte eins. In diesem Glauben gehe ich zu ihm hinauf in sein Büro und schieße ihn tot, und dann gehe ich ins Wartezimmer und setze mich hin und warte.« Er lächelte. »Hören Sie: Wenn Sie sagen wollen, es gebe klügere Menschen als mich, will ich nicht widersprechen. Vielleicht sind Sie selber einer davon. Aber jedenfalls bin ich kein Irrer, oder?«

Wolfe hatte die Lippen geschürzt. »Das kann ich nicht beurteilen, Mr. Ennis. Aber Sie haben noch keineswegs nachgewiesen, es sei albern anzunehmen, Sie könnten Heller erschossen haben. Wie, zum Beispiel, wenn er die nötige Formel entwickelt hätte, die Ihre Erfindung zum Knüller macht, und wenn er sie nur zu Bedingungen herausrücken wollte, die Ihnen unannehmbar schienen? Das wäre doch ein prächtiges Mordmotiv.«

»Jawohl«, stimmte Ennis vorbehaltlos zu. »Dann hätte ich ihn mit Vergnügen umgebracht.« Er beugte sich vor, erregt und todernst. »Sehen Sie mal, ich bin auf dem Weg nach oben. Was ich dazu brauche, steckt alles hier drin« – er tippte sich auf die Stirn –, »und nichts und niemand wird mich aufhalten. Wenn Heller getan hätte, was Sie sagen, dann hätte ich ihn vielleicht getötet, das leugne ich nicht; aber er hat es nicht getan.« Er fuhr zu Cramer herum. »Und ich bin froh, daß ich auch Ihnen erzählen kann, was ich schon den anderen klargemacht habe, die mich ausgequetscht haben. Ich will in Hellers Unterlagen nachschauen, ob ich die Formel finde, die er für mich berechnet hat. Ich will selber suchen, und nicht erst nächstes Jahr.«

»Das Suchen besorgen wir«, sagte Cramer trocken. »Und wenn wir etwas finden, das nachweislich Ihnen gehört, dann werden Sie es zu sehen bekommen, möglicherweise auch erhalten.«

»Inzwischen«, sagte Wolfe, »gibt es aber noch einen oder zwei Punkte. Als Sie heute früh das Haus betraten, warum sind Sie stehengeblieben und haben Mr. Goodwin und Miss Maturo angestarrt?«

Ennis' Kinn zuckte hoch. »Wer sagt das?«

»Ich, nach Berichten. Archie, hat er?«

»Ja«, erklärte ich. »Unverschämt.«

»Na ja«, meinte Ennis. »Er ist größer als ich. Vielleicht habe ich's deshalb getan.«

»Wieso? Gibt es keinen besseren Grund?«

»Das hängt davon ab, was Sie ›besser‹ nennen. Ich dachte, ich kenne die Kleine, sei ihr schon mal begegnet, aber dann merkte ich, daß ich mich geirrt hatte. Sie war viel zu jung.«

»Hm. Ich möchte noch einmal auf meine von Ihnen zurückgewiesene Theorie eingehen, wonach Heller Sie um Ihre Erfindung prellen wollte, die er mit seinen Berechnungen vervollkommnet hatte. Ich möchte, daß Sie mir die Erfindung so beschreiben, wie Sie sie ihm beschrieben haben, besonders die Kleinigkeit, die zu beheben Ihnen nicht gelungen war.«

Ich versuche gar nicht erst, den folgenden Bericht wiederzugeben, und könnte das auch gar nicht, da ich weniger als ein Zehntel davon verstand. Nur so viel bekam ich mit, daß es sich bei der Erfindung um eine Apparatur handelte, die alle gängigen Röntgengeräte übertraf, aber viel mehr auch nicht. Und wenn man mich fragt, waren Wolfe und Cramer nicht besser dran. Der dürre Kerl stand auf und fuchtelte mit den Armen, nahm einen Block von Wolfes Schreibtisch und erläuterte mit Zeichnungen, und nach einer Weile sah es allmählich so aus, als sei er gar nicht mehr zu bremsen. Schließlich schafften sie es, wobei Sergeant Stebbins ihn am Ellbogen packen mußte. Auf dem Weg hinaus drehte er sich an der Tür noch einmal um und rief: »Ich will diese Formel haben, vergessen Sie das ja nicht!«

6

Die Dame vom Typ Chefin war noch im Nerz, das heißt, sie hatte ihn bei sich, aber so taufrisch war sie nicht mehr. Wie gesagt, hatte ich sie vormittags zwischen zwanzig und sechzig Jahre geschätzt, aber die Ereignisse des Tages hatten sie der Wirklichkeit nähergebracht, und nun schätzte ich sie auf siebenundvierzig. Immerhin wirkte sie furchtlos. Nach allem, was sie durchgemacht hatte, und trotz der späten Stunde ließ sie uns wissen, daß sie kühl und jeder Lage gewachsen sei – indem sie den Nerz über einen Sessel und sich in einem zweiten drapierte, ein Bein übers andere schlug, eine Zigarette auspackte, anzünden ließ und sich bei mir für den Aschenbecher bedankte.

Mein Tip in puncto Chefin war bei den Vernehmungen bestätigt worden. Sie hieß Agatha Abbey und war Chefredakteurin des Magazins MODE, das ich nicht regelmäßig lese. Nachdem Cramer ihr die Art der Sitzung einschließlich Wolfes Status beschrieben hatte, nahm Wolfe sie ins Visier und ging mitten aufs Ziel los.

»Miss Abbey. Ich nehme an, Sie möchten gern schlafen gehen – ich weiß jedenfalls, daß ich es möchte –, deshalb wollen wir keine Zeit mit Drumherumreden vergeuden. Dreierlei wäre zu sagen.« Er hob einen Finger. »Erstens. Sie behaupten, Leo Heller nie gesehen zu haben. Es ist erwiesen, daß Sie sein Büro vorher nie aufgesucht haben, aber ob Sie ihn andernorts getroffen haben, wird gründlich nachgeprüft werden, von Beamten mit seinem Foto.«

Er streckte zwei Finger in die Luft. »Zweitens. Sie weigerten sich, den Grund Ihres Besuchs bei Heller anzugeben. Das besagt noch nichts Schlechtes über Sie, da die meisten Menschen ihre Privatangelegenheiten sorgsam hüten. Aber Sie sind ungewöhnlich lange und starrsinnig bei Ihrer Weigerung geblieben und haben erst ausgesagt, als Sie erkannten, daß andernfalls eine peinlich genaue Untersuchung erfolgen würde.«

Er hob drei Finger. »Drittens. Als Sie dann Auskunft gaben, haben Sie mit allergrößter Wahrscheinlichkeit gelogen. Sie sagten, Sie hätten Heller beauftragen wollen, herauszufinden, wer Ihnen vor einem Vierteljahr einen Ring aus dem Schreibtisch gestohlen habe. Das ist doch kindisch. So etwas war niemals Hellers Gebiet.«

Wolfe bewegte den Kopf drei Zentimeter nach links und wieder zurück. »Nein, Miss Abbey, so geht das nicht. Ich will wissen, ob Sie Heller zuvor schon begegnet sind, und vor allem, was Sie von ihm wollten.«

Ihre Zungenspitze huschte viermal über die Lippen. Sie sprach mit beherrschter, leiser, harter Stimme, wobei sich die stechenden schwarzen Augen auf Cramer richteten. »Sie sind Inspektor und leiten diese Untersuchung?«

»Das ist richtig.«

»Teilt die Polizei Mr. Wolfes Skepsis?«

»Sie dürfen seine Worte als von mir gesprochen betrachten.«

»Unabhängig davon, was ich als Grund für meinen Besuch bei Heller angebe, werden Sie es also genauer Nachprüfung unterziehen?«

»Nicht unbedingt. Wenn es glaubhaft ist und wir es nicht mit dem Mord in Verbindung bringen können und wenn es sich um eine vertrauliche Privatangelegenheit handelt, werden wir es auf sich beruhen lassen. Es sind schon genug unschuldige Zeitgenossen mit uns böse.«

Die Zungenspitze kam wieder hervor und verschwand. »Ich bin zwar nicht ganz zufriedengestellt, aber was soll ich tun? Wenn ich nur die Wahl zwischen einer Aussage und der Möglichkeit habe, daß sämtliche Detektive von New York mir nachschnüffeln, dann muß ich wohl reden. Ich habe Heller vor zehn Tagen angerufen, und er kam zu mir in die Redaktion, wo er zwei Stunden blieb. Es war eine geschäftliche Angelegenheit, keine private. Ich werde Ihnen genau schildern, um was es ging, weil ich das jetzt auch nicht gut erfinden könnte. Es war töricht, das von dem gestohlenen Ring zu erzählen.«

Sie tat es nicht gern, aber sie sprach weiter. »Sie wissen, daß ich eine gutbezahlte Stellung gegen starke Konkurrenz behaupte, aber Sie kennen die näheren Umstände nicht. Es ist keine Konkurrenz, es handelt sich um eine Horde wilder Bestien. Im Augenblick versuchen sechs weibliche Raubtiere, mir mit ihren Klauen meinen Job zu entreißen, und wenn sie heute nacht alle sechs stürben, wären morgen sechs andere da. Wenn herauskommt, weshalb ich zu Leo Heller ging, bin ich am Ende.«

Die Zungenspitze flitzte aus und ein. »Ein Magazin wie MODE hat vornehmlich zwei Aufgaben: berichten und voraussagen. Die Amerikanerinnen wollen wissen, was in Europa entworfen und getragen wird, aber sie sind noch neugieriger, was in der nächsten Saison getragen wird. Die Berichte in MODE waren immer gut, dafür habe ich gesorgt, aber im letzten Jahr waren unsere Vorhersagen miserabel. Wir haben überall Korrespondenten, aber irgendwie kamen wir ins Hintertreffen, und unsere stärkste Konkurrenz hat uns lächerlich gemacht. Noch so ein Jahr, nur eine Saison, dann ist es aus.«

Wolfe brummte: »Mit dem Magazin?«

»Nein, mit mir. Deshalb beschloß ich, es mit Leo Heller zu versuchen. Ich wollte ihm alle Unterlagen über die Mode der letzten zehn Jahre geben, und er sollte etwas fürs nächste halbe Jahr voraussagen. Er hielt das für möglich, und ich glaube nicht, daß er geschwindelt hat. Er sah sich in der Redaktion alle Unterlagen an, was ich natürlich verheimlichte, und als ich ihn am nächsten Tag anrief, meinte er, er benötige mindestens eine Woche, um festzustellen, ob die Informationen für eine Vorausberechnung genügten. Gestern rief ich wieder an, und er sagte, wir müßten etwas besprechen; er bat mich in sein Büro. Ich ging hin. Alles andere wissen Sie.«

Wolfe und Cramer tauschten Blicke, dann nickte Cramer Stebbins zu, und der geleitete Agatha Abbey hinaus. »Bringen Sie Busch herein«, rief ihm Cramer noch nach.

Als sie draußen waren, machte Cramer wieder in Zorn. Er stand vor Wolfes Schreibtisch. »Nun sagen Sie mir nur, was wir von dieser Dame Wissenswertes erfahren haben! Ich sehe nicht einen einzigen . . .«

Er kam ganz schön in Fahrt. Ich versäume keine Gelegenheit, mich über Inspektor Cramer zu ärgern – es macht mir Spaß und fördert meinen Appetit –, aber ich muß zugeben, daß er mir zu diesem Zeitpunkt im Recht zu sein schien. Ich hatte nicht das geringste gehört oder gesehen, was Wolfes Behauptung von einer vorhandenen Spur als etwas anderes als Hinhaltetaktik ausgewiesen hätte, und nun war es halb drei in der Frühe, und fünf Bürger waren vernommen worden; nur einer stand noch aus. Als Cramer nun meinen Arbeitgeber ankläffte, klatschte ich zwar keinen Beifall und schenkte ihm auch keine Orchidee, aber ich hatte das Gefühl, einige seiner Äußerungen erfolgten nicht zu Unrecht. Er schimpfte noch, als die Tür aufging und Stebbins mit dem sechsten Kandidaten hereinkam.

Der Sergeant eskortierte den Mann auf den Platz, den auch die anderen eingenommen hatten, setzte sich dann aber nicht an die Wand, wie er es den ganzen Abend getan hatte. Vielmehr plazierte er seine Fülle links von Cramer, nur zwei Armlängen vom Subjekt entfernt. Das war interessant, denn es hieß, daß Karl Busch seine Wahl war, und obwohl Stebbins sich schon oft geirrt hat, hatte er auch mehr als einmal recht.

Karl Busch war der schmierige, gerissene kleine Schmutztyp mit der vielen Pomade. Im Vernehmungsprotokoll hatte gestanden »Einkommen nicht bekannt«, aber die Einzelheiten des Berichts über ihn ließen keinen Zweifel, wie er seinen Lebensunterhalt bestritt. Er war ein kleiner Strolch vom Broadway. Er war kein richtiger Verbrecher, aber er kannte sich in der Unterwelt aus, und von dem Geld, das in der Stadt kursierte und kassiert wurde, offiziell und gesetzwidrig, zweigte er auf diese und jene Art stets so etwas wie seinen Anteil für sich ab.

Cramers Ton ihm gegenüber war merklich anders. »Dies ist Nero Wolfe«, schnauzte er. »Beantworte seine Fragen. Hast du gehört, Busch?«

Busch sagte, er habe. Wolfe, der ihn stirnrunzelnd betrachtete, sagte: »Es bringt uns gar nichts ein, Mr. Busch, wenn wir jetzt mit der üblichen Salbaderei anfangen. Ich habe Ihre Aussage gelesen und bezweifle, ob es lohnt, Ihnen Widersprüche nachzuweisen. Aber Sie haben sich dreimal mit Leo Heller unterhalten, und in Ihrer Vernehmung sind die Gespräche nicht aufgezeichnet, sondern nur zusammengefaßt. Ich möchte alle Einzelheiten Ihrer Unterhaltungen wissen. Fangen Sie mit der ersten an, vor zwei Monaten. Was wurde besprochen?«

Busch schüttelte langsam den Kopf. »Wort für Wort weiß ich das natürlich nicht mehr. Aber ich will's versuchen, so gut ich kann. Ich sagte zu ihm: ›Mr. Heller, mein Name ist Busch, und ich bin Makler.‹ Er fragte, was für ein Makler, und ich hab's ihm erklärt.

Ich sagte ihm, es bestehe bei vielerlei Leuten das dringende Bedürfnis, am Tag oder auch nur eine Stunde vor einem Pferderennen zu erfahren, welches Pferd gewinnen wird. Ich hatte über ihn gelesen und dachte mir, er könne mir helfen, dieses Bedürfnis zu befriedigen. Er antwortete, er habe schon mehrmals daran gedacht, seine Methode bei Pferderennen anzuwenden, aber er wolle sie nicht für persönliche Wetten verwenden, da er selber sich nie mit Wetten abgebe. Und eine seiner Formeln für ein einziges Rennen zu besprechen, das erforderte so viele Nachforschungen und sei so kostspielig, daß es nicht lohne – es sei denn, jemand riskiere einen sehr hohen Einsatz.«

»Sie umschreiben es«, warf Wolfe ein. »Ich möchte es wörtlich hören.«

»Aber besser kann ich's nicht, Mister.«

»Hm. Reden Sie weiter.«

»Ich sagte, ich selber könne auch nicht groß einsteigen, aber ich hatte ja etwas ganz anderes im Sinn. Ich hatte Zahlen, die zeigte ich ihm. Angenommen, er berechnete in der Woche zehn Rennen. Ich konnte mindestens zwanzig Kunden gleich aus dem Ärmel schütteln. Er brauchte ja nicht wie der liebe Gott immer richtig zu liegen, er brauchte nur einen Prozentsatz von vierzig oder mehr zu schaffen, dann war schon alles klar. Wir konnten 'ne Million Kunden kriegen, wenn wir wollten, aber wir wollten ja gar nicht. Wir konnten uns hundert rauspicken, nicht mehr, und jeder würde pro Woche mit einem Hunderter bedacht, für unsere Voraussagen, was nach meiner Rechnung zehntausend Dollar in der Woche ergeben würde.«

Er sah sich um, offenbar stolz auf seine Rechenkünste.

»Das macht im Jahr eine halbe Million, und Heller und ich konnten sie uns teilen. Von meiner Hälfte bestritt ich die Geschäftskosten, für seine Hälfte mußte er rechnen. Wir haben keinen Vertrag gemacht, aber er schnupperte das Geld, und nach zwei weiteren Gsprächen war er bereit, es bei drei Rennen zu probieren. Beim ersten kam er mit dem Favoriten heraus, einem Pferd namens White Water, und es gewann auch. Beim nächsten Rennen liefen neun Gäule, und zwei davon machten das unter sich aus, das stand von vornherein fest. Heller rechnete den Sieger tatsächlich aus, das Pferd hieß Short Order, aber bei einer Fifty-fifty-Chance gerät ja keiner aus dem Häuschen. Aber nun passen Sie auf.«

Busch gestikulierte hochdramatisch. »Passen Sie auf. Auf dieses Pferd gab es vierzig zu eins, aber man hätte auch vierhundert zu eins wetten können. Der Grund war ein launischer Muskelprotz namens Zero. Das allein, daß ein Pferd Zero hieß, reichte schon, um den Fluch von sechs Heiligen auf sich zu ziehen, aber obendrein sah der Gaul aus, daß man an Hundefutter in Dosen dachte, wenn man ihn sah, ehrlich. Als Heller mit diesem Tip rauskam, dachte ich schon, oje, er ist halt doch ein Narr. Also, Sie haben gesagt, ich soll die Worte wiedergeben, die Heller und ich gebraucht haben. Wenn ich Ihnen ein paar sage, die *ich* gebraucht habe, als dieser Zero das Rennen gewann, dann würdet ihr mich einsperren. Und dabei hat dieser Heller . . . He, was machen Sie denn jetzt? Ein Nikkerchen?«

Wir alle sahen Wolfe an. Er lehnte sich mit geschlossenen Augen zurück und rührte sich nicht, außer mit den Lippen, die er einzog und wieder vorstülpte, einzog und vorstülpte, und das Ganze noch einmal. Cramer, Stebbins und ich wußten, was das hieß: Etwas hatte an der Angel gezupft, er hatte sie rausgezogen, und ein Fisch zappelte daran. Stebbins stand auf und trat neben Busch. Cramer versuchte zynisch dreinzuschauen, schaffte es aber nicht, er war genauso aufgeregt wie ich. Der Beweis dafür war, daß er den Mund nicht aufmachte, er saß nur da und starrte Wolfe an.

»Zum Donnerwetter!« protestierte Busch. »Hat er einen Anfall?«

Wolfe schlug die Augen auf und beugte sich vor. »Nein«, schnaubte er, »aber ich hab den ganzen Abend einen gehabt. Mr. Cramer, würden Sie Mr. Busch bitte hinausbringen lassen? Vorübergehend.«

Cramer nickte Purley zu, ohne zu zögern, und Purley tippte Busch auf die Schulter, dann zogen sie ab. Die Tür schloß sich hinter ihnen, aber es dauerte keine fünf Sekunden, da ging sie wieder auf, und Purley befand sich wieder in unserer Mitte.

Er wollte den Fisch ebenso schnell sehen wie sein Chef und ich.

»Haben Sie mich jemals«, fragte Wolfe Cramer, »rundweg einen Tölpel und alten Narren geheißen?«

»Das sind zwar nicht meine Worte, aber . . .«

»Heute dürfen Sie sie anwenden. Ihre geringste Meinung von mir ist weit besser als die, die ich im Augenblick von mir selber habe.« Er blickte zur Uhr, die fünf nach drei zeigte. »Wir benötigen jetzt ein gutes Arrangement. Wie viele Leute haben Sie in meinem Haus?«

»Vierzehn oder fünfzehn.«

»Wir brauchen sie alle, ihre Gegenwart ist ein gewünschter Effekt. Die Hälfte soll Stühle mitbringen. Außerdem natürlich die sechs Personen, die wir vernommen haben. Es dürfte nicht allzu lange dauern – vielleicht eine Stunde, wahrscheinlich weniger.«

»Heißt dies, daß Sie den Täter namhaft machen können?« forschte Cramer.

»Nein. Ich habe nicht die geringste Ahnung, wer es ist. Aber ich bin in der Lage, eine Attacke zu reiten, die ihn bloßstellt – oder sie –, und wenn nicht, dann habe ich überhaupt keine Meinung mehr von mir.« Er legte die Hände flach auf den Tisch, was bei ihm eine ungeheure Geste ist. »Verdammt, kennen Sie mich denn nicht gut genug, um zu wissen, wann ich zum Zuschlagen bereit bin?«

»Ich kenne Sie viel zu gut.« Cramer blickte seinen Sergeanten an und holte tief Luft. »Okay, Purley. Berufen Sie die Versammlung ein.«

Das Büro ist geräumig, aber viel Platz war nicht mehr frei, als alle versammelt waren. Insgesamt waren wir 27. Das größte Aufgebot von Bediensteten der Mordkommission, das ich je erlebt hatte, erstreckte sich von Wand zu Wand hinter den sechs Tatverdächtigen, von denen vier die Couch besetzt hatten. Cramer thronte im roten Ledersessel, Stebbins zu seiner Linken, und der Stenograf hielt sich an meiner Schreibtischkante fest.

Die sechs Bürger bildeten die vordere Reihe, und niemand von ihnen schaute fröhlich drein. Agatha Abbey war die einzige Person, die zwei Stühle benötigte, einen für sich und einen für den Nerz, aber trotz der Enge erhob keiner Einspruch. Sie waren mit anderen Dingen beschäftigt.

Wolfes Blicke wanderten von rechts nach links und wieder zurück. Er sagte: »Ich muß etwas ausführlich werden, damit Sie alle die Situation deutlich sehen. Ich könnte im Moment nicht einmal raten, wer von Ihnen Leo Heller erschossen hat, aber ich weiß jetzt, wie ich es herausfinden kann, und genau das möchte ich tun.«

Die einzige wahrnehmbare Reaktion kam von John R. Winslow, der sich räusperte.

Wolfe verschränkte die Finger vor seinem Bauch. »Wir haben von Anfang an einen Hinweis gehabt, der Ihnen nicht mitgeteilt wurde. Gestern – das heißt, am Dienstag – rief Heller hier an und sagte, er verdächtige einen seiner Klienten, ein schweres Verbrechen begangen zu haben, und er wollte mich mit Ermittlungen beauftragen. Ich lehnte ab, aus Gründen, die hier keine Rolle spielen. Mr. Goodwin, der nur gehorcht, wenn es seinem Temperament und seiner Bequemlichkeit paßt, unternahm es jedoch aus eigenem Antrieb, Heller am Vormittag aufzusuchen, um mit ihm über die Angelegenheit zu sprechen.«

Er warf mir einen Blick zu, und ich fing ihn auf. Dann fuhr

er fort: »Er betrat Hellers Büro, fand es aber leer. Er hielt sich einige Minuten darin auf, und da er ein ebenso geübter wie talentierter Beobachter ist, bemerkte er unter anderem, daß ein paar Bleistifte und ein Radiergummi aus einem umgeworfenen Gefäß in gewisser Ordnung auf dem Tisch lagen. Später wurde dies natürlich auch von der Polizei erkannt, und die Bleistifte führten Mr. Cramer denn auch zu mir. Er nahm an, der von einem Revolver bedrohte Heller habe gewußt oder geglaubt, er müsse sterben, und die Bleistifte so geordnet, daß sie eine Mitteilung darstellten; Zweck dieser Mitteilung sei es, einen Hinweis auf den Täter zu geben. In diesem Punkt stimmte ich mit Mr. Cramer überein. Wollen Sie bitte näher kommen und sich die Anordnung auf meinem Tisch betrachten? Die Bleistifte und der Radiergummi sind annähernd so plaziert wie auf Hellers Schreibtisch, wobei jetzt Sie sich auf Hellers Seite befinden, nicht ich. Sie sehen die Bleistifte so, wie Heller sie gesehen haben wollte.«

Die sechs taten wie geheißen, und sie bekamen Gesellschaft. Nicht nur die meisten Beamten, auch Cramer selbst ging hin und riskierte einen Blick – vielleicht nur aus Neugier, aber ich traue ihm zu, daß er Wolfe einer Taschenspielerei verdächtigte. Aber Stifte und Gummi waren richtig geordnet, was ich feststellte, indem ich aufstand und ihnen über die Schulter lugte.

Als alles wieder saß, fuhr Wolfe fort: »Mr. Cramer vertrat eine Ansicht bezüglich dieser Mitteilung, die ich nicht teilte und die wir nicht weiter zu erörtern brauchen. Meine eigene Meinung, die ich mir fast sofort bildete, war keinem Geistesblitz, sondern meinem Gedächtnis zu danken. Die Anordnung erinnerte mich vage an etwas, das ich einmal gesehen hatte, und die Unklarheit löste sich, als ich bedachte, daß Heller Mathematiker war. Die Erinnerung war alt, und ich prüfte sie nach, indem ich in einem Buch blätterte, das ich vor etwa zehn Jahren gelesen habe. Es heißt ›Mathematics for the Million‹, von Hogben.

Nachdem ich meine Idee bestätigt fand, schloß ich das Buch im Schreibtisch ein, weil ich dachte, Mr. Cramer werde nur seine Zeit verschwenden, wenn er darin blätterte.«

»Bleiben Sie bei der Sache«, brummte Cramer.

Wolfe tat ihm den Gefallen. »Wie in Mr. Hogbens Buch beschrieben wird, wurde vor mehr als zweitausend Jahren in Indien ein Zündholz-Zahlensystem benutzt – wie er es nennt. Drei waagrechte Linien standen für die Drei, zwei Striche für die Zwei und so weiter. Um die Zeit von Christi Geburt herum verbesserte ein weiser Hindu das System durch Diagonalstriche zwischen den Linien, was zusammengehörige Ziffern deutlicher darstellte.« Er wies auf die Bleistifte. »Die fünf Stifte links bedeuten eine Drei, genau wie die Hindus sie schrieben, und die drei rechts sind eine Zwei.«

Ein paar standen auf, um es sich noch mal anzusehen, und Wolfe wartete höflich, bis sie sich wieder gesetzt hatten. »Da Heller Mathematiker war, und da diese Zahlenschreibweise in der Mathematikgeschichte berühmt ist, nahm ich an, die Mitteilung bestehe aus einer Drei und einer Zwei. Aber es sah aus, als gehöre auch der Radiergummi zur Nachricht. Das war einfach. Bei Mathematikern ist es üblich, wenn sie vier mal sechs oder sieben mal neun schreiben wollen, daß sie als Multiplikationszeichen kein ×, sondern einen Punkt benutzen. Es ist wissenschaftlich so gebräuchlich, daß Mr. Hogben den Punkt in seinem Buch verwendet, ohne eine Erläuterung für notwendig zu halten, und daher setzte ich automatisch voraus, der Radiergummi stelle einen Punkt dar und die Mitteilung lautet drei mal zwei, also sechs.«

Wolfe preßte die Lippen aufeinander und schüttelte den Kopf. »Das war eine große Dummheit. Während der ganzen sieben Stunden, die ich hier mit Ihnen einzeln sprach, suchte ich mit Hilfe der Zahl Sechs einen von Ihnen mit einem Verbrechen in Verbindung zu bringen oder jemanden von diesem Verdacht zu befreien oder beides. Bei den Gesprächen tauchte die Zahl Sechs auch immer wieder auf, aber ohne sinnvolle Bedeutung.

Infolgedessen war ich heute nacht um drei genau dort, wo ich angefangen hatte. Ich kann nicht sagen, wie lange es ohne einen zufälligen Anstoß gedauert hätte, bis mir mein grober Schnitzer bewußt geworden wäre, aber ich bekam diesen Anstoß, und ich darf wenigstens sagen, daß ich prompt und effektiv reagierte. Der Hinweis kam von Mr. Busch, als er den Namen eines Pferdes erwähnte – Zero.«

Er hob eine Hand. »Natürlich, Zero! Ich war ein Esel ohnegleichen gewesen. Die Verwendung des Punktes in der Manipulation ist modernen Ursprungs. Da aber der Rest der Mitteilung, die Zahlen Drei und Zwei, im Hindusystem abgefaßt waren, galt dies auch für den Punkt – vorausgesetzt, die Hindus hatten den Punkt schon benutzt. Und was meinen Irrtum so unverzeihlich macht, ist die Tatsache, daß sie den Punkt tatsächlich anwendeten. Sie setzten ihn, wie in Hogbens Buch erklärt wird, als brillanteste Erfindung in der Geschichte der Zahlenschreibung ein. Wenn man einmal weiß, wie man 3 und wie man 2 zu schreiben hat, wie unterscheidet man dann zwischen 32 und 302 und 3002 und 30002? Das war ein Problem bei jeder Zahlenschrift, und die Griechen und Römer haben es trotz ihrer eminenten Intelligenz nie zu lösen vermocht. Ein genialer Hindu schaffte es, vor zweitausend Jahren. Er erkannte, daß das Geheimnis in der Stellung der Zahlen steckte. Heute verwenden wir unsere Null genau wie er es tat. Und das war der Punkt in der Zahlenschrift der Hindus, er wurde wie unsere Null gesetzt. Mithin besagte Hellers Mitteilung nicht drei mal zwei, sondern drei-null-zwei oder 302.«

Susan Maturo fuhr auf und gab einen Ton von sich. Wolfe richtete seinen Blick auf sie. »Ja, Miss Maturo. 302 Menschen starben bei der Explosions- und Brandkatastrophe vor einem Monat im Montrose Hospital. Sie erwähnten diese Zahl, als wir uns unterhielten, aber auch wenn Sie es nicht getan hätten – diese Zahl ist jedem, der Zeitung liest oder Radio hört, so bewußt, daß ihre Bedeutung auch mir nicht entgangen wäre. Im Augenblick, als ich Hellers Mitteilung entschlüsselte, hätte ich die Zahl mit der Katastrophe in Verbindung gebracht, ob Sie sie nun erwähnten oder nicht.«

»Aber das . . .« Sie starrte ihn an. »Sie meinen, es besteht eine Verbindung?«

»Ich gehe davon aus. Ich nehme an, daß durch eine Information, die jemand von Ihnen Leo Heller als Unterlage für seine Formel gab, bei ihm der Verdacht entstand, jemand von Ihnen habe ein schweres Verbrechen begangen, ferner, daß seine Mitteilung, die Zahl 302, darauf hinweist, daß es sich bei diesem Verbrechen um die Bombenlegung im Montrose Hospital handelte, die 302 Todesopfer zur Folge hatte – oder jedenfalls Beteiligung an diesem Verbrechen.«

Mir schien, als sehe oder spüre ich, wie sich im ganzen Zimmer Muskeln spannten. Die meisten der anwesenden Beamten, vielleicht alle, waren mit dem Fall Montrose befaßt gewesen. Cramer zog die Füße zurück und ballte die Fäuste. Purley Stebbins zog die Waffe aus dem Halfter, legte sie auf die Knie und beugte sich vor, um alle sechs besser im Auge behalten zu können.

»Mithin«, sagte Wolfe, »identifizierte Hellers Mitteilung nicht die Person des Täters, der sich anschickte, ihn zu töten, nicht den Verbrecher, sondern das Verbrechen. Das war unübertrefflich genial, und angesichts der Lage, in der er sich befand, verdient es unsere höchste Bewunderung. Es mag nun logisch scheinen, sich auf Miss Maturo zu konzentrieren, da zwischen ihr und der Katastrophe fraglos eine Verbindung besteht, aber lassen Sie uns zunächst die Sachlage klären. Ich werde auch die übrigen von Ihnen fragen, ob sie jemals das Montrose Hospital besucht haben oder irgendwie damit in Verbindung standen oder ob Sie irgend etwas mit Menschen zu tun hatten, die dort beschäftigt sind oder waren. Beantworten Sie die Frage, wie ich sie soeben formuliert habe.« Sein Blick wanderte nach links. »Mrs. Tillotson? Antworten Sie bitte.«

»Nein.« Es war kaum zu hören.

»Lauter bitte.«

»Nein!«

Sein Blick glitt weiter. »Mr. Ennis?«

»Nein. Nie.«

»Wir übergehen Sie, Miss Maturo. Mr. Busch?«

»Ich war nie in diesem Krankenhaus.«

»Das beantwortet nur ein Drittel meiner Frage. Beantworten Sie sie ganz.«

»Die Antwort ist nein, Mister.«

»Miss Abbey?«

»Ich war einmal dort, vor etwa zwei Jahren, um eine Patientin zu besuchen, eine Freundin. Das war alles.« Die Zungenspitze ließ sich mal wieder flüchtig sehen. »Sonst hatte ich nie etwas mit dem Krankenhaus oder seinem Personal zu tun.«

»Mr. Winslow?«

»Nein auf die ganze Frage. Uneingeschränkt nein.«

»Aha.« Wolfe schien nicht enttäuscht. »Das scheint Miss Maturo zu isolieren, aber es scheint eben nur.« Sein Kopf fuhr herum. »Mr. Cramer. Wenn die Person, die nicht nur Leo Heller ermordete, sondern auch die Bombe im Krankenhaus legte, unter diesen sechs Leuten ist, dann werden Sie gewiß kein Risiko eingehen. Ich habe einen Vorschlag zu machen.«

»Ich höre«, knurrte Cramer.

»Halten Sie alle sechs fest, wenn möglich auch bei Kautionsangeboten. Beginnen Sie sofort damit, alle erreichbaren Bediensteten des Krankenhauses zusammenzutrommeln. Scheuen Sie keine Mühe, und fragen Sie die Bediensteten, ob sie jemals eine dieser Personen gesehen haben. Inzwischen können Sie sich natürlich Miss Maturo vornehmen, aber Sie haben gehört, wie die anderen fünf geleugnet haben, und wenn Sie Beweise haben, daß jemand von ihnen log, dann brauchen Sie gewiß keinen weiteren Rat von mir. Genaugenommen, wenn jemand gelogen hat und dieses Zimmer verläßt, als Verhafteter und ohne seine Lüge korrigiert zu haben, dann ist die Schlacht schon halb gewonnn. Es tut mir leid . . .«

»Warten Sie.«

Aller Augen richteten sich auf eine Stelle. Es war Jack Ennis, der Erfinder. Seine schmalen farblosen Lippen waren verzerrt, ein Mundwinkel stand hoch, aber ein Lächeln war das nicht. Der Ausdruck seiner Augen verriet, daß er nicht an Lächeln dachte.

»Gelogen habe ich eigentlich nicht«, sagte er.

Wolfes Augen glichen Schlitzen. »Sondern, Mr. Ennis?«

»Ich meine, ich habe das Krankenhaus nicht als solches besucht. Und ich hatte auch nicht geschäftlich dort zu tun, ich hatte lediglich einen dahingehenden Versuch unternommen. Ich wollte ihnen probeweise mein Röntgengerät überlassen. Ein Arzt wollte es ausprobieren, aber zwei andere brachten ihn davon ab.«

»Wann war das?«

»Ich war dreimal dort, zweimal im Dezember und einmal im Januar.«

»Ich dachte, Ihr Gerät hätte noch einen Fehler?«

»Es war nicht vollkommen, aber es funktionierte, und es wäre besser als jedes andere Gerät gewesen, das sie hatten. Ich war sicher, eine Chance zu bekommen, denn er war dafür – er hieß Halsey; mit ihm sprach ich zuerst, er wollte den Versuch unternehmen. Aber die beiden anderen redeten es ihm aus, und einer von ihnen . . . Er . . .« Er verstummte.

Wolfe bohrte: »Was war mit einem von ihnen?«

»Er verstand mich nicht! Er haßte mich!«

»Es gibt solche Menschen. Es gibt alle möglichen Menschen. Haben Sie jemals eine Bombe konstruiert?«

»Eine Bombe?« Ennis' Lippen arbeiteten, und diesmal dachte ich, er wolle tatsächlich ein Lächeln versuchen. »Warum sollte ich eine Bombe erfinden?«

»Ich weiß nicht. Erfinder konstruieren vielerlei. Wenn Sie niemals eine Bombe gebaut haben, dann hatten Sie wohl auch nie Gelegenheit, mit dem dafür notwendigen Material zu hantieren – mit Sprengstoff beispielsweise. Ich möchte Ihnen jedoch nicht vorenthalten, was ich jetzt als angemessene Hypothese betrachte: daß Sie die Bombe im Krankenhaus gelegt haben, als Rache für ein Unrecht, sei es tatsächlich oder eingebildet; daß unter den Daten, die Sie Heller gaben, etwas oder mehreres war, das bei ihm den Verdacht weckte, Sie hätten dieses Verbrechen begangen; daß er etwas sagte, was Sie seinen Verdacht durchschauen ließ; daß Sie heute vormittag bewaffnet in sein Büro gingen, auf eine Tat vorbereitet, falls Ihr Verdacht sich bestätigte; daß Sie beim Betreten des Hauses Mr. Goodwin als meinen Assistenten erkannten; daß Sie in Hellers Büro gingen und ihn fragten, ob er mit Mr. Goodwin verabredet sei, und seine Antwort bestätigte Ihren Verdacht, und Sie zogen den Revolver; daß . . .«

»Halt«, schnauzte Cramer. »Jetzt übernehme ich. Purley, bringen Sie ihn raus und . . .«

Purley war ein bißchen langsam. Er kam hoch, aber Ennis sprang schneller auf und hechtete auf Wolfe zu. Ich hechtete ebenfalls, bekam seinen Arm zu fassen und packte ihn. Er riß sich los, aber jetzt war die ganze Schar auf den Beinen und umringte ihn, und da ich nicht mehr gebraucht wurde, zog ich mich zurück. In diesem Moment hechtete auch jemand auf mich los, und Susan Maturo klammerte sich an mich, genauer gesagt, an meine Revers.

»Sagen Sie es mir!« rief sie. »Sagen Sie! War er es?«

Ich sagte es ihr sofort und überzeugt, schon damit sie mir nicht die Revers abriß. »Ja«, antwortete ich.

Zwei Monate später war auch eine Jury aus acht Männern und vier Frauen meiner Meinung.

Alibi nach Maß

1

Sie erklärte, vor Angst umzukommen, doch die Farbe ihres Gesichts erleichterte es mir nicht gerade, ihren Worten Glauben zu schenken.

»Vielleicht bin ich nicht deutlich genug gewesen«, beharrte sie und knetete an ihren Fingern herum, obgleich ich sie gebeten hatte, damit aufzuhören. »Ich erfinde nicht irgend etwas, wirklich nicht. Wenn man einmal versucht hat, mir eine Falle zu stellen, ist das nicht Grund genug anzunehmen, daß man es noch einmal tun wird?«

Wäre die Farbe ihrer Wangen das Produkt eines Kosmetiksalons gewesen oder hätte man die Flecken darauf damit erklären können, daß die Furcht in ihrem Herzen den Blutdruck hinaufdrückte, so hätte mich das Ganze wahrscheinlich mehr berührt. Doch bei ihrem ersten Anblick wurde ich an ein Kalenderbild erinnert, das die Wand von Sams Imbißstube in der 11. Avenue zierte. Es ist das Bild eines pausbackigen Mädchens, das in der einen Hand einen Eimer hält und deren andere auf der Flanke einer Kuh ruht, die sie gerade gemolken hat oder melken wollte. Das war ihr Ebenbild bis aufs I-Tüpfelchen: Hautfarbe, Gestalt, Unschuld, alles.

Sie gab das Fingerkneten auf, um ihre Hände zu festen kleinen Fäusten zu ballen und sie in ihre Hüften zu stemmen. »Ist er tatsächlich ein so aufgeblasener Pavian?« wollte sie wissen. »In zwanzig Minuten werden sie hier sein, und ich muß ihn unbedingt vorher sprechen!« Plötzlich schnellte sie aus ihrem Stuhl hoch. »Wo ist er? Oben?«

Da ich sie im Verdacht hatte, plötzlichen Impulsen unterworfen zu sein, hatte ich vorsorglich, anstatt zu meinem Schreibtisch hinüberzugehen, eine Habtachtstellung zwischen ihr und der Tür zum Flur eingenommen.

»Geben Sie's auf«, riet ich ihr. »Wenn Sie stehen, zittern Sie zu sehr. Das fiel mir schon auf, als Sie hereinkamen, deshalb sollten Sie sich lieber setzen. Ich habe versucht, Ihnen darzulegen, Miss Rooney, daß dieses Zimmer zwar Mr. Wolfes Büro, der Rest des Hauses jedoch seine Privatwohnung ist. Von neun bis elf Uhr vormittags und von vier bis sechs Uhr nachmittags kultiviert er ausschließlich sein Privatleben in Gestalt von Orchideen oben in den Treibhäusern, und bedeutendere Geister als Sie mußten sich schon damit abfinden. Aber soweit ich Sie bereits kennengelernt habe, halte ich Sie durchaus für lieb und nett, und ich will Ihnen deswegen einen Gefallen tun.«

»Was für einen?«

»Setzen Sie sich, und hören Sie mit dem Zittern auf.«

Sie ließ sich nieder.

»Ich werde nach oben gehen und ihm von Ihnen erzählen.«

»Was wollen Sie ihm erzählen?«

»Ich werde ihn daran erinnern, daß ein Mann namens Ferdinand Pohl heute morgen anrief und vereinbarte, daß er und vier weitere Personen um sechs Uhr hierherkommen wollen, um Mr. Wolfe zu sprechen, und daß es nur noch sechzehn Minuten bis dahin sind. Ich werde ihm berichten, daß Sie Audrey Rooney heißen und eine der vier anderen Personen sind, daß Sie recht hübsch und vielleicht auch lieb sind und daß Sie außer sich vor Angst sind, weil – wie Sie behaupten – die anderen zwar so tun, als ob sie glaubten, Talbott sei es gewesen, in Wirklichkeit aber darauf aus sind, Ihnen etwas anzuhängen, und . . .«

»Nicht alle.«

»Einige von ihnen. Ich werde ihm klarmachen, daß Sie vor der vereinbarten Zeit hergekommen sind, um ihn allein zu sprechen und ihm mitzuteilen, daß Sie niemanden, und ganz besonders nicht Sigmund Keyes, umgebracht haben, und um ihn zu warnen, daß er bei diesen Halunken wie ein Habicht achtgeben soll.«

»Es hört sich verrückt an – auf diese Art!«

»Ich werde Gefühl hineinlegen.«

Sie stand wieder von ihrem Stuhl auf, näherte sich mir mit drei behenden Schritten, stemmte ihre Handflächen gegen meine Rockaufschläge und legte den Kopf zurück, um mir in die Augen zu blicken.

»Sie können bestimmt auch recht lieb sein«, säuselte sie hoffnungsvoll.

»Das hieße die Erwartungen zu hoch schrauben«, dämpfte ich ihre Begeisterung, während ich auf dem Absatz kehrtmachte und mich in Richtung Flurtreppe davontrollte.

2

Ferdinand Pohl hatte soeben das Wort.

Nachdem ich mich also in unserem Büro niedergelassen und meinen Stuhl so gedreht hatte, daß mein Rücken gegen meinen Schreibtisch zu lehnen kam, während Wolfe selbst hinter seinem Schreibtisch zu meiner Linken thronte, nahm ich Pohl erst einmal unter die Lupe. Er war fast doppelt so alt wie ich. Er saß mit übereinandergeschlagenen Beinen im roten Ledersessel jenseits von Wolfes Schreibtisch und hatte die Hosenbeine so hochgezogen, daß zehn Zentimeter nackte Haut oberhalb seiner halterlosen Socken hervorlugten. Nichts an ihm lenkte die Aufmerksamkeit auf sich, außer einer ungewöhnlichen Anzahl Gesichtsfalten; und überhaupt nichts an ihm flößte besondere Zuneigung ein.

»Der Grund unserer Zusammenkunft«, hob er in dünnem, grämlichem Ton an, »und was uns gerade hier zusammenführte, ist unsere übereinstimmende Ansicht, daß Sigmund Keyes von Victor Talbott ermordet wurde, und wir sind ebenfalls überzeugt, daß . . .«

»Aber nicht einstimmig«, berichtigte eine andere Stimme. Es war eine samtweiche Stimme, eine wahre Wohltat fürs Ohr, so wie ihre Eigentümerin ein richtiger Augenschmaus war. Besonders ihr Kinn gehörte zu jener Sorte, die von jedem Gesichtswinkel aus wirkt. Der einzige Grund, weshalb ich sie nicht in den mir zunächststehenden Stuhl komplimentiert hatte, war der, daß sie bei ihrer Ankunft mein Begrüßungslächeln nur mit einem Hochziehen der Brauen beantwortet hatte, und ich bei mir selbst beschloß, sie zum Teufel zu schicken, bis sie sich wieder auf ihre Manieren besann.

»Nicht einmütig, Ferdy«, wandte sie ein.

»Sie gaben vor«, sagte Pohl zu ihr, noch eine Nuance verdrießlicher, »mit unserer Sache zu sympathisieren, und haben sich deshalb unserem gemeinsamen Gang hier angeschlossen.«

Als ich die beiden so vor mir sah und ihre Stimmen hörte, vermerkte ich im Geist, daß sie einander haßten. Sie kannte ihn länger als ich, da sie ihn mit Ferdy titulierte, doch offensichtlich war sie mit mir der Meinung, daß nichts an ihm Sympathie einflößte. In mir gewann soeben das Gefühl die Oberhand, zu hart mit ihr umgegangen zu sein, als ich sah, wie sie Ferdy mit einem Hochziehen ihrer Brauen bedachte.

»Das«, verkündete sie, »hat nichts mit der Ansicht zu tun, daß Vic meinen Vater ermordet haben soll. Ich habe keine Meinung, denn ich weiß nichts darüber.«

»Womit sympathisieren Sie dann also?«

»Ich möchte Klarheit haben. Und Sie ebenfalls. Und ich stimme gewiß mit Ihnen überein, daß die Polizei sich äußerst dämlich anstellt.«

»Wer tötete ihn Ihrer Meinung nach, wenn nicht Vic?«

»Das weiß ich nicht.« Ihre Brauen turnten wieder in die Höhe. »Aber da ich das Unternehmen meines Vaters geerbt habe und da ich mit Vic verlobt bin und noch aus einigen anderen Gründen, möchte ich es gern herausfinden. Deshalb bin ich mit Ihnen zusammmen hier.«

»Sie haben hier nichts zu suchen!«

»Ich bin hier, Ferdy.«

»Ich sage, Sie haben hier nichts verloren!« Pohls Gesichtsfalten setzten sich in Bewegung. »Das sage ich, und dabei bleibe ich! Wir, das heißt wir vier, kamen mit einem bestimmten Vorsatz hierher, nämlich Nero Wolfe zu veranlassen, den Beweis zu erbringen, daß Vic Ihren Vater umgebracht hat!« Pohl nahm plötzlich seine übereinandergeschlagenen Beine auseinander, beugte sich vor, um Dorothy Keyes direkt ins Gesicht zu stieren, und fragte heimtückisch leise: »Und – wenn Sie ihm dabei halfen?«

Drei andere Stimmen erhoben sich auf der Stelle. Eine sagte: »Da liegen sie sich wieder in den Haaren!« Eine andere: »Man gebe Mr. Broadyke das Wort.« Eine dritte: »Befördern Sie einen von ihnen an die frische Luft.«

Wolfe machte dem ein Ende: »Wenn sich der Auftrag darauf beschränkt, Mr. Pohl, zu beweisen, daß ein von Ihnen bezeichneter Mann einen Mord beging, so haben Sie Ihre Zeit hier vergeudet. Wenn nämlich nicht er der Mörder war – was dann?«

3

Zahlreiche Auftritte hatten sich in diesem Büro in der ersten Etage des alten Sandsteinhauses, dessen Besitzer Nero Wolfe war, schon abgespielt, im Laufe der Jahre, die ich für ihn tätig gewesen bin, und zwar nicht nur als sein treuer »Freitag«, sondern auch am Sonnabend, Sonntag, Montag, Dienstag, Mittwoch und Donnerstag.

Doch die Zusammenkunft im Büro an jenem Dienstag- nachmittag im Oktober hatte ihren eigenen, ganz beson- deren Reiz. Sigmund Keyes, Industrieplaner ganz großer Klasse, war am vergangenen Dienstag, also genau vor einer Woche, ermordet worden. Ich hatte über den Fall in den Zeitungen gelesen und auch Gelegenheit gefunden, ihn im privaten Kreis von meinem Freund und Widersa- cher, Sergeant Purley Stebbins von der Mordabteilung, diskutiert zu hören, und aus der fachmännischen Per- spektive eines Detektivs gesehen, schien dieser Mord ein Fall aus dem Kuriositätenkabinett zu sein.

Keyes hatte der Gewohnheit gehuldigt, fünf Tage in der Woche um 6 Uhr 30 früh einen Morgenspaziergang im Park zu unternehmen, und zwar in der anstrengenden und albernen Weise, sich auf vier statt auf zwei Beinen fortzubewegen. Er hatte diese vier Beine, deren Besitzer er war und die auf den Namen Casanova hörten, in der Still- well-Reitakademie in der 98. Straße westlich des Parks untergestellt. An jenem Morgen bestieg er Casanova wie gewöhnlich pünktlich um 6 Uhr 30 und ritt in den Park. Vierzig Minuten später, um 7 Uhr 10, war er von einem berittenen Polizisten, der sich im Park auf Patrouille be- fand, weiter südlich in der Höhe der 66. Straße gesehen worden. Das stimmte ungefähr mit seiner üblichen fahr- planmäßigen Zeiteinteilung überein. Fünfundzwanzig Minuten später, um 7 Uhr 35, hatte Casanova weiter nörd- lich den Park herrenlos verlassen und war die Straße hin- unter zur Reitakademie getrabt. Das hatte natürlich allge- meine Neugierde erregt, die eine dreiviertel Stunde später befriedigt worden war, als ein Polizist, der im Park Dienst hatte, Keyes' Leiche hinter einem Gestrüpp einige zwan- zig Meter von dem Reitpfad entfernt in der Höhe der 95. Straße gefunden hatte. Später hatte man die Kugel eines Revolvers vom Kaliber 38 aus seiner Brust entfernt. Die Polizei hatte aus Spuren auf dem Reitpfad und der an- grenzenden Wiese geschlossen, daß man ihn aus seinem

Sattel geschossen und er unter großer Anstrengung versucht hatte, eine kleine Böschung, die zu einem gepflasterten Fußsteig führte, zu erklimmen, doch sein Leben nicht mehr hinreichte, um das zu schaffen.

Ein Reiter – angesichts des Empire State Buildings aus seinem Sattel geschossen –, das war natürlich ein gefundenes Fressen für die Sensationsblätter, und auch andere Zeitungen wußten es zu würdigen. Man hatte weder eine Waffe noch Augenzeugen gefunden. Nicht ein einziger Bürger war vorgetreten, um zu melden, er habe einen maskierten Mann hinter einem Baum lauern sehen. Das kam wahrscheinlich daher, daß nur sehr wenige New Yorker eine unverfängliche Erklärung dafür anbieten konnten, was sie um diese Zeit überhaupt im Park zu suchen hatten.

So mußten die Beamten das Pferd vom Schwanz her aufzäumen und nach Motiven und Gelegenheit Ausschau halten. Während der vergangenen Woche waren eine Reihe von Namen erwähnt worden, eine Anzahl Personen hatte offiziellen Besuch erhalten, und das Ergebnis war, daß sich das Scheinwerferlicht auf sechs Hauptfiguren konzentriert hatte. So brachten es die Zeitungen, und so erfuhr ich es von Purley Stebbins. Was dem Auftritt in unserem Büro an jenem Dienstagnachmittag seinen besonderen Reiz verlieh, war die Tatsache, daß fünf dieser sechs Hauptfiguren vor uns aufgereiht saßen und offensichtlich Wolfe dazu bringen wollten, den grellen Strahl des Schweinwerferlichts von ihnen abzuwenden, um es ausschließlich auf die sechste Hauptfigur, die durch Abwesenheit glänzte, zu fixieren.

4

»Erlauben Sie mir die Bemerkung«, erhob Frank Broadyke seinen kultivierten Bariton, »daß Mr. Pohl sich ungeschickt ausgedrückt hat. Der Fall liegt so, Mr. Wolfe: Mr. Pohl hat uns zusammengetrommelt, und wir stellten fest, daß ein jeder von uns sich unbilligerweise belästigt fühlt. Wir behaupten nicht nur, daß jeder zu Unrecht eines Verbrechens, das er nicht beging, verdächtigt wird, sondern auch, daß die Polizei im Laufe einer vollen Woche nichts erreicht hat und wenig Aussicht besteht, daß sich das ändert. Damit würde dieser ungerechtfertigte Verdacht für immer auf uns haftenbleiben.«

Broadyke machte eine Handbewegung. Nicht nur sein Bariton war es, nein, der ganze Mann war kultiviert. Er war ein wenig jünger als Pohl, aber als ein Mann von Welt stellte er diesen weit in den Schatten. Sein Benehmen ließ darauf schließen, daß er sich bei uns nicht ganz wohl in seiner Haut fühlte, da er (a) in dem Büro eines Privatdetektivs saß, was schlechthin vulgär war, und es ihn (b) in Verlegenheit brachte, dorthin mit Leuten gekommen zu sein, mit denen er gewöhnlich keinen Umgang pflegte, und daß (c) das Thema der Besprechung in Verbindung mit einem Mord stand, was einfach ungeheuerlich war.

Er fuhr fort: »Mr. Pohl schlug vor, Sie um Rat zu fragen und Ihre Dienste in Anspruch zu nehmen. Erlauben Sie mir als einem, der mit Freuden seinen Anteil an der Rechnung bezahlen will, die Bemerkung, daß mir einzig daran liegt, von diesem ungerechten Verdacht befreit zu werden. Falls Sie das nur erreichen können, indem Sie den Verbrecher und Beweise gegen ihn finden, soll es mir recht sein. Falls sich herausstellt, daß Victor Talbott der Schuldige ist, wäre es mir noch angenehmer.«

»Dabei gibt es kein ›falls‹!« platzte Pohl heraus. »Talbott war es, und es geht darum, es ihm zu beweisen!«

»Mit meiner Hilfe, Ferdy, vergessen Sie's nicht«, säuselte Dorothy Keyes ihm zu.

»Puh, mottet endlich das Kriegsbeil ein!«

Die Blicke wandten sich dem Sprecher zu, dessen einziger Beitrag bisher die Bemerkung: »Da liegen sie sich wieder in den Haaren!« gewesen war. Auch die Köpfe mußten sich zu ihm wenden, da er am anderen Ende des Halbkreises, etwas im Hintergrund, saß. Seine hohe Fistelstimme paßte gut zu seinem Namen, Wayne Safford, jedoch nicht zu seiner breiten, derben Gestalt und seinen starken, groben Gesichtsknochen. Den Unterlagen zufolge war er achtundzwanzig Jahre alt, sah jedoch etwas älter aus.

Wolfe nickte ihm zu. »Ich bin ganz Ihrer Meinung, Mr. Safford.« Wolfes Augen streiften über den Halbkreis hin. »Mr. Pohl fordert zuviel für sein Geld. Sie können mich damit beauftragen, einen Fisch zu fangen, meine Damen und Herren, aber Sie können mir nicht vorschreiben, welchen Fisch. Sie können mir angeben, wonach ich jagen soll – nach einem Mörder –, aber Sie können mir nicht soufflieren, wer der Mörder ist, sofern Sie keine Beweise gegen ihn haben. Und warum sollten Sie mir dann etwas bezahlen? – Haben Sie Beweismaterial?«

Keiner gab einen Laut von sich.

»Haben Sie Beweise, Mr. Pohl?«

»Nein.«

»Woher wissen Sie, daß es Mr. Talbott war?«

»Ich weiß es und damit basta. Sie alle wissen es! Selbst Miss Keyes hier weiß es, aber sie ist einfach zu widerspenstig, um es zuzugeben.«

Wolfes Blick glitt wieder über den Halbkreis hin. »Ist es wahr? Sie alle wissen es?«

Keine Antwort. Kein Ja und kein Nein. Kein Nicken und kein Kopfschütteln.

»Dann bleibt es also mir überlassen, die Identität des Fisches zu bestimmen. Ist das klar, Mr. Broadyke?«

»Ja.«

»Mr. Safford?«

»Ja.«

»Miss Rooney?«

»Ja. Nur glaube ich, daß es Vic Talbott war.«

»Daran kann Sie niemand hindern. Miss Keyes?«

»Ja.«

»Mr. Pohl?«

Keine Antwort.

»Ich muß eine Bestätigung darüber haben, Mr. Pohl. Falls es sich herausstellt, daß es Mr. Talbott war, können Sie mir ja eine Extraprämie zahlen. Aber wie dem auch sei, haben Sie mich jetzt beauftragt, Tatsachen zusammenzutragen?«

»Gewiß. Die wahren Tatsachen.«

»Es gibt keine andere Sorte. Ich garantiere Ihnen, keine einzige unwahre Tatsache zu liefern.« Wolfe beugte sich vor, um auf einen Knopf an seinem Schreibtisch zu drücken. »Das ist in der Tat die einzige Garantie, die ich Ihnen geben kann. Ich muß Ihnen eindringlich klarmachen, daß Sie sowohl gemeinschaftlich als auch als Einzelperson für diesen Auftrag verantwortlich sind. Falls jetzt . . .«

Die Tür zum Flur wurde geöffnet; Fritz Brenner trat ein und steuerte auf uns zu.

»Fritz«, erklärte ihm Wolfe, »wir haben fünf Gäste zum Abendessen.«

»Gut, Sir«, erwiderte Fritz, ohne mit der Wimper zu zukken, und wandte sich zum Gehen. Ein deutlicher Beweis, was für eine Perle Fritz ist. Und er gehört nicht zu jenen, die ein paar lumpige Omeletten oder Konservensuppe auf den Tisch stellen. Als er schon an der Tür war, kam ein Protestruf von Frank Broadyke:

»Rechnen Sie besser nur mit vieren. Ich muß bald aufbrechen und habe eine Verabredung zum Dinner.«

»Sagen Sie ab«, fauchte Wolfe.

»Ich fürchte, das geht nicht, wirklich nicht.«

»Dann kann ich diese Arbeit nicht übernehmen.« Wolfe

war kurz angebunden. »Was stellen Sie sich denn vor? Die Angelegenheit ist schließlich schon eine Woche alt.« Er warf einen Blick auf die Uhr an der Wand. »Ich benötige Sie hier, Sie alle, sicherlich den ganzen Abend über und wahrscheinlich auch den größten Teil der Nacht. Ich muß alles erfahren, was Sie über Mr. Keyes und Mr. Talbott wissen. Außerdem, wenn ich Sie von diesem ungerechtfertigten Verdacht in den Augen der Polizei und der Öffentlichkeit reinwaschen soll, muß ich damit beginnen, ihn aus meiner eigenen Vorstellung zu verbannen. Das wird viele Stunden harter Arbeit kosten.«

»Oh«, warf Dorothy Keyes ein, und ihre Brauen wanderten eine Etage höher. »Sie verdächtigen uns also, stimmt's?«

Wolfe ignorierte sie und wandte sich an Broadyke: »Nun, Sir?«

»Ich muß telefonieren«, murmelte dieser.

»Das können Sie«, räumte Wolfe ein, als ob er ihm damit einen Teilsieg zugestand. Seine Augen schweiften von links nach rechts über die Gesichter hin und dann wieder nach links, um auf Audrey Rooney haftenzubleiben, deren Stuhl ein wenig im Hintergrund neben dem von Wayne Safford stand. »Miss Rooney«, feuerte er los, »Sie scheinen ja die größte Achillesferse zu haben, da Sie an Ort und Stelle waren. Wann entließ Mr. Keyes Sie aus seinen Diensten und weshalb?«

Audrey hatte wortlos, in gestraffter Haltung und mit zusammengepreßten Lippen dagesessen. »Nun, er war . . .«, begann sie, hielt jedoch inne, um sich zu räuspern, und konnte nicht fortfahren, da wir unterbrochen wurden.

Die Klingel an der Haustür hatte angeschlagen, und ich hatte Fritz das Öffnen überlassen, wie es der Brauch war, wenn ich mit Wolfe und Besuchern beschäftigt war, es sei denn, daß eine Sonderanweisung vorlag. Jetzt wurde die Tür zum Flur aufgemacht. Fritz kam herein, zog die

Tür hinter sich zu und meldete: »Ein Herr möchte Sie sprechen, Sir, Mr. Victor Talbott.«

Der Name plumpste in unsere Mitte wie ein Fallschirmspringer in eine Picknickgesellschaft.

»Meine Güte!« rief Wayne Safford.

»Wie zum Teufel . . .«, setzte Frank Broadyke an und unterbrach sich.

»Sie haben es ihm also gesagt!« fauchte Pohl Dorothy Keyes an.

Dorothy hob lediglich ihre Brauen. Ich fing an, dieser Manie überdrüssig zu werden, und wünschte, sie würde etwas anderes ausprobieren.

Audrey Rooney vergaß, den Mund zu schließen.

»Führen Sie ihn herein«, trug Wolfe Fritz auf.

5

Wie Millionen meiner Mitbürger hatte ich mir ein ungefähres Urteil über Victor Talbott nach seinen Fotos in den Zeitungen gebildet, und innerhalb von zehn Sekunden, nachdem er sich zu uns ins Büro gesellt hatte, entschied ich, daß das Etikett, mit dem ich ihn versehen hatte, so bleiben konnte. Er gehörte zu jenen Burschen, die sich bei einer Cocktailparty oder vor dem Abendessen des Tabletts mit den Aperitifs bemächtigen und es herumreichen, indem sie jedem dabei tief in die Augen sehen und vor Geist sprühen.

Mich ausgenommen, war er mit Abstand der bestaussehende Mann im Zimmer.

Als er eintrat, bedachte er Dorothy Keyes mit einem Blick und einem Lächeln, und ohne den anderen die geringste Beachtung zu schenken, machte er vor Wolfes Schreibtisch halt und stellte freundlich fest: »Sie sind natürlich Nero Wolfe. Ich bin Vic Talbott. Ich nehme an, daß Sie mir unter den gegebenen Umständen wohl lieber nicht die Hand geben wollen – das heißt, wenn Sie den Auftrag übernehmen, den Ihnen diese Leute anbieten. Ist es so?«

»Angenehm, Sir«, polterte Wolfe. »Himmlische Güte, ich habe Dutzenden von Mördern die Hand geschüttelt. Wie vielen genau, Archie?«

»Hm – vierzig«, mutmaßte ich.

»Und das ist sehr gering geschätzt. Das ist Mr. Goodwin – Mr. Talbott.«

Offenbar hielt Vic mich ebenfalls für zimperlich, denn er nickte mir zu, ohne mir die Hand zu reichen. Dann drehte er sich zu den Gästen um. »Wie steht's, Leute? Haben Sie den Meisterdetektiv beauftragt?«

»Unsinn«, quiekte Wayne Safford. »Sie wollen wohl hier herumschnüffeln?«

Ferdinand Pohl hatte seinen Stuhl verlassen und rückte gegen den ungebetenen Gast vor. Ich war auf den Beinen, bereit, einzugreifen. Im Zimmer war eine Dynamitladung von Gefühlsregungen aufgehäuft, und ich wollte nicht, daß irgendeiner unserer Klienten zu Schaden käme. Doch alles, was Pohl unternahm, war, Talbott mit seinem dikken Zeigefinger auf die Brust zu tippen und ihn anzuknurren: »Hören Sie, mein Junge, Sie haben hier nichts zu suchen. Sie haben sich bereits einmal zu oft eingemischt, wie der Fall steht.« Pohl wirbelte zu Wolfe herum. »Weshalb haben Sie ihn hereingelassen?«

»Erlauben Sie mir die Bemerkung«, warf Broadyke ein, »daß Sie Ihre Gastfreundschaft ein wenig übertrieben haben.«

»Übrigens, Vic« – das war Dorothys sanftes Stimmchen –, »Ferdy meint, ich hätte dir dabei geholfen.«

Die Bemerkungen der anderen hatten keinen sichtbaren Eindruck auf ihn gemacht, aber bei Dorothy war das anders. Er drehte sich zu ihr um, und der Ausdruck seines Gesichts sprach einen ganzen Band seiner Autobiographie. Er gehörte ihr mit Haut und Haaren, es sei denn, ich hatte einen Augenarzt nötig. Sie konnte ihre lieblichen Brauen sicher tausendmal am Tag in die Höhe ziehen, ohne daß er dessen müde wurde. Er sprach zu ihr mit seinen Augen und wirbelte dann herum, um seine Zunge gegen Pohl zu richten. »Wissen Sie, was ich von Ihnen halte, Ferdy?«

»Ich darf doch bitten!« unterbrach Wolfe scharf. »Sie müssen nicht unbedingt mein Büro dazu benützen, um sich gegenseitig die Meinung zu sagen. Das können Sie wer weiß wo tun. Wir haben Arbeit vor uns. – Mr. Talbott, Sie fragten, ob ich einen Auftrag übernommen habe, der mir angeboten worden ist. Das habe ich. Ich habe mich verpflichtet, den Mord an Sigmund Keyes zu untersuchen. Aber ich habe keine vertraulichen Mitteilungen erhalten und kann den Auftrag noch immer ablehnen. Haben Sie ein besseres Angebot? Aus welchem Grund sind Sie hierhergekommen?«

Talbott lächelte ihm zu. »Das ist die richtige Verhandlungstaktik«, bemerkte er bewundernd. »Nein, ich habe keinen Auftrag anzubieten, aber ich hatte das Gefühl, daß ich hier auch dabeisein sollte. Ich dachte es mir so: Diese Leute wollen Sie dazu verpflichten, mich mit einer Mordanklage verhaften zu lassen. Deshalb würden Sie gerne einen Blick auf mich werfen und mir einige Fragen stellen wollen. Darum bin ich hier.«

»Und plädieren selbstverständlich für ›unschuldig‹. Archie, einen Stuhl für Mr. Talbott.«

»Selbstverständlich«, stimmte Talbott zu, dankte mir mit einem Lächeln für den Stuhl, den ich ihm brachte, und setzte sich. »Sonst hätten Sie ja keine Arbeit. Schießen Sie also los.« Plötzlich errötete er. »Unter den gegebenen Umständen hätte ich das Wort ›schießen‹ wohl besser nicht gebrauchen sollen.«

»Sie hätten ›los damit!‹ sagen können«, piepste Wayne Safford.

»Seien Sie still, Wayne«, rügte ihn Audrey Rooney.

»Erlauben Sie mir . . .«, setzte Broadyke an, aber Wolfe fiel ihm ins Wort.

»Nein, Mr. Talbott hat jetzt um Fragen gebeten.« Er fixierte den Bittsteller. »Die anderen hier sind der Ansicht, daß die Polizei diesen Fall in einer lächerlichen und erfolglosen Weise behandelt. Stimmen Sie dem zu, Mr. Talbott?«

Vic dachte einen Augenblick nach und nickte dann. »Im großen und ganzen, ja«, pflichtete er bei.

»Warum?«

»Nun, verstehen Sie, die Polizei ist in einer Sackgasse gelandet. Sie ist daran gewöhnt, mit Anhaltspunkten zu arbeiten, und wenn sie auch eine Anzahl Anhaltspunkte fand, die darauf hinweisen, was geschah, zum Beispiel die Spuren auf dem Reitpfad, die zum Dickicht führten, so gibt es keinen Fingerzeig, der ihr helfen kann, den Mörder zu identifizieren. Nicht einen einzigen. Deshalb mußte sie auf das Motiv zurückgreifen, und auf der Stelle stießen sie auf einen Mann mit dem besten Motiv von der Welt.« Talbott tippte sich selbst auf die Brust: »Auf mich. Doch dann stellten sie fest, daß dieser Mann – ich – es wohl kaum getan haben konnte, weil ich mich nämlich woanders befand. Sie stellten fest, daß ich ein Alibi hatte, das . . .«

»Alles Schwindel!« Das war Wayne Safford.

»Prima Maßarbeit«, erscholl es von Broadyke.

»Diese Dummköpfe!« posaunte Pohl. »Hätten sie nur Verstand genug, jene Telefonistin . . .«

»Ich möchte doch sehr bitten«, gebot Wolfe ihnen Schweigen. »Fahren Sie fort, Mr. Talbott. Ihr Alibi – aber erst das Motiv. Was ist das beste Motiv von der Welt?«

Vic war überrascht. »Es ist immer und immer wieder in den Zeitungen gedruckt worden.«

»Ich weiß. Aber ich möchte keine journalistischen Mutmaßungen, wenn ich Sie persönlich vor mir habe. Es sei denn, es berührt Sie zu empfindlich.«

Talbotts Lächeln war nicht ohne Bitterkeit. »Falls es das

tat«, erklärte er, »bin ich davon gewiß in der letzten Woche geheilt worden. Ich schätze, zehn Millionen Menschen haben gelesen, daß ich Dorothy Keyes innig liebe oder irgendeine Variation davon. Nun gut, das stimmt! Wollen Sie einen Schnappschuß – oh, Verzeihung –, ein Foto von mir, wie ich es sage?« Er wandte sich an seine Verlobte: »Ich liebe dich, Dorothy, mehr als alles auf der Welt, zutiefst, wahnsinnig, von ganzem Herzen.« Er drehte sich wieder zu Wolfe um. »Da haben Sie Ihr Motiv.«

»Vic, Liebling«, sagte Dorothy zu seinem Profil, »du bist ein ausgemachter Narr, und du bist einfach unwiderstehlich. Ich bin wirklich froh, daß du ein gutes Alibi hast.«

»Sie bezeugten also Ihre Liebe«, warf Wolfe trocken ein, »indem Sie den überlebenden Elternteil Ihrer Liebsten töteten, wenn ich Sie richtig verstanden habe?«

»Ja«, versicherte Talbott, »unter gewissen Voraussetzungen. Die Situation war folgende. Sigmund Keyes war der berühmteste und erfolgreichste Industrieplaner Amerikas und . . .«

»Unfug!« explodierte Broadyke, ohne um Sprecherlaubnis ersucht zu haben.

Talbott lächelte. »Manchmal«, sagte er, »ist ein eifersüchtiger Mann schlimmer als eine eifersüchtige Frau. Sie wissen natürlich, daß Mr. Broadyke selber Industrieplaner ist – tatsächlich war er es, der diesen Beruf erfand. Nicht viele Fabrikanten hätten es sich im Traum einfallen lassen, an einem neuen Modell herumzubasteln, sei es Dampfer, Eisenbahn, Flugzeug, Kühlschrank, Staubsauger, Wecker oder was auch immer, ohne Broadyke um Rat zu fragen – bis ich aufkreuzte und die Verkaufsabteilung für Sigmund Keyes übernahm. Deshalb bezweifle ich auch, daß Broadyke Keyes ermordet haben kann. Wäre er so verzweifelt gewesen, hätte er nicht Keyes, sondern mich umgebracht.«

»Sie sprachen«, erinnerte Wolfe ihn, »von Liebe als einem Mordmotiv unter gewissen Voraussetzungen.«

»Ja, und Broadyke lenkte mich vom Thema ab.« Talbott

neigte den Kopf zur Seite. »Lassen Sie mich nachdenken – ach ja, ich organisierte den Verkauf für Keyes, und er konnte es nicht ertragen, daß das Gerücht umging, ich sei hauptsächlich für den großen Erfolg, den wir hatten, verantwortlich; aber er hatte Angst, mich einfach abzuschieben. Und ich liebte seine Tochter und wollte sie heiraten und werde sie immer lieben. Aber er hatte großen Einfluß auf sie, was ich nicht verstand und immer noch nicht verstehe – immerhin, hätte sie mich so geliebt wie ich sie, so hätte das natürlich nichts ausgemacht, aber sie . . .«

»Mein Gott, Vic«, protestierte Dorothy, »habe ich nicht ein dutzendmal gesagt, daß ich dich auf der Stelle heiraten würde« – sie schnippte mit den Fingern –, »wenn es nicht um Dad ginge? Wirklich, ich bin ganz närrisch verliebt in dich!«

»Also gut«, wandte sich Talbott an Wolfe, »da haben Sie Ihr Motiv. Es ist gewiß altmodisch, bar jeder modernen Industrieplanermätzchen, aber es ist unbedingt zuverlässig. Natürlich dachte das auch die Polizei, bis sie auf die Tatsache stieß, daß ich nicht an Ort und Stelle war. Das verwirrte und verdroß sie, und sie ist noch nicht wieder zu Verstand gekommen, deshalb nehme ich an, daß meine guten Freunde hier recht haben, wenn sie die Polizei als dämlich und unfähig bezeichnen. Nicht daß sie mich völlig von der Liste gestrichen hätten. Ich hörte, daß sie eine Schar von Detektiven und Lockvögeln auf die Jagd nach dem von mir gedungenen Mordschützen ausgesandt haben. Sie werden lange suchen können. Sie hörten, wie Miss Keyes mich einen Narren nannte, aber ich bin nicht so irrsinnig, jemanden zu dingen, um für mich einen Mord zu begehen.«

»Das will ich hoffen«, seufzte Wolfe. »Es gibt nichts Besseres als ein gutes Motiv. Und wie steht's mit dem Alibi? Hat die Polizei das gelten lassen?«

»Ja, die verdammten Idioten!« platzte Pohl heraus. »Dieses Telefonmädchen . . .«

»Ich fragte Mr. Talbott«, bellte Wolfe.

»Ich weiß es nicht«, gestand dieser ein, »aber ich nehme an, es blieb ihnen nichts anderes übrig. Ich zittere noch, wenn ich daran denke, was für ein Glückszufall es war, daß ich in jener Montagnacht spät zu Bett ging – ich meine, vor einer Woche, in der Nacht, bevor Keyes ermordet wurde. Wenn ich mit ihm ausgeritten wäre, säße ich jetzt hinter Schloß und Riegel und wäre erledigt. Es ist ausschließlich eine Frage der Zeitverhältnisse.«

Talbott preßte die Lippen zusammen und lockerte sie wieder. »Junge, Junge! Der berittene Polizist sah Keyes in der Nähe der 66. Straße um 7 Uhr 10 in den Park reiten. Keyes wurde nicht weit von der 96. Straße getötet. Selbst wenn er den ganzen Weg im Galopp geritten wäre, konnte er dort in Anbetracht der Windungen des Reitpfades unmöglich vor 7 Uhr 20 angekommen sein. Und das Pferd galoppierte nicht, denn sonst hätte man es dem Pferd ansehen müssen, was nicht der Fall war.« Talbott drehte sich um. »Sie sind Spezialist auf diesem Gebiet, Wayne, Casanova war nicht mit Schweiß bedeckt, stimmt's?«

»Sie sagen es« war alles, was er von Wayne Safford hörte.

»Es schwitzte nicht«, fuhr Talbott an Wolfe gewandt fort. »Wayne bestätigt das. Keyes konnte also die Stelle, wo er ermordet wurde, nicht vor 7 Uhr 25 erreicht haben. Das ist die Zeit für die Tat: fünfundzwanzig Minuten nach sieben.«

»Und Sie?« fragte Wolfe.

»Ich – ich hatte Glück. Ganz bestimmt. Ich ritt oft mit Keyes zu dieser gottverlassenen Zeit in dem Park – zwei- oder dreimal in der Woche. Er wollte, daß ich ihn jeden Tag begleiten sollte, aber ich entzog mich diesem Vergnügen ungefähr jeden zweiten Tag. Es war weder eine gesellige noch vergnügliche Angelegenheit. Wir pflegten nebeneinander zu reiten und übers Geschäft zu sprechen, außer wenn ihm nach Traben zumute war. Ich wohne im Churchill Hotel. Montag nacht kam ich spät nach Hause, aber ich hinterließ dennoch den Auftrag, mich um sechs Uhr früh zu wecken, weil ich seit mehreren Tagen nicht mehr mit Keyes ausgeritten war und ihn nicht verärgern wollte. Aber als das Mädchen mich morgens anläutete, war ich einfach zu müde und bat sie, die Reitakademie anzurufen, um mich zu entschuldigen, und mich um halb acht noch einmal zu wecken. Das tat sie, und mir war immer noch nicht nach Aufstehen zumute, aber ich hatte eine Verabredung zum Frühstück mit einem Kunden von auswärts, deshalb trug ich ihr auf, mir einen doppelten Orangensaft heraufzuschicken. Einige Minuten später brachte ihn mir der Kellner. Habe ich nicht Glück gehabt? Keyes war im nördlichen Teil der Stadt frühestens um 7 Uhr 25 getötet worden, wahrscheinlich etwas später. Ich selbst befand mich um halb acht Uhr in meinem Zimmer im Churchill Hotel, beinahe drei Meilen entfernt. Dreimal können Sie raten, wie froh ich war, daß ich mich um halb acht anrufen ließ!«

Wolfe nickte. »Sie sollten dem auswärtigen Kunden dafür einen Pluspunkt ankreiden. Mit dieser Rüstung versehen, brauchen Sie sich doch nicht die Mühe zu machen, sich unserer Versammlung anzuschließen.«

»Eine Telefonistin und ein Kellner, um Himmels willen!« schnaubte Pohl sarkastisch.

»Nette, anständige Leute, Ferdy«, belehrte Talbott ihn, und an Wolfe gewandt erklärte er: »Ich machte mir gar nicht die Mühe.«

»Wie? Sie sind also nicht hier?«

»Sicher bin ich hier, aber nicht, um mich irgendeiner Versammlung anzuschließen. Ich kam, um Miss Keyes zu treffen. Ich betrachte es nicht als eine Mühe, mich Miss Keyes anzuschließen. Was die anderen betrifft, abgesehen vielleicht von Broadyke . . .«

Abermals schellte die Türglocke, und da weitere ungebetene Gäste unsere Eintracht nur noch stören konnten, erhob ich mich flugs, durchquerte das Zimmer, trat in den

Flur, fing Fritz gerade noch rechtzeitig ab und ging zur Haustür, um durch den Glasspion zu spähen.

Als ich sah, wer draußen auf dem Vorplatz stand, legte ich die Türkette vor, öffnete die Tür nur die wenigen Zentimeter, die die Kette zuließ, und sagte durch den Spalt: »Ich habe keine Lust, mir eine Erkältung zu holen.«

»Ich auch nicht«, herrschte mich eine barsche Stimme an. »Machen Sie die verdammte Kette los.«

»Mr. Wolfe hat zu tun«, sagte ich höflich. »Wäre Ihnen mit mir gedient?«

»Nein! Heute nicht und in alle Ewigkeit nicht.«

»Dann warten Sie einen Augenblick. Ich will sehen, was sich machen läßt.«

Ich schloß die Tür, marschierte ins Büro und meldete Wolfe: »Der Mann, der den Stuhl abholen will.« Das war mein Lieblingspseudonym für Inspektor Cramer von der Mordabteilung.

Wolfe grunzte und schüttelte den Kopf. »Ich bin in den nächsten Stunden beschäftigt und dulde keine Unterbrechung.«

Ich kehrte zur Haustür zurück, öffnete sie nochmals einen Spaltbreit und sagte bedauernd: »Tut mir leid, aber er schwitzt über seinen Hausaufgaben.«

»Ha, ha«, erwiderte Cramer sarkastisch, »das tut er bestimmt. Jetzt, wo Talbott auch noch dazugekommen ist, haben Sie ja das Haus voll. Alle sechs. Öffnen Sie!«

»Pah. Auf wen wollen Sie Eindruck machen? Sie lassen sie sicher alle beschatten, und ich hoffe, daß Sie Talbott nicht aufgegeben haben, weil wir ihn mögen. Nebenbei bemerkt, die Telefonistin und der Kellner im Churchill – wie heißen die beiden doch gleich wieder?«

»Ich komme hinein, Goodwin.«

»Nur zu. Diese Kette ist noch nie einer richtigen Belastungsprobe unterzogen worden, und ich habe mich schon oft gefragt, wie sie . . .«

»Im Namen des Gesetzes, öffnen Sie die Tür!«

Ich war so verblüfft, daß ich die Tür beinahe wirklich aufgemacht hätte, um ihn mir ordentlich anzuschauen. Durch den Spalt konnte ich ja nur mit einem Auge schielen. »Nun höre man sich das an«, stammelte ich ungläubig, »mit mir versuchen Sie diesen Trick? Wie Sie wissen, ist es ja gerade das Gesetz, das Sie draußen hält. Wenn Sie so weit sind, daß Sie jemanden verhaften können, sagen Sie mir, wen, und ich werde mich darum kümmern, daß er oder sie nicht durch die Lappen geht. Schließlich haben Sie ja keine Monopolrechte. Sie hatten die ganze Gesellschaft eine volle Woche lang Tag und Nacht zur Verfügung, und Wolfe ist erst seit ungefähr einer Stunde mit ihr beschäftigt. Aber schon können Sie es vor Sehnsucht nicht mehr aushalten! Übrigens weigert sich die Gesellschaft nicht, Sie zu empfangen; sie weiß nur nichts von Ihrer Anwesenheit, also kreiden Sie das nicht ihrem Schuldkonto an. Mr. Wolfe ist es, der nicht gestört werden darf. Ich kann Ihnen zu Ihrer Befriedigung soviel sagen: Er hat das Rätsel noch nicht gelöst, und es kann noch bis Mitternacht dauern. Es würde viel Zeit sparen, wenn Sie mir die Namen . . .«

»Halten Sie den Mund«, krächzte Cramer. »Ich kam voller freundschaftlicher Gefühle hierher. Es gibt kein Gesetz, das Wolfe verbietet, Leute in seinem Büro zu empfangen. Und es gibt auch kein Gesetz, das mir verbietet, zusammen mit ihnen dort zu sein.«

»Gewiß nicht«, pflichtete ich ihm herzlich bei, »wenn Sie erst einmal drinnen sind, aber wie steht's mit dieser Tür? Hier ist eine solide, gesetzmäßige Tür, davor ein Mann, der sie nicht öffnen kann, dahinter ein Mann, der sie nicht öffnen will, und der Verfassung zufolge . . .«

»Archie!« erscholl es vom Büro her in Wolfes lautestem – selten genug vernehmbaren – Stentorbellen, begleitet von einigen anderen Geräuschen. Er rief noch einmal: »Archie!«

»Entschuldigen Sie mich«, stieß ich hastig hervor, schlug

die Haustür zu, stürzte den Flur entlang, klinkte die Büro-
tür auf und platzte hinein.

Es war nichts eigentlich Besorgniserregendes. Wolfe saß
noch in seinem Stuhl hinter dem Schreibtisch. Der Stuhl,
auf dem Talbott gesessen hatte, war umgeworfen. Dorothy
war auf den Füßen, kehrte Wolfes Schreibtisch den Rücken
zu, und ihre Brauen hatten sich zu einer Rekordhöhe em-
porgeschwungen. Audrey Rooney stand in der Ecke bei
dem großen Globus, die geballten Fäuste gegen ihre Wangen gepreßt, und machte große Augen. Pohl und Broadyke
waren auch von ihren Stühlen hochgesprungen und starrten ebenfalls in die Mitte des Zimmers.

Der versteinerten Haltung der Zuschauer nach hätte man
einen wirklich furchterregenden Anblick erwartet, doch
handelte es sich nur um zwei Jungen, die sich gegenseitig
Püffe austeilten. Als ich eintrat, landete Talbott gerade
einen rechten Haken in Saffords Gesicht, und während ich
die Tür hinter mir zuzog, konterte Safford mit einer soli-
den, kräftigen Linken in Talbotts Nierengegend. Das einzige Geräusch im Zimmer, außer dem Lärm der Fäuste
und Füße, war das verbissene Gemurmel von Audrey
Rooney in ihrer Ecke: »Gib es ihm, Wayne; gib es ihm,
Wayne.«

»Wieviel habe ich verpaßt?« fragte ich.

»Machen Sie Schluß damit!« befahl Wolfe mir.

Talbotts Rechte prallte an Saffords Wange ab, und Safford
verpaßte einen weiteren Nierenschlag. Sie lieferten sau-
bere Arbeit nach allen Regeln der Kunst, aber Wolfe war
der Chef, und er haßte Tumult im Büro; so trat ich dazwischen, packte Talbotts Jackenkragen und riß ihn so heftig
zurück, daß er über einen Stuhl stolperte, und baute mich
vor Safford auf, um ihm den Weg abzuschneiden. Eine Sekunde lang dachte ich, daß Safford mir einen Schlag ver-
setzen wollte, den er noch auf Vorrat hatte, doch dann ließ
er die Faust sinken.

»Wie konnte das so schnell losbrechen?« wollte ich wissen.

Audrey stand unversehens neben mir, krallte sich an meinem Ärmel fest und protestierte wütend: »Sie hätten ihn nicht aufhalten sollen! Wayne hätte ihn wieder zu Boden geschlagen! Das hat er schon einmal getan!« Es hörte sich so an, als ob sie mehr Durst auf Blut als auf Milch hatte.

»Er ließ eine Bemerkung über Miss Rooney fallen«, erlaubte sich Broadyke einzuwerfen.

»Schaffen Sie ihn hier raus!« schnaubte Wolfe.

»Welchen von beiden?« fragte ich und hielt Safford mit dem einen und Talbott mit dem anderen Auge in Schach.

»Mr. Talbott!«

»Du hast dich wacker geschlagen, Vic«, sagte Dorothy. »Du sahst fabelhaft gut aus mit dem Kampfesblitz in deinem Blick.« Sie preßte ihre Handflächen gegen Talbotts Wangen, zog seinen Kopf zu sich herab und reckte sich, um ihn auf den Mund zu küssen – ein schneller Kuß: »Da!«

»Vic geht jetzt«, erklärte ich ihr. »Kommen Sie, Talbott, ich führe Sie hinaus.«

Ehe er mitkam, nahm er Dorothy in die Arme. Ich warf einen Blick auf Safford, weil ich erwartete, daß er damit kontern würde, Audrey in die Arme zu nehmen; aber er war noch immer in Kampfbereitschaft, die Hände zu Fäusten geballt. Dann scheuchte ich Talbott vor mir her aus dem Zimmer. Im Flur, während er Hut und Mantel nahm, peilte ich durch den Spion, sah, daß die Luft rein war, und öffnete die Tür. Als er ging, sagte ich ihm: »Sie gehen zu sehr mit dem Kopf durch die Wand. Sie werden sich damit eines Tages noch das Genick brechen.«

Im Büro hatte jemand inzwischen den umgeworfenen Stuhl aufgerichtet, und alle hatten ihre Plätze wieder eingenommen. Obgleich man ihren Ritter vor die Tür gesetzt hatte, war Dorothy offenbar gewillt, auszuharren. Als ich durchs Zimmer schlenderte, um meinen Platz hinter meinem Schreibtisch zu erreichen, sagte Wolfe:

»Wir wurden unterbrochen, Miss Rooney. Wie ich bereits

feststellte, scheinen Sie die größte Achillesferse zu haben, da Sie an Ort und Stelle waren. Wollen Sie bitte etwas näher rücken, auf diesen Stuhl hier? Archie, Ihren Notizblock.«

6

Um 10 Uhr 55 am nächsten Morgen saß ich im Büro – nicht immer noch, aber schon wieder – und wartete auf Wolfes Rückkehr aus den Treibhäusern auf dem Dach, wo er sich zehntausend Orchideen und ein Sortiment anderer Pflanzenarten hielt. Ich spielte ein Pinocle-Spielchen mit Saul Panzer und Orrie Cather, die telefonisch für einen Sondereinsatz herbeibeordert waren. Saul trug ständig eine alte braune Mütze, von der er sich nie trennte. Er war etwas hausbacken, nur mäßig groß, mit einer ungeheuren Nase versehen und außerdem der beste Privatschnüffler der Welt für alles, was ohne Smoking erledigt werden konnte. Orrie, der in einigen Jahren auch ohne Kamm und Bürste auskommen würde, konnte Saul keineswegs das Wasser reichen, aber er war ein guter Mann für Routinesachen. Um 10 Uhr 55 stand ich mit drei Dollar in der Kreide.

In der Schublade meines Schreibtisches lagen zwei vollgeschriebene Notizblöcke. Wolfe hatte die Klienten nicht die ganze Nacht dabehalten, aber es fehlte nicht viel daran, als er sie gehen ließ. Jetzt wußten wir beträchtlich mehr über jeden von ihnen, als irgendeine Zeitung gedruckt hatte. In mancher Hinsicht ähnelten sie sich sehr, so wie sie es darstellten. Zum Beispiel hatte keiner von ihnen Sigmund Keyes getötet; keinem hatte sein Tod das Herz gebrochen, nicht einmal seiner Tochter; keiner hatte je einen Revolver besessen oder wußte mit einem solchen umzugehen; keiner vermochte irgendwelche Beweise vorzubringen, die dazu dienen konnten, Talbott zu überführen oder ihn zumindest verhaften zu lassen; keiner von ihnen hatte ein hieb- und stichfestes Alibi; und ein jeder hatte sein eigenes kleines Motiv, das vielleicht nicht das beste der Welt war, so wie Talbotts, doch keineswegs so schlecht, um die Nase darüber zu rümpfen.

Das war ihre Geschichte.

Ferdinand Pohl war aufgebracht gewesen. Er sah nicht ein, warum ihretwegen Zeit vergeudet und die ihre verschwendet wurde, während das eigentliche und einzige Ziel darin bestand, Talbotts Alibi zu sprengen und ihn zu schnappen. Aber er rückte schließlich doch mit seinen Tatsachen heraus. Zehn Jahre zuvor hatte er die hunderttausend Dollar gestellt, die nötig gewesen waren, um Sigmund Keyes' Laden zu einem Superunternehmen herauszumausern. In den vergangenen paar Jahren waren Keyes' Einnahmen schließlich ins Unermeßliche gestiegen, und Pohl hatte einen gleichen Anteil gefordert und ihn nicht erhalten. Keyes hatte erbärmliche jährliche fünf Prozent auf Pohls Einlage ausgeschüttet, also fünftausend im Jahr, wohingegen der halbe Profitanteil zehnmal soviel ausgemacht hätte. Pohl konnte ihm nicht mit der klassischen Alternative entgegentreten, entweder kaufen Sie meinen Anteil oder verkaufen Sie mir den Ihren, weil Pohl sich auf anderen Gebieten verkalkuliert hatte und bis über beide Ohren in Schulden steckte. Das Gesetz konnte nicht zu Hilfe gerufen werden, da der Partnerschaftsvertrag Pohl nur die fünf Prozent garantiert hatte und Keyes den Reingewinn hinter einem Deckmäntelchen versteckte. Er schöpfte nämlich den Rahm davon in Gestalt seines Gehaltes ab mit der Behauptung, daß ja seine Planerfähigkeiten das Geld einbrächten. Es war, Pohls Darstellung nach, der typische Fall einer Fehleinschätzung des menschlichen Charakters. Jetzt, nach Keyes' Tod, lag das Ganze natürlich anders. Jetzt lagen bindende Verträge vor und Dividenden, die für die Dauer von bis zu zwanzig Jahren hereinflossen. Falls Pohl und Dorothy, die Erbin, nicht zu einem Vergleich kommen konnten, würde es einem Richter überlassen bleiben müssen, die Güterteilung durchzuführen, und Pohl nachm an, daß er zumindest zweihunderttausend, oder mehr, erhalten würde. Er bestritt, daß das ein gutes Mordmotiv sei – nicht für ihn; und immerhin wäre es albern, darüber zu streiten, da er an jenem Dienstagmorgen um 7 Uhr 28 den Zug nach Larchmont genommen hatte, um dort in sein Segelboot umzusteigen. War er im Grand-Central-Bahnhof oder im Bahnhof der 125. Straße in den Zug gestiegen? Grand Central; sagte er. Sei er allein gewesen? Ja. Er habe seine Wohnung in der 84. Straße um 7 Uhr verlassen und die Untergrundbahn genommen. Fuhr er öfter mit der U-Bahn? Ja, ziemlich häufig, wenn es nicht gerade die Hauptverkehrszeit war. Und so weiter und so fort, über 14 Seiten eines Notizblocks lang. Ich erteilte ihm die Zensur ungenügend, selbst wenn ich einräumte, daß er beweisen konnte, mit diesem Zug in Larchmont angekommen zu sein; denn um 7 Uhr 38 mußte dieser Zug im Bahnhof der 125. Straße gehalten haben, zehn Minuten nach seiner Abfahrt vom Grand-Central-Bahnhof.

Bei Dorothy Keyes ging es um die entscheidende Frage, wieviel ihr von dem Reingewinn des väterlichen Unternehmens zugeflossen war. Einesteils behauptete sie, daß ihr Vater recht großzügig mit den Dukaten gewesen sei, andernteils entfuhr ihr hin und wieder eine Bemerkung, die andeutete, daß er sich fest an ihr Geld gekrallt hatte, wie ein Baby an das Spielzeug eines anderen Babys. Es war verwirrend, weil sie keinen Sinn für Zahlen hatte. Ich gelangte zu der Schlußfolgerung, daß ihre Einnahmen irgendwo zwischen fünfhundert und zwanzigtausend Dollar pro Jahr gelegen haben mußten. Der springende Punkt aber war: Fuhr sie besser, wenn ihr Vater am Leben war, der viel Geld verdiente und es austeilte, oder wenn er unter der Erde war und ihr alles gehörte, nachdem Pohl abgespeist worden war? Sie verstand, was für ein kritischer Punkt das war, und ich muß sagen, daß er sie nicht sehr zu erschüttern schien, weil sie sich nicht mal die Mühe machte, ihre Brauen hochzuziehen. Falls das nur Theater war, Hut ab vor ihrer Schauspielkunst. Anstatt auf dem bequem moralischen Prinzip, daß Töchter ihre Väter nicht zu töten pflegen, herumzureiten, stellte sie sich auf den nicht anfechtbaren Standpunkt, daß sie zu der kritischen Zeit – halb acht Uhr morgens – nicht einmal eine Fliege getötet haben konnte, geschweige denn ihren Vater. Sie war nie vor elf Uhr aus den Federn, außer in dringenden Fällen, wie zum Beispiel an dem zur Debatte stehenden Dienstagmorgen, als sie ungefähr zwischen neun und zehn Uhr die Nachricht vom Tode ihres Vaters erhielt. Das hatte sie hochgerissen. Sie bewohnte mit ihrem Vater eine Wohnung in Central-Park-Süd. Hauspersonal? Zwei Dienstmädchen. Wolfe fragte sie ohne viel Umschweife: Wäre es ihr möglich gewesen, vor sieben Uhr morgens die Wohnung und das Gebäude zu verlassen und später wieder hineinzuschlüpfen, ohne gesehen zu werden? Nein, behauptete sie, es sei denn, jemand hätte einen Gartenschlauch auf sie gerichtet, um sie aufzuwecken. Wenn das geschehen wäre, hätte sie sich vielleicht zu so einer Energieleistung aufraffen können, aber das sei alles nur hypothetisch, denn, wie gesagt, sie lag in den Federn.

Ich bedachte sie mit keiner Zensur, denn inzwischen war ich voreingenommen und hatte kein Vertrauen mehr zu meiner Urteilsfähigkeit.

Frank Broadyke war ein schlagender Erfolg. Er hatte mit Begeisterung Talbotts Anregung übernommen, daß er höchstens Talbott erschossen haben würde, aber niemals Keyes, denn er habe schon immer gewußt, daß Keyes seinen Aufstieg Talbotts Verkaufsgenie und nicht seinem eigenen Talent als Industrieplaner verdankte. Broadyke hatte diese Theorie sehr ins Herz geschlossen, kam immer wieder darauf zurück und bleute sie uns ein. Er gab zu, daß das Schrumpfen seines eigenen Geschäftsumfangs zufällig mit dem Aufstieg von Keyes' Unternehmen zusammenfiel, und er räumte weiterhin ein, als das Thema von Dorothy angeschnitten wurde, daß Keyes noch drei Tage vor seinem Tod ihn auf hunderttausend Dollar Schadenersatz verklagt hatte mit der Begründung, daß Broadyke aus Keyes' Büro Entwürfe gestohlen habe, die Broadyke dann Festaufträge für einen Zementmischer und eine elektrische Waschmaschine einbrachten. Aber trotzdem beharrte er stur darauf, daß er sich nur an Vic Talbott vergriffen hätte, der mit seinen dynamischen Verkaufsmethoden und seiner Persönlichkeit den Markt in Bewegung setzte. Fragen Sie irgendeinen angesehenen Industrieplaner, fragen Sie alle! Keyes war ein mittelmäßiger Zubehörteilentwerfer gewesen, ohne wirkliches Verständnis für die verwickelten und engen Beziehungen zwischen Funktion und Form. Ich ersehe aus meinem Notizblock, daß er sich erlaubte, dieses Sprüchlein viermal zu wiederholen. Er habe sein Bestes getan, verlorenen Boden zurückzugewinnen.

Er habe etwas, so führte er aus, von der Natur der Lerche an sich; der Sonnenaufgang wühle ihn auf und feuere ihn an. Sonnenaufgang war seine Lieblingstageszeit. Seine glänzendsten Erfolge waren in ihm gereift, ehe noch der Tau an schattigen Stellen getrocknet war. Nachmittags und abends fiel ihm nichts ein. Und mit der Zeit war er faul und nachlässig geworden, er ging spät zu Bett und stand spät auf, und damit begann sich sein Stern zu trüben. Kürzlich hatte er sich dazu entschlossen, die Flamme wieder anzufachen, und gerade erst vor einem Monat hatte er angefangen, vor sieben Uhr ins Büro zu gehen, drei Stunden, ehe die Belegschaft fällig war. Zu seiner Zufriedenheit und Freude begann es sich bereits auszuwirken. Die Geistesblitze der Eingebung kehrten zurück. Gerade an jenem Dienstagmorgen, als Keyes getötet wurde, hatte er sein Personal mit einem revolutionären und unwiderstehlichen Entwurf für einen elektrischen Schaumschläger begrüßt.

Hatte ihm irgend jemand an jenem Morgen in seinem Büro bei dieser schöpferischen Geburt Gesellschaft geleistet? Zwischen halb sieben und acht Uhr vielleicht? wollte Wolfe wissen. Nein, niemand. – Von den drei Alibis, die man uns serviert hatte, war das zweifellos das kümmerlichste.

Da ich mich mit Audrey Rooney verbrüdert hatte und sie auf der Stelle geehelicht haben würde, wäre da nicht meine Abneigung, eine öffentliche Figur zur Frau zu haben – denn schließlich schmückte ihr Bild den Kalender an der Wand von Sams Imbißstube –, war ich ziemlich ernüchtert, als ich erfuhr, daß ihre Eltern in Vermont sie in Wirklichkeit Annie getauft hatten und sie selbst ihren Namen geändert hatte. Okay, wenn ihr Annie nicht paßte, aber, guter Gott, weshalb Audrey? Audrey, das bewies absolute Phantasielosigkeit.

Natürlich stempelte sie das nicht gleich zur Mörderin, aber ihre Erzählung machte das wieder wett. Sie hatte in Keyes' Büro als Victor Talbotts Sekretärin gearbeitet, und vor einem Monat hatte Keyes sie vor die Tür gesetzt, da er sie verdächtigte, Entwürfe zu unterschlagen und sie an Broadyke zu verkaufen. Als sie Beweise verlangte und Keyes nicht in der Lage gewesen war, diesen Wunsch zu erfüllen, hatte sie als nächstes ein Heidentheater vollführt, was ich mir gut vorstellen konnte. Sie hatte sich so oft Zutritt zu seinem Privatbüro erzwungen, daß er einen Wachhund engagieren mußte, um sie draußen zu halten. Sie hatte versucht, die restliche Belegschaft – vierzig Leute – dazu zu bewegen, ihn im Stich zu lassen, bis ihr Gerechtigkeit widerfahren sei, und hatte es beinahe erreicht. Sie hatte sich bemüht, ihn in seiner Privatwohnung zu stellen, aber das schlug fehl. Acht Tage vor seinem Tod, an einem Montagmorgen, hatte sie ihm vor der Stillwell-Reitakademie aufgelauert, als er kam, um seinen Vierbeiner abzuholen. Mit Hilfe des Stallknechts Wayne Safford war es ihm gelungen, aufzusitzen und sich in den Park zu flüchten.

Aber am nächsten Morgen wartete Annie Audrey wieder dort und auch am darauffolgenden. Was sie am meisten erboste, wie sie Wolfe gleich anfangs erklärte, war Keyes' Weigerung, sie anzuhören – er hatte nie ihre Darstellung erfahren und war so gemein und dickköpfig, sie einfach abzulehnen. Sie fand, daß es seine Pflicht gewesen wäre, sie anzuhören. Sie deutete mit keiner Silbe an, daß ihr ständiges Aufkreuzen bei der Reitakademie noch den Nebenzweck erfüllte, dem Stallknecht Gefälligkeiten zu erweisen; aber das ließ sich erraten. Am vierten Morgen, also am Donnerstag, war Vic Talbott auch erschienen, um Keyes auf seinem Ritt zu begleiten. Keyes, von Audrey ständig belästigt, hatte ihr mit seiner Reitgerte einen Stoß in die Magengegend versetzt; Wayne Safford hatte Keyes so hart angerempelt, daß dieser stolperte und hinfiel. Talbott hatte sich eingemischt und war auf Wayne losgegangen, und Wayne hatte Talbott zusammengeschlagen und ihn in eine ungereinigte Stallecke geschleudert.

Offenbar hielt sich Wayne mehr im Zaum, wenn er sich in einem fein eingerichteten Büro auf einer Kirmanbrücke prügelte, überlegte ich und wunderte mich, daß Keyes nicht versucht hatte, ein elektrisches Pferd für seinen persönlichen Gebrauch zu entwerfen. – Doch am nächsten Morgen tauchte er wieder auf und heimste weitere Litaneien von Audrey ein, aber dabei blieb es; und drei Tage später, am Montag, war es das gleiche. Talbott war an keinem der beiden Tage erschienen.

Am Dienstagmorgen kreuzte Audrey bereits um Viertel vor sechs auf; der Vorteil ihrer zeitigen Ankunft bestand darin, daß sie den Kaffee zubereiten durfte, während Wayne die Pferde striegelte. Es gab Zimtbrötchen. Kurz nach sechs kam ein Telefonanruf vom Churchill Hotel mit dem Auftrag, Talbotts Pferd nicht zu satteln und Keyes auszurichten, daß er nicht kommen würde. Um halb sieben traf Keyes ein, pünktlich auf die Sekunde, reagierte auf Audreys Sticheleien nur mit grimmig zusammengepreßten Lippen und ritt davon. Audrey blieb während der folgenden Stunde ununterbrochen in der Akademie und war fünfundzwanzig Minuten vor acht immer noch dort, als Keyes' Pferd mit leerem Sattel anspaziert kam.

War Wayne Safford auch ununterbrochen dort gewesen? Ja, sie waren die ganze Zeit zusammen.

So waren Audrey und Wayne also reizend untergebracht. Als die Reihe an Wayne kam, widersprach er in keinem einzigen Punkt, ein recht zivilisiertes Benehmen für einen Stallknecht. Er machte zwar auch den Schnitzer, die Zimtbrötchen zu erwähnen, doch im großen und ganzen erzielte er eine gute Note. Als die Gesellschaft um zwei Uhr morgens gegangen war, stand ich auf, reckte mich, gähnte ausgiebig und erklärte Wolfe: »Fünf mächtig feine Klienten, hm?«

Er grunzte angewidert und stemmte die Hände gegen die Schreibtischkante, um seinen Sessel zurückzuschieben.

»Mein Schlaf wäre schöpferischer, wenn Sie Noten austeilen würden«, schlug er vor. »Nicht für Talbott, das ist nicht nötig. Ich kann verliebte Blicke besser beurteilen als Sie und sah, wie er Dorothy anstarrte. Es hat ihn erwischt. Aber die anderen Klienten? Pohl?«

»Er braucht Geld, vielleicht verzweifelt nötig, und jetzt wird er es erhalten.«

»Broadyke?«

»Seine Eitelkeit wurde tödlich verletzt, sein Geschäft ging bergab, und man hatte ihn auf eine große Summe verklagt.«

»Dorothy?«

»Die Tochter. Eine Frau. Es konnte eine Begebenheit aus ihrer Kindheit gewesen sein oder ein Schmuckstück, das man ihr verweigert hat.«

»Safford?«

»Ein primitiver Romantiker. Drei Tage nachdem er das Mädchen kennengelernt hatte, aß der Narr mit ihr um sechs Uhr früh Zimtbrötchen! Wie ist's mit seinen verliebten Blicken?«

Ich nickte. »Schwindelerregend.«

»Und er sah, wie Mr. Keyes das Mädchen mit der Reitgerte schlug.«

»Nicht schlug, stieß.«

»Noch schlimmer, weil in noch verächtlicher Weise. Darüber hinaus hatte ihm das Mädchen eingeredet, daß Mr. Keyes sie ungerecht behandelt habe, aber sie nicht dafür entschädigen wolle.«

»Okay, das genügt. Wie steht's mit ihr?«

»Eine Frau, der man entweder Unrecht getan oder die man auf einer Untat ertappt hat. In beiden Fällen aus der Fassung gebracht.«

»Nicht zu vergessen, daß er sie mit der Gerte stieß.«

»Nein«, widersprach Wolfe. »Außer in sofortigem impulsivem Wiedervergeltungsdrang antwortet keine einzige Frau auf die körperliche Gewalttat eines Mannes in gleicher Weise. Das wäre nicht weiblich. Sie tüftelt Feinheiten aus.« Er erhob sich. »Ich bin müde.« Er watschelte zur Tür. Ich folgte ihm und belehrte seinen Rücken: »Ich weiß, was ich von jedem dieser Herrschaften im voraus einkassieren würde. – Ich kann mir nicht vorstellen, warum Cramer sie noch einmal sehen wollte, nachdem er eine volle Woche mit ihnen zugebracht hatte. Warum gibt er nicht auf und zieht fünf neue Karten? Er ist eingeschnappt wie ein junger Hund. Sollen wir ihn anrufen?«

»Nein.« Wir waren im Flur. Wolfe, der dem Fahrstuhl zustrebte, um zu seinem Zimmer im zweiten Stock hinaufzufahren, drehte sich um. »Was wollte er?«

»Das sagte er nicht; aber ich kann es erraten. Er befindet sich auf einem toten Punkt in totaler Finsternis mitten auf einer Sechs-Straßen-Sternkreuzung und wollte bei uns eine Straßenkarte einsehen.«

Ich steuerte auf die Treppe zu, da der Fahrstuhl winzig ist und mit Wolfes Fleischmassen bereits total überfüllt war.

7

»Vierzig sticht«, sagte Orrie Cather um 10 Uhr 55 am
Mittwochmorgen.

Ich hatte sie darüber aufgeklärt, daß der Fall Keyes an
unsere Tür geklopft hatte, wir fünf Verdachtspersonen
zu Klienten hatten, und das war alles. Wolfe hatte sich
noch nicht dazu herabgelassen, mich einzuweihen, worin ihre Aufträge bestehen würden, so unterhielt ich sie
mit Kartenspielen, anstatt ihnen einen Überblick über
den Inhalt der Notizblöcke zu geben. Um Punkt elf beendeten wir das Spiel, und Orrie und ich zahlten an Saul,
wie gewöhnlich. Einige Minuten später wurde die Tür
zum Flur geöffnet, und Wolfe stolzierte herein. Er begrüßte die beiden gedungenen Hilfskräfte, ließ sich hinter seinem Schreibtisch nieder, klingelte nach Bier und
fragte mich: »Sie haben Saul und Orrie natürlich einige
Hinweise gegeben?«

»Natürlich nicht. Soviel ich weiß, ist alles eingeteilt.«

Er grunzte und trug mir auf, Inspektor Cramer anzurufen. Ich wählte die Nummer und hatte mehr Mühe als
sonst, durchzukommen. Endlich hatte ich ihn an der
Strippe, machte Wolfe ein Zeichen, und da ich keine
Weisung erhielt, den Hörer abzugeben, blieb ich am Apparat. Es war keine lange Unterhaltung.

»Mr. Cramer? Hier Nero Wolfe.«

»Ja. Was wollen Sie?«

»Tut mir leid, daß ich gestern abend so beschäftigt war.
Es bereitet mir immer ein Vergnügen, Sie empfangen zu
können. Ich habe mich jetzt auch mit dem Todesfall von
Mr. Keyes zu befassen, und es liegt in unserem beider-
seitigen Interesse, wenn Sie mir einige allgemeine Informationen geben würden.«

»Was zum Beispiel?«

»Als erstes den Namen und die Nummer des berittenen
Polizisten, der Mr. Keyes zehn Minuten nach sieben an

jenem Morgen im Park sah. Ich möchte Archie hinschikken . . .«

»Zum Teufel mit Ihnen!« Die Verbindung war abgerissen. Wolfe legte auf, griff nach dem Tablett mit dem Bier, das Fritz gebracht hatte, und befahl mir: »Rufen Sie Mr. Skinner von der Staatsanwaltschaft an.«

Ich tat, wie mir geheißen, und Wolfe nahm einen neuen Anlauf. Vor Jahren hatte Skinner ziemlich viel Ärger mit Wolfe gehabt, aber wenigstens war ihm nicht am vorhergegangenen Abend die Tür vor der Nase zugeschlagen worden, und deshalb war er nicht allzu grob. Als er erfuhr, daß Wolfe den Fall Keyes bearbeitete, wollte er eine Menge wissen, doch Wolfe hielt ihn sich vom Leib, ohne unhöflich zu sein, und bekam bald, was er wollte. Auf Wolfes Versicherung hin, Skinner über die Entwicklung auf dem laufenden zu halten, was – wie sie beide wußten – eine glatte Lüge war, ließ sich Mr. Skinner sogar herbei, das Präsidium zu bitten, für mich ein Treffen mit dem Polizisten zu arrangieren. Und das tat er. Kaum zehn Minuten nachdem Wolfe aufgelegt hatte, kam ein Anruf für mich von Center Street mit der Nachricht, daß Officer Hefferan mich um 11 Uhr 45 an der Ecke der 66. Straße und Central-Park-West erwarten würde.

Während dieser zehn Minuten hatte Wolfe sein Bier getrunken, sich nach Sauls Familie erkundigt und mir vorgebetet, wonach ich den Polizisten ausfragen sollte. Das verbitterte mich. Wenn wir einen Fall bearbeiten, geschieht es manchmal, daß Wolfe die Idee hegt, ich wäre an irgendeiner Stelle auf irgendein Mitglied des Ensembles fixiert, und es sei deshalb erforderlich, mich vorübergehend auf ein Nebengleis abzuschieben. Ich hatte es aufgegeben, mich darüber zu grämen und dabei meine Nervenkraft zu verschwenden. Aber worum ging es diesmal? Ich war vollkommen unvoreingenommen und nicht verliebt. Warum also wollte er mich ausschicken, um mit einem Polizisten ein Schwätzchen zu halten, während er Saul und Orrie für wichtigere Aufgaben einsetzte? Das ging über mein Fassungsvermögen, und ich stierte ihn an und stand im Begriff zu meutern, als das Telefon erneut klingelte.

Ich wollte mich heraushalten, da die Hauptattacke anderen anvertraut werden sollte, aber Wolfe winkte mir zu, am Apparat mitzuhören.

»Ich bin in Keyes' Büro«, sagte Pohl, »Ecke 47. Straße und Madison Avenue. Können Sie sofort hierherkommen?«

»Auf keinen Fall«, entgegnete Wolfe in gekränktem Ton. Es brachte ihn immer auf, wenn irgend jemand auf der Welt nicht wußte, daß er sein Haus niemals geschäftlich und nur selten aus anderen Gründen verließ. »Ich arbeite nur zu Hause. Was ist los?«

»Ich möchte, daß Sie hier mit jemandem sprechen. Zwei Mitglieder des Personals. Mit ihrer Aussage kann ich beweisen, daß Talbott jene Entwürfe stahl und sie an Broadyke verkaufte. Das gibt den Ausschlag, daß Talbott der Mörder war. Von uns fünf konnten möglicherweise nur Miss Rooney und jener Stallknecht mit ihrem gegenseitigen Alibi verdächtigt werden, und das hier entlastet sie – und natürlich auch ihn.«

»Unsinn. Nichts davon. Es beweist lediglich, daß man Miss Rooney ungerechterweise des Diebstahls beschuldigte, und eine ungerechte Anschuldigung wurmt mehr als eine gerechtfertigte. Jetzt können Sie wenigstens Mr. Talbott wegen Diebstahls festnehmen lassen. Ich bin äußerst beschäftigt. Vielen Dank für Ihren Anruf. Ich brauche die Mitarbeit eines jeden von Ihnen.«

Pohl wollte weiterreden, aber Wolfe schüttelte ihn ab, trank einen Schluck Bier und wandte sich an mich: »Sie werden in zwanzig Minuten dort erwartet, Archie; und in Anbetracht Ihrer Schwäche, sich wegen Geschwindigkeitsübertretungen festnehmen zu lassen . . .«

Ich hatte in acht Jahren ein einziges Strafmandat wegen Geschwindigkeitsübertretung bekommen. Ich ging zur

Tür, drehte mich jedoch noch einmal um und bemerkte säuerlich: »Wenn Sie glauben, mich noch einmal mit so kindischen Aufgaben betrauen zu können, meutere ich. Wer hat Keyes als letzter lebend gesehen? Der Polizist. Er war es. Und wem werde ich ihn abliefern? Ihnen? Nein, Inspektor Cramer!«

8

Es war ein sonniger, warmer Oktobertag, und die Fahrt stadtauswärts wäre angenehm gewesen, hätte mir das Gefühl, daß man mich an der Nase herumführte, nicht die Laune verdorben. Nachdem ich den Wagen auf der 65. Straße geparkt hatte, marschierte ich um die Ecke und einen Häuserblock weiter und überquerte dann Central-Park-West, um auf einen Mann in Uniform zuzusteuern, der mit dem Zügel seines Pferdes seine Possen trieb. Ich habe auf meinen Streifzügen schon oft die Bekanntschaft von Friedenswächtern gemacht, aber dieses durchfurchte, männliche Antlitz mit der eingedrückten Nase und den großen hellen Augen war mir noch neu. Ich stellte mich vor, wies mich aus und sagte, es sei sehr freundlich von ihm, mir seine Zeit zu widmen, obgleich er einen so anstrengenden Dienst habe. Natürlich schoß ich damit einen Bock, doch zugestandenermaßen war ich schlechter Laune.

»Oh«, höhnte er, »einer unserer prominenten Spaßvögel, he?«

Ich ging in Deckung. »Ungefähr so prominent«, beschwichtigte ich ihn, »wie ein Heringsrogen in einer Schüssel Kaviar.«

»Ach, Sie essen Kaviar!«

»Verflixt noch mal«, murrte ich, »lassen Sie uns von vorn anfangen.« Ich machte vier Schritte in Richtung eines Laternenpfahls, dann eine Kehrtwendung und kam zu ihm zurück, um zu verkünden: »Mein Name ist Goodwin, und ich arbeite für Nero Wolfe. Das Präsidium erlaubte mir, ein paar Fragen an Sie zu stellen, und mir läge sehr viel daran.«

»Hm, hm. Einer meiner Freunde im 13. Polizeirevier hat mir von Ihnen erzählt. Sie hätten es beinahe geschafft, daß er in die Wüste geschickt wurde.«

»Dann sind Sie also voreingenommen. Ich ebenfalls, aber nicht gegen Sie. Nicht einmal gegen Ihr Pferd. Übrigens, apropos Pferde, an jenem Morgen, als Sie Keyes vorbeireiten sahen, kurz ehe er ermordet wurde: Wie spät war es da?«

»Zehn Minuten nach sieben.«

»Eine Minute mehr oder weniger?«

»Nichts davon. Zehn Minuten nach sieben. Ich hatte Frühdienst und sollte um acht Uhr abgelöst werden. Wie Sie sagten, bin ich derartig beschäftigt, daß ich keine Zeit habe; deshalb lungerte ich herum und wartete darauf, daß Keyes zur üblichen Zeit vorbeiritt. Es machte mir Spaß, sein Pferd zu beobachten – ein heller Brauner mit einer prächtigen Sprungkraft.«

»Wie sah das Pferd an jenem Morgen aus – genau wie immer? Fröhlich und gesund?« Als ich den Ausdruck seines Gesichts sah, fügte ich hastig hinzu: »Ich habe der Spaßmacherei bis morgen abgeschworen. – Was ich wirklich wissen möchte: War es sein Pferd?«

»Gewiß war es das! Vielleicht kennen Sie sich nicht mit Pferden aus. Aber ich.«

»Okay, ich ebenfalls, früher als kleiner Junge auf einer Farm in Ohio, doch haben wir in letzter Zeit nicht mehr in Briefwechsel gestanden. – Wie sah Keyes an jenem Morgen aus: krank oder gesund, verrückt, fröhlich oder was?«

»Er sah aus wie immer, nicht anders.«

»Sprachen Sie miteinander?«

»Nein.«

»Hatte er sich an jenem Morgen rasiert?«

»Sicher.« Officer Hefferan hielt sich mühsam im Zaum. »Er hatte zwei Rasierapparate benutzt, einen für die rechte und einen anderen für die linke Seite, und er wollte wissen, welcher besser rasiert, deshalb bat er mich, über seine Wangen zu streichen und ihm meine Meinung zu sagen.«

»Sie sagten, Sie hätten sich nicht unterhalten.«

»Quatsch!«

»Ganz Ihrer Meinung. Bleiben wir also bei der offenen Feindseligkeit. Ich hätte die Frage der Rasur lassen und gleich mit dem, was ich wissen wollte, herausrücken sollen: Wie weit waren Sie von ihm entfernt?«

»Zweiundachtzig Meter.«

»Oh, Sie haben es abgemessen?«

»Ich habe es abgeschritten. Die Frage wurde angeschnitten.«

»Macht es Ihnen etwas aus, mir die Stelle zu zeigen? Wo er war und wo Sie waren?«

»Ja, es macht mir was aus, aber ich habe meine Befehle.« Die Höflichkeit hätte ihm geboten, sein Pferd zu führen und neben mir herzugehen, deshalb tat er das nicht, sondern bestieg seinen mächtigen Fuchs und ritt in den Park, während ich hinter ihm dreinzottelte. Und nicht nur das, er mußte ihm auch ein Geheimzeichen gegeben haben, sich zu beeilen. Nie habe ich ein Pferd so schnell im Schritt gehen sehen. Er hätte mich für sein Leben gern abgehängt und mir die Schuld daran gegeben, aber ich nahm meine Beine in die Hand und gab ihnen den besten Auslauf, den sie seit Jahren erhalten hatten, winkelte die Ellbogen an und pumpte die Lungen voll Luft. Ich war nicht mehr als vierzig Schritte im Hintertreffen, als er endlich auf der Kuppe eines kleinen Hügels anhielt. Zur Rechten standen am Abhang eine Reihe kleiner und großer Bäume, und zur Linken zog sich eine Buschgruppe hin, doch in der Mitte hatte man einen guten Ausblick auf eine gute Strecke des Reitpfades. Er befand sich im rechten Winkel zu unserer Blickrichtung, und ich schätzte, daß die kürzeste Entfernung zu ihm hundert Meter betrug.

Er stieg nicht vom Pferd. Es gibt kein einfacheres Mittel in der Welt, sich einem Mann überlegen zu fühlen, als mit ihm vom Rücken eines Pferdes aus zu sprechen.

Ich bemühte mich, nicht nach Atem zu ringen, als ich feststellte: »Sie standen also hier?«

»Genau hier.«

»Und er ritt nach Norden?«

»Ja.« Er wies mit der Hand. »In dieser Richtung.«

»Sie sahen ihn. Bemerkte er Sie?«

»Ja. Er hob seine Reitgerte und winkte mir zu. Wir tauschten oft Grüße aus.«

»Aber er hielt nicht oder schaute direkt zu Ihnen herüber?«

»Er sah weder direkt noch indirekt zu mir hin. Er war auf einem Spazierritt. – Hören Sie zu, Bruder«, der Ton des Reiters deutete darauf hin, daß er beschlossen hatte, mir meinen Willen zu lassen und es hinter sich zu bringen, »ich habe das Ganze bereits mit den Jungen von der Mordabteilung durchgekaut. Wollen Sie wissen, ob es Keyes war – er war es. Es war sein Pferd. Es war seine hellgelbe Reithose, die einzige von dieser Farbe weit und breit, es war seine blaue Jacke und sein schwarzer Derbyhut. Es war seine Art, im Sattel zu sitzen mit seinen gekrümmten Schultern und seinen zu langen Steigbügeln. Es war Keyes.«

»Gut. Darf ich Ihr Pferd tätscheln?«

»Nein.«

»Dann lasse ich es. Ich würde es begrüßen, wenn sich eines Tages die Gelegenheit ergäbe, Sie zu tätscheln. Heute abend beim Dinner mit dem Inspektor werde ich ein Wort für Sie einlegen; raten Sie mal, was für eines.«

Ich trottete zu Fuß aus dem Park und die 66. Straße entlang bis zum Broadway, fand einen Drugstore und eine

Telefonzelle, hievte mich auf einen Hocker und wählte meine Lieblingsnummer. Orrie Cathers Stimme antwortete. So, stellte ich bei mir selbst fest, ist er also noch dort, wahrscheinlich hinter meinem Schreibtisch; Wolfes Anweisungen für ihn mußten furchtbar kompliziert sein. Ich fragte nach Wolfe und wurde mit ihm verbunden.

»Ja, Archie?«

»Ich rufe laut Weisung an. Officer Hefferan gehört zur Liga der Goodwin-Gegner, aber ich schluckte meinen Stolz hinunter. Er kann im Zeugenstand vorwärts und rückwärts beschwören, daß er Keyes an der angegebenen Stelle zu der angegebenen Zeit gesehen hat, und ich vermute, das stimmt auch, doch ein guter Rechtsanwalt kann eine Menge ›Wenn‹ und ›Aber‹ einflechten.«

»Warum? Ist Mr. Hefferan ein hilfloses Fähnlein im Wind?«

»Keineswegs. Er weiß alles. Aber es war keine Nahaufnahme.«

»Sie berichten es mir besser wörtlich.«

Das tat ich. Durch Jahre der Praxis hatte ich den Punkt erreicht, wo ich eine Zweistundenunterhaltung ohne jegliche Notizen praktisch Wort für Wort wiedergeben konnte, und die kurze Sitzung, von der ich gerade kam, machte mir nicht die geringste Mühe. Als ich geendet hatte, kommentierte Wolfe: »In der Tat.«

»Wie bitte?«

Schweigen.

Ich wartete volle zwei Minuten und sagte dann höflich: »Bitte bestellen Sie Orrie, er soll nicht seine Füße auf meinen Schreibtisch legen.«

Nach einer weiteren Minute ertönte Wolfes Stimme: »Mr. Pohl hat zweimal aus Keyes' Büro zurückgerufen. Er ist ein kompletter Dummkopf. Gehen Sie hin, und sprechen Sie mit ihm. Die Adresse . . .«

»Ich kenne die Adresse. Worüber soll ich mit ihm sprechen?«

»Sagen Sie ihm, er soll aufhören, mich anzurufen. Ich will, daß er damit aufhört.«

»In Ordnung. Ich werde die Drähte durchschneiden. Was tue ich dann?«

»Rufen Sie wieder an, und wir sehen weiter.«

Es klickte in der Leitung. Ich schlängelte mich vom Hokker und aus der Zelle, blieb stehen, murmelte vor mich hin, bis ich bemerkte, daß eine Reihe Mädchen an der Soda-Bar mich unverschämt anstarrte, besonders eine von ihnen mit blauen Augen und Grübchen. Ich erklärte ihr vernehmlich: »Kommen Sie um zwei Uhr zu Tiffanys Trauringabteilung«, und zog davon.

9

Ein flüchtiger Blick auf Keyes' Büroeinrichtung genügte, um zu erkennen, wo ein guter Anteil der Nettoeinkünfte verblieb – falls es nicht gerade Pohls hunderttausend Dollar waren, die darin steckten. Die Wände und Decken waren in vier verschiedenen hellen Holztönen getäfelt, und das Mobiliar war dem angepaßt. Die Sitze der Stühle für die wartende Kundschaft waren mit schwarzer grober Leinwand bezogen, und bei den Brücken mußte man höllisch achtgeben, daß man sich nicht den Knöchel verrenkte. Überall an den Wänden, auf Postamenten, auf Sockeln und Tischen standen Modelle von jedem erdenklichen Gegenstand: vom Füllhalter bis zum Flugzeug.

Als eine Dame mit rosa Ohrringen hörte, daß ich nach Mr. Pohl Ausschau hielt, maß sie mich mit einem bedachtsamen und vorwurfsvollen Blick, setzte sich jedoch in Bewegung. Nach einigen Minuten wurde ich durch eine Tür geschleust und befand mich am Ende eines langen Korridors. Niemand war in Sicht, und man hatte mir keine Richtungshinweise gegeben, es war also eine Art Versteckspiel. Die beste Eröffnungsparade schien mir, den

Korridor entlangzustapfen und im Vorbeigehen durch die geöffneten Türen die Zimmer zu beiden Seiten kurz in Augenschein zu nehmen. Das gleiche innenarchitektonische Schema herrschte offenbar überall vor, mit beträchtlichen Abweichungen in der Farbe. Durch die vierte Tür rechts erspähte ich Mr. Pohl, und im gleichen Augenblick rief er mir zu:

»Kommen Sie rein, Goodwin!«

Ich folgte seiner Aufforderung und befand mich in einem großen Raum mit drei breiten Fenstern, die sich vorzüglich in die Wände fügten. Die Teppiche waren weiß, die Wände schwarz, und der gewaltige Schreibtisch, der fast die Hälfte des Zimmers einnahm, war entweder aus Ebenholz oder man rufe mir einen Experten. Der Stuhl hinter dem Schreibtisch, auf dem Pohl saß, war aus dem gleichen Material.

»Wo ist Wolfe?« fragte Pohl.

»Wo er immer ist«, erwiderte ich und tastete mich auf den Teppichen vor. »Zu Hause im Sessel.«

Er blickte mich finster an. »Ich dachte, er würde Sie begleiten. Als ich ihn vor einigen Minuten anrief, gab er mir zu verstehen, daß er auch käme. Er kommt also nicht?«

»Nein. Nie. Ich bin froh, daß Sie ihn noch einmal anriefen, da er, wie er Ihnen heute morgen in meiner Gegenwart sagte, auf Mithilfe angewiesen ist.«

»Mit meiner kann er rechnen«, knurrte Pohl grimmig. »Da er sich nicht persönlich bemühen will, sollte ich Ihnen wohl das hier übergeben.« Er zog ein Bündel aus seiner Brusttasche, blätterte es durch, wählte ein Blatt aus und reichte es mir. Ich trat an den Schreibtisch, um es in Empfang zu nehmen. Es war ein einfacher Bogen, auf dem »Memorandum von Sigmund Keyes« in Luxusdruck geprägt stand und der eine mit Tinte gekritzelte Städteliste enthielt:

Dayton, Ohio, 11. u. 12. Aug.

Boston, 21. Aug.

Los Angeles, 27. Aug. bis 5. Sept.
Meadville, Pennsylvania, 15. Sept.
Pittsburgh, 16. u. 17. Sept.
Chicago, 24. bis 26. Sept.
Philadelphia, 1. Okt.

»Sehr verbunden«, dankte ich ihm und verstaute es in meiner Tasche. »Ganz hübsche Reiseroute.«

Pohl nickte. »Talbott kommt viel herum und ist ein tüchtiger Reisender, das gebe ich zu. Sagen Sie Wolfe, ich hätte genau nach seinen Anweisungen gehandelt und diesen Bogen einem Ordner entnommen, der sich in Keyes' Schreibtisch befand. Niemand weiß also davon. Es ist eine Aufstellung aller Überlandfahrten, die Talbott seit dem 1. August unternommen hat. Ich habe keine Ahnung, wofür Wolfe das braucht, aber es zeigt wenigstens, daß er bei der Sache ist. Ich schere mich einen Teufel darum, wie geheimnisvoll er tut, solange ich ihm dabei behilflich sein kann, Talbott zu schnappen.«

Ich bedachte ihn mit einem schiefen Blick und versuchte mir darüber klarzuwerden, ob er wirklich so naiv war, wie er tat. Jetzt konnte ich Wolfe eins auswischen, denn ich wußte, daß er Pohl mit diesem Auftrag nur vom Telefon fernhalten wollte; und tatsächlich hatte Pohl alles im Handumdrehen ausgeführt und war zu weiteren Taten bereit.

Aber anstatt sich deswegen an Wolfe zu wenden, zielte er auf meine Person.

»Gehen Sie, und holen Sie mir ein paar Sandwiches und Kaffee. Auf der 46. Straße ist ein Laden, ›Perrines Delikatessen‹ heißt er.« Ich setzte mich. »Komisch, aber ich stand im Begriff, an Sie die gleiche Bitte zu richten. Ich bin müde und hungrig. Lassen Sie uns zusammen gehen.«

»Warum zum Teufel sollte ich?« fragte er.

»Warum nicht?«

»Weil ich möglicherweise nicht wieder hier hereinkomme. Das ist Keyes' Büro, doch Keyes ist tot. Ich besitze einen Teil dieses Geschäftes und habe ein Recht, hier zu sein! Dorothy hat versucht, mich zu vertreiben – verwünscht soll sie sein! Sie, die als kleines Mädchen auf meinem Schoß zu sitzen pflegte! Sie hat dem Personal befohlen, mir gewisse Informationen, die ich brauche, zu verweigern. Sie drohte, mich mit Hilfe der Polizei vor die Tür zu setzen, aber das wird sie nun doch nicht tun. Sie hatte genug von der Polizei in der vergangenen Woche.«

Pohl schielte mürrisch zu mir herüber. »Ich hätte gern Corned beef und den Kaffee schwarz, ohne Zucker.«

Ich begegnete seiner finster gerunzelten Stirn mit einem Grinsen. »Sie haben sich also hier eingenistet? Wo ist Dorothy?«

»Am anderen Ende des Korridors, in Talbotts Büro.«

»Ist Talbott auch da?«

»Nein, er ist heute nicht im Hause.«

Ich warf einen Blick auf meine Armbanduhr. Ein Uhr zwanzig. Ich stand auf. »Schwarzbrot mit Senf?«

»Nein. Weißbrot ohne Aufstrich – keine Butter.«

»Okay, unter einer Bedingung: Versprechen Sie mir, Mr. Wolfe nicht anzurufen. Falls Sie anrufen, verraten Sie ihm nur, daß Sie das, was er suchte, gefunden haben, und ich will ihn damit überraschen.«

Er versprach es mir, bat um zwei Sandwiches und reichlich Kaffee, und ich zog davon. Zwei Männer und eine Frau, die im Korridor herumstanden und sich unterhielten, musterten mich von Kopf bis Fuß, als ich vorbeiging, unternahmen jedoch keinen Versuch, mir ein Bein zu stellen. Ich setzte meinen Weg bis zu den Fahrstühlen fort, fuhr abwärts und steuerte auf eine Telefonzelle in der Empfangshalle zu.

Orrie Cather meldete sich wieder, und ich begann zu argwöhnen, daß er und Saul das Pinocle-Spiel mit Wolfe fortsetzten.

»Ich bin auf dem Weg«, verkündete ich Wolfe, als er am Apparat war, »für Pohl und mich Corned-beef-Sandwiches zu besorgen, aber ich habe einen Plan. Er versprach mir, Sie während meiner Abwesenheit nicht anzurufen, und falls ich nicht zurückkomme, sitzt er in der Klemme. Er hat sich in Keyes' Büro, das Sie sehen sollten, trotz Dorothys Protest festgesetzt und beabsichtigt, da zu bleiben. Hat sich den ganzen Tag nicht weggerührt. Was soll ich tun, heimkehren oder ins Kino gehen?«

»Hat Mr. Pohl seinen Lunch gehabt?«

»Natürlich nicht. Dazu sollten die Sandwiches dienen.«

»Dann müssen Sie sie ihm bringen.«

Ich blieb ruhig, da ich wußte, daß dieser Befehl ihm von Herzen kam. Er konnte den Gedanken nicht ertragen, daß selbst sein erbittertster Feind eine Mahlzeit entbehren sollte.

»In Ordnung«, räumte ich ein, »vielleicht erhalte ich ein Trinkgeld. Übrigens, Ihr angewandter Trick funktionierte nicht. Er fand auf der Stelle eine Aufstellung von Talbotts Reisen in Keyes' Memorandumblock. Ich habe sie in der Tasche.«

»Lesen Sie sie mir vor.«

»Aha, Sie können's nicht abwarten.« Ich holte das Papier hervor und las ihm die Liste der Städte und Daten vor. Zweimal beschwerte er sich, daß ich zu schnell lesen würde, er schrieb also offensichtlich mit. Als diese Komödie vorbei war, fragte ich: »Wenn ich ihn abgefüttert habe, was dann?«

»Rufen Sie zurück, wenn Sie mit Ihrem Lunch fertig sind.« Ich knallte das Ding auf die Gabel.

10

Die Sandwiches waren erstklassig. Das Fleisch war zart und saftig mit gerade der richtigen Menge Fett, und das Brot war ein besonderer Genuß. Die Milch für mich war etwas knapp, da ich nur einen halben Liter bekommen hatte, aber ich teilte sie mir ein. Zwischen den Bissen machten wir Konversation, und ich beging einen Fehler. Natürlich hätte ich Pohl nicht das geringste erzählen dürfen, besonders da er mir immer unsympathischer wurde, je länger ich ihn kannte, aber die Sandwiches waren so gut, daß ich unvorsichtig wurde und es mir entschlüpfen ließ, daß die Telefonistin und der Kellner des Churchill Hotels noch nicht aufs Korn genommen worden waren. Pohl war fest entschlossen, Wolfe sofort anzurufen, um ein Wehgeheul anzustimmen, und um ihn davon abzuhalten, mußte ich gestehen, daß Wolfe weitere Mitarbeiter eingesetzt hatte, von denen ich nicht wußte, wen oder was sie bearbeiteten.

Ich stand im Begriff, selbst zu telefonieren, als die Tür aufflog und Dorothy Keyes und Victor Talbott hereinspazierten. Ich stand auf. Pohl blieb sitzen.

»Hallo, hallo!« grüßte ich fröhlich. »Nette Zimmerchen haben Sie hier.«

Keiner von beiden nickte mir auch nur zu. Dorothy ließ sich auf einen Stuhl an der Wand sinken, schlug die Beine übereinander und fixierte Pohl mit hochgerecktem Kinn.

Talbott nahm Kurs auf den Ebenholzschreibtisch und blieb neben meinem Stuhl stehen, um Pohl anzukeifen: »Sie wissen verdammt gut, daß Sie kein Recht dazu haben, hier Papiere durchzustöbern und das Personal herumzukommandieren. Nicht das geringste Recht. Ich gebe Ihnen eine Minute, um sich davonzumachen.«

»Sie geben mir was?« Pohls Stimme war gehässig, von seinem Blick ganz zu schweigen. »Sie sind hier bezahlter Angestellter, und das auch nicht mehr lange, und Sie wollen *mir*, als Teilhaber, etwas sagen? Das Personal versuche ich herumzukommandieren? Ich gebe dem Personal nur eine Chance, die Wahrheit zu sagen, und die Leute packen die Gelegenheit beim Schopf. Zwei von ihnen haben eine Stunde in einem Rechtsanwaltsbüro zugebracht, damit die Wahrheit zu Protokoll genommen werden konnte.

Eine Klage wegen Hehlerei ist gegen Broadyke bereits eingereicht worden, und inzwischen wird man ihn wohl verhaftet haben.«

»Raus hier«, wiederholte Talbott, ohne die Stimme zu heben. Ohne sich zu rühren, fuhr Pohl fort: »Ich sollte ebenfalls erwähnen, daß man Sie des Diebstahls angeklagt hat. Es handelt sich um die Entwürfe, die Sie an Broadyke verkauften. Wollen Sie sich auch dafür ein Alibi zusammenbasteln?«

Talbotts Kinnladen arbeiteten einige Sekunden lang, ehe sie seinen Lippen erlaubten, sich zu einer Entgegnung zu öffnen. »Sie können jetzt gehen«, stieß er zwischen zusammengebissenen Zähnen hervor.

»Oder ich kann bleiben. Ich bleibe.« Pohl lachte höhnisch auf, und dabei vertiefte sich das Netz der Gesichtsfalten. »Sie mögen bemerkt haben, daß ich nicht allein bin.«

Das gefiel mir nicht. »Einen Augenblick«, warf ich ein. »Ich halte Ihnen die Mäntel, und das ist alles. Rechnen Sie nicht mit mir, Mr. Pohl. Ich bin hier nur Zuschauer, möchte aber daran erinnern, daß Sie mir noch nicht den Kaffee bezahlt haben. Fünfundneunzig Cents, ehe Sie gehen, falls Sie gehen.«

»Ich denke nicht daran. Die Situation ist nicht so günstig wie an jenem Morgen im Park, Vic. Hier gibt es einen Zeugen.«

Talbott stürzte vor, stieß mit dem Fuß den großen Ebenholzstuhl vom Schreibtisch fort, wollte Pohl mit behendem Griff an die Kehle, bekam seine Krawatte zu fassen und zerrte ihn mit einem Ruck auf die Füße. Pohl zappelte, aber Talbott ließ nicht locker und schleifte ihn um die Ecke des Schreibtischs herum.

Ich war aufgestanden und zur Seite gewichen, um nicht im Weg zu sein.

Plötzlich ging Talbott langausgestreckt zu Boden, und seine hochgeschleuderte Hand hielt einen Fetzen der Krawatte umklammert. Pohl war nicht sehr elastisch für sein

Alter, aber er tat sein Bestes. Er raffte sich auf und hob aus voller Kraft an zu schreien: »Zu Hilfe! Polizei! Zu Hilfe!« Er bemächtigte sich des Stuhles, auf dem ich gesessen hatte, und schwang ihn hoch. Er beabsichtigte, ihn auf den am Boden hingestreckten Feind niedersausen zu lassen, und meine Beinmuskeln strafften sich für ein schnelles Eingreifen, aber Talbott sprang hoch und riß ihm den Stuhl aus der Hand. Pohl wandte sich zur Flucht. Er stob um den Schreibtisch herum, und Talbott nahm die Verfolgung auf. Pohl schrie erneut um Hilfe, glitt um das andere Ende, galoppierte quer durch den Raum zu einem Tisch, auf dem eine Sammlung verschiedener Muster ausgebreitet war, ergriff ein Bügeleisen und schleuderte es durch die Gegend. Es verfehlte Talbott, der mit einem Seitensprung auswich, krachte auf den Ebenholzschreibtisch und stieß das Telefon auf den Boden. Offenbar erzürnte es Talbott, daß man mit einem Bügeleisen nach ihm warf, denn als er Pohl erreichte, machte er keinen Versuch mehr, sich der Krawatte zu bemächtigen, sondern holte aus und zielte auf Pohls Kiefer, trotz der Warnung, die ich ihm tags zuvor gegeben hatte.

Ich schielte nach rechts und stellte zweierlei fest: Erstens saß Dorothy noch immer mit übereinandergeschlagenen Beinen auf ihrem Stuhl, und zweitens war das Gesetz nicht in Gestalt eines uniformierten Polizeibeamten eingetreten, sondern in Gestalt eines Detektivs vom Morddezernat, den ich kannte. Anscheinend hatte er irgendwo im Gebäude gesteckt, doch bemerkte ich ihn jetzt zum erstenmal.

Er rückte gegen die Gladiatoren vor. »Das schickt sich aber gar nicht«, rügte er.

Dorothy glitt an seine Seite. »Dieser Mann« – sie deutete auf Pohl –, »ist mit Gewalt hier eingedrungen und hat der Aufforderung, den Raum zu verlassen, nicht Folge geleistet. Ich verlange, daß man ihn wegen unbefugten Eindringens oder Hausfriedensbruchs oder was immer es ist verhaftet. Er versuchte, Mr. Talbott zuerst mit einem Stuhl und dann mit einem Bügeleisen, das er nach ihm schleuderte, zu erschlagen.«

Ich war, nachdem ich das Telefon zurück auf den Schreibtisch gestellt hatte, näher getreten, und das Auge des Gesetzes maß mich mit einem Blick.

»Womit waren Sie beschäftigt, Goodwin? Manikürten Sie Ihre Nägel?«

»Nein, Sir«, entgegnete ich respektvoll, »ich wollte nur nicht über den Haufen gerannt werden.«

Talbott und Pohl sprachen gleichzeitig.

»Ich weiß, ich weiß«, stöhnte der Polizist gequält. »Gewöhnlich halte ich es mit Leuten wie Ihnen für das beste, in Ruhe darüber zu sprechen, aber nach der Geschichte, die Keyes passiert ist, liegen die Dinge anders.« Er flehte Dorothy um Beistand an: »Sie sagten, daß Sie Klage erheben wollen, Miss Keyes?«

»Das tue ich.«

»Ich ebenfalls«, erklärte Talbott.

»Das wäre damit erledigt. Kommen Sie mit mir, Mr. Pohl.«

»Ich bleibe hier.« Pohl keuchte immer noch. »Ich habe ein Anrecht darauf, hier zu sein, und ich bleibe hier.«

»Nein, das werden Sie nicht. Sie hörten, was die Dame sagte.«

»Ja, aber Sie hörten nicht, was ich zu sagen habe. Ich wurde angegriffen. Sie erhebt Klage. Ich ebenfalls. Ich saß seelenruhig auf dem Stuhl, rührte mich nicht von der Stelle, und Talbott wollte mich erdrosseln und schlug mich nieder. Sahen Sie nicht, wie er mich niederschlug?«

»Es war Notwehr«, warf Dorothy ein. »Sie warfen ein Bügeleisen . . .«

»Um mein Leben zu retten! Er griff mich an . . .«

»Ich habe nur . . .«

»Einen Augenblick«, unterbrach der Gesetzeshüter barsch, »unter diesen Umständen hat es keinen Zweck, mir was vorzumachen. Ihr Burschen kommt mit, alle beide. Wo sind eure Mäntel und Hüte?« – Sie zogen ab. Zuvor verschwendeten sie noch viel Atem und Gesten, aber sie gingen. Pohl als erster, mit nur einer Krawattenhälfte, dann Talbott, das Gesetzesauge als Nachhut.

Ich konnte ebensogut ein wenig Ordnung schaffen, richtete den Stuhl auf, den Pohl als Waffe erproben wollte, stellte das Bügeleisen an seinen Platz auf dem Tisch zurück und untersuchte dann die schöne Schreibtischplatte, um festzustellen, wieviel Schaden angerichtet worden war.

»Ich nehme an, Sie sind ein Feigling«, verhörte mich Dorothy. Sie hatte sich wieder auf denselben Stuhl gesetzt und die Beine übereinandergeschlagen. Sie waren beachtlich, und ich bereute nicht, hergekommen zu sein.

»Es hängt ganz davon ab«, erzählte ich ihr. »Bei einem unbewaffneten Liliputaner bin ich mutig wie ein Löwe. Oder bei einem weiblichen Wesen. Versuchen Sie nur, mich zu zupfen. Aber bei . . .« Ein Summen ertönte.

»Das Telefon«, sagte Dorothy.

Ich zog es zu mir heran und hob den Hörer ans Ohr.

»Ist Miss Keyes dort?«

»Ja«, antwortete ich, »sie ist mit Dasitzen beschäftigt. Kann ich etwas ausrichten?«

»Sagen Sie ihr, Mr. Donaldson möchte sie sprechen.«

Ich bestellte es und sah zum erstenmal einen ausgesprochen menschlichen Ausdruck auf Dorothys Gesicht. Bei der Erwähnung des Namens Donaldson war jede Spur des Brauenhebens wie fortgewischt. Sämtliche Muskeln spannten sich, und die Farbe wich. Ich wußte nicht, ob sie das war, womit sie mich gerade apostrophiert hatte oder nicht, da ich Donaldson weder gesehen noch je von ihm gehört hatte, aber auf jeden Fall war sie zu Tode erschrocken.

Ich wurde des Wartens überdrüssig und wiederholte: »Mr. Donaldson möchte Sie sprechen.«

»Ich . . .« Sie befeuchtete ihre Lippen. Nach einem Augenblick schluckte sie. Im nächsten stand sie auf, ordnete mit einer gar nicht mehr so sanften Stimme an: »Sagen Sie dem Mädchen vom Empfang, sie soll ihn in Talbotts Büro schicken«, und ging.

Ich leitete, wie befohlen, den Auftrag weiter, bat um eine Verbindung außer Haus, und wählte die Nummer, als ich das Amtszeichen hörte. Meine Armbanduhr zeigte fünf Minuten nach drei, und es verschlug mir eine Sekunde lang den Atem, als ich wiederum Orries Stimme vernahm.

»Archie«, sagte ich knapp, »geben Sie mir Saul.«

»Saul? Er ist nicht hier; ist seit Stunden unterwegs.«

»Oh, ich dachte, ihr feiert eine Party. Dann also Wolfe.«

Wolfe meldete sich: »Ja, Archie?«

»Ich sitze in Keyes' Büro an seinem Schreibtisch. Ich bin allein. Ich brachte Pohls Lunch, und er schuldet mir fünfundneunzig Cents. Mir fiel gerade ein, daß ich Sie Himmel und Hölle in Bewegung setzen sah, um Ihre Klienten vor einer Verhaftung zu bewahren. Erinnern Sie sich, als Sie Clara Fox in einer Kiste mit Komposterde für Ihre Orchideen versteckten und dann den Gartenschlauch auf sie richteten? Oder damals, als . . .«

»Was hat das damit zu tun?«

»Man pfercht alle unsere Klienten ein, mehr nicht. Broadyke wurde wegen Hehlerei gestohlener Ware – die Entwürfe, die er Talbott abkaufte – beim Kragen gefaßt. Pohl ist wegen Hausfriedensbruchs einkassiert worden und Talbott wegen tätlicher Beleidigung und Schlägerei. Ohne zu erwähnen, daß Miss Keyes in Todesängsten schwebt.«

»Wovon sprechen Sie? Was ist geschehen?«

Ich klärte ihn auf, und da er nichts weiter zu tun hatte, als dazusitzen, ersparte ich ihm keine Einzelheit.

Als ich fertig war, fragte ich ihn, ob ich herausfinden solle, was es mit Donaldson auf sich hatte, daß der Klang seines Namens junge Frauen erzittern und erbleichen ließ.

»Nein, ich bin nicht dafür«, widersprach Wolfe, »es sei denn, er wäre Schneider. Erkundigen Sie sich lediglich, ob er Schneider ist, aber ganz diskret. Keine Enthüllungen. Falls ja, beschaffen Sie sich seine Adresse. Dann suchen Sie Miss Rooney – warten Sie, ich gebe Ihnen ihre . . .«

»Ich kenne ihre Anschrift.«

»Suchen Sie sie auf. Erschmeicheln Sie ihr Vertrauen, richten Sie es ein, mit ihr allein zu sein. Lockern Sie ihre Zunge.«

»Was soll ich . . . nein, ich weiß, was ich suche. Aber was suchen Sie?«

»Keine Ahnung. Alles, was Sie herausfinden können. Verflixt noch mal. Sie wissen doch, worauf es bei einem Fall wie diesem hinausläuft, es gibt nur eines: die Probe aufs Exempel machen . . .«

Eine Bewegung drüben an der Tür hatte meinen Blick abgelenkt, und ich sah scharf hin. Jemand war eingetreten und näherte sich mir.

»Okay«, bestätigte ich Wolfe, »ich habe nicht die leiseste Ahnung, wo sie ist, aber ich werde sie finden, und wenn ich Tag und Nacht nach ihr suchen müßte.« Ich legte auf, grinste dem Neuankömmling entgegen und begrüßte ihn.

»Hallo, Miss Rooney, suchen Sie mich?«

11

Annie Audrey hatte sich mit einem adretten braunen Wollkleid herausgeputzt, aber sie schien mit sich und der Welt unzufrieden. Es war unvorstellbar, daß ein so rosiges Gesicht so säuerlich aussehen konnte. Ohne Gruß, nicht einmal mit einem Kopfnicken, trat sie näher und wollte wissen: »Wie erreicht man es, einen Mann zu sprechen, der verhaftet worden ist?«

»Das kommt darauf an«, dozierte ich. »Schimpfen Sie nicht mit mir. Ich habe ihn nicht verhaftet. Wen wollen Sie sprechen, Broadyke?«

»Nein.« Sie ließ sich auf einen Stuhl fallen, so als ob sie einer Stütze bedurfte. »Wayne Safford.«

»In Haft, weswegen?«

»Ich weiß nicht. Ich sah ihn heute morgen bei den Ställen, und ich ging dann in die Stadt, um mich nach einer Stellung umzusehen. Vor kurzem telefonierte ich mit Lucy, meiner besten Freundin, und sie erzählte mir, daß das Gerücht umginge, Vic Talbott habe die Entwürfe, die ich gestohlen haben soll, an Broadyke verkauft. Ich kam, um zu erfahren, was los ist, und als ich hörte, daß Talbott und Pohl verhaftet worden waren, rief ich Wayne an, um es ihm zu sagen, und ein Mann dort teilte mir mit, daß Wayne von einem Polizisten weggeführt worden sei.«

»Aus welchem Grund?«

»Der Mann wußte es nicht. Wie kann ich ihn sprechen?«

»Wahrscheinlich können Sie das nicht.«

»Aber ich muß es!«

Ich schüttelte den Kopf. »Sie glauben, es zu müssen, und ich glaube es auch, aber nicht die Polizei. Es hängt davon ab, was auf seiner Einladung stand. Falls sie ihn nur als Experten für Pferdeschinderei zu Rate ziehen wollten, kann er in einer Stunde wieder zu Hause sein. Falls sie ihn aber an der Angel haben oder es annehmen, dann weiß es nur der Himmel, wann er wieder zu sprechen sein wird. Sie sind weder sein Rechtsanwalt noch eine Verwandte.«

Sie starrte mich an, säuerlicher denn je. Nach einer Minute meinte sie bitter: »Sie sagten gestern, daß ich nett sein könnte.«

»Wollen Sie damit andeuten, ich sollte Ihretwegen eine Schuttrammе beseitigen und Himmel und Erde in Bewegung setzen?« Ich schüttelte abermals den Kopf. »Selbst wenn Sie so reizend wären, daß mir die Sinne vergingen, könnte ich in diesem Augenblick bestenfalls Ihre Hand halten, und Ihrer Miene nach zu urteilen, haben Sie nicht gerade das im Sinn. Macht es Ihnen etwas aus, mir zu erzählen, was Sie außer Neugierde im Sinn haben?«

Sie erhob sich, umkreiste den Schreibtisch, angelte nach dem Telefon, preßte den Hörer ans Ohr und erklärte im nächsten Augenblick der Telefonistin: »Hier spricht Audrey, Helen. Können Sie mich mit . . . nein . . . Schwamm drüber.«

Sie legte auf, hockte sich auf die Schreibtischkante und begann erneut, mir eiskalte Blicke zuzuwerfen, dieses Mal von oben herunter, statt von unten herauf.

»Ich bin schuld«, stellte sie fest.

»Woran?«

»An diesem Ärger. Wo immer ich bin, gibt es Ärger.«

»Ja, die Welt ist voll davon. Wo immer ein Mensch ist, gibt es Ärger. Sie bekommen wirre Einfälle. Gestern zitterten Sie vor Angst, weil Sie dachten, man wollte Ihnen einen Mord anhängen, und kein einziger machte auch nur eine solche Andeutung. Vielleicht irren Sie sich wieder.«

»Nein, diesmal nicht«, widersprach sie grimmig. »Man hatte mich beschuldigt, diese Entwürfe gestohlen zu haben. Sie mußten ja nicht gerade mich dazu auserwählen, doch, wie Sie feststellten, war es so. Jetzt hat sich alles ganz plötzlich aufgeklärt, ich bin reingewaschen, und was geschieht? Wayne wird wegen Mordverdachts verhaftet. Als nächstes . . .«

»Ich dachte, Sie wüßten nicht, weshalb man ihn mitnahm.«

»Das stimmt. Aber Sie werden sehen. Er war mit mir zusammen, nicht wahr?« Sie glitt vom Schreibtisch und richtete sich auf. »Ich glaube . . . ich bin ziemlich sicher . . . ich werde mit Dorothy Keyes sprechen.«

»Sie ist mit einem Besucher beschäftigt.«

»Ich weiß, aber vielleicht ist er bereits fort.«

»Ein Mann namens Donaldson, und ich zerbreche mir den Kopf über ihn. Mir schwant, Miss Keyes will eine kleine Untersuchung auf eigene Faust inszenieren. Wissen Sie zufällig, ob dieser Donaldson ein Detektiv ist?«

»Keinesfalls, das weiß ich. Er ist Rechtsanwalt und ein alter Freund von Mr. Keyes. Ich habe ihn hier mehrmals gesehen. Wollen Sie . . .«

Sie wurde unterbrochen, da ein Mann zur Tür hereinkam und auf uns zuspazierte, ein Mann; den ich seit Jahren kannte.

»Wir haben zu tun«, wehrte ich ihn brüsk ab, »kommen Sie morgen wieder.«

Ich hätte genug Verstand haben sollen, um zu wissen, daß solche Mätzchen bei Sergeant Purley Stebbins vom Morddezernat wirkungslos verpufften. Wenn er wütend wurde, was häufig geschah, war er es nicht wegen meiner Possen, sondern wegen meiner unbefugten Einmischung in seine Angelegenheiten, wie er es nannte.

»Sie Sind also hier«, stellte er fest.

»Ja. Miss Rooney, dies ist Sergeant . . .«

»Oh, ich habe schon seine Bekanntschaft gemacht.« Sie sah ihn genauso griesgrämig an wie mich.

»Ja, wir sind uns schon begegnet«, stimmte Purley zu. Seine ehrlichen braunen Augen ruhten auf ihr. »Ich habe Sie gesucht, Miss Rooney.«

»O mein Gott, noch mehr Fragen?«

»Die gleichen. Nur zur Überprüfung. Sie erinnern sich noch an die Erklärung, die Sie unterschrieben haben? Sie sagten aus, daß Sie am Dienstagmorgen von Viertel vor sechs bis nach halb sieben mit Safford in der Reitakademie die Zeit verbracht haben. Sie erinnern sich daran?«

»Gewiß.«

»Wollen Sie das jetzt ändern?«

Audrey runzelte die Stirn. »Was ändern?«

»Ihre Erklärung.«

»Natürlich nicht. Warum sollte ich?«

»Wie erklären Sie sich dann die Tatsache, daß man Sie während dieser Zeit im Park reiten sah, begleitet von Safford auf einem anderen Pferd, und er es zugegeben hat?«

»Zählen Sie bis zehn«, fuhr ich sie an, »ehe Sie antworten.«

»Halten Sie den Mund«, knurrte Purley. »Wie wollen Sie

das erklären, Miss Rooney? Sie müssen mit dieser Frage gerechnet und etwas dafür vorbereitet haben. Wie lautet die Antwort?«

Audrey hatte ihren hohen Sitz auf dem Schreibtisch verlassen, um sich vor ihrem Verfolger aufzubauen. »Vielleicht«, schlug sie vor, »konnte jemand nicht geradeaus sehen. Wer will uns beobachtet haben?«

»Okay.« Purley zauberte ein Papier aus der Tasche und entfaltete es. Er fixierte mich. »Wir sind vorsichtig mit diesen Einzelheiten, wenn Ihr fetter Chef seine Nase in eine unserer Angelegenheiten gesteckt hat.« Er hielt das Papier so, daß Audrey es lesen konnte. »Dieses ist ein Haftbefehl für Ihre Festnahme als Hauptzeugin. Ihr Freund Safford wollte den seinen in Ruhe durchlesen. Und Sie?«

Sie ignorierte sein großzügiges Angebot. »Was bedeutet das?« wollte sie wissen.

»Es bedeutet, daß Sie mich in die Stadt begleiten werden.«

»Es bedeutet gleichfalls . . .«, setzte ich an.

»Mund halten.« Purley trat einen Schritt vor. Er wollte ihren Ellenbogen packen, verfehlte ihn aber, da sie zurückwich, sich umdrehte und dann willig auf den Weg machte. Er folgte und war ihr auf den Fersen, als sie durch die Tür schritt. Offensichtlich glaubte sie einen Weg gefunden zu haben, ihren Wayne zu Gesicht zu bekommen.

Ich verharrte eine Zeitlang mit verzogenen Lippen und stierte den Aschenbecher auf dem Schreibtisch an, schüttelte den Kopf ohne besonderen Grund, griff nach dem Telefon und wählte, nachdem ich einen Anschluß außer Haus erhalten hatte, noch einmal.

Wolfes Stimme antwortete.

»Wo ist Orrie?« fragte ich. »Hält er ein Mittagsschläfchen in meinem Bett?«

»Wo sind Sie?« erkundigte sich Wolfe gelassen.

»Immer noch in Keyes' Büro. Fortsetzung folgt. Zwei weitere eingezogen.«

»Zwei weitere was? Wohin?«

»Klienten. Hinter schwedische Gardinen. Wir verlieren immer mehr . . .«

»Wer und weshalb?«

»Wayne Safford und Audrey Rooney.« Ich erstattete ihm Bericht, ohne mir die Mühe zu machen, hinzuzufügen, daß Audrey eingetreten war, noch ehe unsere vorherige Unterhaltung geendet hatte. Ich schloß mit der Bilanz: »Vier unserer fünf Klienten sind also eingesammelt worden und Talbott ebenfalls. Wir sind in einer hübschen Klemme. Es bleibt uns nur eine Klientin. Dorothy Keyes; und es würde mich nicht wundern, wenn auch sie schon auf dem Weg ist, aus ihrem Gesichtsausdruck zu schließen, als sie hörte, wer . . . warten Sie eine Minute.«

Ich wurde durch einen weiteren Besucher, der den Raum betrat, unterbrochen. Es war Dorothy Keyes. »Ich rufe zurück«, raunte ich in den Hörer, legte auf und verließ meinen Stuhl.

Dorothy trat auf mich zu. Sie sah immer noch menschlich aus, möglicherweise sogar noch mehr. Ihr keckes Brauenheben war völlig verschwunden, ihre Gesichtsfarbe war aschgrau, und ihre Augen waren vor Sorge zusammengekniffen.

»Ist Mr. Donaldson gegangen?« fragte ich sie.

»Ja.«

»Ein schlechter Tag, alles in allem. Jetzt hat man Miss Rooney und Wayne Safford eingelocht. Die Polizei scheint anzunehmen, daß die beiden in ihren Aussagen etwas übersehen haben. Ich teilte es Mr. Wolfe gerade mit, als Sie kamen . . .«

»Ich möchte ihn sprechen«, unterbrach sie mich.

»Wen? Mr. Wolfe?«

»Ja. Sofort.«

»Weswegen?«

Ich will verdammt sein, wenn ihre Brauen nicht hochschossen. Die Menschlichkeit, die ich gesehen zu haben glaubte, war nur oberflächlich.

»Das erkläre ich ihm selbst«, bestimmte sie und ließ mich links liegen. »Ich muß ihn sofort sprechen.«

»Das geht nicht, nicht sofort. Zwar können Sie mit einem Taxi dorthin rasen, aber Sie können ebensogut warten, bis ich zur 65. Straße gehe und meinen Wagen hole, da es bereits nach vier Uhr ist und er oben bei den Orchideen weilt und Sie nicht vor sechs Uhr empfangen wird, auch wenn Sie nunmehr die einzige Klientin sind, die man noch nicht eingesperrt hat.«

»Aber es ist dringend.«

»Nicht für ihn, nicht vor sechs Uhr. Es sei denn, Sie wollen es mir anvertrauen. Mir ist der Zutritt oben gestattet. Wie steht's damit?«

»Nein.«

»Soll ich dann den Wagen holen?«

»Ja.«

Ich machte mich auf den Weg.

12

Um drei Minuten nach sechs Uhr gesellte sich Wolfe zu uns ins Büro. Noch ehe Dorothy und ich dort angelangt waren, hatte sie mir eindeutig bewiesen, daß sie bei mir in den Redestreik treten würde, denn unsere Unterhaltung während der Fahrt hatte nur aus der Bemerkung ihrerseits bestanden. »Passen Sie auf den Lastwagen auf!« und meiner Antwort: »Ich fahre den Wagen!«

Deshalb hatte ich sie auch während der einstündigen Wartezeit nicht einmal gefragt, ob sie einen Whisky haben wolle. Und als Wolfe aufgetaucht war und sie begrüßt und seinen Wanst im Sessel hinter seinem Schreibtisch untergebracht hatte, war das erste, was sie hervorstieß: »Ich möchte privat mit Ihnen sprechen.«

Wolfe schüttelte den Kopf. »Mr. Goodwin ist als mein Mitarbeiter in alle Geheimnisse eingeweiht. Wenn er es

nicht von Ihnen erfährt, so würde er es bald von mir hören. Worum geht es?«

»Aber es ist sehr . . . persönlich.«

»Was unsere Besucher in diesem Raum äußern, ist immer
persönlicher Natur. Was gibt's?«

»Ich kann mich an niemanden außer Ihnen wenden.« Dorothy saß in einem der gelben Stühle und beugte sich zu
Nero Wolfe vor. »Ich weiß nicht, woran ich bin, und ich
muß es herausfinden. Ein Mann will der Polizei mitteilen,
daß ich meines Vaters Namen auf einem Scheck fälschte.
Morgen früh.«

Ihr Gesicht mit den zusammengekniffenen Augen nahm
wieder den menschlichen Ausdruck an.

»Stimmt das?« fragte Wolfe.

»Daß ich den Scheck fälschte? Ja.«

Ich hob meine Brauen.

»Erzählen Sie mir davon«, sagte Wolfe.

Alles war wirklich ganz einfach. Ihr Vater hatte ihr für
den Lebensstil, an den sie sich gewöhnen wollte, nicht genug Geld gegeben. Vor einem Jahr hatte sie einen Scheck
über dreitausend Dollar gefälscht; er hatte es natürlich
entdeckt und ihr das Versprechen abgenommen, das
nicht wieder zu tun. Kürzlich hatte sie einen weiteren gefälscht, dieses Mal über fünftausend Dollar, und ihr Vater
hatte es sehr ernst genommen, doch wäre ihm nie der dra-
stische Gedanke gekommen, seine Tochter verhaften zu
lassen.

Zwei Tage nach Aufdeckung des zweiten Verstoßes war
er getötet worden. Er hatte seiner Tochter alles hinterlassen, hatte jedoch einen Rechtsanwalt namens Donaldson
zum Testamentsvollstrecker eingesetzt, ohne zu wissen,
daß dieser – nach ihrer eigenen Darstellung – sie haßte.
Und jetzt hatte Donaldson den gefälschten Scheck unter
Keyes' Papieren gefunden, mit einem Merkzettel in
Keyes' Handschrift versehen. Er hatte Dorothy an diesem
Nachmittag aufgesucht, um ihr zu eröffnen, daß es seine

Pflicht sowohl als Bürger als auch als Rechtsanwalt in Anbetracht von Keyes' Todesursache sei, die Unterlagen der Polizei zu übergeben: Es wäre eine äußerst schmerzliche Pflicht – hatte er versichert –, aber er müsse eben die Zähne zusammenbeißen und es auf sich nehmen.

Ich will nicht behaupten, bei der Aufnahme dieser schmutzigen Einzelheiten hinter meinem Notizblock geschmunzelt zu haben, aber ich gestehe, daß es mir nicht schwerfiel, die Tränen zurückzuhalten.

Nachdem ihm jede in den Sinn gekommene Frage beantwortet worden war, lehnte sich Wolfe zurück und seufzte tief auf. »Ich kann verstehen«, murmelte er, »daß Sie sich gedrängt fühlten, diese Gewissensbürde von sich auf jemand anderen abzuwälzen. Doch selbst wenn ich sie Ihnen abnehme, was dann? Was fange ich damit an?«

»Ich weiß nicht.« Angeblich soll es die Menschen erleichtern, ihren Sorgen Luft zu machen, doch offenbar fühlte sich Dorothy dabei noch elender als zuvor. Sie hörte sich ebenso verloren an, wie sie aussah.

»Außerdem«, fuhr Wolfe fort, »was befürchten Sie? Das Vermögen und das Bankkonto gehören jetzt Ihnen. Es wäre Zeit- und Geldverschwendung für die Staatsanwaltschaft, zu versuchen, Sie deswegen zu belangen und vor Gericht zu stellen. Man würde es nicht einmal in Erwägung ziehen. Wenn Mr. Donaldson nicht gerade ein Idiot ist, weiß auch er das. Sagen Sie ihm das. Erzählen Sie ihm, daß ich ihn einen Dummkopf nenne.« Wolfe drohte ihr mit dem Finger. »Es sei denn, er glaubt, Sie töteten Ihren Vater, und will mit Hand anlegen, Sie auf den elektrischen Stuhl zu bringen. Haßt er Sie so sehr?«

»Er haßt mich«, stieß Dorothy rauh hervor, »noch viel mehr.«

»Warum?«

»Weil ich ihn einmal glauben ließ, daß ich ihn heiraten würde, er es überall ausposaunte, und ich dann meine Absicht änderte. Er hat starke Gefühle. Er liebte mich maßlos, und jetzt haßt er mich genauso maßlos. Er wird versuchen, mich in jeder nur möglichen Weise mit diesem Scheck zu treffen.«

»Dann können Sie ihn nicht daran hindern, genausowenig wie ich. Der gefälschte Scheck und das Merkblatt Ihres Vaters sind rechtmäßig in seinem Besitz, und nichts kann ihn davon abhalten, sie der Polizei zu zeigen. Reitet er?«

»O mein Gott«, stöhnte Dorothy hoffnungslos. Sie erhob sich. »Ich dachte, Sie hätten Verstand! Ich dachte, Sie wüßten, was ich tun kann!« Sie schlug den Weg zur Tür ein, drehte sich jedoch vorher noch einmal um. »Sie sind auch nur ein billiger Winkeladvokat! Ich werde mir die schmutzige kleine Ratte selbst vorknöpfen!«

Ich stand auf und geleitete sie durch den Flur zur Haustür, um mich zu vergewissern, daß die Tür ordentlich hinter ihr geschlossen wurde. Wieder im Büro und auf meinem Stuhl, schleuderte ich den Notizblick in eine Schublade und stellte fest: »Jetzt hat sie uns alle mit einem Etikett versehen. Ich bin ein Feigling, Sie ein Winkeladvokat, und der Testamentsvollstrecker ihres Vaters eine Ratte. Das arme Kind braucht Luftveränderung.«

Wolfe grunzte lediglich, aber es war ein gutgelauntes Grunzen, denn die Dinnerstunde rückte heran, und er gestattete es sich niemals, sich kurz vor einer Mahlzeit zu ärgern.

»Also«, schloß ich, »wird man sie, falls sie sich nicht noch heute einen neuen Streich ausdenkt, morgen mittag eingebuchtet haben, und sie war unser letzter Klient. Alle fünf eingebuchtet, und auch der Verdächtige, dem wir es nachweisen sollten. Ich hoffe, Saul und Orrie haben mehr Erfolg als wir. Ich bin bei einer Freundin zum Dinner eingeladen und anschließend zu einer Show, aber ich kann absagen, falls irgend etwas zu tun ist . . .«

»Nichts, danke.«

Ich stierte ihn an. »Aha, Saul und Orrie tun es?«

»Es gibt heute abend nichts für Sie. Ich bleibe hier und kümmere mich um die Angelegenheit.«

Ja, das würde er. Er würde dort sein, Bücher lesen, Bier trinken und Fritz auftragen, jedem Anrufer auszurichten, daß er beschäftigt sei. Es war nicht das erstemal, daß er einen Fall nicht der Mühe wert erachtete und ihn zum Teufel schickte. In solchen Fällen war es meine Aufgabe, ihn anzustacheln, bis er wieder auf den Beinen war, doch dieses Mal fand ich, daß Orrie Cather, wenn er sich schon den ganzen Nachmittag auf meinem Stuhl gerekelt hatte, auch ebensogut diese Arbeit für mich tun konnte. Deshalb beließ ich es dabei und ging auf mein Zimmer, um mich für den Abendbummel auszustaffieren.

Es war in jeder Hinsicht ein gelungener Abend, Lily Rowans Dinner war – wenn auch nicht ganz dem Niveau, zu dem Fritz meinen Gaumen erzogen hatte, entsprechend – immer gut. Das gleiche galt für die Varietédarbietung und die Tanzkapelle im Flamingo-Club, den wir später aufsuchten, um miteinander vertrauter zu werden, da wir uns schließlich erst seit sieben Jahren kannten. Alles in allem kam ich nicht vor drei Uhr nach Hause und machte meinen üblichen Abstecher ins Büro, um am Türgriff des Safes zu rütteln und einen Blick in die Runde zu werfen. Wenn es etwas für mich gab, hinterließ mir Wolfe immer eine Botschaft unter einem Briefbeschwerer auf meinem Schreibtisch, und dort lag auch ein Blatt seines Blocks mit seiner feinen zierlichen Handschrift, die genauso wie Druckschrift zu entziffern war.

Ich las:

A. G.: Ihre Arbeit im Fall Keyes ist sehr zufriedenstellend gewesen. Jetzt, da er gelöst ist, können Sie morgen, wie vereinbart, sich zu Mr. Hewitts Wohnung auf Long Island begeben, um Pflanzen abzuholen. Theodore wird die Kästen für Sie bereithalten. Vergessen Sie nicht, auf die Belüftung zu achten. N. W.

Ich las es noch einmal durch und suchte auf der Rückseite nach weiteren Schriftfragmenten, doch sie war leer. Ich setzte mich an meinen Schreibtisch und wählte eine Nummer. Keiner meiner engsten Freunde oder Feinde war anwesend, aber ich bekam einen mir bekannten Sergeanten namens Rowley an die Strippe und fragte ihn: »Betrifft den Fall Keyes. Brauchen Sie da irgend etwas, was Ihnen noch fehlt?«

»He?« Er hörte sich immer heiser an. »Es fehlt an allem. Schicken Sie es per Nachnahme!«

»Mir wurde erzählt, Sie hätten ihn eingemottet.«

»Ach, legen Sie sich aufs Ohr.«

Er hatte aufgelegt. Ich grübelte einen Augenblick und wählte erneut eine Nummer, die Nummer des Büros der *Gazette*. Lon Cohen war heimgegangen, aber einer der Reporter teilte mir mit, daß – soweit sie wußten – der Fall Keyes immer noch im entlegensten Regalwinkel Staub ansetzte.

Ich zerknitterte Wolfes Zettel, warf ihn in den Papierkorb und murmelte: »Der verwünschte Schwindler.« Dann ging ich zu Bett.

13

Am Donnerstagmorgen deutete nichts in den Zeitungen darauf hin, daß im Fall Keyes irgend jemand die geringsten Fortschritte in der hitzigen Jagd auf den Mörder gemacht hätte.

Und ich brachte den ganzen Tag, von zehn bis sechs Uhr, damit zu, Lewis Hewitt auf Long Island zu besuchen und dabei zu helfen, zehn Dutzend Orchideenpflanzen auszuwählen, zu säubern, zusammenzupacken und zurückzufahren. Ich rauchte nicht vor Wut, aber Sie können sich meine Gemütsverfassung vorstellen; und auf dem Heimweg, als mich ein Polizist nahe der

Queensborobrücke anhielt und sich tatsächlich dazu herabließ, mich zu fragen, wo es denn brenne, mußte ich mir auf die Zunge beißen, um nicht einen höhnischen Witz zu reißen.

Als ich den letzten Pflanzenkarton die Vortreppe hinaufschleppte, erlebte ich eine Überraschung. Ein mir gut bekannter Wagen mit einem Polizeizeichen rollte an den Bordstein, parkte hinter der Limousine, und ihm entstieg Inspektor Cramer.

»Was hat Wolfe jetzt wieder?« fragte er und erklomm die Stufen zu mir herauf.

»Ein Dutzend Zygopetalum«, versetzte ich kühl, »ein Dutzend Renanthera, ein Dutzend Odontoglossum . . .«

»Lassen Sie mich vorbei«, herrschte er mich grob an.

Ich ließ ihn.

Um herauszustreichen, daß ich jetzt Laufbursche und kein Detektiv mehr war, mußte ich Theodore weiter dabei helfen, die Orchideen nach oben zu befördern. Ich biß also die Zähne zusammen und setzte dazu an, doch dauerte es nicht lange, und Wolfes Stimme dröhnte aus dem Büro: »Archie!«

Ich folgte seinem Ruf. Cramer saß im roten Ledersessel, eine unangezündete Zigarre zwischen seinen Lippen, die durch den Biß seiner Zähne zur Decke hin deutete. Wolfe, dessen zusammengekniffene Lippen darauf hindeuteten, daß er sich einer stummen Wut erfreute, starrte ihn stirnrunzelnd an.

»Ich leiste wichtige Arbeit«, sagte ich schroff.

»Das kann warten. Schaffen Sie Mr. Skinner ans Telefon. Falls er nicht im Büro ist, rufen Sie ihn zu Hause an.«

Ich wäre noch viel weitergegangen, wäre Cramer nicht im Büro gewesen. Doch wie die Dinge standen, schnaubte ich nur verächtlich, als ich zu meinem Schreibtisch ging und die Wählscheibe betätigte.

»Schluß damit!« bellte Cramer wild.

Ich ließ mich nicht stören.

»Ich sagte aufhören!«

»Es ist gut, Archie«, gebot Wolfe mir. Ich drehte mich um und sah, wie Wolfe den Inspektor noch immer finster anstierte, doch hatten sich seine Lippen entspannt. Er gebrauchte sie zu den Worten: »Ich verstehe nicht, Mr. Cramer, was Sie noch mehr verlangen können als die Wahl, die ich Ihnen anbiete. Wie ich Ihnen schon am Telefon sagte: Geben Sie mir Ihr Wort, mit mir nach meinen Bedingungen zusammenzuarbeiten, und ich werde Ihnen auf der Stelle alles bis in die kleinste Einzelheit darlegen. Oder Sie verweigern mir Ihr Wort – das ist die andere Möglichkeit –, dann frage ich Mr. Skinner, ob die Staatsanwaltschaft vielleicht gern mit mir zusammenarbeiten würde. Ich garantiere lediglich, daß kein Schaden angerichtet wird, doch erwarte ich auch, daß der Fall abgeschlossen wird. Ist das kein reelles Angebot?«

Cramer knurrte wie ein Tiger im Käfig, den man mit einem Stock reizt.

»Ich verstehe nicht«, seufzte Wolfe, »warum ich mich mit Ihnen abplage. Mr. Skinner würde mit beiden Händen zupacken.«

Cramers Knurren formte sich zu Worten. »Wann findet es statt, heute abend?«

»Wie gesagt, bekommen Sie die Einzelheiten erst, wenn ich Ihr Versprechen habe, aber soviel sollen Sie erfahren: Es wäre morgen früh, hängt jedoch von der Lieferung eines Päckchens ab, das ich erwarte – übrigens, Archie, Sie haben den Wagen doch nicht in die Garage gestellt?«

»Nein, Sir.«

»Gut. Wir werden später, wahrscheinlich gegen Mitternacht, zum Flugplatz fahren müssen, um etwas abzuholen. Es hängt alles von dem Flugzeug ab, Mr. Cramer. Falls es erst morgen eintrifft, müssen wir es bis auf Sonnabendmorgen verschieben.«

»Wo? Hier in Ihrem Büro?«

Wolfe schüttelte den Kopf. »Das ist eine der Einzelheiten,

die Sie erhalten werden. Verwünscht, meinen Sie, ich scherze?«

»Sie können mich hängen, ich weiß es nie. Sie sagten, Sie würden sich mit meinem Wort begnügen. Warum nicht mein Wort, daß ich entweder mitspiele oder vergesse, je davon gehört zu haben?«

»Nein, Archie, rufen Sie Mr. Skinner an!«

Cramer stieß ein Wort hervor, das nur für Männerohren bestimmt war. »Sie und Ihre verdammten Scharaden«, meuterte er erbittert. »Warum plagen Sie sich mit mir ab? Sie wissen verteufelt gut, daß ich Ihnen nicht erlauben werde, den Tip der Staatsanwaltschaft weiterzugeben – wenn Sie ihn wirklich haben. Das wäre nicht das erste Mal. Okay, zu Ihren Bedingungen.«

Wolf nickte. Das Funkeln in seinen Augen blitzte auf und verlosch so schnell, daß es selbst mir beinahe entgangen wäre.

»Ihren Notizblock, Archie. Es ist ziemlich verwickelt, und ich bezweifle, daß wir vor dem Dinner damit fertig werden.«

14

»Ich erkläre es Ihnen mit Vergnügen«, bot ich Officer Hefferan an, »wenn Sie vom Pferd steigen und sich auf eine Höhe mit mir begeben. Das ist demokratischer. Soll ich mir eine Genickstarre holen, wenn ich mich zu Ihnen hochrecke?«

Ich gähnte ausgiebig, ohne es zu verbergen, da es um mich herum nur die freie Natur und einen berittenen Polizisten gab. Um sieben Uhr früh aus dem Bett und angezogen zu sein, gefrühstückt zu haben und schon draußen an der Arbeit war zwar kein Seltenheitsrekord, doch eine außergewöhnliche Leistung für mich; und ich war drei Nächte hintereinander spät schlafen gegangen: Dienstag war das Klient entreffen, Mittwoch der Bummel mit Lily Rowan und Donnerstag die Fahrt zum La-Guardia-Flughafen, um das Paket aus dem Flugzeug, das planmäßig gelandet war, zu empfangen.

Hefferan stieg von seinem hohen Roß und stand auf gleicher Höhe mit mir. Wir hatten uns auf der Kuppe der kleinen Anhöhe im Central-Park, zu der er mich damals, als ich seine Bekanntschaft machte, geführt hatte, aufgestellt. Eine kleine Brise schäkerte mit den Blättern an Bäumen und Büschen, und die Vögel hüpften und sprangen umher und besprachen ihre Pläne für den Morgen. »Ich tue nichts weiter«, machte mir Hefferan klar, »als meinen Befehlen zu gehorchen. Mir wurde aufgetragen, Sie hier zu treffen und Ihnen zuzuhören.«

Ich nickte. »Und Sie waren nicht scharf darauf. Ich auch nicht, Sie halsstarriger Kosak, aber ich habe ebenfalls meine Anordnungen. Der Plan sieht so aus: Wie Sie wissen, steht dort hinter jenem Wäldchen« – ich wies mit dem Finger –, »ein Geräteschuppen. Vor dem Schuppen hält einer Ihrer Kollegen Keyes' Fuchs, der gesattelt und gezäumt ist, am Zügel. Drinnen im Schuppen sind zwei Frauen namens Keyes und Rooney, und vier Männer namens Pohl, Talbott, Safford und Broadyke versammelt, und auch Mr. Cramer mit einer Abteilung seiner Leute. Eine der sechs Zivilpersonen, durch geheime Abstimmung ausgewählt, wechselt in diesem Augenblick seine oder ihre Kleider, zieht hellgelbe Reithosen und eine blaue Jacke an – dieselbe Ausrüstung, die Keyes trug. Unter uns beiden und Ihrem Pferd – die Auswahl war eine abgekartete Sache, von Inspektor Cramer eingefädelt. Wie Keyes gekleidet, wird der Auserwählte Keyes' Pferd besteigen und mit vorgebeugten Schultern und zu langen Steigbügeln die Strecke des Reitpfades entlangreiten, wird Sie erblicken und seine oder ihre Reitpeitsche Ihnen grüßend zuschwenken. Ihre Aufgabe besteht darin, ein ehrlicher Mann zu sein. Stellen Sie sich vor, daß nicht ich

Ihnen dieses sage, sondern jemand, den Sie innig lieben, wie zum Beispiel den Polizeikommissar. Man verlangt von Ihnen, sich zu erinnern, wirklich mehr an dem Pferd als an dem Reiter interessiert gewesen zu sein und sich selbst die Frage vorzulegen, ob Sie tatsächlich Keyes an jenem Morgen erkannt haben wollen oder nur das Pferd und die Ausstaffierung.«

Ich drang ernsthaft in ihn. »Und, um Himmels willen, verraten Sie mir keine Silbe! Heben Sie sich alles für Ihre Vorgesetzten auf. Eine Menge hängt von Ihnen ab, was vielleicht bedauerlich, aber nicht mehr zu ändern ist.

Hoffentlich kränkt es Sie nicht, wenn ich Ihnen die theoretische Grundlage auseinandersetze: Der Mörder, wie Keyes gekleidet, doch in einem Überzieher gehüllt, wartete um halb sieben weiter nördlich hinter jenem Dickicht, als Keyes zuerst in den Park ritt und auf den Reitpfad gelangte. Hätte er Keyes, selbst aus kurzer Entfernung, aus dem Sattel geschossen, hätte das Pferd gescheut, deshalb trat er vor, hielt Keyes an und griff in die Zügel, ehe er abdrückte. Eine einzige Kugel für ein Opfer. Dann schleifte er die Leiche hinter das Dickicht, wo sie vom Reitpfad aus nicht sichtbar war, da ein weiterer Frühaufsteher entlanggeritten kommen konnte, zog seinen Überzieher – oder vielleicht einen dünnen Regenmantel – aus und stopfte ihn unter seine Jacke, bestieg das Pferd und schickte sich zu einem Ritt durch den Park an. Er nahm sich Zeit, um sich an Keyes' übliche Zeiteinteilung zu halten. Dreißig Minuten später, als er sich jenem Fleck näherte« – ich deutete auf die Stelle, wo der Reitpfad hinter den Bäumen auftauchte –, »bemerkte er Sie entweder hier oben oder wartete, bis er Sie sehen konnte, ritt dann den Weg entlang und hob die Reitgerte zu seinem üblichen Gruß. Doch kaum war er am anderen Ende der Strecke außer Sicht, handelte er. Er stieg vom Pferd, ließ es dort einfach stehen, da er wußte, daß es allein zum Parkausgang zurückfinden würde, und machte sich schleunigst davon – entweder zu einer Bushaltestelle auf der Fifth Avenue oder zur Untergrundbahn, je nachdem, wo er hinwollte. Es ging darum, das Alibi so schnell wie möglich aufzubauen, da er nicht sicher sein konnte, wie bald das Pferd entdeckt und man nach Keyes suchen würde. Aber im schlimmsten Fall hatte er bewiesen, daß Keyes hier auf dem Reitpfad um zehn Minuten nach sieben noch lebte, während seine Leiche viel weiter nördlich gefunden würde.«

»Ich glaube«, versetzte Hefferan steif, »daß ich laut Protokoll Keyes hier gesehen habe.«

»Streichen Sie's«, drängte ich ihn. »Löschen Sie es aus. Machen Sie Ihr Gedächtnis zu einem unbeschriebenen Blatt, was wohl nicht schwer ...« Ich biß mir auf die Zunge, um nicht undiplomatisch zu sein, und warf einen Blick auf meine Armbanduhr. »Es ist neun Minuten nach sieben. Saßen Sie an jenem Morgen im Sattel oder standen Sie?«

»Ich saß zu Pferd.«

»Dann steigen Sie jetzt besser auf. Wir wollen peinlich genau sein – aufs Pferd! Dort kommt er!«

Ich gestehe, daß der Kosak wußte, wie man aufsitzt. Er saß schneller im Sattel, als ich einen Fuß im Steigbügel gehabt hätte, und hatte seinen Blick auf das Ende des Reitpfades – dort, wo er hinter den Bäumen hervorkam – gerichtet. Ich gestehe ebenfalls, daß der Fuchs von hier aus prächtig aussah. Er war sehnig, aber nicht dürr, hatte eine stolz geschwungene Mähne und besaß, wie Hefferan bemerkt hatte, eine hervorragende Sprungkraft. Ich kniff die Augen zusammen, um die Gesichtszüge des Reiters genau zu erkennen, aber bei der Entfernung war das unmöglich. Das Blau der Jacke, ja, und das Gelb der Reithosen und die vorgebeugten Schultern, aber nicht das Gesicht.

Hefferan gab keinen Laut von sich. Als sich der Reiter dem Ende der offenen Strecke näherte, strengte ich wiederum meine Augen an in der Hoffnung, daß etwas geschehen würde, da ich wußte, was ihn hinter der scharfen Kurve am Ende der Strecke erwartete – nämlich vier berittene Polizisten Seite an Seite.

Etwas geschah dann auch, blitzschnell und nicht ganz vorausberechnet. Der Fuchs war nicht länger als eine halbe Sekunde hinter der Kurve außer Sicht, als er schon wieder im Galopp zurückkam, ohne den stolzen Schwung seiner Mähne. Doch er, oder sein Reiter, hatte genug von dem Reitpfad. Zehn Sprünge diesseits der Kurve machte das Pferd einen scharfen Satz zur Seite und stob nach links davon. Ein herrlicher Satz auf den Rasen, und dann blindlings mit erhobenem Schweif geradeaus nach Osten, zur Fifth Avenue hin. Gleichzeitig schoß das Quartett der Polizisten zu Pferde vorbei, als hätte man zur Attacke geblasen. Als sie merkten, was der Fuchs getan hatte, versteiften sich plötzlich die Beine ihrer Pferde, glitten ein gutes Stück im losen Schlamm aus, wendeten dann auf der Hinterhand, um die Verfolgung aufzunehmen.

Schreie tönten von einem kleinen Haufen herüber, der aus dem Wäldchen, das den Geräteschuppen verbarg, gelaufen kam. Und Hefferan ließ mich stehen. Der Schenkel seines Pferdes streifte meine Schulter, als es sich in Bewegung setzte, und Rasenstücke stoben durch die Luft, als es den Abhang hinunterhetzte, um sich der Jagd anzuschließen. Von Osten her erscholl der Knall von Gewehrschüssen, und das gab mir den Rest. Ich hätte ein Jahresgehalt, alles, selbst ein Königreich für ein Pferd gegeben, aber da ich keines besaß, schied ich sowieso aus dem Spiel aus.

Den Hang abwärts zum Reitpfad hinunter brach ich Rekorde, doch auf der anderen Seite ging es bergauf, und außerdem mußte ich Bäumen und Büschen ausweichen und Zäune überspringen. Ich machte keine Umwege auf der Suche nach Kreuzwegen, sondern strebte schnurstracks auf den Lärm zu, der von Osten her drang, und eine weitere Salve Schüsse in sich schloß. Seltsam, so besessen ich war, Boden zu gewinnen, so hoffte ich doch, daß sie den Fuchs nicht treffen würden. Endlich war die Parkeinfriedung in Sicht, aber ich konnte keine Leute entdecken, obgleich die Geräusche lauter und näher schienen. Direkt vor mir lag die Steinmauer, die den Park umgab. Unschlüssig, welchen Weg ich zu dem nächstgelegenen Ausgang einschlagen sollte, eilte ich auf die Mauer zu, erklomm sie, blieb keuchend darauf stehen und blickte um mich.

Ich befand mich an der Kreuzung 65. Straße und Fifth Avenue. Einen Häuserblock von mir entfernt herrschte ein derartiger Tumult auf der Avenue, daß sie vollkommen blockiert war. Wagen, meistens Taxis, drängten sich an den Straßenrändern der Kreuzung, und die Fußgänger strömten aus allen Richtungen herbei. Ein Bus hatte angehalten, und die Fahrgäste stürzten heraus. Doch die Pferde überragten alles. Mir war, als ob ich dort eine unheimliche Menge Pferde entdecken könnte, doch waren es wahrscheinlich nicht mehr als sechs oder sieben. Es waren alles rotbraune Pferde, bis auf den Fuchs, und als ich die Straße entlang der Menge entgegenrannte, war ich froh, daß er gesund und unversehrt zu sein schien. Sein Sattel war leer.

Ich bahnte mir einen Weg durch zur Mitte, als einer der Uniformierten mich am Arm packte; und ich will verdammt sein, wenn nicht Officer Hefferan ausrief: »Lassen Sie ihn durch, das ist Nero Wolfes Handlanger, Goodwin!« Ich hätte mich gern herzlich bei ihm bedankt, hatte jedoch nicht genug Atem zum Sprechen. So stieß ich mich lediglich weiter vor und ließ meine Augen umherstreifen, um so meine Neugierde zu befriedigen.

Victor Talbott, in blauer Jacke und gelben Reithosen, offensichtlich genauso heil und unversehrt wie der Fuchs, hatte an jedem Arm einen Staatsbeamten hängen. Sein Gesicht war schmutzbedeckt, und er sah müde aus.

15

»Es wird Sie freuen zu erfahren«, bemerkte ich zu Wolfe später an jenem Nachmittag, »daß keine dieser Rechnungen, die wir an unsere Klienten schicken, mit der Anschrift ›zur Zeit im Untersuchungsgefängnis‹ versehen werden muß. Es wäre auch zu peinlich gewesen.«
Es war kurz nach sechs, Wolfe hatte die Gewächshäuser verlassen und hatte ein Bier vor sich stehen. Ich saß hinter meiner Schreibmaschine und stellte die Rechnungen aus.
»Broadyke«, fuhr ich fort, »gibt vor, lediglich Entwürfe, die ihm angeboten wurden, gekauft zu haben, ohne zu wissen, woher sie stammten, und er kommt wahrscheinlich damit durch. Dorothy ist mit Pohl zu einer Einigung gelangt und wird nicht auf einer Klage bestehen. Und was sie selbst betrifft, so gehört ihr jetzt sowieso alles, wie Sie feststellten, also was kann schon passieren. Und Safford und Audrey können nicht für einen unschuldigen Ritt im Park gerichtlich belangt werden, selbst wenn sie ihn in ihren Aussagen verschwiegen, um Schwierigkeiten zu vermeiden. Übrigens, falls Sie sich wundern, warum die Gesellschaft fünfzehn Prozent unseres Honorars einem Stallknecht zuteilte: Er ist gar kein Stallknecht. Ihm gehört die Reitakademie. Also ist Audrey, beim Henker, ganz und gar nicht schlecht davongekommen, im Gegenteil. Sie werden sich wahrscheinlich im Sattel trauen lassen.«
Wolfe grunzte. »Das wird ihre Chancen kaum verbessern.«
»Sie sind mit Vorurteilen gegen die Ehe behaftet«, rügte ich ihn. »Ich möchte selbst eines Tages mein Glück versuchen. Schauen sie sich Saul an, wie ein Zelt angepfählt, aber vollkommen glücklich. Apropos Saul: Warum haben Sie Geld damit vergeudet, ihn und Orrie New Yorker Schneider anrufen und besuchen zu lassen?«
»Es war nicht vergeudet«, bellte Wolfe. Er kann es nicht vertragen, wenn man ihn der Geldverschwendung zeiht.

»Es bestand eine winzige Aussicht, daß Mr. Talbott dumm genug gewesen war, sein Reitkostüm hier in New York anfertigen zu lassen. Die größere Wahrscheinlichkeit war natürlich eine der Städte, die er erst kürzlich besucht hat, und die beste von allen war die am weitest entfernt liegende. Deshalb telefonierte ich zuerst mit Los Angeles, und die Südwest-Agentur setzte fünf Männer auf die Fährte. Saul und Orrie machten sich auch noch anderweitig nützlich. Saul erfuhr zum Beispiel, daß Mr. Talbotts Hotelzimmer so gelegen war, daß Talbott, wenn er morgens die Treppe und einen Seiteneingang benutzte, mit Leichtigkeit das Hotel verlassen und zurückkommen konnte, ohne entdeckt zu werden.« Wolfe schnaubte. »Ich bezweifle, daß Mr. Cramer diesen Umstand auch nur in Erwägung zog. Warum sollte er? Er hatte der Aussage jenes Polizisten, der Mr. Keyes um zehn Minuten nach sieben lebend und gesund zu Pferd gesehen haben wollte, Glauben geschenkt.«

»Eins zu null für Sie«, pflichtete ich ihm bei. »Zugestanden, es war der Mörder gewesen und nicht Keyes, den der Polizist lebend und gesund im Sattel sah, warum tippten Sie aber sofort auf Talbott?«

»Das war nicht ich, das waren die Umstände. Die Maskerade, falls es eine solche gab, konnte keinem außer Mr. Talbott dienlich gewesen sein, da ein Alibi für jene Zeit und jenen Ort für alle anderen nutzlos gewesen wäre. Auch der Gruß, den er mit dem Polizisten aus der Entfernung wechselte, war ein wesentlicher Bestandteil des Plans, und nur Mr. Talbott, der oft mit Mr. Keyes ausritt, hatte wissen können, daß hier eine Gelegenheit für ein Alibi geboten wurde.«

»Okay«, räumte ich ein, »und Sie riefen Pohl an, um zu erfahren, in welchen Städten sich Talbott in letzter Zeit herumgetrieben hatte. Mein Gott, Pohl ist wirklich eine Hilfe gewesen! Übrigens, die Südwest-Agentur hat ihren Brief mit der Rechnung per Luftpost geschickt, ich vermute deshalb, daß sie einen Scheck wollen. Ihr Anteil der Kosten ist recht vernünftig, aber dieser Schneider verlangt 300 Dollar für die Anfertigung einer blauen Jacke und eines Paares gelber Reithosen!«

»Die unsere Klienten bezahlen werden«, versetzte Wolfe ungerührt. »Das ist nicht übertrieben. Es war fünf Uhr nachmittags, als sie ihn aufstöberten, und er mußte erst überredet werden, die Nacht durchzuarbeiten, um den früheren Auftrag zu kopieren.«

»Okay«, räumte ich nochmals ein, »ich gebe zu, es mußte eine genaue Nachahmung sein, mit dem Firmenschild und allem, um diesem Burschen einen Schrecken einzujagen. Er hatte Nerven. Um sechs Uhr erhält er seinen Anruf im Hotel, bittet, ihn noch einmal um 7 Uhr 30 zu wecken, schleicht sich, ohne gesehen zu werden, auf die Straße, führt seinen Plan aus und gelangt zur rechten Zeit in sein Hotelzimmer zurück, um den Anruf um 7 Uhr 30 entgegenzunehmen. Und vergessen Sie nicht, er hatte sich gleich von Anfang an, als er Keyes um halb sieben erschoß, bloßgestellt. Von da an mußte er seinen Zeitplan genau einhalten! Allerhand Schneid.«

Ich erhob mich und reichte Wolfe die Rechnungen einschließlich der Spesenaufstellung zur Überprüfung.

»Wissen Sie«, bemerkte ich und setzte mich wieder, »das ging hart an einem Nervenschock vorbei, heute morgen dort draußen. Als er dazu auserwählt wurde, Keyes' Rolle zu spielen, muß ihn das doch etwas unsicher gemacht haben. Dann wird er in den Nebenraum zum Umziehen geführt, und man reicht ihm eine Schachtel mit der Aufschrift ›Cleever, Hollywood‹. Er öffnet sie, und vor ihm liegt eine Ausrüstung, haargenau die gleiche, die er selbst hatte anfertigen lassen und die er sich irgendwie zusammen mit der Waffe vom Hals geschafft hatte. Auch das gleiche Firmenschild in der Jacke: ›Cleever, Hollywood‹. Ich wundere mich, daß er es fertigbrachte, sie anzuziehen und zuzuknöpfen, hinauszugehen und in den Sattel zu steigen. Er hatte wirklich Nerven. Ich nehme an, er hatte vor, einfach weiterzumachen, aber als er um die Kurve kam und die vier berittenen Polizisten vor sich sah – hopp, gingen seine Nerven durch, und ich verarge es ihm nicht. Ich gestehe, daß ich nicht die geringste Ahnung hatte, als ich Ihnen die Städteliste, die mir Pohl gegeben hatte, am Telefon vorlas . . . Hilfe! Meine Güte!«

Wolfe sah auf. »Was ist los?«

»Geben Sie mir die Spesenaufteilung zurück! Ich habe die fünfundneunzig Cents für Pohls Sandwiches vergessen!«

Foulspiel in der Kabine

1

Nach dem sechsten Durchgang stand das Spiel elf zu eins für Boston.

Ich hätte nie geglaubt, daß es einen Tag geben konnte, an dem ich beim entscheidenden Meisterschaftsspiel zwischen den New York Giants und den Red Sox aus Boston auf der Tribüne sitzen und nach einem Mädchen ausschauen würde, und sei es noch so hübsch. Ich habe ja durchaus nichts gegen hübsche Mädchen, aber in den Polo Grounds gilt meine Aufmerksamkeit gewöhnlich anderen Dingen. Bis eben dieser schreckliche Tag kam.

Die Situation war kompliziert und bedarf der Erläuterung. Es war schon ein Durcheinander, ehe das Spiel begann. Pierre Mondor, Besitzer des berühmten Restaurants in Paris, besuchte New York und war unser Gast. Er hatte die Schnapsidee, der Himmel mag wissen woher, Wolfe müsse ihm ein Baseballspiel zeigen, und Wolfes Auffassung von den Pflichten eines Gastgebers verbot es ihm, hiergegen sein Veto einzulegen. Karten waren kein Problem, da Emil Chisholm, Ölmillionär und Teilhaber bei den Giants, sich tief in Wolfes Schuld glaubte, auf Grund eines Falles, den wir vor ein paar Jahren für ihn erledigt hatten.

Und so kam es, daß ich die beiden an jenem Mittwochnachmittag im Oktober per Taxi in die Polo Grounds brachte, durch die Menge zum Eingang bugsierte, dann durch Gänge und über Treppen zu unserer Loge auf die

Tribüne. Es war zwanzig nach eins, zehn Minuten vor Spielbeginn, und überall drängten sich Menschen. Ich wies Mondor seinen Platz an, und Wolfe stand da und blickte grimmig auf die Holzsitze und die Armlehnen aus Metall hinab. Dann hob er den Kopf und richtete seinen Groll gegen mich.

»Sind Sie nicht mehr bei Trost?« wollte er wissen.

»Ich habe Sie gewarnt«, sagte ich kühl. »Die Sitze sind für Menschen gemacht, nicht für Mammuts. Wollen wir heimfahren?«

Er preßte die Lippen aufeinander, bewegte sich, senkte seine Masse und versuchte, sie zwischen zwei Lehnen zu zwängen. Nein. Er packte die Geländerstange vor sich mit beiden Händen, zog sich wieder hoch und deponierte schließlich soviel wie möglich von seiner Sitzfläche auf der Vorderkante des Klappstuhls.

Mondor rief mir quer über Wolfes breiten Rücken zu: »Ich verlasse mich ganz auf Sie, Archie! Sie müssen mir das Spiel erklären! Was bedeuten denn die kleinen weißen Dinger?«

Ich schwärme für Baseball und für die Giants und hatte fünfzig Dollar bei diesem Spiel gewettet, aber ich wäre auf der Stelle aufgestanden und gegangen, wenn eins nicht gewesen wäre. Ich war im Dienst, und Wolfe zahlte mein Gehalt, und es gab zu viele Leute, einige davon bei guter Gesundheit und auf freiem Fuß, die sehr stark der Ansicht waren, Wolfe habe schon viel zu lange gelebt. Er zeigt sich selten in der Öffentlichkeit, und wenn er es mal tut, möchte ich in der Nähe sein. Folglich knirschte ich mit den Zähnen und blieb sitzen.

Die Giants liefen zu ihren Plätzen, die Blaskapelle intonierte »The Star-Spangled Banner«, und Wolfe verteilte sich auf den Kanten zweier Holzsitze und hielt sich krampfhaft am Geländer fest. Das Spiel begann, und das Publikum gab ein erstes Röhren von sich.

Mein persönliches Alpdrücken war schlimm genug. Mondor war unser Gast, und vor achtzehn Stunden hatte ich mich dreimal von den »Quenelles bonne femme« bedient, die er in unserer Küche gedichtet hatte, und ich hätte viermal zugelangt, wenn ich noch Platz gehabt hätte. Aber einem Ausländer bei einem solchen Meisterschaftsspiel Baseball erklären – das geht an die Nerven. Was Wolfe betraf, so störte mich weniger sein jämmerlicher Anblick als vielmehr die sichere Aussicht, daß er sich bis zum nächsten Tag etwas ausdenken werde, wie er mir seine Unbill zur Last legen könne, und das bedeutete mal wieder schlimme Zeiten für den Haussegen.

Aber es kam noch ärger, und nicht nur für mich. Ein Haar war schon in der Suppe gewesen, ehe das Spiel begann – als die Aufstellung bekanntgegeben wurde und Tiny Garth für Second Base genannt wurde, ohne weitere Erklärung. Wieso nicht Nick Ferrone? Ferrone, ein schlaksiger Junge mit großen Ohren, vor fünf Monaten erst aus der Provinz importiert, hatte sich in dieser kurzen Zeit so nach vorn gespielt, daß niemand mehr zweifelte, er werde zum Spieler des Jahres erkoren. Wo blieb er heute? Warum Garth?

Und dann das Spiel. Das war kein persönlicher, das war ein ganz allgemeiner Alptraum. Die Giants spielten wie die ersten Baseballmenschen, jedenfalls einige von ihnen, und es dauerte nicht lange, da tönten heftige Mißfallenskundgebungen von den Rängen. Und dann wurde unsere Aufmerksamkeit abgelenkt. Ein eiliger Mensch kam den Aufgang heraufgestürzt, streifte im Vorbeihasten meinen Ellbogen und hetzte zur vordersten Loge, die von sechs Herren besetzt war, darunter dem Mayor von New York und Emil Chisholm, der uns die Karten besorgt hatte. Der Eilige sagte Chisholm etwas ins Ohr, der daraufhin etwas zum Mayor und einem anderen Nachbarn sagte, sich erhob und im Inneren der Tribüne verschwand, verfolgt von dem Kurier und den Rufen enttäuschter Fans, die ihn erkannt hatten.

Es hat wohl wenig Sinn, mein seelisches Tief näher zu beschreiben. Das Spiel der Giants war nicht zum Ansehen, und deshalb hielt ich Umschau nach etwas Erfreulicherem, und dabei fiel mir das hübsche Kind auf, in einer Loge rechts von uns.

Ich betrachtete sie, so unauffällig das ging. Sie waren zu zweit. Die eine war ein Rotschopf und würde in ein paar Jahren mollig sein, ganz nett, aber nicht umwerfend. Die andere, das Objekt meiner Betrachtungen, hatte hellbraunes Haar und dunkelbraune Augen und war ebenso nett wie umwerfend. Ich hatte das Gefühl, sie sei mir nicht völlig fremd, aber ich wußte nicht, wo ich sie schon gesehen hatte. Die Freude ihres Anblicks war freilich nicht ganz ungetrübt, weil sie nämlich überaus fröhlich wirkte. Ihre Augen funkelten. Offenbar gefiel ihr, wie das Spiel lief. Es gibt ja kein Gesetz, das Fans aus Boston verbietet, die Polo Grounds zu betreten. Trotzdem mißfiel mir das. Nichtsdestoweniger setzte ich meine Betrachtung fort. Sie war der einzige Lichtblick an diesem Tag auf diesem Sportfeld.

Etwas trat zwischen sie und mich. Ein Mann blieb neben mir stehen, bückte sich und fragte in mein Ohr: »Sind Sie Archie Goodwin?«

Ich bejahte.

»Ist das Nero Wolfe?«

Ich nickte.

»Mr. Chisholm möchte ihn im Clubhaus sprechen, dringend.«

Ich überlegte zwei Sekunden lang, erkannte die Unterbrechung als Geschenk des Himmels und sagte Wolfe Bescheid. »Mr. Chisholm lädt uns ins Clubhaus ein. Wir entgehen dem Gedränge. Es gibt dort auch Sessel. Er möchte Sie sprechen.«

Er grollte nicht einmal. »Weswegen?« Er murmelte etwas zu Mondor, zog sich hoch und stapfte an mir vorbei zur Tribüne. Mondor folgte ihm. Der Bote wies uns den Weg, und ich bildete die Nachhut.

Als wir die Betonstufen hinaufstiegen, einer nach dem anderen, rief jemand aus dem Publikum: »Nero vor, noch ein Tor!«

So ist das, wenn man berühmt ist.

2

»Das ist unerhört!« quiekte Emil Chisholm. »Das ist ganz unglaublich!«

Im Zimmer gab es keinen Sessel von der Größe, wie Wolfe sie schätzte und benötigt, aber eine breite Ledercouch stand darin, und darauf, bzw. mehr darin, thronte er, schnaufend und finster dreinblickend. Mondor saß als unbeteiligter Zuschauer an der Wand daneben. Chisholm, ein stämmiger, breitschultriger Herr nicht ganz meiner Größe, mit breiten, vollen Lippen und einer langen, geraden Nase, war zu aufgeregt, um stehen oder sitzen zu können, deshalb tanzte er herum. Ich stand neben einem offenen Fenster. Plötzlich drang ein Aufschrei der Menge herein.

»Machen Sie das verdammte Fenster zu!« bellte Chisholm. Ich schloß es.

»Ich fahre nach Hause«, konstatierte Wolfe in entschiedenstem Ton. »Aber erst, wenn alle weg sind. Wenn Sie mir nun vielleicht kurz erklären möchten . . .«

»Wir haben verloren!« rief Chisholm.

Wolfe klappte die Augen zu und wieder auf. »Wenn Sie bitte leiser sprechen könnten?« schlug er vor. »Mir reicht der Lärm für heute. Wenn Ihr Problem im Verlust der Meisterschaft besteht, kann ich Ihnen leider auch nicht helfen.«

»Nein. Das kann kein Mensch.« Chisholm blieb vor mir stehen. »Ich habe die Beherrschung verloren, verdammt, ich muß mich zusammennehmen. Folgendes ist passiert. Schon vor dem Spiel hatte Art Verdacht geschöpft . . .«

»Art?«

»Art Kinney, unser Manager. Naturgemäß beobachtet er die Spieler wie ein Luchs, und er vermutete gleich, daß etwas nicht stimmte. Diese erste . . .«

»Weshalb beobachtet er sie wie ein Luchs?«

»Das ist doch sein Job! Er ist Manager!« Chisholm merkte, daß er schon wieder schrie, hielt inne, klemmte die Kiefer gegeneinander und ballte die Fäuste; dann fuhr er fort. »Außerdem war Nick Ferrone verschwunden. Er war hier bei den anderen im Clubhaus, hatte sich umgezogen, und als alle auf dem Platz und im Unterstand waren, da fehlte er. Art schickte Dr. Soffer los, um ihn zu holen, aber der fand ihn nicht. Nick war wie vom Erdboden verschluckt. Art mußte Garth einsetzen. Er witterte etwas, und es fiel ihm auch auf, wie ein paar von den Jungs aussahen und sich benahmen; das machte ihn mißtrauisch . . .«

Eine Tür ging auf, jemand kam herein und schrie: »Fitch hat getroffen, aber Neill ließ ihn fliegen, und Asmussen hat . . .«

Ich erkannte ihn, vornehmlich an seiner schiefen Nase, die mal einem Ball im Weg gewesen war, als er noch als Star des Baseballs galt. Es war Beaky Durkin, jetzt Späher und Spielvermittler für die Giants, und neuerdings schwamm er oben, weil er in Arkansas Nick Ferrone ausgegraben hatte.

Chisholm warf die Arme hoch und wedelte in Durkins Richtung. »Hinaus! Hinaus, zum Donnerwetter!« Er trat drohend einen Schritt vor. »Schick den Doktor rein. He, Doktor! Kommen Sie!«

Durkin ging rückwärts und kollidierte in der Tür mit Dr. Soffer, dem alten Arzt der Giants, kahlköpfig, mit schwarzgeränderter Brille und langem Körper auf kurzen Beinen. Er sah aus, als seien ihm gerade die zehn reichsten Patienten weggestorben.

»Ich bring's nicht zusammen, Doktor«, erklärte ihm Chisholm. »Ich bin ganz durcheinander. Dies ist Nero Wolfe. Erzählen Sie es ihm.«

»Wer sind Sie?« erkundigte sich Wolfe.

Soffer blieb vor ihm stehen. »Ich bin Dr. Horton Soffer«, sagte er knapp. »Vier unserer Spieler, möglicherweise fünf, sind mit Schlafmitteln betäubt worden. Sie sind jetzt auf dem Platz und versuchen, Baseball zu spielen, können es aber nicht.« Er schwieg und schluckte zweimal. »Sie schienen mir nicht in Ordnung. Ich hab's gemerkt, Kinney ebenfalls. Als das Spiel lief, bestand kein Zweifel mehr. Es handelt sich um vier Spieler – Baker, Prentiss, Neill und Eston –, und ich hatte eine Idee. Ich teilte es Kinney mit, und er schickte mich rein, ich sollte es nachprüfen. Sehen Sie den Kühlschrank dort?«

Er zeigte auf einen hohen weißen Kühlschrank.

Wolfe nickte. »Und?«

»Er enthält Getränke. Ich kenne die Gewohnheiten unserer Jungs bis ins kleinste. Ich weiß, daß diese vier, nachdem sie sich umgezogen haben, hier aus diesem Kühlschrank immer eine Flasche Beebright nehmen, jeder eine, und . . .«

»Was ist Beebright?«

»Das ist ein kohlensäurehaltiges Getränk, mit Honig anstelle von Zucker. Jeder der vier trinkt eine Flasche ganz oder teilweise aus, ehe er auf den Platz geht. Und diese vier waren in einem schrecklichen Zustand, ich habe so etwas noch nie erlebt. Dadurch kam ich auf meine Idee. Gewöhnlich räumt der Clubhausboy hier auf, nachdem die Spieler draußen sind, aber heute hat er das nicht gemacht, weil es das entscheidende Spiel um die Meisterschaft ist, das will er sehen. Alles lag und stand noch herum, auf dem Tisch und eine Flasche Beebright. Ich hatte Mr. Chisholm rufen lassen, und wir beschlossen, was zu tun sei. Er ließ Beaky Durkin holen, der auf der Haupttribüne saß, weil er Ferrone besser als jeder andere kennt und möglicherweise eine Idee hatte, die uns weiterhalf. Ich brachte das Beebright in eine Apotheke und ließ es untersuchen, was über eine halbe Stunde dauerte. Ich hatte richtig getippt. Es enthielt ein Barbitursäurepräparat, zwei Gramm oder etwas mehr pro Flasche. Jeder kann das Zeug kaufen, kein Problem also für einen, der mit hohem Wetteinsatz bei diesem Spiel . . .«

»So ein Schweinehund«, sagte Chisholm.

Dr. Soffer nickte. »Und ein anderer Schweinehund hat das Zeug in die Flaschen geschüttet. Er wußte, daß die vier Männer es unmittelbar vor dem Spiel trinken würden. Er brauchte nur die Verschlüsse abzuschrauben, die Tabletten hineinfallen zu lassen, dann wieder zuzuschrauben und ein bißchen zu schütteln – nicht viel, das Präparat löst sich leicht. Es muß heute nach zwölf Uhr geschehen sein, denn andernfalls hätte es sonstwer trinken können – und überhaupt, wenn die Tabletten zu früh hinzugefügt worden wären, dann wäre das Getränk schal geworden, und die vier hätten es bemerkt. Es muß also jemand getan haben . . .«

Chisholm war zum Fenster marschiert. Er fuhr herum und schrie: »Ferrone hat es getan, der Teufel soll ihn holen! Er hat's getan und ist verduftet!«

Beaky Durkin tauchte wieder auf. Er blieb an der Tür stehen und sah Chisholm an, zitternd und bleich, bis auf die schiefe rote Nase.

»Nick nicht«, sagte er heiser. »Dieser Junge nicht. Nick hat das nicht gemacht, Mr. Chisholm!«

»Nein?« Chisholm war verbittert. »Habe ich dich gefragt? Einen sauberen Spieler des Jahres hast du uns da aus Arkansas angeschleift! Wo ist er denn? Hol ihn her und bring ihn mir. Such ihn, los, such ihn! Hau ab!«

Durkin ging wortlos hinaus.

Wolfe brummte. »Bitte, setzen Sie sich«, sagte er zu Chisholm. »Wenn ich mit Ihnen rede, will ich Sie anschauen, und mein Genick ist nicht elastisch. Danke. Sie wollen mir einen Auftrag erteilen?«

»Ja. Ich möchte . . .«

»Bitte. Habe ich richtig verstanden? Vier Ihrer besten

Spieler, betäubt, wie von Dr. Soffer geschildert, waren nicht voll einsatzfähig, und als Folge davon geht das Spiel verloren – und die Meisterschaft ebenfalls?«

»Wir verlieren sie.« Chisholms Kopf fuhr zum Fenster herum und wieder zurück. »Natürlich, sie ist verloren.«

»Und Sie nehmen an, ein Glücksritter oder eine Gruppe von Wettern sei verantwortlich. Wieviel könnten er oder sie dabei gewinnen?«

»Jeden Betrag. Fünfzigtausend Dollar oder das Doppelte, kein Problem.«

»Verstehe. Dann müssen Sie die Polizei rufen. Sofort.«

Chisholm schüttelte den Kopf. »Verdammt, das will ich nicht. Baseball ist ein wundervolles Spiel, ein sauberes Spiel, das beste und sauberste Spiel der Welt. Und das hier ist das dreckigste, was je im Baseball vorgekommen ist; diese Sache muß richtig angepackt werden – und rasch. Sie sind der beste Detektiv, und Sie sind hier. Wenn eine Schar Polizisten hereinschwärmt, weiß nur der liebe Gott, was passiert. Wenn wir sie später in Kenntnis setzen müssen, meinetwegen, aber jetzt sind erst mal Sie dran. Gehen Sie an die Arbeit!«

Wolfe runzelte die Stirn. »Sie glauben, dieser Nick Ferrone sei es gewesen?«

»Ich weiß es nicht!« Chisholm schrie wieder. »Woher soll ich wissen, was ich glauben soll? Er ist ein dummer Junge, und er ist verschwunden. Wo ist er hin – und warum?«

Wolfe nickte. »Also gut.« Er seufzte tief. »Wir können es immerhin versuchen.« Er deutete auf die Tür, zu der Beaky Durkin und Dr. Soffer hinausgegangen waren. »Ist das ein Büro?«

»Es ist Kinneys Büro, er als Manager . . .«

»Dann gibt es dort ein Telefon. Sie rufen die Polizei an, melden das Verschwinden von Nick Ferrone und bitten, nach ihm zu fahnden. So eine Aufgabe liegt außerhalb meiner Kompetenz, wenn es eilt. Sagen Sie der Polizei vorerst nicht mehr, wenn Sie nicht wollen. Wo ziehen sich die Spieler um?«

»Dort.« Chisholm wies auf eine andere Tür. »Im Umkleideraum. Dahinter befinden sich die Duschen.«

Wolfes Blick richtete sich auf mich. »Archie. Sie werden sich umschauen. In allen Räumen außer diesem Zimmer, das Sie mir überlassen können.«

Chisholm ging durch die Tür zum Büro des Managers, und da Wolfe »alle Räume« gesagt hatte, folgte ich ihm, denn irgendwo mußte ich ja anfangen. Das Büro war geräumig, mit Schreibtischen, Sesseln und Zubehör möbliert. Beaky Durkin saß in einer Ecke, mit dem Ohr an einem leisegedrehten Radio, und Dr. Soffer wollte ihn eben etwas fragen, da bellte Chisholm: »Stell das verdammte Ding ab!« Er ging zu einem Schreibtisch mit Telefon. Unter anderen Umständen hätte es mir Spaß gemacht, Art Kinneys Büro näher in Augenschein zu nehmen, da er ja der Manager der Giants war, aber nun handelte ich in dienstlichem Auftrag, und da war mir das Publikum im Wege. Ich sah mich nur kurz um und ging wieder. Als ich den Clubraum zur anderen Tür hin durchquerte, stand Wolfe vor dem offenen Kühlschrank, eine Flasche Beebright in der Hand, und verzog das Gesicht. Mondor leistete ihm Gesellschaft. Ich passierte die Tür und befand mich in einem großen Raum. Er war lang und breit, hatte zwei Reihen Spinde, Bänke und Schemel und ein paar Sessel. Die Spindtüren trugen Nummern und Namen. Ich probierte drei, sie waren verschlossen. Ein Durchgang links führte in den Duschraum. Ich peilte in sämtliche Duschkabinen, war enttäuscht, in keiner eine Schachtel mit Schlaftabletten zu finden, und kehrte in den Umkleideraum zurück.

Mitten in der rechten Reihe befand sich der Spind mit dem Schildchen »Ferrone«. Auch er war verschlossen. Mit meiner tragbaren Schlüsselkollektion hätte ich ihn bearbeiten können, aber die nehme ich zum Baseball nicht mit. Mir schien, dieser Spind sei der erste Platz, an dem es zu suchen galt, weshalb ich wieder in Kinneys Büro ging. Chisholm hatte sein Telefongespräch beendet und starrte zu Boden. Beaky Durkin und Dr. Soffer hatten die Ohren ans Radio geklebt, das kaum noch zu hören war.

Ich fragte Chisholm: »Haben Sie einen Schlüssel zu Ferrones Spind?«

»Nein. Ich glaube, Kinney hat einen Hauptschlüssel. Aber ich weiß nicht, wo er ihn aufbewahrt.«

Da Kinney bald kommen mußte und Ferrones Schrank am wichtigsten schien, sagte ich mir, ich könne ja dort auf ihn warten. Weil unser Klient jedoch vor mir saß und mich anstarrte, war es wohl kein Fehler, einiges an Interesse und Tatkraft zu offenbaren, weshalb ich vor seinen Augen ans weitere Werk ging. Ich trat an den Rollschrank und wühlte in Karteien. Ich öffnete eine Tür, hinter der ein Korridor zur Kellertreppe führte, und schloß sie wieder. Ich blickte mich nochmals im Raum um, ging zu einer Tür an der Wand gegenüber und machte auch sie auf.

Da ich nicht im entferntesten damit rechnete, hinter dieser Tür sachdienliche Hinweise zu finden, geschweige denn eine Leiche, muß ich einen Ton der Überraschung ausgestoßen haben, aber niemandem fiel etwas auf. Ich stand drei Sekunden da, dann schlüpfte ich hinein und kauerte mich so lange nieder, wie es nötig war, um die Hauptfrage zu klären.

Ich stand auf, ging hinaus und rief Dr. Soffer. »Schauen Sie mal her, Doktor. Ich glaube, er ist tot. Wenn ja, seien Sie vorsichtig.«

Er kam, und ich begab mich in den Clubraum zu Wolfe. »Ich habe etwas gefunden, in einem großen Wandschrank. Es ist Nick Ferrone, im Sportdreß, am Boden, neben ihm ein Baseballschläger. Sein Schädel ist zertrümmert. Meiner Ansicht nach ist er tot, aber Dr. Soffer sieht eben nach.«

Wolfes Schultern hoben und senkten sich um einen Zentimeter. »Rufen Sie die Polizei an.«

»Jawohl, Sir. Eine Frage. Jeden Augenblick können die Spieler kommen. Der Polizei wird es nicht gefallen, wenn sie hier überall rumschwärmen. Man wird meinen, wir hätten es verhindern sollen. Soll ich . . .«

Chisholm schrie von nebenan. »Wolfe! Kommen Sie! Kommen Sie her!«

Wolfe stand auf und brummte: »Wir sind der Polizei für nichts verantwortlich, aber wir haben einen Klienten – ich glaube es jedenfalls. Ich will mal nachsehen. Inzwischen bleiben Sie hier. Wer hereinkommt, bleibt ebenfalls, Sie sorgen dafür.« Er stampfte in Kinneys Büro, aus dem weitere Schreie zu hören waren.

Eie andere Tür ging auf, und Nat Neill von den Giants kam herein, mit vorgeschobenem Unterkiefer und zornsprühenden Augen. Sein Clubkamerad Lew Baker folgte ihm, dahinter polterten Tritte auf der Treppe.

Das Spiel war vorüber. Die Giants hatten verloren.

3

Noch etwas nehme ich zu Baseballspielen nicht mit: eine Pistole. Aber an diesem Tag gab es einen Moment, da wünschte ich mir, ich hätte sie eingesteckt. Nach jedem gewöhnlichen Spiel, auch nach einem verlorenen, hätten sich die Giants wohl lediglich geärgert, wenn sie im Clubhaus auf einen Fremden gestoßen wären, der an der Tür zum Umkleideraum stand und ihnen verkündete, aufgrund unvorhergesehener Ereignisse könnten sie nicht hinein. Aber an diesem Tag waren sie fähig sich gegenseitig umzubringen, warum also nicht auch den erstbesten Fremden?

Das erste Dutzend umlagerte mich und traf Anstalten zu Handgreiflichkeiten, da tauchte Art Kinney, der Manager, auf und wollte wissen, was los sei. Ich riet ihm, ins Büro zu gehen und Chisholm zu fragen. Die Giants ließen dar-

aufhin erst mal von mir ab – bis auf Mill Moyse, ein zwei-
beiniger Kleiderschrank, mindestens 1,90 hoch und über
zwei Zentner schwer. Er war erst nach Kinney hereinge-
kommen. Er baute sich vor mir auf, ballte die Fäuste und
verkündete, seine Frau warte auf ihn, und er werde sich
jetzt umziehen; entweder verschwände ich, oder er hebe
mich beiseite. Von hinten rief einer seiner Mitspieler:
»Zeig ihm doch mal ihr Foto, Bill! Da geht er gleich!«
Moyse wirbelte herum und sprang. Hände griffen nach
ihm, hielten ihn aber nicht auf. Ob er sein Ziel erreichte,
kann ich nicht sagen, denn erstens war es ein heilloses
Durcheinander, und zweitens sah ich etwas, das gar nicht
zu sehen war, nämlich mit dem geistigen Auge. Die Erwähnung von Moyses Frau und dem Foto hatten das bewirkt. Was ich vor mir sah, war das Foto eines Mädchens,
das vor ein paar Monaten in der *Gazette* erschienen war,
mit einem Text, der sie als Showgirl-Braut von William
Moyse, dem Baseballspieler, bezeichnete. Es war die
junge Dame, die ich auf der Tribüne betrachtet hatte, als
Chisholm uns rufen ließ. Das war interessant und möglicherweise bedeutsam.
Inzwischen erwies Moyse mir einen Gefallen, indem er
die Aufmerksamkeit von mir ablenkte. Drei oder vier
Mann suchten ihn zu bändigen, aber dann hörte das Ge-
rangel schlagartig auf, weil Art Kinneys durchdringende
Stimme von der Tür her erschallte.
»Alle mal herhören!«
Er war weiß wie die Wand. Alle wandten sich ihm zu, es
wurde still.
»Das hier ist Nero Wolfe, der Detektiv«, sagte er, völlig
außer sich. »Er hat euch etwas zu sagen.«
Gemurmel erhob sich, während Kinney beiseite trat und
Wolfe den Platz in der Tür überließ. Wolfe blickte von
links nach rechts, dann sagte er: »Ihnen steht eine Erklärung zu, meine Herren, aber die Polizei ist auf dem Weg
hierher, und wir haben nicht viel Zeit. Sie haben soeben

ein Spiel durch einen Schurkenstreich verloren. Vier von Ihnen sind betäubt worden, mit einem Getränk namens Beebright, deshalb konnten Sie nicht wie gewohnt agieren. Sie werden erfahren . . .«

Sie übertönten ihn. Es war eine Explosion von Staunen und Zorn.

»Meine Herren!« donnerte Wolfe. »Würden Sie mir bitte zuhören?« Er sprühte böse Blicke. »Sie werden darüber später mehr erfahren, jetzt ist etwas anderes wichtiger. Die Leiche eines Ihrer Kameraden, Mr. Nick Ferrone, ist hier im Gebäude gefunden worden. Er wurde ermordet. Es ist anzunehmen, daß die beiden Vorkommnisse zusammenhängen – der Mord und die Schlaftabletten in Ihrem Getränk. Jedenfalls werden Sie erfahren, was es für jedermann in Reichweite bedeutet, wenn Ermittlungen in einem Mordfall stattfinden, sei er nun schuldig oder unschuldig. Im Augenblick bedeutet es, daß Sie diesen Raum nicht verlassen dürfen. Wenn die Polizei eintrifft, wird man Ihnen sagen . . .«

Schwere Schritte hallten durch den Flur. Eine Tür flog auf, und ein Uniformierter trat ein, gefolgt von drei Kollegen. Der erste, ein Sergeant, blieb stehen und wollte wissen: »Was ist denn hier los? Und wo ist der Tote?«

Die Giants sahen die Polizisten an und wußten kein Wort zu sagen.

4

Inspektor Hennessy von der Mordkommission war groß und kerzengerade, hatte Silberhaar, ein knochiges Gesicht und flinke graue Augen. Vor etwa zwei Jahren hatte er Nero Wolfe verheißen, wenn er jemals versuche, in seinem Revier in einem Mordfall herumzuschnüffeln, werde man ihn zum Harlem River bringen und ersäufen. Aber als Hennessy um neun Uhr an diesem Abend durch den

Clubraum und an der Couch vorüberstrebte, auf der Wolfe mit einem Schinkenbrot in einer und einer Bierflasche in der anderen Hand saß, da würdigte er ihn nicht mal eines Blickes. Er hatte zuviel um die Ohren.

Der Polizeichef saß bei Chisholm und den anderen in Kinneys Büro. Der Staatsanwalt und ein Assistent hielten sich im Umkleideraum auf, zusammen mit Beamten der Mordkommission, und sie verhörten diverse Sportler zum dritten- oder viertenmal. Noch immer befand sich ein Dutzend Polizisten im Clubraum, obwohl die Techniker – die Fotografen und Fingerabdruckexperten – schon gegangen waren.

Als Entdecker der Leiche hatte ich gewisse Bedeutung, andererseits gehörte ich zu Wolfe. Theoretisch befaßte sich Wolfe nicht mit dem Mord; er war von Chisholm vor Auffinden des Toten beauftragt worden, den Betäuber der Baseballkanonen ausfindig zu machen. Aber beim Sammeln von Tatsachen und der Weitergabe an Wolfe hatte ich da nicht unterschieden. Ich sah mit an, wie Ferrones Spind geöffnet und der Inhalt untersucht wurde, wobei nichts Überraschendes zutage kam. Während ich in Kinneys Büro zuschaute, wie der Tote abtransportiert wurde, hörte ich einen Lieutenant per Telefon Anweisung geben, polizeibekannte Spielernaturen zu überprüfen. Etwas später sah ich unterschriebene Vernehmungsprotokolle auf einem Tisch liegen und las sie, ohne daß es jemand merkte. Zu diesem Zeitpunkt waren Polizeichef und Staatsanwalt eingetroffen und hatten acht oder neun Verhörstationen eingerichtet, und Hennessy zerriß sich beinahe, alle Töpfe am Kochen zu halten.

Ich sammelte für Wolfe soviel Material, wie ich konnte. Der Baseballschläger, mit dem Nick Ferrone der Schädel zertrümmert worden war, galt als wertvolle Trophäe. Mit seiner Hilfe hatte ein berühmter Giant vor Jahren ein wichtiges Spiel entschieden, und das Ding hing gewöhnlich in Kinneys Büro an der Wand. Brauchbare Abdrücke waren nicht darauf. Von acht im Kühlschrank verbliebenen Flaschen Beebright waren die zwei ersten präpariert, die hinteren nicht. Kein anderes Getränk war behandelt. Jeder hatte die Vorliebe von Baker, Prentiss, Neill und Eston für Beebright und ihre Gewohnheiten gekannt, vor dem Spiel eine Flasche zu trinken. Auch hier keine Abdrücke. Und nirgends Schlaftabletten.

Um acht Uhr abends ließen sie einen größeren Schwung nach Hause gehen. Zwanzig Mann, Spieler und Betreuer, durften sich umziehen, unter Aufsicht, und wurden mit der Auflage entlassen, sich zur Verfügung zu halten. Zu dieser Zeit sah es so aus, als hätten sie mit der Sache nichts zu tun.

Erwiesen war, daß Ferrone kurz nach zwölf Uhr ins Clubhaus gekommen war und sich umgezogen hatte. Gleichzeitig waren zwölf andere Spieler im Umkleideraum gewesen. Er hatte sich wie die anderen Kinneys letzte Instruktion angehört, und niemand konnte sich erinnern, daß er danach weggegangen sei. Ferrones Fehlen war erst aufgefallen, als sie schon ein paar Minuten im Unterstand auf dem Platz waren. Die Polizei meinte, er könne in Kinneys Büro nicht erschlagen worden sein, während die Mannschaft gleichzeitig nur ein paar Meter entfernt noch im Clubhaus weilte. Daher seien alle Personen unverdächtig, die zusammen auf den Platz gegangen und dort verblieben waren. Mit ihnen durfte auch Pierre Mondor heimfahren.

Wie gesagt, Inspektor Hennessy rauschte um neun durch den Clubraum, vom Umkleideraum in Kinneys Büro, und würdigte Wolfe und mich keines Blickes. Er verschwand, aber bald trat er wieder in Erscheinung und sprach uns von der Tür her an.

»Kommen Sie mal rüber, Wolfe, ja?«

»Nein«, erwiderte Wolfe gelassen. »Ich esse.«

»Der Chef will was.«

»Von meinem Brot?« Ohne eine Antwort abzuwarten,

wandte Wolfe den Kopf und bellte: »Mr. Skinner! Ich diniere!«

Sehr höflich war es ja nicht, dachte ich, über die Brote und das Flaschenbier so zu spotten, womit Chisholm uns versorgt hatte. Hennessy wollte auch etwas dazu bemerken, aber da erschien Polizeichef Skinner neben ihm, gefolgt von Chisholm.

Skinner war freundlich. »Ich habe soeben erfahren, daß vier Herren, die ich entlassen habe, noch hier sind – Baker, Prentiss, Neill und Eston. Als Inspektor Hennessy sie nach dem Grund fragte, erklärten sie, Mr. Chisholm habe darum gebeten. Mr. Chisholm erklärt, es sei auf Ihr Betreiben geschehen. Sie wollten die vier Herren sprechen, nachdem die anderen weg waren. Stimmt das?«

Wolfe nickte. »Ich dachte, ich hätte mich deutlich genug ausgedrückt.«

»Hm.« Skinner betrachtete ihn. »Wissen Sie, ich kenne Sie recht gut. Sie dächten nicht im Traum daran, die halbe Nacht hierzubleiben, nur um mit den vieren wegen einer Routinesache zu sprechen. Außerdem haben Sie mit diesen Herren und anderen schon gesprochen. Sie verheimlichen also etwas. Diese vier Spieler wurden betäubt, aber sie verließen das Clubhaus mit dem Rest der Mannschaft, und deshalb kann nach unserer Ansicht keiner von ihnen Ferrone ermordet haben. Was meinen Sie dazu?«

Wolfe schluckte Brot. »Gar nichts. Ich befasse mich nicht mit dem Mord. Mr. Chisholm hat mich gebeten, wegen der Betäubung seiner Spieler zu ermitteln. Die beiden Dinge können natürlich in Verbindung stehen, aber der Mord ist Ihre Sache. Ich habe mir sagen lassen, ein gewisser Moyse befinde sich beim Staatsanwalt« – Wolfe deutete mit dem Daumen zum Umkleideraum –, »weil erwiesen ist, daß er Mr. Ferrone zweimal innerhalb eines Monats tätlich angegriffen hat; ihm mißfiel Mr. Ferrones Interesse an seiner Frau. Ferner, daß Moyse das Clubhaus nicht mit den anderen verließ und drei oder vier Minuten später als sie auf den Platz kam, kurz bevor Mr. Ferrones Fehlen bemerkt wurde. Für Ihren Mordfall, Mr. Hennessy, könnte das von Belang sein, aber es bringt mich bei meinem Auftrag nicht weiter, der lautet, den zu finden, der die Getränke präpariert hat. Haben Sie gegen Mr. Moyse schon Anklage erhoben?«

»Nein.« Hennessy war kurz angebunden. »Der Mord interessiert Sie also nicht?«

»Nicht als Job, er gehört nicht zu meinem Auftrag. Aber wenn Sie die Meinung eines Spezialisten hören wollen – bitte.«

»Und was besagt diese Meinung?«

»Sie lassen zwanzig Mann weggehen. Sie halten Mr. Moyse aus genannten Gründen fest. Sie behalten Dr. Soffer hier, nehme ich an, weil er Ferrone suchen ging, als er auf dem Platz vermißt wurde, und er kann ihn ja hier getroffen und erschlagen haben. Sie halten Mr. Durkin fest, nehme ich ferner an, weil auch er hier allein mit Ferrone zusammengetroffen sein könnte. Er sagt, er verließ das Clubhaus kurz vor der Mannschaft, begab sich zu seinem Platz auf der Haupttribüne und blieb dort. Ist das bestätigt oder widerlegt worden?«

»Nein.«

»Halten Sie Mr. Chisholm aus dem gleichen Grund fest?«

Chisholm gab einen Laut von sich. Skinner und Hennessy schauten betreten drein. Skinner sagte: »Wir halten Mr. Chisholm nicht fest.«

»Das sollten Sie konsequenterweise aber tun«, erklärte Wolfe. »Als ich heute nachmittag zu meinem Platz auf der Tribüne kam – von dem nur die Vorderkante für mich nutzbar war –, und zwar um zwanzig Minuten nach eins, da saßen der Mayor und andere in einer Loge in der Nähe, Mr. Chisholm jedoch nicht. Er kam einige Minuten danach. Er hat mir erzählt, daß er vor dem Eintreffen bei seinen Bekannten in der Loge etwa um ein Uhr andere Besucher zu ihren Plätzen gebracht habe, daß er anschließend ins Clubhaus habe gehen wollen, durch das Gedrängel jedoch aufgehalten worden sei. Er habe sich gesagt, die Zeit reiche nicht mehr, sei alsdann zur Toilette und danach zu seinem Platz gegangen. Wenn Sie andere in den Täterkreis einbeziehen, müssen Sie ihn ebenfalls dazuzählen.«

Sie gaben Kommentare ab, alle drei, und nicht etwa beifällige. Wolfe setzte die Flasche an die Lippen, hob sie, neigte den Kopf und trank. Es gab Pappbecher, aber die haßt er. Er stellte die leere Flasche beiseite. »Ich habe lediglich«, sagte er sanft, »meine Meinung als Spezialist geäußert. Was meinen Auftrag hinsichtlich der präparierten Getränke angeht, so bin ich noch nicht einmal zu einem Anfang gekommen. Wie sollte ich auch, in diesem verdammten Durcheinander? Man hat mir gestattet, hier zu sitzen und mit Leuten zu reden, ja, aber mit Ihren Untergebenen hinter mir, die mir ins Genick pusten. Einer von ihnen hat andauernd Kaugummi gekaut! Pfui. Einen Mordfall bearbeiten und dabei einen Kaugummi kauen!«

»Wir werden ihn entlassen«, sagte Hennessy trocken. »Der Chef hat Sie gefragt, was Sie von den Spielern wollen.«

Wolfe schüttelte den Kopf. »Nicht nur von diesen vier. Ich schloß andere bei meiner Bitte an Mr. Chisholm ein – Dr. Soffer, Mr. Kinney, Mr. Durkin und natürlich Mr. Chisholm selber. Ich arrangiere kein Gesellschaftsspiel. Ich verdiene meinen Unterhalt als Berufsdetektiv, und ich benötige Ihre Hilfe bei dem Auftrag, den ich übernommen habe. Im übrigen glaube ich zu wissen, warum Sie, obwohl Sie mit Ihrem sensationellsten Fall seit Jahren befaßt sind, die ganze Zeit hier herumstehen und mit mir schwatzen. Sie verdächtigen mich, ich plane eine Spitzfindigkeit. Habe ich recht?«

»Und wie.«

Wolfe nickte. »Ich gebe zu, daß ich etwas vorhabe.«

»Das geben Sie zu?«

»Ja.« Wolfe schien plötzlich verdrossen. »Sitze ich nicht

seit fünf Stunden hier in diesem Tollhaus? Wissen Sie nicht alles, was ich weiß, und noch einiges mehr? Stehen Ihnen nicht tausend Mann zur Verfügung – sogar zwanzigtausend –, und mir nur einer? Eine kleine Tatsache fällt mir auf, die Ihnen offenbar entgangen ist, und in meiner ansonsten hoffnungslosen Lage entschließe ich mich nachzuprüfen, was aus dieser Tatsache folgt. Dazu benötige ich Unterstützung, und ich bitte Mr. Chisholm, sie mir zu beschaffen, und . . .«

»Wir helfen Ihnen gern«, unterbrach Skinner. »Um welche Tatsache handelt es sich, und was folgt aus ihr?«

»Nein, mein Herr«, sagte Wolfe entschieden. »Das ist meine einzige winzige Chance, mein Honorar zu verdienen. Ich beabsichtige . . .«

»Vielleicht ist uns die Tatsache nicht bekannt.«

»Das ist sie sehr wohl. Ich habe sie während unserer Unterhaltung soeben erwähnt, aber ich werde Sie nicht mit der Nase daraufstoßen. Wenn ich das tue, verderben Sie mir den Brei. Ich suche ja kein Motiv für den Mord, wie Sie, ich suche nur etwas, das genügt, jemanden zum Präparieren der Getränke zu bringen. Tausend Dollar? Zwanzigtausend? Es wäre nur ein Bruchteil der Gewinne, die bei einem solchen Meisterschaftsspiel möglich sind. Und was die Gelegenheit zu dieser Tat betrifft – jeder kann sich hier am späten Vormittag eingeschlichen haben, ehe die anderen kamen, mit vorbereiteten Flaschen, die er dann in den Kühlschrank stellte, und schon hatte er ein Vermögen verdient. Die zwanzig Mann, die Sie laufenließen, Mr. Hennessy – wieviel von ihnen scheiden mit Sicherheit aus?«

Der Inspektor musterte ihn unfreundlich. »Ich kann ausschließen, daß einer von ihnen Ferrone erschlagen hat.«

»Aha, aber ich bin nicht hinter dem Mörder her – das ist Ihr Fall.« Wolfe hob eine Hand. »Sie sehen also, warum ich einzig und allein auf diese Winzigkeit angewiesen bin, nennen Sie sie Tatsache oder Spitzfindigkeit. Sie ist meine einzige Hoffnung, eine lange, mühevolle und möglicherweise vergebliche . . .«

Was ihn unterbrach, war der Auftritt eines Herrn von der Tür zum Umkleideraum her. Staatsanwalt Megalech war kahl wie ein Ei. Er teilte Skinner und Hennessy mit, er wünsche sie zu sprechen, packte sie an den Ellbogen und bugsierte sie in Kinneys Büro. Chisholm, wenn auch unaufgefordert, folgte ihnen.

Wolfe griff nach dem nächsten belegten Brot und biß herzhaft hinein. Ich stand auf, klopfte mir die Krümel ab und fragte: »Wieviel taugt denn die Tatsache, die Sie uns vorenthalten?«

»Nicht viel.« Er kaute und schluckte. »Ich muß es halt mit ihr versuchen, wenn sich nichts Besseres ergibt. Offensichtlich haben die Herren überhaupt nichts. Wenn sie etwas wüßten . . . Aber Sie haben ja gehört, was sie gesagt haben.«

»Ja. Sie haben Ihnen erklärt, sie wüßten genausoviel wie Sie, aber das scheint nicht der Fall. Was ich Ihnen da von Mrs. Moyse erzählt habe – ist das etwa die Tatsache, die Sie privat interpretieren wollen?«

»Nein.«

»Vielleicht ist Mrs. Moyse noch da und wartet auf ihren Mann. Vielleicht grabe ich etwas Besseres als Ihre einzige kleine Tatsache aus. Soll ich's mal versuchen?«

Er brummte. Ich übersetzte das als ja und ging. Draußen vor der Tür stand ein uniformierter Posten, mit dem ich schon ein paar Worte gewechselt hatte. Ich wandte mich an ihn. »Ich gehe Mr. Wolfe etwas zu essen holen. Brauche ich einen Passierschein?«

»Sie?« Er benutzte zum Reden nur die rechte Mundhälfte. »Hauen Sie ab.«

»Vielen Dank auch.« Ich ging.

5

Natürlich war längst ruchbar geworden, daß vier Giants halb und Nick Ferrone zur Gänze eingeschläfert worden waren, und so wimmelte es draußen von Journalisten. Ich hatte meine liebe Not, ihnen mit heiler Haut zu entkommen.

Ich wußte, wonach ich zu suchen hatte. Ich hatte es zwei Stunden zuvor von zwei Giants erfahren: ein hellblauer Curtis. Ich marschierte zum Parkplatz, an dessen nördlichem Rand noch zwei Wagen standen. Einer davon war eine Curtis-Limousine. Zwei Damen saßen vorn und blickten mir entgegen, und eine von ihnen war das Objekt meiner Betrachtungen. Ich öffnete die Wagentür weit und sagte hallo.

»Wer sind Sie?« forschte sie.

»Mein Name ist Archie Goodwin. Ich zeige Ihnen meinen Ausweis, wenn Sie Mrs. William Moyse sind.«

»Was wollen Sie?«

»Nichts – wenn Sie nicht Mrs. Moyse sind.«

»Und wenn ich es wäre?«

Sie löschte rasch die angenehme Erinnerung, die ich von ihr gehegt hatte. Nicht, daß sie binnen weniger Stunden häßlicher geworden wäre, aber ihre Miene war nicht nur unfreundlich, sondern geradezu sauer, und ihre Stimme klang alles andere als lieblich. Ich zückte meinen Ausweis. »Wenn Sie es sind«, sagte ich, »dann weist dies mich aus.«

»Okay, Sie heißen Goodman.« Sie ignorierte den Ausweis. »Und weiter?«

»Nicht Goodman, Archie Goodwin. Ich arbeite für Nero Wolfe, der zur Zeit im Clubhaus sitzt. Von dort komme ich. Könnte man vielleicht das Radio abstellen?«

»Ich möchte lieber Sie abstellen«, sagte sie unwirsch.

Ihre Begleiterin, die rothaarige Dame, die auch auf der Tribüne gesessen hatte, schaltete das Radio aus. »Hör mal,

Lila«, sagte sie beschwörend, »du benimmst dich albern. Laß ihn einsteigen. Er muß ja kein Unmensch sein. Vielleicht hat Bill ihn geschickt.«

»Und was hat Walt uns erzählt?« fuhr Lila sie an. »Nero Wolfe arbeitet mit der Polizei zusammen.«

Sie machte wieder Front gegen mich. »Hat mein Mann Sie geschickt? Beweisen Sie's.«

»Ich habe nicht behauptet, Ihr Mann habe mich geschickt. Er hat's auch nicht getan. Er könnte gar nicht, selbst wenn er wollte, denn seit einer Stunde wird er im Umkleideraum von der Polizei durch die Mangel gedreht. Bis jetzt haben sie nur einen Grund, Ihren Mann zu verdächtigen. Die Spieler gingen zusammen aus dem Clubhaus und aufs Feld, alle bis auf einen. Einer kam fünf oder sechs Minuten später als die anderen auf den Platz, und das war Bill Moyse. Das sagen alle, und Bill gibt es zu. Die Polizei meint, er habe etwas gesehen oder gehört, das ihn vermuten ließ, Nick Ferrone habe die Getränke präpariert – Sie wissen davon?«

»Ja. Walt Goidell hat es mir gesagt.«

»Und daß er es Ferrone ins Gesicht sagte, worauf der handgreiflich wurde und Bill noch mehr, zuletzt mit dem Baseballschläger. So sieht es die Polizei, und deshalb setzen sie Bill zu. Aber ich habe einen persönlichen Grund, den ich bisher nur Mr. Wolfe anvertraut habe, weshalb ich glaube, daß die Polizei sich irrt. Mein Privattip ist: Wenn Bill Ferrone erschlagen hat – man beachte das ›wenn‹ –, dann nicht, weil er Ferrone beim Giftmischen ertappt hätte, sondern andersherum. Ferrone erwischte Bill, als er die Tabletten in die Flaschen warf, und er wollte es ausplaudern, und Bill hat ihn umgebracht.«

Sie starrte mich mit großen Augen an. »Sie besitzen die Frechheit . . .« Ihr fehlten die Worte. »Oh, Sie dreckiger . . .«

»Langsam. Ich will's Ihnen ja erläutern. Heute nachmittag saß ich auf der Tribüne. Ich hatte vom Spiel die Nase voll, suchte eine Ablenkung und sah ein überaus attraktives weibliches Wesen. Ich hatte das Gefühl, sie schon mal gesehen zu haben, wußte aber nicht, wo. Die Dame war Balsam für meine Augen und Seele, mit nur einem kleinen Fehler. Man sah ihr deutlich an, wie sehr sie sich freute, daß die Giants verloren.«

Sie wollte etwas sagen, aber ich hob die Stimme ein bißchen. »Warten Sie. Später, nach dem Spiel, sagte Bill Moyse im Clubhaus, seine Frau warte auf ihn, und jemand ließ eine Bemerkung fallen, er solle mir mal ihr Foto zeigen. Da fiel bei mir der Groschen. Ich erinnerte mich an ein Foto in der *Gazette* – von der Dame auf der Tribüne. Ich erfuhr, daß sie gewöhnlich mit Bills hellblauem Curtis zu den Spielen kommt und danach auf ihn wartet. Mir schien bemerkenswert, daß die Frau eines Giants frohlockt, wenn die Giants verloren, und zwar das entscheidende Meisterschaftsspiel. Mr. Wolfe pflichtete mir bei und meinte, ich solle mal nachsehen, ob sie noch da sei. Hier bin ich. Warum hat es Sie so gefreut, daß Ihre Mannschaft verlor?«

»Das stimmt nicht.«

»Es ist absolut lächerlich«, schnaubte die Rothaarige.

Ich schüttelte den Kopf. »Abgelehnt. Ich weiß, wann eine Frau sich freut. Wenn ich Mr. Wolfe berichte, daß Sie leugnen, wird er nicht anders können, als die Polizei in Kenntnis zu setzen. Sie wird folgern, die Niederlage habe Sie gefreut, weil Sie wußten, daß auch Bill sich freut. Dann wird man natürlich noch mal überlegen und eine neue Lösung finden – daß Ferrone Bills Manipulation mit dem Beebright bemerkte und Bill ihn erschlug. Man wird sich Bill erneut vornehmen, und wenn . . .«

»Hören Sie auf!« Sie war ganz heiser. »Um Gottes willen!«

»Ich wollte nur sagen, wenn . . .«

Die Rothaarige schaltete sich ein. »Wie blöd ein Mensch doch sein kann!« behauptete sie.

»Es ist keine Frage der . . .«

»Ach was! Sie sagen, Sie wüßten, wann eine Frau sich freut. Aber was wissen Sie von Baseball-Bräuten? Ich bin eine. Ich bin Helen Goidell, Walts Frau. Ich hätte Lila heute nachmittag am liebsten geohrfeigt, weil sie so strahlte, aber ich bin nicht so blöd wie Sie! Sie ist nicht mit den Giants verheiratet, sondern mit Bill. Lew Baker hat bisher alle sechs Spiele gemacht, obwohl er oft genug schlecht war. Bill dagegen bekam keine Chance; Lila hat sechs Spiele lang zugeschaut und gebetet, Bill möge loslaufen, aber er konnte nicht. Was lag ihr an der Meisterschaft? Sie wollte ihren Bill laufen sehen. Und dann Bakers miese Vorstellung heute nachmittag! Wenn er Schlaftabletten intus hatte, okay, aber Lila wußte das nicht. Sie Dummkopf, Sie!«

Sie kochte. Ich nicht.

»Ich lasse mich ja gern belehren«, erklärte ich friedlich. »Hat sie recht, Mrs. Moyse?«

»Ja.«

»Dann habe auch ich im Grundsatz recht? Sie freuten sich, daß die Giants verloren?«

»Ich sagte, Helen hat recht.«

»Gut. Dann bleibt dennoch ein Problem. Wenn ich Ihre Fassung glaube und Wolfe berichte, glaubt er sie auch. Aber was, wenn Sie raffinierter sind, als ich Sie einschätze? Ihr Mann steht unter Mordverdacht und wird verhört. Was, wenn er schuldig ist und man aus Ihnen herausquetschen könnte, was zu seiner Überführung fehlt? Natürlich wird man Sie früher oder später vernehmen und es Ihnen entlocken oder auch nicht, aber wie stehe ich da, wenn Sie tatsächlich etwas auszusagen haben? Das ist mein Problem. Wissen Sie ein Rezept?«

Lila wußte keins. Sie sah mich nicht an. Sie hatte den Kopf gesenkt, betrachtete ihre Hände, die sie ineinander verkrampft hatte.

»Sie sind offenbar wirklich kein Unmensch«, sagte Helen Goidell.

»Das täuscht«, erwiderte ich. »Ich kann das an- und abschalten. Wenn ich dächte, sie wisse etwas, was für Mr. Wolfe von Nutzen sei, würde ich vor nichts zurückschrekken, nicht mal vorm Haareausraufen. Aber im Augenblick glaube ich nicht, daß sie etwas weiß. Ich halte sie für rein und unschuldig. Bei ihrem Mann ist das anders. Um ihretwillen hoffe ich, daß er den Kopf aus der Schlinge zieht, aber wetten würde ich darauf nicht. Die Polizei scheint ihn für den richtigen Kandidaten zu halten, und ich kenne die Polizei.« Ich zog mich einen Schritt zurück. »Dann macht's mal gut, ihr beiden.« Ich wandte mich zum Gehen.

»Warten Sie!« Das war Lila. Ich drehte mich um. Sie hatte den Kopf gehoben.

»Man glaubt doch nicht im Ernst, daß Bill Nick Ferrone erschlagen hat?« sagte sie.

»Man glaubt, daß er es vielleicht getan hat.«

»Ich weiß, daß er es nicht getan hat.«

»Freut mich für Sie. Aber Sie waren nicht dabei.«

Sie nickte. Jetzt war sie ganz sachlich. »Wird man ihn verhaften? Tatsächlich unter Mordanklage stellen?«

»Das kann ich nicht sagen. Vielleicht hat sich das entschieden, während wir uns hier unterhielten. Man weiß, daß die ganze Stadt auf eine Verhaftung wartet, und Bill ist Spitzenkandidat.«

»Dann muß ich etwas unternehmen. Wenn ich nur wüßte, was er ihnen sagt. Wissen Sie es?«

»Nur, daß er leugnet, etwas von der Sache zu wissen. Er sagt, er habe das Clubhaus später als die anderen verlassen, weil er im Umkleideraum noch einmal die Schuhe gewechselt habe.«

Sie schüttelte den Kopf. »Das meine ich nicht. Ich meine, ob er gesagt hat . . .« Sie hielt inne. »Nein. Ich weiß, das tut er nicht. Er weiß etwas, und ich weiß das auch, etwas von einem Mann, der den Spielausgang beeinflussen wollte. Aber davon verrät Bill nichts, meinetwegen. Ich muß jemanden besuchen. Kommen Sie mit?«

»Wen besuchen?«

»Das sage ich Ihnen unterwegs. Wir fahren in die Eighth Avenue.«

Helen Goidell rief: »Um Himmels willen, Lila, weißt du denn, was du sagst?«

Wenn Lila antwortete, entging es mir, denn ich umrundete schon die Motorhaube. Ich brauchte keine Sekunde, um mich zu entscheiden.

Als ich drüben ankam, stieg Helen aus. »Damit will ich nichts zu tun haben, Lila«, erklärte sie. »Ich nicht! Wäre ich nur mit Walt gefahren, statt hier bei dir zu bleiben!« Lila wollte noch etwas sagen, aber da lief Helen schon davon. Ich stieg ein und schloß die Tür.

»Weiß sie, wohin wir fahren?« fragte ich.

»Nein.«

»Dann kann's ja losgehen.«

Sie ließ den Motor an. »Freundinnen – pah!« sagte sie, offenbar zu sich selber.

6

Unter gewöhnlichen Umständen war sie wahrscheinlich eine gute Fahrerin, aber dieser Abend war für sie ganz und gar ungewöhnlich. Als wir in die 155. Straße einbogen, klickte es auf meiner Seite, weil wir einen parkenden Wagen streiften. Kurz danach flitzten wir zwischen zwei Taxis hindurch, deren Fahrer in wüste Beschimpfungen ausbrachen.

Sie hielt an einer Ampel, wandte den Kopf und sagte: »Es ist mein Onkel Dan. Er heißt Gale. Er kam gestern abend und fragte mich . . .« Sie gab Gas, und wir schossen davon.

Ich fragte: »Fahren Sie über den West Side Highway?«

»Ja, das geht schneller.«

»Falls wir ankommen, ja. Konzentrieren Sie sich aufs Fahren und erzählen Sie mir die Einzelheiten später.«

Wir gelangten auf die Schnellstraße, ohne daß Lila echten Kontakt mit weiteren Fahrzeugen aufnahm, flitzten dort auf die linke Spur. Der Tacho zeigte um die hundert Meilen, als sie wieder sprach.

»Wenn ich es Ihnen erzähle, kann ich's mir nicht mehr anders überlegen. Ich sollte Bill überreden, das Spiel zu manipulieren. Onkel Dan wollte uns zehntausend Dollar dafür geben. Ich wollte es Bill erst gar nicht sagen, aber Onkel Dan bestand darauf. Ich wußte vorher, wie Bill reagieren würde . . .«

Sie schwieg, um die Spuren zu wechseln, erst auf die mittlere, dann auf die rechte, dann wieder hinüber ganz nach links, wodurch wir ein paar andere Wagen überholten, die unser Tempo auf weniger als achtzig gedrückt hatten.

»Hören Sie«, sagte ich. »Wenn Sie Glück haben, gewinnen Sie mit dieser Fahrerei vielleicht zwei Minuten, aber wenn uns eine Streife anhält und es eine Strafe gibt, verlieren wir mindestens zehn Minuten. Und hören Sie jetzt auf zu reden. Warten Sie, bis wir irgendwo halten können.«

Sie widersprach nicht, aber sie hielt das Tempo. Ich drehte mich halb um und beobachtete durchs Rückfenster, bis wir in der 57. Straße waren. Kurz vor der Tenth Avenue fuhr Lila rechts ran und hielt.

»Nun erzählen Sie mal«, sagte ich. »Onkel Dan ist ein Spieler?«

»Nein.« Sie wandte mir das Gesicht zu. »Sehen Sie, wie ich zittere? Hier, meine Hände zittern. Ich habe Angst vor ihm.«

»Was ist er denn?«

»Er hat einen Drugstore. Dort werden wir ihn auch besuchen. Ich weiß, was Helen denkt – sie meint, ich hätte es sagen müssen, aber ich konnte es einfach nicht. Meine Eltern starben, als ich noch klein war, und Onkel Dan war immer gut zu mir. Wenn er nicht gewesen wäre, hätte ich ins Waisenhaus gemußt. Natürlich wollte Bill gestern abend Art Kinney alles erzählen, aber meinetwegen unterließ er es, und deshalb verrät er es auch nicht der Polizei.«

»Vielleicht tut er's doch.«

Sie schüttelte den Kopf. »Ich kenne Bill. Wir versprechen uns, nichts zu sagen, und dabei bleibt es. Onkel Dan nahm uns das Versprechen ab, wir würden schweigen, ehe er sagte, was er wollte.«

»Trotzdem ging er ein Risiko ein«, brummte ich. »Wenn er Ihnen beschrieb, was mit dem Beebright geschehen sollte, ehe Sie sich einverstanden erklärt . . .«

»Aber das hat er nicht getan! Er hat nicht gesagt, wie es gemacht werden sollte. Er sagte nur, es sei ganz einfach. Weiter kam er nicht, weil Bill ihm rundheraus erklärte, für ihn komme so etwas nicht in Frage.«

Ich beobachtete sie. »Sind Sie sicher? Er könnte Bill doch noch beschwatzt haben, als Sie nicht dabei waren.«

»Nein. Ich war die ganze Zeit dabei.«

»Das war gestern abend?«

»Ja.«

»Wann genau?«

»Um acht. Wir waren mit Helen und Walt Goidell essen, ziemlich früh, und als wir nach Hause kamen, wartete Onkel Dan auf uns.«

»Wo ist das?«

»Unsere Wohnung ist in der 79. Straße. Er sprach zunächst allein mit mir, und dann bestand er darauf, daß ich Bill fragte.«

»Und Bill hat rundweg abgelehnt?«

»Ja, natürlich.«

»Bill kann ihn später nicht ohne Sie gesprochen haben?«

»Ausgeschlossen!«

»Schon gut, beißen Sie mich nicht. Ich muß das wissen. Und wie geht es nun weiter?«

»Wir fahren zu ihm. Wir sagen ihm, daß wir es der Polizei mitteilen müssen, und wollen versuchen, daß er mitkommt. Deshalb sollten Sie mich begleiten, weil ich mich vor ihm fürchte – ich habe Angst, er redet es mir wieder aus. Aber die Polizei muß erfahren, daß Bill aufgefordert worden ist, das Spiel zu manipulieren – und daß er es zurückgewiesen hat. Wenn das unangenehm für Onkel Dan ist, tut es mir leid, aber ich kann's nicht ändern. Mir geht es um Bill, nur um ihn.«

Ich sah sie an. Ich spürte den üblichen männlichen Impuls, einer Dame in Not beizustehen, aber er war stärker als üblich, weil ich mich teilweise für ihren Seelenzustand verantwortlich fühlte. Ich hatte ihr den Eindruck vermittelt, die Polizei wolle ihren Bill unter Mordanklage stellen, daß seine fortdauernde Vernehmung auch damit begründet wurde, daß er heftig auf Nick Ferrones Interesse an ihr reagiert hatte, was natürlich nicht das geringste mit irgendeinem Manipulationsversuch im Baseball zu tun hatte. Was sie jetzt brauchte, waren Verständnis, Mitgefühl und Zuspruch, und da ihre Freundin Helen sie verlassen hatte, war ich der einzige Mensch, der ihr verblieben war. Und was war ich nun – ein Mann oder ein Detektiv?

»Okay«, sagte ich, »fahren wir zu Onkel Dan.«

In drei Minuten waren wir in der Eighth Avenue und fuhren weiter ins Stadtzentrum hinein. Die Uhr neben dem Tacho zeigte fünf nach elf, was meine Armbanduhr bestätigte. Zwei Querstraßen weiter fuhr Lila an den Bordstein, zog die Handbremse an, schaltete Licht und Motor aus, zog den Schlüssel ab und tat ihn in ihre Handtasche.

»Dort ist es.« Sie deutete. »Gale's Pharmacy.«

Es waren nur zehn Schritte. In den Fenstern leuchteten Neonröhren, aber ansonsten wirkte der Laden leicht verwahrlost.

»Wahrscheinlich kriegen wir eine Strafe wegen verbotenen Parkens«, meinte ich.

Sie sagte, das sei egal. Ich stieg aus und hielt ihr die Tür auf. Sie legte eine Hand auf meinen Arm.

»Sie müssen ganz dicht bei mir bleiben«, bat sie.

»Bestimmt«, versicherte ich. »Mit Onkels komme ich immer gut zurecht.«

Als wir den Drugstore betraten, kam ich mir vor wie nicht ganz angezogen. Ich habe die Gewohnheit, eine Pistole einzustecken, wenn ich einen Fall bearbeite, dessen Betroffene zu Extremen neigen, aber wie schon gesagt, gehe ich nie bewaffnet zu Baseballspielen. Auf den ersten Blick freilich reihte ich Daniel Gale auch nicht unter die Extremisten ein. Sein Drugstore war so eng, daß ein dicker Mensch im Durchgang zwischen den Schemeln der Limonadebar und dem Mittelregal den Bauch hätte einzwängen müssen, und dadurch wirkte der Laden lang, was er gar nicht war. Fünf oder sechs Kunden saßen auf den Hockern, und der Servierer hatte alle Hände voll zu tun. Am Kosmetikregal auf der anderen Seite wurde eine Dame von einem kleinen Mann mit glattem, bleichem Gesicht und randloser Brille bedient. Er hätte sich mal rasieren müssen.

»Das ist er«, flüsterte Lila mir zu.

Wir blieben stehen. Onkel Dan, der sich auf seine Kundin konzentrierte, hatte uns noch nicht gesehen. Endlich traf sie ihre Wahl, und als er Papier abriß, um ihre Ware einzupacken, blickte er auf und sah Lila. Und neben ihr mich. Er erstarrte. Vier Sekunden lang rührte er sich nicht, dann kam er wieder zu sich, beendete die Einwickelei und nahm einen Geldschein in Empfang. Während er an der Kasse stand, traten Lila und ich an die Theke. Er gab der Frau ihr Wechselgeld, und dann sagte Lila: »Onkel Dan, ich muß dir mitteilen . . .«

Sie schwieg, denn er war verschwunden. Ohne ein Wort zu sagen, drehte er sich um, enteilte nach hinten, tauchte jenseits der Trennwand unter, und eine Tür fiel ins Schloß. Mir gefiel das nicht, aber ich wollte auch keinen Aufruhr verursachen, indem ich über die Theke sprang; deshalb ging ich zu ihrem Ende, umrundete es und packte den Knopf der Tür, die sich geschlossen hatte. Sie war von innen zugesperrt.

Der Limonadenzapfer rief: »He, Meister, kommen Sie da raus!«

»Das ist schon in Ordnung«, erklärte ihm Lila. »Ich bin seine Nichte. Er ist mein Onkel Dan – ich meine Mr. Gale.«

»Ich hab' Sie aber noch nie gesehen, Fräulein.«

»Ich Sie auch nicht. Seit wann sind Sie hier?«

»Seit zwei Monaten, das reicht wohl. Lassen Sie *mich* mal Ihren Onkel spielen, okay? Und Sie, Meister, kommen jetzt nach vorn, wo Sie hingehören! Wessen Onkel sind Sie denn?«

Ein paar Kunden quittierten mit Gelächter. Ein Mann eilte von der Straße herein und rief mir zu: »Ge'm Sie mir 'n Aspirin!« Die Tür, vor der ich stand, flog auf, und Onkel Dan war wieder da, nahezu auf Tuchfühlung.

»Aspirin!« forderte der Mann.

»Henry!« rief Gale.

»Schon unterwegs!« rief der Limonadenheini zurück.

»Bedienen Sie den Herrn. Und bedienen Sie überhaupt alle Kunden, ich habe zu tun. Komm her, Lila, ja?«

Lila kam hinter die Theke und näherte sich. Es war zu eng, um ihr galanterweise den Vortritt zu lassen, deshalb folgte ich Gale vor ihr ins Hinterzimmer. Es war klein, Kisten und Kartonstapel nahmen den meisten Platz ein. Auf den Regalen an der Wand rechts standen Flaschen.

»Wir wollen uns nicht stören lassen«, sagte Gale und verriegelte die Tür.

»Warum denn nicht?« erkundigte ich mich.

Er sah mich an, und auf fünf Armlängen Entfernung, mit Lila dazwischen, blickte ich erstmals richtig in die Augen hinter den Brillengläsern. Ich hatte noch nie solche Augen gesehen. Ihnen fehlten nicht nur die Pupillen, sondern auch die Iris. Sekundenlang dachte ich, sie seien aus Glas, aber offenbar konnte er sehen. Die Augen machten ihn nicht eben hübscher.

»Weil«, antwortete er mir, »das eine Privatangelegenheit ist. Sehen Sie, ich habe Sie gleich erkannt, Mr. Goodwin.

Ihr Gesicht ist nicht so bekannt wie das Ihres Arbeitgebers, aber es war schon verschiedentlich in der Zeitung zu sehen, und außerdem dachte ich wegen der neuesten Nachrichten an Sie. Im Radio wurde gemeldet, Nero Wolfe und sein Assistent seien von Mr. Chisholm engagiert worden. Und da Sie ein impulsiver junger Mann sind und Ihnen vielleicht nicht gefällt, was ich zu sagen habe, stelle ich Bedingungen. Ich bleibe hier an der Tür. Sie gehen bitte zur Kiste, die hinter Ihnen steht, und nehmen darauf Platz, wobei Sie die Hände gut sichtbar lassen und keine unnötigen Bewegungen machen. Meine Nichte wird den Stuhl hier vor mich stellen, sich draufsetzen und Sie ansehen, zwischen Ihnen und mir, so. Dann können wir uns in Ruhe unterhalten.«

Ich dachte, er habe nicht alle Tassen im Schrank. Als Schutz gegen Impulse meinerseits schienen seine Anordnungen sinnlos. Ich ließ mich auf der Kiste nieder und meine Hände auf den Knien liegen, um ihn zu beruhigen. Als Lila sah, daß ich seinem Wunsch nachkam, stellte sie den einzigen Stuhl wie gefordert hin und nahm mit dem Rücken zu Gale Platz. Er wollte anscheinend telefonieren, denn er berührte den Apparat, der auf einem schmalen Tisch vorm Flaschenregal stand; aber nur, um ihn beiseite zu schieben. Dann ergriff er eine große Flasche mit farbloser Flüssigkeit, zog den Glasstöpsel heraus, hielt die Flasche an die Nase und schnupperte daran.

»Ich leide nicht unter Ohnmachtsanfällen«, sagte er entschuldigend. »Aber im Augenblick bin ich etwas aufgeregt. Daß ich meine Nichte zusammen mit Ihnen erblicke, hat mir einen Schock versetzt. Ich ging hierher, um zu überlegen, was es zu bedeuten habe, aber ich bin zu keinem Schluß gekommen. Würden Sie mir vielleicht erklären . . .?«

»Sagen Sie's ihm, Lila.«

Sie wollte sich auf dem Stuhl umdrehen, aber er befahl ihr: »Nein, mein Liebes, bleib so sitzen. Sieh Mr. Goodwin an.« Er schnüffelte wieder an der Flasche, die er in der Hand behielt.

Sie gehorchte. »Es geht um Bill«, sagte sie. »Man wird ihn unter Mordverdacht verhaften, und das will ich verhindern. Es wird auch nicht geschehen, wenn wir der Polizei sagen, daß du ihm Geld für eine Manipulation des Spiels geboten hast und er es abgelehnt hat. Er verrät das mit Rücksicht auf mich nicht, deswegen müssen *wir* es sagen. Ich weiß, ich habe dir versprochen zu schweigen, aber nun muß ich so handeln. Ich habe es Mr. Goodwin schon gesagt, damit er mich begleitete. Der beste Weg . . .«

»Du hast es der Polizei noch nicht mitgeteilt, Lila?«

»Nein. Ich dachte, es sei am besten, wir holen dich ab und du fährst mit; aber ich wollte nicht allein kommen, weil ich weiß, wie unangenehm es für dich sein muß. Für Bill wird es jedoch noch viel schlimmer, wenn wir es nicht tun. Sieh doch bitte ein, Onkel . . .«

»Bleib so sitzen, Lila. Ich bestehe darauf.« Er hatte zunächst leise und gleichmäßig gesprochen, aber nun wurde der Ton schrill und angestrengt, als werde ihm der Hals zu eng. »Ich will dir verraten, weshalb du mir den Rücken zukehren sollst: damit ich dein Gesicht nicht sehe. Vergessen Sie nicht, Goodwin – nicht bewegen. In dieser Flasche ist reine Schwefelsäure. Ich roch nur daran, um zu erklären, wieso ich sie in der Hand hielt. Ich nehme an, Sie wissen, was diese Säure bewirkt. Die Flasche ist fast voll, und ich halte sie sehr vorsichtig, denn nur ein Tropfen auf der Haut entstellt einen Menschen sein Leben lang. Deshalb sollst du mir den Rücken zuwenden. Lila. Ich mag dich sehr gern – sitz still! Und ich möchte dein Gesicht nicht sehen, wenn ich diese Säure anwenden muß. Wenn du dich rührst, liebe Lila, dann benutze ich sie. Oder Sie, Goodwin – besonders Sie. Ich hoffe, ihr beide habt mich verstanden?«

Lila saß steif da und starrte mich an. Ich muß wohl auch ziemlich steif dagesessen haben. Er hatte die Hand mit der

Flasche erhoben und hielt sie fünfzehn Zentimeter über ihrem Kopf. Sie sah aus, als wolle sie umkippen, und ich beschwor sie: »Bleiben Sie sitzen, Lila, und schreien Sie um Gottes willen nicht!«

»Ja«, sagte Onkel Dan beifällig. »Das vergaß ich zu erwähnen. Schreien wäre so schlimm wie bewegen. Ich mußte euch das mit der Säure erklären, ehe wir diskutieren. Dein phantastischer Vorschlag überrascht mich nicht, Lila, denn ich weiß, wie töricht du manchmal sein kannst – aber ich bin von Ihnen überrascht, Goodwin. Wie können Sie von mir erwarten, daß ich auf einen Vorschlag eingehe, der mich völlig ruiniert? Als ich Sie sah und erkannte, war mir klar, daß Lila Ihnen alles anvertraut hatte. Sie konnten natürlich nicht wissen, mit wem Sie es zu tun bekamen, aber nun wissen Sie es. Hat Lila Ihnen etwa gesagt, ich sei ein Narr?«

»Und was sind Sie wirklich?« entgegnete ich.

Er fuhr fort, es mir zu erläutern, und ich fuhr fort, so zu tun, als höre ich ihm zu. Ich versuchte auch, meine Blicke auf sein blasses Gesicht gerichtet zu halten, was nicht leicht war, weil sie von der verdammten Flasche fasziniert wurden. Inzwischen arbeitete mein Gehirn. Wenn er nicht verrückt war, dann war der einzige praktische Zweck der Flasche, Zeit zu gewinnen – und zwar wofür?

». . . und das werde ich auch tun, liebe Lila«, sagte er eben. »Es bringt dich nicht um, mein Kind, aber es ist schrecklich, und ich tue es nur, wenn man mich dazu zwingt. Du darfst nicht denken, ich traue mich nicht. Du kennst mich nicht richtig, für dich war ich immer nur Onkel Dan. Du hast nicht gewußt, daß ich einmal eine Million Dollar besaß und ein wichtiger und gefährlicher Mann war. Aber ich hatte kein Glück. Ich habe gespielt und Millionen gewonnen – und wieder verloren. Dann habe ich mir Geld geliehen, um den Laden hier kaufen zu können, und seit Jahren habe ich hart gearbeitet und gut verdient – genug, um alles zurückzahlen zu können, aber das war mein Verderben. Ich hatte keine Schulden mehr und ein bißchen Geld, und das wollte ich feiern, indem ich hundert Dollar an ein paar alte Freunde verlor – nur hundert Dollar. Ich verlor jedoch nicht, ich gewann einige Tausender. Da spielte ich weiter und verlor den Gewinn und den Laden dazu. Er gehört mir nicht mehr, er gehört meinen Freunden. Es sind sehr alte Freunde, und sie gaben mir die Chance, ihn wiederzubekommen. Ich erzähle dir das alles, liebe Lila, weil ich möchte, daß du mich verstehst. Ich kam mit diesem Angebot zu dir und Bill, weil ich mußte, und du hast versprochen und geschworen, es keinem zu sagen. Ich war ein glückloser Mensch, und manchmal ein schwacher Mensch, aber ich werde nie mehr schwach werden – rühr dich nicht!«

Lila, die den Kopf ein wenig gehoben hatte, erstarrte. Gale suchte offensichtlich Zeit zu gewinnen, aber worauf wartete er? Es gab nur eine Lösung: Er erwartete jemanden: Hilfe. Dann hatte er darum gebeten, und auch das war nicht schwer zu erraten: Sobald er uns erblickt hatte, war er hierher geeilt, um zu telefonieren. Hilfe war unterwegs, und es mußten Helfer sein, die Lila und mich ein für allemal aus dem Weg schafften. Glücksspieler, die zehn Mille hinblättern, um ein Spiel zu manipulieren, haben solche Helfer immer auf Abruf bereit. Außer Lila und mir würden sie wahrscheinlich auch Onkel Dan erledigen, aber das war seine Sache, nicht meine.

Entweder war er verrückt, oder die Sache lag wie geschildert. Sie konnten jeden Augenblick erscheinen, vielleicht kamen sie gerade eben in den Drugstore. Wenn sie klopften, zog er den Riegel zurück. Jeden Augenblick . . .

Er sagte: »Ich dachte nicht, daß du reden würdest, Lila, nach allem, was ich für dich getan habe. Du hast es mir versprochen. Aber nun hast du es Goodwin verraten, da läßt sich nichts mehr machen. Wenn ich diese Flasche nur ein wenig neige, gar nicht viel . . .«

»Quatsch«, sagte ich mit Nachdruck, aber ohne die

Stimme zu heben. Ich blickte unverwandt in die Brillengläser. »Sie wollen Lilas Gesicht nicht sehen, gut, aber wie sie nun sitzt, mit dem Rücken zu Ihnen, ist das doch dummes Zeug. Was, wenn sie sich plötzlich duckt und nach vorn hechtet? Sie können ihr dann vielleicht etwas aufs Kleid oder die Beine schütten, aber der Stuhl wäre Ihnen im Weg. Haben Sie daran gedacht? Und erst, wenn sie plötzlich seitwärts in die Kartons da springen würde? Im selben Moment, da sie sich bewegt, täte ich's auch, und dadurch wäre sie mir nicht im Weg; und ehe Sie mit diesem Zeug bei ihr wären, wäre ich dazwischen. Sie müßte ein Risiko eingehen, aber na wenn schon – besser, als sitzen zu bleiben und abzuwarten, was kommt. Noch besser wäre es, wenn sie zur Seite spränge, mit dem Kopf nach unten und ausgestreckten Armen. Sehen Sie jetzt, wie dumm Ihr Arrangement ist? Aber wenn Sie ihr gestatten, sich umzudrehen . . .«

Sie sprang zur Seite, nach links, den Kopf nach unten und die Arme ausgestreckt, auf die Kartons zu.

Ich verlor eine Zehntelsekunde, weil ich nicht gewagt hatte, die Füße absprungbereit zurückzuziehen, aber mehr auch nicht. Ich hechtete mit aller Sprungkraft los, die meine Beine hergaben. Mein Ziel war das linke vordere Stuhlbein, und ich erwischte es, noch bevor Onkel Dan reagierte. Der Stuhl prallte gegen ihn und schleuderte ihn rückwärts an die Tür, und ich flog noch weiter, packte sein Fußgelenk und riß daran. Natürlich hätte die Flasche auf mich fallen können, aber ich mußte ihn von den Beinen holen. Während ich am Knöchel riß, hielt ich das Gesicht abgewandt, und als er stürzte, merkte ich nicht, daß etwas auf mich gefallen wäre. Und dann war ich über ihm, die Hand an seiner Kehle, drückte ihn auf den Boden, sah mich nach der Flasche um. Sie lag auf einem Karton zwei Meter rechts von mir, und der Inhalt gluckerte heraus. Der Boden fiel zur Wand hin leicht ab, wir waren außer Gefahr.

»Okay, Lila«, sagte ich. »Ich brauche Hilfe.«
Sie rappelte sich auf. »Hat er . . . hat er . . .«, stammelte sie.
»Nein. Wenn Sie hysterisch werden, erzähl ich's Bill. Wir
bekommen gleich Gesellschaft und müssen hier ver-
schwinden. Ich brauche Heftpflaster, schnell. Suchen Sie
danach.« Sie hatte den ersten Schock überwunden, fing an
Regale und Schubladen abzusuchen.
»Hier ist welches.«
»Brav, Mädchen. Reißen Sie ein fünfzehn Zentimeter lan-
ges Stück ab, so. Nein, das müssen Sie schon besorgen.
Wenn ich seinen Hals loslasse, fängt er zu schreien an.
Über den Mund, jawohl, so ist's recht. Jetzt noch andersherum. Das müßte genügen, danke, Schwester. Nun suchen Sie bitte etwas steriles Verbandsmaterial . . .«
Sie fand auch das und hielt seine Arme fest, während ich
ihm die Füße zusammenband. Dann verknotete ich die
Handgelenke hinter seinem Rücken und verankerte die
Mullbinde am Griff einer verschlossenen Schublade. Ich
schob den Türriegel zurück und sagte: »Los, kommen Sie.«
Ich öffnete die Tür und ließ sie vorangehen. Hinter mit
schloß ich die Tür. Auf den Hockern saßen inzwischen andere Kunden, und Henry verkaufte gerade einem Mann
Zigaretten. Ich blieb kurz stehen und sagte ihm, Mr. Gale
werde gleich kommen. Draußen befahl ich Lila, im Wagen
auf mich zu warten, ich müsse eben mal telefonieren. Dann
sah ich, wie sie am ganzen Körper zitterte, deshalb führte
ich sie zum Wagen und half ihr auf den Beifahrersitz.
Zwanzig Schritte weiter war eine Bar, in der ich eine Telefonzelle fand und Sergeant Purley Stebbins anrief. Er
wollte wissen, ob ich in den Polo Grounds sei.
Ich verneinte. »Wo ich bin«, sagte ich, »ist streng geheim.
Ich gebe Ihnen einen heißen Tip. Schreiben Sie's auf: Gale's
Pharmacy, Eighth Avenue 9232. Schicken Sie einen Strei-
fenwagen hin, und zwar schleunigst, und danach Verstär-
kung. Gale, der Besitzer, war nach unseren Informationen
der Mittelsmann der Leute, die das Spiel manipulieren lie-

ßen. Er befindet sich im Hinterzimmer seines Ladens, gefesselt und geknebelt. Der Grund . . .«

»Soll das ein Witz sein?«

»Nein. Der Grund . . .«

»Wo sind Sie?«

»Wenn Sie mich noch mal unterbrechen, hänge ich ein. Der Grund für die Eile ist, daß Gale meiner Meinung nach Hilfskräfte bestellt hat, und zwar zur Abwehr gewisser Leute, die jetzt nicht mehr bei ihm sind; es wäre aber nett, wenn jemand da wäre, sie willkommen zu heißen. Polizeiwagen sollten also nicht gerade vor der Tür halten. Haben Sie die Adresse?«

»Ja, und ich möchte . . .«

»Tut mir leid, ich bin verabredet. Das bringt Ihnen vielleicht die Beförderung zum Lieutenant. Halten Sie sich ran.«

Ich ging zum Wagen, stieg ein und setzte mich ans Steuer. Ich wartete. Eine halbe Minute verstrich.

»Wohin fahren wir?« fragte sie. Ihre Stimme war so leise und matt, daß ich sie kaum verstand.

»Polo Grounds. Zu Bill.« Vielleicht war er noch dort.

»Und weshalb warten wir?«

»Ich habe die Polizei angerufen. Wenn andere Leute vor der Polizei eintreffen, möchte ich sie mir ansehen. Übrigens, damit ich's nicht vergesse, das war ein wundervoller Hechtsprung, den Sie da vorgeführt haben, und der Zeitpunkt hat haarscharf gepaßt. Ich bin von Ihnen begeistert, nur platonisch natürlich, denn Sie sind ja glücklich verheiratet.«

»Ich will hier weg. Ich will zu Bill.«

»Gleich. Beruhigen Sie sich.«

Es können nicht mehr als vier Minuten gewesen sein, dann kamen zwei Polizisten um die Ecke getrabt und eilten in Gale's Pharmacy. Ich sah Lila an. Sie hatte die Augen geschlossen. Ich fuhr los.

7

Eine halbe Stunde vor Mitternacht parkte ich den Curtis gegenüber vom Haupteingang der Polo Grounds. Die Menge hatte sich bis auf magere Reste verlaufen, von der langen Reihe der Polizeiwagen waren nur drei übriggeblieben. Drei Mann standen am Eingang Wache.

Wir stiegen aus, ich gab Lila die Autoschlüssel, und wir wollten gerade die Fahrbahn überqueren, da stieß sie plötzlich einen Schrei aus und rannte los. Ich blieb stehen. Bill Moyse war aufgetaucht, flankiert von zwei Beamten, gefolgt von einem dritten. Lila flog ihm an den Hals. Die überraschten Polizisten riefen durcheinander, Bill und Lila desgleichen. Zwei weitere Gesetzeshüter nahmen Kurs auf die Gruppe.

Ich hätte Lila ja lieber bei Wolfe abgeliefert, oder wenigstens bei Hennessy, aber die Aussicht, sie von diesem zweibeinigen Kleiderschrank loszureißen, schien mir gering. Außerdem hatte ich keine Lust, den Subalternen zu erklären, wieso ich Mrs. Moyse chauffiert hatte; deshalb schlug ich einen Bogen um den Auflauf und eilte zum Clubhaus. Vor dessen Treppe hörte ich Schritte und Stimmen von oben, darunter auch Hennessys Organ, und ich huschte flugs nach hinten und versteckte mich. Sicher hatte Stebbins seinen Kollegen von meinem Anruf und der Lage in Gale's Pharmacy berichtet, und da war Hennessy gewiß so neugierig auf meine Auskünfte, daß er mich gleich mitgenommen hätte. Ich wartete, bis sie weg waren, dann ging ich hinauf.

Wolfe saß im Clubraum auf der Couch, noch oder wieder, und Chisholm stand vor ihm. Als ich eintrat, wandten sie mir die Köpfe zu.

Ich trat näher, und Wolfe eröffnete mir kühl: »Sie werden von der Polizei gesucht.«

Ich gab mich gelassen. »Ich weiß. Bin ihnen soeben aus dem Weg gegangen.«

»Weshalb sind Sie in diesem Drugstore gewesen?«

»Ich hatte keine Zeit, sonst hätte ich angerufen.« Ich sah Chisholm an. »Vielleicht sollte ich einen vertraulichen Bericht erstatten.«

»Allmählich wird das alles lächerlich«, schimpfte Chisholm. Sein Schlips war verrutscht, die Augen waren blutunterlaufen, und neben dem Mund klebte Senf.

»Nein«, sagte Wolfe – zu mir, nicht zu Chisholm. »Reden Sie. Aber machen Sie's kurz.«

Ich gehorchte. Bei meiner ständigen Übung kann ich die Dialoge eines ganzen Tages praktisch wörtlich wiedergeben, aber weil er es so kurz haben wollte, beschränkte ich mich auf das Wichtigste. Als ich fertig war, musterte Wolfe mich ungnädig.

»Dann wissen Sie also nicht, ob Gale nun in die Sache verwickelt war oder nicht. Als er bei Mr. und Mrs. Moyse keinen Erfolg hatte, hat er es möglicherweise aufgegeben.«

»Das bezweifle ich.«

»Sie hätten die Zweifel ausräumen können, Sie haben auf ihm gesessen. Oder Sie hätten ihn herbringen können.«

Ich hätte dazu drei oder vier schneidende Bemerkungen gemacht, wenn wir unter uns gewesen wären. Aber so blieb ich ruhig. »Vielleicht habe ich mich nicht klar genug ausgedrückt. Es stand zehn zu eins, daß er telefonisch um Hilfe ersucht hatte, und die konnte jeden Augenblick anrücken. Nicht, daß ich Angst hatte, ich war nur zu sehr in Eile, denn ich wollte Sie noch einmal wiedersehen, um zu kündigen. Ich kündige.«

»Blödsinn.« Wolfe stemmte die Arme auf die Couch und erhob sich. »Also gut. Ich muß es versuchen.« Er stampfte los.

Chisholm wandte ein: »Inspektor Hennessy sagte, wir sollten ihn sofort benachrichtigen, wenn Goodwin auftaucht.«

Wolfe fuhr auf ihn los. »Arbeite ich für Sie? Ja. Das tue ich, Gott ist mein Zeuge. Mr. Hennessy benachrichtigen? Ha!«

Er drehte sich um und marschierte durch die Tür in Art Kinneys Büro.

»Lächerlich«, murmelte Chisholm und folgte ihm. Ich schloß mich an.

Sie waren alle da. Die vier berühmten Athleten der Giants wirkten gar nicht mehr athletisch. Art Kinney, der Manager, stand am Fenster. Dr. Soffer saß an Kinneys Schreibtisch, vornübergebeugt, die Ellbogen auf die Knie gestützt und das Gesicht in den Händen vergraben. Beaky Durkin lehnte an einem Tisch.

Ich schob Wolfe einen Sessel zurecht, damit er sie alle im Auge behalten konnte, ohne den Hals zu sehr verdrehen zu müssen. Als er das Möbelstück von Lehne zu Lehne prall ausfüllte, setzte ich mich auf einen Stuhl am Radio. Chisholm saß rechts von mir.

Wolfes Kopf bewegte sich nach beiden Seiten. »Ich hoffe«, sagte er brummig, »Sie erwarten nicht zuviel.«

»Ich erwarte schon gar nichts mehr«, murmelte Kinney.

Wolfe nickte. »Ich weiß, wie Ihnen zumute ist, Mr. Kinney. Ihnen allen. Sie sind müde und niedergeschlagen. Sie sind persönlich und beruflich gekränkt worden. Man hat Sie alle zu lange verhört. Es tut mir leid, wenn ich das nun verlängern muß, aber ich mußte warten, bis die Polizei weg war. Da ich außerdem keine Beweise habe, mußte ich sie ihre gründliche und routinierte Suche veranstalten lassen. Sie haben nichts gefunden. Im Grunde haben sie nichts weiter als einen Drugstorebesitzer, den Mr. Goodwin für sie aufgetan hat.«

»Und Bill Moyse«, polterte Con Prentiss, einer der vier.

»Ja, aus Verdachts-, nicht aus Beweisgründen. Ich habe ebenfalls nur einen Verdacht, keinen Beweis, aber meiner ist fundierter. Ich verdächtige einen von Ihnen, meine Herren, das Beebright präpariert und Ferrone getötet zu haben. Was ich . . .«

Sie vollführten solchen Lärm, daß er aufhören mußte. Er hob die Hände.

»Bitte, meine Herren. Ich habe eine Frage. Ich verdächtige einen unter Ihnen, aber ich habe keinen Beweis und keine Möglichkeit, schnell einen zu beschaffen. Deshalb bat ich Mr. Chisholm, Sie möchten bleiben, bis die Polizei gegangen ist. Ich wollte Sie fragen: Sind Sie bereit, mir zu helfen? Ich möchte Ihnen den Grund für meinen Verdacht nennen und Sie bitten, mir beim Beschaffen der Beweise zu helfen. Ich glaube, Sie können, das, wenn Sie wollen. Nun?«

»Einer von uns?« fragte Joe Eston.

Es war interessant, sie zu beobachten. Natürlich hatten sie alle nur ein Verlangen – jedenfalls bis auf einen –, nämlich den anderen in die Gesichter zu blicken, und jeder machte das anders. Chisholm sah einen nach dem anderen voll an. Beaky Durkin warf flüchtige Blicke hierhin und dorthin. Dr. Soffer runzelte die Stirn und schürzte die Lippen und drehte den Kopf langsam nach rechts.

»Nun machen Sie endlich!« zeterte Kinney. »Haben Sie etwas oder nicht?«

»Ja, ich habe etwas«, versicherte Wolfe, »aber ich weiß nicht, wieviel es taugt. Ohne Ihre Unterstützung taugt es gar nichts.«

»Wir helfen, so gut wir können. Reden Sie.«

»Gut. Zunächst der Hintergrund. Waren die beiden Vorfälle – die Tabletten in der Limonade und der Mord – miteinander verquickt? Die logische Antwort lautet ja, solange kein Gegenbeweis vorliegt. Wenn sie zusammenhingen, dann wie? Hat Ferrone mit dem Beebright hantiert, hat ihn einer seiner Mitspieler überrascht, und ist er wutentbrannt mit der Keule auf ihn losgegangen? Das ist unwahrscheinlich.« Wolfe blickte Beaky Durkin an.

»Mr. Durkin, das meiste von dem, was Sie mir erzählt haben, wurde durch Dritte bestätigt, aber Sie kannten Ferrone besser als jeder andere. Sie haben ihn entdeckt und nach New York gebracht. Sie haben mit ihm zusammengewohnt und waren sein Berater. Sie haben mir erklärt, daß sein Gehalt aufgrund der Leistungen in dieser Saison im nächsten Jahr verdoppelt werde; daß sein Herz daran hing, das heutige Spiel und die Meisterschaft zu gewinnen; daß Sieg oder Niederlage für ihn persönlich einen Unterschied von über zweitausend Dollar ausmachten; daß seine Meisterschaftsprämie seine Schulden decken und noch etwas übrigbleiben werde; und daß Sie, weil Sie ihn sehr gut kannten, überzeugt seien, er könnte die Tabletten nicht in die Limonade getan haben. Ist das alles richtig?«

»Jawohl.« Durkin war heiser und räusperte sich. »Nick war ein braver Junge.« Er sah sich um, als erwarte er eine Widerrede, aber niemand sagte etwas.

»Mithin«, fuhr Wolfe fort, »wäre es idiotisch, anzunehmen, er habe die Limonade präpariert. Die Alternative, wenn man den Zusammenhang beider Vorfälle voraussetzt, ist das Gegenteil: Jemand hat die Tabletten in die Flasche getan, Ferrone wußte oder vermutete das, und wollte den Täter bloßstellen; deswegen wurde er ermordet. So sehe ich die Sache. Nennen wir den Täter X. X könnte . . .«

»Zum Teufel mit X«, platzte Kinney heraus. »Nennen Sie ihn!«

»Gleich. X könnte die vorbereiteten Flaschen irgendwann am späten Vormittag in den Kühlschrank gestellt haben. Wieso Ferrone ihm auf die Schliche kam, und ob sein Verdacht begründet oder nur vage war, ist unerheblich – jedenfalls war auch schon der geringste Verdacht für X eine tödliche Gefahr, denn er wußte ja, was sich auf dem Spielfeld tun würde. Als Ferrone ihn zur Rede stellte, mußte er handeln. Die beiden hielten sich in diesem Raum auf, und zwar zu der Zeit, als die anderen den Clubraum verließen und auf den Platz gingen, oder kurz danach. X befand sich wie viele vor ihm in einer kritischen Situation, die sich aus einer anderen entwickelt hatte. Zuerst hatte er nur Geld gebraucht, und um es zu bekommen, ließ er sich auf eine

Schurkerei ein; die wiederum führte dazu, daß er einem Mitmenschen nach dem Leben trachten mußte.«

»Lassen Sie die Volksreden«, schnauzte Chisholm. »Nennen Sie ihn.«

Wolfe nickte. »Das ist keine Kunst. Aber ihn zu nennen, ist sinnlos und setzt mich möglicherweise einer Verleumdungsklage aus, wenn ich es nicht so erkläre, daß Sie mir Hilfe leisten können. Wie gesagt, mir fehlen Beweise. Alles, was ich weiß, ist eine Tatsache, die Ihnen allen und der Polizei bekannt ist, und die mir auf den Schuldigen zu weisen scheint; aber ich gebe zu, daß andere Auslegungen möglich sind. Dies wiederum können Sie besser beurteilen als ich, und ich werde es Ihnen jetzt zur Beurteilung darlegen. Wie fange ich das nun am besten an?«

Er richtete seinen Blick auf Baker und Prentiss, die nebeneinander auf einem Tisch saßen, hob langsam eine Hand und kratzte sich an der Nasenspitze. Sein Blick wanderte zu Dr. Soffer. Sein Kopf ruckte nach links zu Chisholm hin, und dann nach rechts, zu Beaky Durkin.

»Nehmen wir Sie, Mr. Durkin«, sagte er. »Sie haben über Ihren Aufenthalt während der fraglichen Zeit ausgesagt, und Ihrer Aussage wurde weder widersprochen, noch ist sie bestätigt worden. Sie sagen, Sie hätten das Clubhaus kurz vor der Mannschaft verlassen und sich zu Ihrem Platz auf der Haupttribüne begeben.«

»Das stimmt.« Durkin war immer noch heiser. »Und ich habe Nick nicht umgebracht.«

»Das habe ich auch nicht gesagt. Ich erkläre lediglich den Sachverhalt. Sie sagen, Sie seien auf Ihrem Platz geblieben, hätten dem Spiel zugeschaut bis zum dritten Durchgang, als Mr. Chisholm nach Ihnen schickte, Sie möchten ins Clubhaus kommen. Auch dazu gibt es weder Widerspruch noch Bestätigung. Gewiß waren Sie auf der Tribüne, als man Sie holte, aber es gibt keinen Beweis, daß Sie sich ständig dort aufhielten, seit das Spiel lief, und schon gewisse Zeit davor.«

»Was heißt Beweis, ich war auf meinem Platz. Wahrscheinlich kann ich den Mann ausfindig machen, der neben mir saß.«

»Sie haben Ihren Platz während der genannten Zeit nicht ein einziges Mal verlassen?«

»Nein.«

Wolfe sah sich um. »Nun, meine Herren. Das ist die Tatsache, die ich mir nicht erklären kann. Können Sie es?«

Sie glotzten ihn an. »Wieso müssen wir das?« fragte Baker.

»Jemand muß es erklären.« Wolfes Stimme wurde schärfer. »Bedenken Sie die Situation. Bedenken Sie das Verhältnis der beiden Männer. Die Entdeckung Ferrones ist Durkins größter Erfolg als Spielervermittler. Er hegt und pflegt ihn und profitiert von ihm. Vor dem Spiel, das den Höhepunkt von Ferrones triumphaler Saison bringen soll, ist Durkin im Clubraum und sieht dort Ferrone im Dreß der Giants, zusammen mit den anderen, jung, gesund, in bester Form. Er verläßt das Clubhaus und geht zu seinem Platz auf der Haupttribüne, und bald danach sieht er die Mannschaft auf den Platz laufen – ohne Ferrone. Durkin bleibt sitzen. Über Lautsprecher wird gemeldet, daß Garth an Ferrones Stelle spielt. Durkin bleibt sitzen. Die Spieler nehmen Aufstellung, das Spiel beginnt, ohne Ferrone. Durkin bleibt sitzen. Die Giants sehen im ersten Durchgang schlecht aus. Durkin bleibt sitzen. Sie spielen auch im zweiten Durchgang miserabel. Durkin bleibt . . .«

»Lieber Gott!« rief Art Kinney und setzte sich in Bewegung.

»Eben.« Wolfe hob seine Hand. »Bitte, meine Herren, behalten Sie Ihre Plätze. Es ist einfach unglaublich. Die Ankündigung, daß Garth spielen werde, konnte von Durkin noch als Irrtum verstanden werden, aber als die Mannschaft ohne Ferrone auf den Platz kam, hätten seine Unruhe und Bestürzung unerträglich werden müssen. Er hätte alles tun müssen, nur eines nicht – sitzen bleiben. Warum blieben Sie sitzen, Mr. Durkin?«

»Ich konnte mir nicht denken . . .« Er räusperte sich, und es klang, als sei er am Ersticken. »Ich konnte ja doch nichts tun. Was hätte ich denn tun sollen?«

»Das weiß ich nicht. Ich sagte, daß ich nicht erklären kann, wie Sie sich verhalten haben, aber ich kann es versuchen. Nehmen wir an, Ferrones Fehlen überraschte Sie gar nicht, weil Sie wußten, wo er sich befand und was ihm zugestoßen war. Nehmen wir ferner an, Sie litten unter einer Art Schock, weil Sie ihn erschlagen hatten. Diese Erklärung Ihres Verbleibens auf der Tribüne scheint mir plausibel. Gibt es eine andere? Können Sie uns eine geben?«

Durkin trat zwei Schritte vor. »Hören Sie mal«, sagte er, »Sie können sich nicht da hinsetzen und mich derart beschuldigen. Ich brauche mir das nicht anzuhören, und ich werde es mir auch nicht länger anhören.«

Er wollte zur Tür, aber Lew Barker vertrat ihm plötzlich den Weg und sagte: »Zurück, Beaky. Zurück, sage ich!«

Beaky befolgte es wörtlich. Er wich zurück, bis er mit der Tischkante zusammenprallte, an der er sich mit beiden Händen festkrallte.

Wolfe war grimmig. »Ich habe nur angenommen, Mr. Durkin, nicht angeklagt. Aber jetzt bin ich bereit, Anklage zu erheben, und ich tue es auch. Meine Herren, ich bitte Sie, sehen Sie sich ihn an. Betrachten Sie sein Gesicht, seine Augen. Schauen Sie seine Hände an, wie sie sich verzweifelt an die Tischkante klammern. Ja, ich klage an. Ich behaupte, dieser Mann hat die Limonade präpariert, Ihre Niederlage verursacht, und als ihm Entdeckung drohte, Ihren Mannschaftskameraden ermordet.«

Sie riefen durcheinander, alle auf den Beinen.

»Warten Sie!« sagte Wolfe scharf, und sie drehten sich zu ihm um. »Ich muß Sie warnen. Sie handeln auf eigene Gefahr, wenn Sie handgreiflich werden, denn ich habe keine Beweise. Sie können ihn zu einem Geständnis zwingen, aber ein Geständnis ist kein Beweis, und den brauchen wir. Ich schlage vor, Sie suchen danach. Er hat es für Geld getan, und sicherlich bekam er einen Vorschuß, er ist ja kein Narr. Wo ist das Geld? Gewiß nicht in seinen Taschen, da man Sie alle durchsucht hat, aber irgendwo muß es sein, und es eignet sich prächtig als Beweis. Wo ist es?« Lew Barker war vor den anderen bei ihm. Mit dünner, brüchiger Stimme sagte er: »Ich möchte dich nicht anfassen, Beaky, du dreckige Ratte. Wo ist es? Wo ist der Kies?«

»Lew, ich schwöre bei Gott . . .«

»Halts Maul. Du und bei Gott schwören? Du hast uns fertiggemacht, nicht wahr? Und Nick, den hast du ganz fertiggemacht. Ich möchte mich nicht an dir dreckig machen, aber wenn ich's tun muß, dann gnade dir Gott!«

Die anderen waren jetzt auch dabei, Kinney und ebenso Dr. Soffer, bedrängten Durkin, der auf den Tisch gerutscht war, immer noch beide Hände an der Kante. Ich trat ans andere Ende des Tisches und wartete. Sie waren kräftig und entschlossen und hatten einen harten Tag hinter sich. Vom Mord an Nick Ferrone einmal abgesehen, den sie gemocht hatten oder auch nicht – das hier war der Strolch, der sie auf dem Platz wie dumme Affen hatte aussehen lassen, im wichtigsten Spiel ihres Lebens, vor fünfzig Millionen Zuschauern. Wenn sie richtig loslegten, gab es hier im Zimmer womöglich die nächste Leiche.

»Macht Platz, Leute«, sagte Nat Neill. »Ich verpasse ihm eine.«

Durkin zuckte nicht zurück. Sein Kinn zitterte, und die Angst stand ihm in den Augen, aber er wich nicht.

»Das wäre falsch«, sagte Con Prentiss. »Er will, daß wir ihn schlagen. Am liebsten will er bewußtlos geschlagen werden. Er ist kein Feigling, er ist eine Schlange. Habt ihr seine Augen gesehen, als du gesagt hast, du wirst ihm eine verpassen? Genau das will er haben.«

Art Kinney drängte sich dazwischen und blickte Durkin aus zwei Handbreit Entfernung in die Augen. »Hör zu, Beaky. Du bist seit dreißig Jahren im Baseballgeschäft. Du kennst alle Leute, und alle kennen dich. Was, glaubst du wohl, wird passieren? Wo könntest du noch mal landen? Wir haben dich hier, und hier bleibst du. Ich lasse die ganze Mannschaft holen. Was hältst du davon?«

»Ich will einen Anwalt«, platzte Durkin plötzlich heraus.

»Lieber Himmel!« grollte Neill. »Einen Anwalt will er haben! Geht mir aus dem Weg, ich schlag' ihn zusammen!«

»Nein, Beaky, keine Anwälte«, sagte Kinney. »Ich lasse die Jungs holen, und wir schließen alle Türen ab. Wo ist das Geld? Wir wissen, daß du's hast. Wo ist es?«

Durkin senkte den Kopf. Kinney setzte ihm die Faust unters Kinn und hob ihn wieder hoch. »Sieh mich an. Wir haben dich, aber selbst wenn es nicht so wäre, wohin könntest du gehen? Wo willst du schlafen und essen? Es ist aus mit dir, Beaky. Wo ist das Geld?«

Kinneys Faust blieb unter Durkins Kinn. »Ich glaube«, sagte er, »die ganze Mannschaft sollte dich sehen. Heute nacht schläft ja doch keiner. Con, geh telefonieren, ruf sie her. Du auch, Lew – im Clubraum steht noch ein Apparat. Ruft sie alle her. Sie werden schon kommen. Sag ihnen, sie sollen es für sich behalten, wir wollen keine Polizei hier, bis wir . . .«

»Nein!« schrie Durkin.

»Was – nein, Beaky?« Kinney nahm die Faust weg.

»Ich wollte Nick nicht umbringen.« Er sabberte förmlich. »Das schwöre ich, Art. Er hatte Verdacht . . . Er fragte mich . . . Er hatte gemerkt, daß ich eine hohe Wette gegen uns eingegangen war, und das hat er mir vorgehalten; ich brachte ihn hier herein, um es ihm zu erklären, aber er glaubte mir nicht und wollte es dir sagen; er wurde wütend und ging auf mich los, da habe ich nach dem Schläger gegriffen, nur um ihn aufzuhalten, und als ich sah, daß er tot war . . . Mein Gott, Art, ich habe Nick nicht umbringen wollen!«

»Du hast mehr als einen Tausender für diese Schlafpillen bekommen. Wieviel hast du gekriegt?«

»Ich sage alles, Art. Du kannst es nachprüfen, ich sage

euch alles. Ich habe fünf Mille bekommen, und fünf soll ich noch kriegen. Ich mußte das Geld an Land ziehen, Art, die Buchmacher hatten mich in ihren Klauen, ich war pleite. Wenn ich nicht zahlte, hätten sie mich fertiggemacht. Ich hatte das Geld bei mir, aber als die Polizei kam, wußte ich, sie würden uns filzen, da hab' ich's versteckt. Du siehst, ich sage euch alles, Art. Ich habe es dort im Radio versteckt.«

»In welchem Radio?«

»Dort in der Ecke. Ich habe es durch einen Schlitz hineingesteckt.«

Alles lief hin. Prentiss stolperte über einen Stuhl und stürzte. Nat Neill gewann das Rennen. Er riß das Radio herum und zerrte an der Rückseite, aber die war festgeschraubt.

»Hier«, sagte ich, »ich habe einen . . .«

Er holte aus und schlug mit der bloßen Faust zu. Er griff ins Loch, das sie hinterließ, und riß die halbe Rückwand ab. Er blickte hinein und wollte zugreifen, aber ich stieß ihn mit der Schulter beiseite. Drei Mann rückten mir auf den Pelz.

»Wir rühren nichts an, klar?« bedeutete ich ihnen und bückte mich, um in das Innere eines ehemaligen Radios zu lugen. Das Geld steckte zwischen den Röhren.

»Nun?« rief Wolfe, als ich mich aufrichtete.

»Ein hübsches, dickes Bündel«, sagte ich ihm und aller Welt. »Der oberste Schein ist ein Hunderter. Möchten Sie . . .«

Beaky Durkin, auf seinem Tisch allein gelassen, sprang unvermittelt auf. Er war auf den Beinen und unterwegs zur Tür. Joe Eston setzte ihm nach, erreichte ihn mit zwei Sprüngen und landete eine Rechte. Durkin ging zu Boden, wo er mit dem Kopf hart aufschlug, und blieb reglos liegen.

»Das genügt«, sagte Wolfe wie einer, der sich das Recht zum Kommandieren erworben hat. »Besten Dank meine Herren. Ich brauche Ihre Hilfe. Archie, rufen Sie Mr. Hennessy an.«

Ich ging an Kinneys Schreibtisch und griff zum Telefon. Als meine Finger den Hörer berührten, klingelte es. Ich hob ab, und da ich übermütiger Laune war, sagte ich: »Nero Wolfes Büro, Archie Goodwin am Apparat.«

»Sind Sie das, Goodwin?«

Ich bejahte.

»Hier ist Inspektor Hennessy. Ist Durkin da?«

Ich bejahte.

»Gut. Lassen Sie ihn nicht weg, verstanden. Gale hat ausgepackt. Durkin war's. Gale hat ihn bestochen. Sie haben ein Lob verdient, weil Sie Gale ausfindig gemacht haben, aber ich wäre Ihnen dankbar, wenn Sie's einstweilen für sich behielten und es uns offiziell verlautbaren ließen. Wir holen uns Durkin in fünf Minuten. Passen Sie gut auf ihn auf.«

»Wir haben es ihm schon besorgt. Er liegt auf dem Boden und muckst sich nicht mehr. Mr. Wolfe hat ihn überführt. Außerdem haben wir ein Bündel Geld gefunden, das er im Radio versteckt hatte.«

Hennessy lachte. »Sie sind ein unverbesserlicher Lügner, Goodwin. Aber heute nacht dürfen Sie sich einiges herausnehmen, das will ich Ihnen zugestehen. Ich möchte Ihnen den Spaß nicht verderben. Wir sind in fünf Minuten da.«

Ich legte auf und wandte mich an Wolfe. »Das war Hennessy. Gale hat ausgepackt. Er verpfiff Durkin, und den wollen sie holen. Hennessy glaubt nicht, daß wir ihn schon überführt haben, aber dafür haben wir ja Zeugen. Die Frage ist nur: Wer von uns nahm die entscheidende Hürde zuerst – Sie mit Ihrer winzigen Tatsache, oder ich mit meinem Drogisten? Sie können nicht leugnen, daß Hennessys Anruf kam, ehe ich zu wählen begonnen hatte. Wie können wir uns einigen?«

Wir konnten nicht. Das ist jetzt Monate her, und wir sind uns immer noch nicht einig.

Die gläserne Falle

Nero Wolfe machte einen großen Schritt, um eine Pfütze zu vermeiden, als er den mit Kies bestreuten Fahrweg überquerte, erreichte aber nur den Rand der Rasenfläche mit seinem linken Fuß, rutschte aus, ruderte mit den Armen in der Luft, geriet ins Schwanken und gewann glücklich, trotz seines enormen Körpergewichts, die Balance wieder, ohne hinzufallen.

»Großartig!« sagte ich bewundernd.

Er warf mir einen grimmigen Blick zu, so daß ich mich sogleich heimisch fühlte, obwohl wir fern von zu Hause waren. Über eine Stunde hatten wir an diesem rauhen und nassen Dezembermorgen gebraucht, um nach dem nördlichen Westchester zu gelangen. Er hatte auf dem Rücksitz gesessen, weil er törichterweise der Überzeugung war, er würde an diesem Platz weniger Blut verlieren und sich weniger Knochen brechen, wenn der seiner felsenfesten Meinung nach unvermeidliche Zusammenstoß erfolgte.

Jetzt waren wir an unserem Ziel in der Nähe des Dorfes Katonah und betraten unbefugt die Besitzung eines gewissen Joseph G. Pitcairn. Ich sagte unbefugt, weil wir, statt an der Frontseite des großen, alten Herrenhauses vorzufahren, die Terrasse zu überschreiten und uns wie richtige Besucher an der Eingangstür zu melden, den Fahrweg für Lieferwagen benutzt hatten. Auf der Rückseite des Hauses angelangt, hatten wir den Wagen in der

Nähe der Garage stehen lassen. Der Grund für dieses Manöver war der, daß wir keineswegs Mr. Pitcairn besuchen, ihm vielmehr etwas entführen wollten.

»Großartig, wie Sie Ihr Gleichgewicht so schnell wiedergewonnen haben«, sagte ich anerkennend zu Wolfe. »Sie sind Geländeläufe schließlich nicht gewohnt.«

Bevor er noch Zeit gefunden hatte, mir für dieses Kompliment zu danken, kam ein Mann in ölbeschmiertem Arbeitszeug aus der Garage. Offenbar war er nicht derjenige, den zu entführen wir gekommen waren. Seine Kleidung verriet es. Aber Wolfe befand sich in einer solchen Verlegenheit, daß er sich kein Risiko leisten konnte. Der grimmige Ausdruck auf seinem Gesicht verschwand daher plötzlich, und seine Stimme klang äußerst liebenswürdig, als er den Mann begrüßte.

»Guten Morgen wünsche ich«, sagte er höflich.

Der andere nickte kurz. »Suchen Sie jemand?«

»Ja. Mr. Andrew Krasicki. Sind Sie das?«

»Nein. Ich heiße Imbrie, Neil Imbrie, Butler, Chauffeur und Faktotum in einer Person. Sie scheinen ein Vertreter zu sein. Versicherungsagent?«

Ich dachte im stillen, wenn man einem Butler an der Hinterfront des Hauses begegnete, sei er doch ganz anders, als man ihn sonst kennt. Da Wolfe, ohne sich wegen der Verdächtigung beleidigt zu zeigen, ihm ruhig erklärte, es handle sich nicht um eine Versicherung, sondern um einen persönlichen und obendrein sicherlich willkommenen Besuch, schritt er uns voran bis ans Ende der Garage und zeigte auf einen Fußweg, der sich in einem Gebüsch verlor.

»Dieser Weg da führt zu seinem Häuschen auf der anderen Seite des Tennisplatzes. Im Sommer sieht man es nicht von hier aus wegen des vielen Laubes, aber jetzt können Sie es dort hinten erkennen. Er macht gerade ein Schläfchen, weil er gestern bis spät damit zu tun hatte, das Gewächshaus zu desinfizieren. Ich muß auch oft bis spät in die Nacht den Chauffeur spielen, aber darum erlaube ich mir noch lange nicht, mitten am Tag ein Schläfchen zu machen. Nächstes Mal sehe ich mich vor und werde Gärtner.«

Wolfe dankte ihm und ging in der angedeuteten Richtung voraus. Ich bildete die Nachhut. Es hatte aufgehört zu regnen, aber alles war triefend naß. Als wir zwischen die Büsche kamen, mußten wir uns dauernd bücken, um nicht an einen tiefen Zweig zu stoßen und eine Extradusche auf uns herabzuziehen. Für mich, der ich noch jung und geschmeidig bin, hatte das viele Bücken nichts zu bedeuten, für Wolfe aber mit seinen drei Zentnern – gering geschätzt – war es ziemlich anstrengend, zumal er einen schweren Mantel trug. Als wir das Gebüsch durchschritten hatten, lag eine freie Fläche vor uns, die offenbar als Tennisplatz diente. Dahinter sahen wir das Häuschen.

Wolfe klopfte an die Tür. Sie wurde geöffnet, und ein kräftig gebauter blondhaariger Mann, der etwa in meinem Alter sein mochte, hellblaue Augen hatte und gern zu lachen schien, stand vor uns. Ich begreife nie ganz, warum ein Mädchen in eine andere Richtung blickt, wenn ich ihr begegne, aber ich würde mich darüber keinen Augenblick wundern, wenn ich wüßte, daß dieser prachtvoll aussehende junge Mensch in Sicht ist.

Wolfe wünschte ihm einen guten Morgen und fragte ihn, ob er Mr. Andrew Krasicki wäre.

»Das ist mein Name.« Der junge Mann machte eine kleine Verbeugung. »Und dürfte ich . . . wahrhaftig, das ist doch Nero Wolfe! Oder sind Sie es nicht?«

»O doch!« gestand Wolfe ein. »Dürfte ich nähertreten und ein paar Worte mit Ihnen sprechen, Mr. Krasicki? Ich habe Ihnen geschrieben, bekam aber auf meinen Brief keine Antwort. Und gestern sagten Sie am Telefon –«

Der blonde Athlet unterbrach ihn. »Ganz recht. Alles in Ordnung.«

»Sie haben sich entschieden?«

»Ja, ich habe mich entschlossen, anzunehmen. Ein Brief an Sie ist unterwegs.«

»Wann können Sie kommen?«

»Zu jeder Zeit. Ganz wie Sie wollen. Vielleicht morgen? Ich habe einen tüchtigen Gehilfen, der hier für mich einspringen kann.« Statt vor Freude zu jauchzen, preßte Wolfe die Lippen zusammen und atmete schwer. Dann sagte er: »Kann ich nicht erst einmal hineinkommen? Ich muß mich unbedingt einen Augenblick hinsetzen.«

Wolfes Reaktion war ganz natürlich. Gewiß, er hatte soeben eine höchst erfreuliche Nachricht erhalten, aber er hatte dabei auch erfahren, daß er dieselbe gute Nachricht morgen mit der Post bekommen hätte, wäre er zu Hause geblieben. Das war nicht leicht zu verdauen. Zum mindesten mußte er sich erst einmal setzen. Er haßt es nämlich, das Haus zu verlassen, und er tut es so selten wie möglich. Vor allem aber: Er würde sich lieber in ein Zimmer wagen, in dem drei Todfeinde auf ihn lauern, als daß er sich einem Auto anvertraute. Es war ihm in diesem Fall indessen nichts anderes übriggeblieben.

In dem vornehmen alten Haus in der 35. Straße, das er besitzt und wo er sein Büro als Privatdetektiv hat, wohnen vier Menschen. Da ist zunächst einmal er selber. Dann wohne ich da als sein Mitarbeiter. Der dritte im Bunde ist Fritz Brenner, der die Hausarbeiten verrichtet und das Kochen besorgt, während der vierte Hausbewohner, Theodor Horstmann, für die zehntausend Orchideen verantwortlich ist, die in den Gewächshäusern auf dem Dach untergebracht sind. Das schlimmste war nun, daß dieser vierte Bewohner nicht mehr da war. Aus Illinois war ein Telegramm gekommen, in dem es hieß, Theodors Mutter sei ernstlich erkrankt und er müsse sofort kommen. Wolfe, der täglich vier angenehme Stunden bei seinen Orchideen zu verbringen pflegte und immer so tat, als hätte er alle Hände voll zu tun, mußte nun tatsächlich selbst die

Betreuung seiner wertvollen Gewächse übernehmen und sich fürchterlich abplagen. Fritz und ich konnten ihm etwas helfen, aber wir waren keine Sachverständigen. Hilferufe wurden nach allen Richtungen hin ausgesandt, besonders als von Theodor die Nachricht kam, er könne unmöglich sagen, ob er in sechs Tagen oder erst in sechs Monaten zurück sein würde. Menschen aber, denen Wolfe seine Schätze hätte anvertrauen können, waren mehr als selten.

Von diesem Andrew Krasicki hatte Wolfe schon früher gehört. Als er nun noch erfuhr, daß dieser mit Erfolg eine Odontoglossum cirrhosum mit einer Odontoglossum nobile Veitschianum gekreuzt hatte, war die Sache für ihn entschieden. Er mußte diesen Krasicki haben. Zuerst hatte er ihm geschrieben, aber keine Antwort erhalten. Dann hatte er telefoniert und war abgewiesen worden. Er telefonierte noch einmal und erreichte nichts. Schließlich war er so verzweifelt gewesen, daß er mich an diesem feuchten Dezembermorgen zur Garage geschickt hatte, um den Wagen zu holen. Als ich vor dem Hause vorfuhr, stand er bereits mit Hut und Mantel und Stock grimmig entschlossen auf dem Bürgersteig, um Krasicki in Westchester höchstpersönlich aufzusuchen. Dieser Entschluß war ihm sicherlich nicht leichtgefallen. Und nun sagte ihm dieser Krasicki, er hätte ihm bereits geschrieben, er würde kommen!

»Ich muß mich unbedingt einen Augenblick setzen«, wiederholte Wolfe mit fester Stimme.

Aber sein Wunsch wurde nicht erfüllt. Jedenfalls nicht gleich. Krasicki erwiderte, er könne eintreten und es sich bequem machen, er selber aber habe gerade ins Gewächshaus gehen wollen, als wir gekommen seien. Er müsse uns daher allein lassen. Ich erlaubte mir die Bemerkung, es wäre vielleicht das beste, wir kehrten nach der Stadt zurück, begäben uns zu unseren Orchideen und machten uns an die Arbeit. Das erinnerte Wolfe daran, daß ich auch noch anwesend war. Er stellte uns gegenseitig vor, und wir gaben einander die Hand. Dann meinte Krasicki, vielleicht möchten wir gern seine blühende Phalaenopsis Aphrodite sehen.

Wolf brummte: »Ich habe acht davon.«

»Es ist keine gewöhnliche«, erwiderte Krasicki, und man merkte ihm seinen Stolz an. »Es ist eine Sanderiana. Sie hat neunzehn Triebe.«

»Großer Gott!« sagte Wolfe neidisch. »Die muß ich sehen.« Wir gingen also weder ins Haus, um uns etwas auszuruhen, noch kehrten wir zu unserem Wagen zurück. Wir folgten Krasicki, der zunächst den Weg einschlug, den wir gekommen waren, sich dann aber nach links wandte. Wir kamen an einem jungen Mann vorüber, der auf einem Beet Torf verstreute. Er sagte: »Sie schulden mir zehn Cent, Andy. Es hat nicht geschneit.« Krasicki grinste und antwortete: »Können mich ja verklagen, Gus.«

Das Gewächshaus auf der Südseite der Villa war nicht zu sehen gewesen, als wir gekommen waren. Es war hoch und lang und sehr stattlich. An seinem äußersten Ende stand ein einstöckiges Häuschen mit einem Schieferdach. Der Weg, den Krasicki uns führte, endete am Eingang. Die Mauer war mit Efeu bedeckt, und an der mit Schmiedeeisen verzierten Eichentür hing ein eingerahmter Karton, auf dem mit riesengroßen roten Buchstaben schon von weitem zu lesen war:

GEFAHR
NICHT EINTRETEN
HIER LAUERT DER TOD

Ich bemerkte, das sei ja ein herrliches Willkommen. Wolfe warf nur einen flüchtigen Blick auf die Warnung und fragte: »Cyanogas G?«

Krasicki hob das Schild von seinem Haken, schob einen Schlüssel ins Schlüsselloch und schüttelte den Kopf.

»Ciphogen. Aber keine Sorge! Ich habe die Lüftungsklappen mehr als vier Stunden offengehalten. Diese Warnung klingt etwas pathetisch; sie war schon an der Tür, als ich kam. Wie ich hörte, hat Mrs. Pitcairn sie selber gemalt.«

Als ich hinter den beiden eingetreten war, zog ich prüfend die Luft ein. Ciphogen verwendet Wolfe beim Desinfizieren seiner Gewächshäuser. Ich wußte, wie gefährlich es war, aber ich spürte nur einen ganz schwachen Geruch in meiner Nase und fuhr also unbesorgt fort zu atmen.

»Es sieht hier noch etwas unordentlich aus«, bemerkte Krasicki munter. »Sie müssen schon entschuldigen, aber wenn ich desinfiziert habe, komme ich erst spät zum Aufräumen.« Er ging weiter. Wir betraten von dem Vorraum aus, in dem allerlei Gerät abgestellt war und in dem Krasicki offenbar zu arbeiten pflegte, das eigentliche Gewächshaus.

»Dies ist die kalte Abteilung«, belehrte uns Krasicki. »Der nächste Raum ist warm, der dann folgende, der an das Wohnhaus stößt, hat Mitteltemperatur. Ich muß jetzt einige Lüftungsklappen schließen.«

Das Gewächshaus machte einen großartigen Eindruck. Es kam mir nur alles etwas unordentlich vor, da ich an Wolfes peinliche Ordnungsliebe gewöhnt war. Wir befanden uns jetzt in der warmen Abteilung. Da sah ich etwas, worüber ich mich wirklich freute. Wolfes Gesicht, als er auf die angekündigte Orchidee starrte. Vor Bewunderung und Neid leuchteten seine Augen, wie ich es noch nie bei ihm erlebt hatte.

»Ist es Ihre?« fragte er.

Andy Krasicki zuckte die Achseln. »Sie gehört Mr. Pitcairn.«

»Wem sie gehört, ist mir gleich. Ich meine, wer sie gezüchtet hat.«

»Ich. Aus einem Samen.«

Wolf knurrte. »Mr. Krasicki, ich möchte Ihre Hand schütteln.«

Andy erlaubte es ihm und ging dann in den nächsten Raum mit der gemäßigten Temperatur. Vermutlich wollte er weitere Lüftungsklappen schließen. Wolfe verharrte noch mehrere Minuten mit neidischen Blicken vor der Phalaenopsis. Dann folgten wir Krasicki. Auch in diesem Raum war ein wahres Gewimmel von Pflanzen. Man sah ein Meer von violetten Geranien, dazwischen einen großen Kübel mit unzähligen kleinen weißen Blüten, die mir sehr gefielen. Ich beging die Unvorsichtigkeit, eine der Blüten in die Hand zu nehmen, und als ich sie dabei aus Versehen verletzte, stanken meine Finger dermaßen, daß ich an die Wasserleitung im Vorraum gehen und meine Hände gründlich mit Seife waschen mußte.

Beim Zurückkommen hörte ich Andy von einer Rarität sprechen, die Wolfe sicher gern sehen würde. »Natürlich«, sagte er, »kennen Sie die Tibuchina semidecandra, die mitunter auch als Pleroma macanthrum oder als Pleroma grandiflora katalogisiert wird.«

»Natürlich«, bestätigte Wolfe. Und dabei möchte ich wetten, daß er von dieser Pflanze noch nie gehört hatte.

Andy fuhr fort: »Ich habe hier ein zweijähriges Exemplar, das ich aus einem Steckling gezogen habe. Die Blätter sind fast kreisrund, und die Stiele – warten Sie, ich werde sie Ihnen zeigen, sie steht augenblicklich im Dunkeln.«

Er war an einen langen Arbeitstisch getreten, von dem eine grüne Segeltuchplane bis zum Boden herabhing, die den Hohlraum unter der Tischplatte verhüllte. Andy hockte nieder, hob das Segeltuch an seinem freien Ende hoch und verschwand mit dem Kopf und den Schultern unter dem Tisch. Dann verharrte er ganz still. Ein paar Sekunden lang rührte er sich überhaupt nicht. Er blieb viel zu lange in seiner Stellung. Schließlich tauchte er wieder auf, stieß sich den Kopf an der betonierten Platte, richtete sich dann zu seiner vollen Höhe auf und stand so starr da, als sei er selber aus Beton. Aus seinem Gesicht war alle Farbe gewichen. Er hielt die Augen geschlossen.

Als er mich eine Bewegung machen hörte, öffnete er die Augen, und als er sah, daß ich nach dem Segeltuch griff, flüsterte er: »Sehen Sie nicht hin! Nein! Doch, sehen Sie lieber hin.«

Ich hob die Plane hoch, schob den Kopf und die Schultern unter die Werkbank, blieb dort etwa ebensolange wie Andy, tauchte dann wieder auf, wobei ich mich aber hütete, mir den Kopf zu stoßen, und berichtete Wolfe, was ich gesehen hatte.

»Es ist eine tote Frau.«

»Sie sieht tot aus«, flüsterte Andy.

»Ja«, bestätigte ich. »Und sie *ist* tot. Tot und erkaltet.«

»Verwünscht!« knurrte Wolfe.

Ich möchte etwas klarstellen. Ein Privatdetektiv ist kein vereidigter Beamter, aber er muß eine Lizenz haben, die ihm bestimmte Verpflichtungen auferlegt. In meiner Tasche trug ich einen Ausweis, der Archie Goodwin – also mich – zu solcher Tätigkeit berechtigte und zu gewissen Dingen verpflichtete. Als ich aber dort im Treibhaus stand und bald auf Wolfe, bald auf Krasicki blickte, kam es mir nicht als erstes in den Sinn, was ich gemäß meinen Vorschriften nun zu tun hatte, sondern was für ein Pech es doch für Nero Wolfe war. Er brauchte bloß einen kleinen Ausflug aufs Land zu machen, weil er dringend einen Pfleger für seine Orchideen benötigte – und schon fand er eine Leiche, die seine ganzen Bemühungen zunichte zu machen drohte. Damals wußte ich noch nicht, daß die Leiche an jenem Tage im Treibhaus lag, eben weil Wolfe einen Orchideenspezialisten suchte, daß also, was ich für ein zufälliges Zusammentreffen hielt, in Wirklichkeit Ursache und Wirkung war.

Andy stand noch immer wie erstarrt da. Wolfe näherte sich dem Vorhang. Ich warnte ihn: »Sie können sich nicht so tief bücken.« Er versuchte es trotzdem, und als er merkte, daß ich recht hatte, kniete er nieder und hob die

Plane hoch. Ich kauerte neben ihm. Es war nicht sehr hell, aber hell genug, daß man Einzelheiten erkennen konnte. Die Tote hatte hellbraunes Haar, schöne Hände und trug ein blaues Kleid aus einem gemusterten Kunstseidenstoff. Sie lag auf dem Rücken. Ihre Augen waren geöffnet, und auch der Mund stand offen. Weiter war unter dem Arbeitstisch nichts zu sehen. Nur ein großer Blumentopf lag umgekippt auf dem Boden, und von der Pflanze war ein Zweig fast ganz abgebrochen. Wolfe kroch zurück und richtete sich auf. Ich folgte seinem Beispiel. Andy hatte sich inzwischen offenbar nicht gerührt.

»Sie ist tot«, sagte er, diesmal mit lauter Stimme.

Wolfe nickte. »Und Ihre Pflanze ist verstümmelt. Der Zweig mit den Trieben ist abgebrochen.«

»Welche Pflanze?«

»Ihre Tibuchina.«

Andy krauste die Stirn, schüttelte den Kopf, kauerte dann wieder nieder und hob das untere Ende des Segeltuchs abermals an. Sein Kopf und seine Schultern verschwanden. Ich verletzte meine Vorschriften, denn ich hätte ihm sagen sollen, er dürfe nichts anrühren. Auch Wolfe warnte ihn nicht. Als Andy wieder auftauchte, hatte er nicht nur etwas angerührt, sondern er hatte sogar ein Beweisstück beseitigt. In seiner Hand hielt er den abgebrochenen Zweig der Tibuchina. Mit dem Mittelfinger zog er eine Furche im Erdboden, steckte das untere Ende des Zweiges hinein, bedeckte es und drückte die Erde fest.

»Haben Sie sie getötet?« fuhr Wolfe ihn an.

In einer Hinsicht war es eine gute Frage, in anderer Hinsicht war sie schlecht. Sie riß Andy aus seiner Betäubung, und das war gut, aber sie machte ihn auch so zornig, daß er handgreiflich werden wollte. Er ging entschlossen auf Wolfe los, aber der Raum zwischen den Arbeitstischen war eng, und ich war auch noch da. Unmittelbar vor mir machte er halt.

»Das wird Ihnen nichts nützen«, sagte Wolfe bitter. »Sie

wollten morgen bei mir die Arbeit aufnehmen. Was soll jetzt werden? Kann ich Sie mit der Leiche hierlassen? Nein. Sie wären im Gefängnis, bevor ich wieder zu Hause bin. Sie werden die Frage, die Ihren Zorn erregt hat, noch viele Male beantworten müssen, ehe der Tag zu Ende ist.«

»Großer Gott!« Andy wich zurück.

»Das beste ist, Sie beginnen gleich mit mir und antworten. Haben Sie sie getötet?«

»Nein! Großer Gott! Nein!«

»Wer ist sie?«

»Es ist Dini. Dini Lauer. Mrs. Pitcairns Pflegerin. Sie ist meine Braut. Gestern – gestern erst sagte sie, sie wolle mich heiraten. Und nun stehe ich hier.« Andy spreizte alle Finger und hob seine Hände.

»Nun stehe ich hier. Was soll ich nur tun?«

»Sie kommen jetzt mit mir«, sagte Wolfe und drängte sich an mir vorbei. »Ich habe vorn im Arbeitsraum ein Telefon gesehen. Aber bevor ich es benutze, wollen wir uns erst etwas unterhalten. Archie, Sie bleiben hier.«

»*Ich* bleibe hier«, sagte Andy. Die Erstarrung war ganz von ihm gewichen. Er war wieder bei vollem Bewußtsein, aber die Farbe seines Gesichts war nicht wiedergekehrt, und auf seiner Stirn standen Schweißtropfen. Er sagte noch einmal: »Ich werde hierbleiben.«

Es dauerte zwei ganze Minuten, bis er einwilligte, mir die Ehre der Totenwache zu überlassen. Endlich zogen die beiden ab. Andy ging voran, Wolfe folgte. Nachdem sie den Raum verlassen hatten, sah ich durch die Glaswände, wie sie die warme und die kalte Abteilung durchquerten und dann die Tür zum Arbeitsraum öffneten und sie hinter sich zumachten. Jetzt war ich allein, soweit man in einem Gewächshaus von Alleinsein sprechen kann. Man hat ja nicht nur die Pflanzen und Blumen zur Gesellschaft, sondern steht durch die Glaswände sozusagen mit der Außenwelt in Verbindung. Und jeder, den man sieht, kann einen auch sehen. Daraus ergab sich die erste Folgerung.

Dini Lauer, ob nun tot oder lebend, kann nicht zwischen sieben Uhr morgens und fünf Uhr nachmittags hinter dem Segeltuch verborgen worden sein. Die Frage, ob sie lebend oder tot hierhergebracht wurde, führte mich zu einem zweiten Ergebnis. Ich hob das untere Ende des Vorhangs hoch, um mich zu vergewissern. Als vor etwa vier Jahren der Tank mit Ciphogen in Wolfes Gewächshäusern aufgestellt worden war, hatte ich in der Literatur darüber nachgelesen. Es war dort beschrieben, wie man aussehen würde, wenn man aus Unachtsamkeit Ciphogen einatmete. Ich betrachtete daher noch einmal Dinis Gesicht und Hals und gelangte zu dem Schluß, daß sie noch gelebt haben mußte, als sie unter dem Arbeitstisch verborgen wurde. Das Ciphogen hatte sie getötet. Da es höchst unwahrscheinlich schien, daß sie selber bei vollem Bewußtsein unter den Tisch gekrochen war und sich da ruhig hingelegt hatte, suchte ich nach einer Beule oder Spuren einer Verletzung der Haut, fand aber nichts.

Als ich mich aufrichtete, hörte ich, wie jemand mit den Knöcheln gegen Holz klopfte. Dann erscholl die Stimme eines Mannes, die so laut war, daß man sie durch das Holz verstehen konnte.

»Andy!« Und dann noch einmal und noch lauter: »Andy!« Jetzt sah ich, daß sich am Ende des Treibhauses, wo dieses an das Wohnhaus stieß, eine breite Tür befand. Die Arbeitstische endeten etwa fünf Meter davor, so daß ein freier Raum entstand, der mit einer Matte bedeckt war. An der Seite standen Kübel und riesige Blumentöpfe.

Das Pochen wiederholte sich. Es wurde immer lauter, und die Stimme wurde immer dringlicher. Ich besah mir die Tür und stellte dreierlei fest. Erstens, die Türangeln befanden sich auf der andern Seite des Pfostens. Vermutlich führte die Tür in das Haus. Zweitens war sie auf meiner Seite durch einen schweren Riegel verschlossen. Drittens endlich waren die Ritzen, wo Tür und Türrahmen aneinanderstießen, mit breiten Isolierstreifen versiegelt. Die

Stimme und das Klopfen wurden noch gebieterischer. Es konnte zu nichts führen, wenn ich den Versuch machte, durch die verriegelte Tür zu sprechen, denn meine Stimme war ja die eines Fremden. Verhielt ich mich aber bloß ruhig, dann würde wahrscheinlich der Mann, der Einlaß begehrte, von der andern Seite her ins Teibhaus kommen. Das bedeutete, daß er dann durch den Arbeitsraum gehen mußte. Es war mir bekannt, wie Wolfe es haßte, gestört zu werden, wenn er eine Unterredung führte. Ich zog es daher vor, diese Störung zu verhindern. Ich schob den Riegel zurück und öffnete die Tür weit genug, daß ich selber hindurchschlüpfen konnte. Dann lehnte ich mich auf der andern Seite mit dem Rücken dagegen.

Die Stimme fragte: »Wer zum Teufel sind Sie?«

Es war Joseph G. Pitcairn, und ich selbst befand mich wider Erwarten nicht in einer Halle oder einem Hausflur, sondern in dem außerordentlich großen Wohnzimmer seines Hauses. Pitcairn war nicht so berühmt, daß ich sein Bild schon irgendwo gesehen und ihn daher sofort erkannt hätte. Als wir aber anfingen, auf dem Postwege den Versuch zu machen, ihm seinen Gärtner auszuspannen, hatte ich einige Erkundigungen eingeholt und dabei erfahren, daß er Golf spielte, sonst aber nichts tat. Das war eine ausreichende Beschreibung. Ich sah schon allein an seiner etwas nach links gerichteten Nase – wie es hieß, die Folge einer hitzigen Golfpartie –, wer er war.

»Wo ist Andy?« fragte er, ohne mir so viel Zeit zu lassen, daß ich ihm sagen konnte, wer zum Teufel ich war.

»Mein Name –« begann ich.

»Ist Miss Launer dort drinnen?« fragte er.

Meine Aufgabe war es natürlich, für Wolfe Zeit zu gewinnen. Statt zu antworten, sagte ich daher ruhig:

»Machen Sie das Dutzend voll, und ich werde anfangen zu antworten.«

»Das Dutzend? Welches Dutzend?«

»Fragen. Haben Sie jemals etwas von Nero Wolfe gehört?«

»Gewiß. Was ist mit Ihm? Er züchtet Orchideen.«

»So kann man es auch ausdrücken. Wie er sagt, kommt es
nicht darauf an, wer die Orchideen besitzt, sondern wer
sie züchtet. In diesem Fall war es Theodor Horstmann, der
zwölf Stunden täglich – manchmal mehr – in den Gewächshäusern zubrachte, aber er mußte seine Arbeit lie-
genlassen, weil seine Mutter krank wurde. Das war gestern vor einer Woche. Nachdem Mr. Wolfe sich vergeblich bemüht hatte, einen Ersatz zu finden, beschloß er,
Ihnen Andrew Krasicki auszuspannen. Sie dürfen nicht
vergessen, daß er –«

Ich brach ab. Aber nicht wegen Joseph G. Pitcairn. Wir
waren nämlich nicht allein. Hinter ihm standen ein junger
Mann und eine junge Frau und etwas weiter an der Seite
eine andere Frau, offenbar ein Dienstmädchen, das nicht
jung, aber auch noch nicht eigentlich alt war. Zu meiner
Rechten entdeckte ich Neil Imbrie, der noch sein Arbeitszeug trug.

Die junge Frau war es, die meinen Redeschwall mit dro-
henden Gesten unterbrochen hatte.

»Hören Sie auf, Ausflüchte zu machen, und geben Sie die
Tür frei. Da drinnen ist etwas passiert. Lassen Sie mich
durch!« Sie packte mich am Ärmel und suchte mich gewaltsam von der Tür zu entfernen.

Der junge Mann rief, ohne sich zu rühren: »Nimm dich in
acht, Sibby! Es ist sicherlich Archie Goodwin. Der kriegt
es fertig, eine Frau zu schlagen –«

»Still, Donald!« herrschte Joseph G. ihn an. »Sybil! Bewahre mehr Haltung, wenn ich bitten darf!«

Seine kalten grauen Augen kehrten zu mir zurück. »Sie
heißen Archie Goodwin, und Sie arbeiten für Nero Wolfe,
wenn ich nicht irre?«

»Sie irren nicht.«

»Sie sagen, Sie seien gekommen, um mit Krasicki zu sprechen?« Ich nickte. »Um ihn Ihnen auszuspannen.« Ich betonte das, weil ich hoffte, es würde zu einem längeren Herumstreiten Anlaß geben. Aber er biß nicht an.

»Soll das eine Entschuldigung dafür sein, daß Sie in mein Haus eingebrochen sind und eine Tür verbarrikadieren?«

»Nein«, räumte ich ein. »Krasicki lud mich ein, das Gewächshaus zu besichtigen. Ich stand dort, als ich Sie klopfen und nach ihm rufen hörte. Er spricht gerade mit Mr. Wolfe. Ich sah, daß die Tür verriegelt war, und weil ich mir schon dachte, daß Sie es sind und natürlich verlangen können, daß Ihnen die Tür Ihres eigenen Gewächshauses geöffnet wird, habe ich aufgemacht. Und was das Verbarrikadieren betrifft – ja, das ist der springende Punkt. Ich gebe zu, daß das etwas merkwürdig aussieht. Aber nehmen wir einmal an, es stünde in einem gewissen Zusammenhang mit dieser Miss Lauer, so möchte ich gerne wissen, warum Sie fragten, ob diese Miss Lauer, die mir bisher unbekannt war, hier ist. Warum fragten Sie?«

Joseph G. Pitcairn machte einen großen Schritt auf mich zu.

»Machen Sie Platz!« sagte er drohend.

Ich schüttelte den Kopf und lächelte verbindlich. Aber ehe ich noch etwas sagen konnte, griff er nach mir. Ich hatte mir schon gesagt, daß es besser wäre, ich ließe den kalten Krieg nicht zu einem heißen werden, besonders da er Donald und Neil Imbrie in Reserve hatte. Aber da mir nichts anderes übrigblieb, wollte ich mit gewissen Tatsachen herausrücken. Dazu kam es jedoch nicht mehr. Denn in diesem Augenblick fuhr draußen ein Auto vor. Imbrie stand in der Nähe eines Fensters und blickte hinaus. Er wandte sich an seinen Arbeitgeber.

»Die Polizei ist da, Mr. Pitcairn«, sagte er. »Es sind zwei Wagen.«

Offenbar war Wolfes Unterredung mit Andy von kurzer

Dauer gewesen und ohne Ergebnis geblieben. Denn er hatte getan, was er nur zu tun pflegt, wenn es sich gar nicht vermeiden läßt. Er hatte bei der Polizei angerufen.

Fünf Stunden später, um drei Uhr nachmittags, machte Nero Wolfe, der in dem Arbeitsraum des Treibhauses einen einigermaßen brauchbaren Stuhl gefunden hatte, einen letzten, verzweifelten Versuch.

»Sie können dem Verdächtigen alles möglich anhängen, nur nicht einen vorsätzlichen Mord. Die Kaution kann so hoch sein, wie Sie wollen. Sie wird beschafft werden. Das Risiko, das Sie eingehen, ist kaum der Rede wert, und Sie werden mir dankbar sein, wenn ich die Tatsachen ermittelt und Ihnen vorgelegt habe.«

Die drei Männer schüttelten den Kopf.

Der eine sagte: »Geben Sie es ruhig auf und besorgen Sie sich einen Gärtner, der kein Mörder ist.« Der Sprecher war Ben Dykes, der Chef der Bezirkskriminalpolizei.

Ein anderer sagte boshaft: »Wenn es nach mir ginge, würden Sie für sich selbst Kaution stellen müssen, und zwar als Hauptzeuge.« Diesmal war es Lieutenant Con Noonan von der Staatspolizei. Er hatte von Anfang an gestänkert, und erst nach der Ankunft des Staatsanwalts, der eine frühere Begegnung mit Nero Wolfe nicht vergessen hatte, wurden Wolfe und ich als Menschen angesehen.

»Es nützt Ihnen nichts, Wolfe. Aber natürlich werden uns Tatsachen stets willkommen sein«, sagte als dritter im Bunde dieser Staatsanwalt, Cleveland Archer. Jeden gewöhnlichen Mord würde er seinen Leuten überlassen haben, aber nicht einen, mit dem Joseph G. Pitcairn irgend etwas zu tun hatte. Er fuhr fort: »Welche andere Anklage können wir erheben als vorsätzlichen Mord? Das bedeutet aber nicht, daß die Akten bereits geschlossen sind und alles für die Verhandlung bereit ist. Morgen ist auch noch ein Tag. Einige Punkte müssen noch genauer untersucht werden. Ich werde dafür sorgen, daß es geschieht. Aber es sieht so aus, als ob er schuldig sei.«

Nur wir fünf waren übriggeblieben. Wolfe saß in dem besten Stuhl, der zur Verfügung stand, ich auf einer Tischecke, und die andern drei standen. Die Leiche war schon längst fortgeschafft worden, die Fachleute der Polizei hatten ihre Arbeit beendet und waren gegangen, tausend Fragen waren gestellt und beantwortet worden, alles war protokolliert und unterschrieben. Andy Krasicki aber war, durch Handfesseln mit einem Polizisten vereint, im Polizeiauto nach White Plains weggeführt worden.

Wolfe, der seit dem Frühstück nichts weiter als vier Brötchen und drei Tassen Kaffee zu sich genommen hatte, war in noch düsterer Stimmung als am Morgen, da er mich nach dem Auto geschickt hatte. Er hatte Andy für sich gewonnen und dann wieder verloren.

Festzustehen schien, daß Andy seit seiner ersten Begegnung mit Dini Lauer – es war vor zwei Monaten gewesen, als Mrs. Pitcairn sich bei einem Sturz den Rücken verletzt hatte und Dini Lauer zu ihrer Pflege ins Haus kam – Wachs in ihren Händen gewesen war. Das hatte sogar Gus Treble, Andys Gehilfe, der offenbar sehr an ihm hing, zugegeben. Er sagte, Dini habe Andy an der Nase herumgeführt, aber er sei ihr gegenüber völlig willenlos gewesen.

Auf Wolfes Frage, warum Andy an demselben Tage, an dem sie einwilligte, seine Frau zu werden, sie umgebracht haben sollte, lautete die Antwort: Wer sagt denn, daß sie eingewilligt hat? Niemand außer Andy. Keiner hatte etwas davon gehört, und auch Andy hatte es nur Wolfe und mir verraten. Es war also anzunehmen, meinten die Polizeileute, er habe sie umgebracht, weil sie sich ihm verweigerte. Immerhin war dies einer der Punkte, die nach Ansicht des Staatsanwalts noch genauer nachgeprüft werden mußten. Ein Nachweis von Andys Eifersucht hätte natürlich auf den Richter und die Geschworenen großen Eindruck gemacht. Dieser Nachweis aber ließ sich schwer führen, und deshalb durfte sich der Staatsanwalt nicht darauf einlassen, solange er diesen Verdacht nicht sorgfältig untersucht hatte. Vor allem stand völlig offen, wer als Andys Rivale hätte in Betracht kommen können. Man hatte viele Fragen gestellt, um darüber Klarheit zu gewinnen, aber ohne den geringsten Erfolg.

Noonan und Dykes hatten bei allen Verdächtigen das Alibi nachgeprüft, als aber am Nachmittag aus White Plains die Nachricht kam, man habe Morphium bei der Toten festgestellt, hatte der Staatsanwalt es für nötig gehalten, alle Hausbewohner noch einmal zu vernehmen.

Das Laboratorium des Bezirksgerichts erklärte später genauer, bei der Untersuchung sei zwar Morphium festgestellt worden, aber nicht in ausreichender Menge, um als Todesursache in Betracht zu kommen. Man könne mit Sicherheit annehmen, die Frau sei an einer Ciphogenvergiftung gestorben.

Immerhin klärte die Feststellung des Morphiums eine Frage. Man wußte jetzt, auf welche Weise der Mörder Dini bewußtlos gemacht hatte, bevor sie unter dem Arbeitstisch der Vergiftung durch das Gas ausgesetzt worden war.

Doch nun erhob sich eine andere Frage. Ließ sich beweisen, daß Andy das Morphium gekauft hatte? Aber dieser Punkt war schnell geklärt. Schon nach wenigen Minuten stellte sich heraus, daß Vera Imbrie, die Köchin und Neils Frau, an Gesichtsneuralgie litt und deshalb in einem Küchenschrank eine Schachtel mit Morphiumpillen aufbewahrte. Seit fast einem Monat hatte sie es nicht mehr zu benutzen brauchen, und jetzt war die Schachtel verschwunden. Andy hatte ebenso wie alle andern von diesen Pillen gewußt, und er hatte auch gewußt, wo die Köchin sie aufbewahrte. Jetzt hatte die Polizei einen guten Vorwand, um das ganze Haus zu durchsuchen.

Mehrere Beamte hatten eine Stunde lang überall herum-

gestöbert, aber weder das Morphium noch die Pillen-
schachtel kam zum Vorschein. Auch Andys Häuschen,
das natürlich schon längst untersucht worden war, wurde
noch einmal gründlich vorgenommen. Dann überprüfte
der Staatsanwalt abermals sämtliche Alibis, fand aber
nichts Neues. Natürlich stand Andys Alibi im Vordergrund. Nach seiner Darstellung hatte er mit Dini am Spät-
nachmittag im Treibhaus eine Aussprache gehabt. Zum
Schluß, behauptete er, hatte sie endlich eingewilligt, ihn
bald zu heiraten, unter der Voraussetzung, daß er Nero
Wolfes Angebot akzeptiere und sie nach New York über-
siedelten. Sie habe verlangt, fügte er hinzu, er solle nichts
von ihrer Verlobung verraten, solange sie nicht mit Mrs.
Pitcairn gesprochen und ihr alles gesagt habe.
Diese Zusammenkunft hatte nach Andys Darstellung
etwa um fünf Uhr stattgefunden. Dann wollte er Dini erst
vier Stunden später, kurz nach neun, wiedergesehen haben. Er hatte seine Abendrunde durch das Treibhaus gemacht, und sie war durch die Tür gekommen, die vom
Treibhaus in das Wohnhaus führte. Sie hatten sich die Blumen angesehen und dabei unterhalten, sich dann in den
Arbeitsraum gesetzt und Bier getrunken, das Dini aus der
Küche mitbrachte. Um elf Uhr hatte sie gute Nacht gesagt
und war auf demselben Wege, auf dem sie gekommen, in
das Wohnhaus zurückgekehrt. In diesem Augenblick
habe er sie zum letzten Male gesehen, sagte er.
Auch er habe dann das Treibhaus verlassen, und zwar
durch die Außentür, und sei in sein Häuschen gegangen,
um den Brief an Wolfe zu schreiben. Er habe noch nicht zu
Bett gehen mögen, sagte er, weil er vor Freude zu aufgeregt gewesen sei; auch hätte er um drei Uhr ohnehin aufstehen müssen. So habe er noch einige Listen ausgefüllt
und dann angefangen, seine Sachen zu packen. Nach seiner Darstellung war er um drei Uhr in das Treibhaus zurückgekehrt, wo kurz darauf Gus Treble erschien, um ihm
bei der Desinfizierung zu helfen. Sie hatten etwa eine

Stunde gebraucht, um die Tür, die zum Wohnhaus führte, zu verriegeln und abzudichten, das Hauptventil des Ciphogentanks, das sich im Arbeitsraum befand, acht Minuten offenzuhalten und dann wieder zu verschließen. Nach beendeter Arbeit hatten sie die Außentür hinter sich abgeschlossen, das Schild mit der Warnung aufgehängt und jeder seine Wohnung aufgesucht.

Auch jetzt war Andy, wie er angab, noch nicht zu Bett gegangen. Er war um sieben Uhr zum Treibhaus zurückgekehrt und hatte die Lüftungsklappen von außen geöffnet. Dann endlich hatte er sich zur Ruhe gelegt und fest geschlafen.

Um halb neun war er aufgewacht, hatte schnell gefrühstückt und wollte gerade an die Arbeit gehen, als es an der Tür klopfte. Er öffnete und sah, daß die Besucher Nero Wolfe und ich waren.

Die Alibis der anderen waren nach ihrer Darstellung wenig verwickelt.

Gus Treble hatte den Abend in Gesellschaft eines Mädchens in Bedford Hills verbracht und sich erst von ihr getrennt, als er sich auf den Weg machen mußte, um pünktlich um drei Uhr Andy vor dem Gewächshaus zu treffen.

Neil und Vera Imbrie waren kurz vor zehn in ihr Zimmer gegangen, hatten etwa eine halbe Stunde lang das Rundfunkprogramm angehört, waren dann zu Bett gegangen und hatten geschlafen. Joseph G. Pitcairn war sofort nach dem Abendbrot zu einer Sitzung irgendeines Komitees nach North Salem gefahren. Kurz vor Mitternacht war er zurückgekehrt und zu Bett gegangen.

Donald hatte mit seinem Vater und Dini Lauer zusammen gespeist und war dann in sein Zimmer gegangen, um zu schreiben – an seinem Tagebuch, wie er sagte. Man verzichtete darauf, es sich zeigen zu lassen.

Sybil hatte oben bei ihrer Mutter gesessen. Diese war jetzt imstande, aufzustehen und sogar ein wenig herumzugehen, wagte sich aber noch nicht zu den Mahlzeiten nach unten. Nach dem Essen hatte Sybil ihr ein paar Geschichten vorgelesen, ihr ins Bett geholfen und sich dann für die Nacht in ihr eigenes Zimmer zurückgezogen.

Niemand hatte Dini seit der Zeit kurz nach dem Abendessen gesehen. Auf die Frage, ob es nicht aufgefallen sei, daß Dini die Patientin, die sie zu pflegen hatte, am Abend nicht noch einmal besucht habe, antworteten alle mit Nein, und Sybil erklärte, sie sei durchaus fähig, allein das Bett für ihre Mutter zu machen.

Als sie gefragt wurden, ob sie etwas von Mrs. Imbries Morphiumtabletten gewußt hätten, sagten sie alle, natürlich hätten sie es gewußt, und auch, wo die Schachtel aufbewahrt wurde. Sie leugneten nicht, daß die Möglichkeit bestand, daß einer von ihnen Dini Morphium in einem Glase Bier zu trinken gegeben hatte. Niemand aber schien sich über diese Frage zu beunruhigen.

Auch hinsichtlich der Morgenstunden verwickelte sich niemand in Widersprüche. Man stand in diesem Hause spät auf, und jeder frühstückte, wann er wollte. Sybil hatte oben mit ihrer Mutter zusammen gefrühstückt. Sie hatten Dini nicht vermißt, und erst nach neun Uhr hatte man angefangen, sich zu wundern, wo sie sein mochte. Schließlich versammelten sich alle im Wohnzimmer und erörterten Dinis Verschwinden. Dann klopfte Pitcairn an die Tür, die zum Treibhaus führte, und rief nach Andy.

Alles schien völlig klar zu sein. Offensichtlich war der Gärtner der einzige, der als Täter in Betracht kommen konnte.

»Einer von Ihnen lügt«, beharrte Wolfe.

»Wer lügt?« wollten die drei andern wissen. »Und was ist erlogen?«

»Woher soll ich das wissen?« antwortete Wolfe gereizt. »Das herauszufinden ist Ihre Sache.«

»Finden Sie es selber heraus«, erwiderte Noonan und fügte spöttisch hinzu: »Wenn Sie können.«

Wolfe hatte allerlei Fragen aufgeworfen. So hatte er eine

Erklärung dafür haben wollen, weshalb Andy, wenn er die Absicht hatte, Dini zu ermorden, sich gerade den einzigen Ort und die einzige Methode ausgesucht haben sollte, die unbedingt den Verdacht auf ihn lenken mußte. Sie antworteten, er habe das getan, weil er überzeugt war, kein Gericht der Welt würde glauben, jemand könne dumm genug sein, so zu handeln.

Ich selber mußte zugeben, daß verschiedene Argumente, mit denen Wolfe Andys Schuld in Zweifel stellen wollte, nicht ganz stichhaltig waren. Eins aber bewies seine Unschuld. Wolfe nahm an – und niemand bestritt es –, daß der Blumentopf unter dem Arbeitstisch umgefallen war, als Dini Lauer, die zwar betäubt, aber noch am Leben war, in das Versteck geschoben wurde. Es war völlig ausgeschlossen, daß Andy Krasicki sich nicht um die Pflanze gekümmert hätte. Er würde zum mindesten den umgestürzten Topf wieder aufgerichtet haben. Dabei wäre ihm natürlich nicht entgangen, daß der Zweig mit den Trieben geknickt war. Es war ganz undenkbar, daß ein Mann wie Andy Krasicki nicht ganz automatisch sofort versucht hätte, den Schaden wiedergutzumachen, soweit es ging.

Als Andy abgeführt worden war, hatte er zu Wolfe gesagt: »Tun Sie, was Sie für richtig halten. Mir ist jetzt alles gleich. Es liegt mir nur daran, daß der Schweinehund, der es getan hat, gefaßt wird.«

»Ich werde tun, was ich kann«, hatte Wolfe ihm versichert. »Ich hoffe, es wird nur einige Stunden dauern. Sie werden sicher heute nacht in meinem Hause schlafen.«

Aber es sah nicht danach aus. Wie gesagt, waren die Polizeileute um drei Uhr mit ihrer Arbeit fertig. Bevor sie gingen, sagte Noonan ein zweites Mal zu Wolfe:

»Wenn es nach mir ginge, müßten Sie für sich selber als Hauptzeuge Kaution stellen.«

Hoffentlich kommt der Tag, an dem ich diesem widerwärtigen Menschen seine Bosheit heimzahlen kann, dachte ich.

Als ich mit Wolfe allein war, bemerkte ich: »Da haben wir es. Jetzt müssen Sie zu allem übrigen auch noch auf eine Vorladung rechnen, um als Zeuge zu fungieren.«

»Schweigen Sie!« knurrte Wolfe. »Ich versuche zu denken.« Er schloß die Augen.

Ich blieb auf dem Tisch sitzen und wartete. Nach ein paar Minuten knurrte er wieder und sagte: »Ich kann hier nicht denken. Es ist ein ganz elender Stuhl.«

»Der einzige bequeme Stuhl, den ich kenne, steht leider nur zur Verfügung, wenn wir uns entschließen, wieder nach Hause zu fahren. Übrigens, wessen Gäste sind wir jetzt eigentlich, nachdem derjenige, der uns hier hereingebeten hat . . .«

Auf meine unvollendet gebliebene Frage erfolgte eine Antwort, die ich nicht erwartet hatte. Die Tür zur Kaltabteilung des Treibhauses öffnete sich, und Joseph G. Pitcairn, von seiner Tochter Sybil begleitet, trat ein. Er fragte eisig: »Warten Sie auf jemand?« Wolfe öffnete langsam seine Augen und betrachtete ihn düster.

»Ja«, sagte er.

»Auf wen?«

»Irgend jemand. Sie zum Beispiel.«

»Er ist übergeschnappt«, warf Sybil ein. »Einfach übergeschnappt.«

»Schweig still, Sybil«, sagte ihr Vater, ohne die Augen von Wolfe zu wenden. »Bevor Mr. Noonan ging, sagte er mir, er werde am Eingang zu meinem Grundstück einen Mann postieren, der verhindern soll, daß Unbefugte eintreten. Er dachte, Zeitungsleute oder neugierige Fremde würden uns vielleicht belästigen wollen. Es steht aber nichts im Wege, daß Sie gehen. Der Mann hat nur den Auftrag, zu verhindern, daß ein Fremder eindringt, er hindert aber niemand, das Grundstück zu verlassen.«

»Das ist vernünftig«, sagte Wolfe anerkennend. »Mr. Noonan weiß, was er sagt. Man kann sich auf ihn verlassen.« Er seufzte. »Sie fordern mich also auf zu verschwinden. Auch das ist vernünftig. Von Ihrem Standpunkt aus.« Aber er rührte sich nicht.

Pitcairn runzelte die Stirn. »Es ist weder vernünftig noch unvernünftig. Es ist lediglich angemessen. Sie mußten natürlich bleiben, solange man Sie benötigte. Jetzt benötigt man Sie nicht mehr. Diese höchst bedauernswerte und schmutzige Episode ist nun abgeschlossen. Ich muß Sie daher ersuchen –«

»Nein«, knurrte Wolfe. »Nein, durchaus nicht.«

»Nein? Was heißt das?«

»Die Episode ist keineswegs abgeschlossen. Wenn ich sagte, man könne sich auf Mr. Noonan verlassen, so dachte ich dabei an Sie, nur an Sie. In Wirklichkeit ist er ein Esel, weil er die Leute auf Ihrem Grundstück frei herumlaufen läßt, wie sie wollen. Einer von ihnen ist ein Mörder. Man sollte niemand erlauben, auch nur einen Schritt zu tun, ohne daß er beobachtet wird.«

Sybil lachte laut heraus. Sie schien aber selbst darüber zu erschrecken, denn sie hielt schnell die Hand vor den Mund, um das Lachen zu unterdrücken.

»Da haben wir es«, sagte Wolfe ruhig. »Sie ist hysterisch.« Seine Augen kehrten zu Pitcairn zurück. »Warum ist Ihre Tochter hysterisch?«

»Ich bin nicht hysterisch«, sagte sie zornig. »Da hätte jeder lachen müssen. Was Sie da eben sagten, ist aber nicht nur komisch, sondern auch abgeschmackt. Sie enttäuschen mich, Nero. Ich hätte Sie für gescheiter gehalten.«

Ich glaube, daß sie ihn »Nero« nannte, gab den Ausschlag. Bisher war er noch im Zweifel gewesen, was er tun sollte. Es war richtig, er hatte zu Andy gesagt, er hoffe ihn bald wieder in Freiheit zu sehen, und war damit eine Verpflichtung eingegangen. Außerdem brauchte er Andy dringend. Und das Benehmen von Lieutenant Noonan hatte ihn schwer gereizt. Aber immer noch hatte das Verlangen, bald wieder zu Hause zu sein, im Vordergrund gestanden. Ich kannte ihn sehr gut und konnte daher erraten, was in ihm vorging. Daß dieses impertinente Mädchen, eine völlig Fremde, ihn Nero nannte, war zuviel. Jetzt war er fest entschlossen, die Sache anzupacken.

Er arbeitete sich von seinem Stuhl hoch und sagte zu Joseph G. Pitcairn: »Mr. Krasicki hat mich beauftragt, seinen Fall zu übernehmen und seine Schuldlosigkeit zu beweisen. Ich gedenke diesen Auftrag auszuführen. Natürlich wäre es töricht, wollte ich annehmen, daß Sie um solcher vagen Dinge willen, wie Gerechtigkeit und Wahrheit es sind, gern bereit wären, Unbequemlichkeiten auf sich zu nehmen. Trotzdem steht Ihnen zu, daß man Sie danach fragt. Ich frage daher: Darf ich hierbleiben und mit Ihnen, Ihrer Familie und den Angestellten sprechen, bis ich mich von Mr. Krasickis Schuld überzeugt habe oder in der Lage bin zu beweisen, daß er unschuldig ist?«

»Nein, ich bin nicht damit einverstanden, daß Sie hierbleiben«, erwiderte Pitcairn, sich mühsam beherrschend. »Wenn die Herren von der Polizei mit dem Ergebnis ihrer Untersuchung zufrieden sind, geht es mich nichts an, wie Sie darüber denken.« Er schob die Hand in die Seitentasche seiner Jacke. »Ich habe Ihnen geduldig zugehört, habe aber keine Lust, weiter mit Ihnen zu verhandeln. Sie wissen, wo Ihr Wagen steht.«

Er zog die Hand aus der Tasche. Der Revolver, den er zum Vorschein brachte, war alt, aber in gutem Zustand.

»Zeigen Sie mir Ihren Waffenschein«, sagte ich.

»Pfui.« Wolfe versenkte seine Hand ebenfalls in die Tasche. Ich dachte, mein Gott, er wird doch nicht... Aber als er seine Hand wieder herauszog, lag darin nur ein Schlüssel.

»Dies«, sagte er ruhig, »ist der Schlüssel zu Mr. Krasickis Haus. Er gab ihn mir, damit ich einiges seiner Habe zusammenpacken kann, sofern die Polizei es nicht mitgenommen hat. Mr. Goodwin und ich gehen jetzt ohne Begleitung hin, um das zu erledigen. Wenn wir zu unserem Wagen zurückkehren, erwarten wir Sie oder Ihren Bevollmächtigten zur Untersuchung unseres Gepäcks. Haben Sie etwas dazu zu bemerken?«

»Ich –« Pitcairn zögerte einen Augenblick, runzelte die Stirn und sagte dann: »Nein.«

»Gut.« Wolfe nahm seinen Mantel, Hut und Stock und setzte sich in Bewegung. »Kommen Sie, Archie.«

Als wir an der Tür waren, rief Sybil uns nach: »Wenn Sie die Morphiumschachtel finden, sagen Sie es niemand!«

Draußen half ich Wolfe in seinen Mantel und zog meinen an. Es war den ganzen Tag über nicht hell geworden, aber jetzt war es beinahe dunkel, obwohl die Wolken, von einem kalten Wind getrieben, sich zum Horizont verzogen hatten. Ich ging zuerst zum Wagen, um eine Taschenlampe zu holen, und folgte dann Wolfe. Diesmal brauchten wir uns nicht zu bücken, da die Zweige inzwischen trocken geworden waren.

Ich blickte auf meine Armbanduhr. »Es ist vier«, sagte ich zu Wolfe. »Wenn wir jetzt zu Hause wären und Theodor noch da oder Andy schon gekommen wäre, würden Sie in diesem Augenblick in die Gewächshäuser gehen und dort herumstöbern.«

In Andys Häuschen war es so finster, daß ich das Licht einschalten mußte. Wolfe sah sich um, entdeckte einen Stuhl, der fast groß genug für ihn war, nahm den Hut ab und setzte sich, während ich einen Rundgang machte. Die Polizei hatte alles ordentlich hinterlassen. Der mittelgroße Raum sah nicht übel aus, wenn auch der Teppich und die Möbel bessere Tage gesehen hatten. Auf der rechten Seite war ein Schlafzimmer, auf der linken ein zweites. Außerdem waren noch ein Bad und eine Küche vorhanden.

Ich nahm das alles flüchtig in Augenschein und kehrte zu Wolfe zurück. »Soll ich feststellen, ob ihnen vielleicht etwas Wichtiges entgangen ist?« fragte ich.

Er brummte nur. Da ich keine Lust hatte, mich ebenfalls hinzusetzen und in die Luft zu starren, begann ich von selbst eine gründliche Untersuchung der Wohnung.

In einem Wandschrank fand ich nur einige persönliche, uninteressante Besitztümer und Dinge, die Krasicki bei seiner Arbeit benötigte. Auch in den beiden Schlafzimmern und der Küche gab es nichts von Interesse. Das einzige von Bedeutung war ein kleiner Karton. Er enthielt aber kein Morphium, und es lag kein Grund zu der Annahme vor, daß er jemals welches enthalten hatte. Ich brachte Wolfe meinen Fund.

»Schlüssel«, sagte ich, auf den Karton deutend. »Auf dem Anhängsel des einen steht geschrieben: ›Dpl. Tr.‹, das soll wahrscheinlich bedeuten: Duplikat Treibhaus. Wir könnten ihn gut gebrauchen, wenn wir uns eines Nachts ins Treibhaus schleichen wollen, um die Phalaenopsis zu klauen.«

Keine Antwort. Ich steckte den Schlüssel in meine Tasche und setzte mich.

Nach einer Weile konnte ich mich nicht mehr beherrschen. »Damit Sie mich verstehen«, begann ich, »erkläre ich Ihnen hiermit, daß mir die ganze Geschichte nicht gefällt. Manches Mal haben Sie, wenn wir im Büro saßen, zu mir gesagt: ›Archie, suchen Sie den und den, und bringen Sie ihn her.‹«

Wolfe schwieg weiter.

»Für gewöhnlich habe ich herangeschleppt, wen Sie wollten«, fuhr ich fort. »Wenn Sie jetzt sagen, ich soll Sie nach Hause fahren – gut. Aber wenn Sie dann, sobald wir angekommen sind, verlangen, daß ich die Pitcairns und die Imbries und Gus Treble hole – denn so wird es kommen –, dann werde ich Ihnen nicht einmal antworten, nachdem Sie alles nur deshalb verpfuscht haben, weil ein hübsches Mädchen Sie bei Ihrem Vornamen nannte.«

»Sie ist nicht hübsch«, knurrte er.

»Unsinn! Natürlich ist sie hübsch, wenn sie mir auch ebensowenig gefällt wie Ihnen. Ich wollte Ihnen nur klarmachen, wie die Dinge liegen, wenn wir jetzt nach Hause fahren.«

Er blickte mich forschend an. Schließlich preßte er die Lippen zusammen und nickte, als habe er sich mit einer lästigen Tatsache endgültig abgefunden.

»Dort steht ein Telefon«, sagte er. »Sehen Sie zu, daß Sie Fritz bekommen.«

»Das Telefon habe ich längst gesehen«, erwiderte ich. »Aber was machen wir, wenn es mit dem Pitcairn-Haus direkt verbunden ist?«

»Versuchen Sie es.«

Ich trat an den Schreibtisch, auf dem der Fernsprechapparat stand, und als die Telefonistin sich meldete, nannte ich die Nummer. Kurz darauf hörte ich die bekannte Stimme. Wolfe stand auf, kam zu mir und nahm den Hörer.

»Sind Sie es, Fritz?« fragte er. »Wir sind aufgehalten worden ... Nein, ich bin ganz in Ordnung ... Ich weiß nicht. Habe keine Ahnung, wann wir fertig sein werden ... Nein. Leider haben sie ihn ins Gefängnis gebracht. Ich kann unmöglich etwas Genaues sagen. Sie werden wieder von mir hören. Was machen die Pflanzen? ... Gut ... Nein, das schadet ihnen nichts. Wahrscheinlich ...«

Ich hörte nicht mehr zu, weil meine Aufmerksamkeit abgelenkt wurde. Ohne besonderen Grund hatte ich einen flüchtigen Blick durch das Fenster geworfen. Da hatte ich gesehen, wie in einem Gebüsch ein Zweig sich auf und ab bewegte und dann zur Ruhe kam. Ich bin kein Förster, aber die Vernunft sagte mir, ohne Grund würde ein unbelaubter Zweig sich nicht so bewegen. Ich wandte mein Gesicht daher Wolfe wieder zu, lauschte noch eine Weile und ging dann langsam durchs Zimmer in die Küche. Dort drehte ich das Licht ab, öffnete leise die Hintertür und schlüpfte hinaus.

Es war ganz schwarz, aber nach einer halben Minute hatten meine Augen sich an die Dunkelheit gewöhnt. Ich fühlte automatisch nach meinem Pistolenhalfter und setzte mich langsam in Bewegung. Der Wind machte einen solchen Lärm, daß mein Gehör mir nicht viel nützte.

Als ich die Ecke des Hauses erreicht hatte, sprang plötzlich jemand auf mich zu und stieß mit mir zusammen. Eine harte Faust landete auf meinem Nacken, und das tat ziemlich weh. Ich zielte nach der Niere des Angreifers, verfehlte aber und fühlte, wie meine Knöchel gegen seine Hüfte krachten. Da versuchte er, bei mir einen Schwinger zu landen, aber ich duckte mich rechtzeitig, und er stieß ins Leere. Als er sich umwandte, um aufs neue anzugreifen, erkannte ich, wer er war: Andys Gehilfe, Gus Treble. Ich trat einen Schritt zurück und sagte: »Ich bin gerade zu einem kleinen Boxkampf aufgelegt, aber weshalb liegt *Ihnen* so viel daran? Es macht mir mehr Spaß, wenn ich weiß, worum es eigentlich geht.«

»Sie hinterhältiger Schuft! Sie sind doppelzüngig, Sie sind falsch!« sagte er.

»Das ist mir nicht ganz klar«, erwiderte ich. »Wen habe ich denn hintergangen? Pitcairn? Seine Tochter? Oder wen?«

»Sie machten ihm vor, Sie wären auf seiner Seite, und dann helfen Sie mit, daß er ins Kittchen geschleppt wurde.«

»Ach so! Sie glauben, wir hätten Andy hintergangen?«

»Natürlich haben Sie das. Was denn sonst?«

»Hören Sie, mein Freund.« Ich ließ meine Arme sinken, die ich noch immer abwehrbereit hielt. »Sie kommen mir wie gerufen. Zwar irren Sie sich gewaltig, aber Sie sind ein großartiger Mensch. Kommen Sie mit ins Haus und sprechen Sie mit Nero Wolfe.«

»Mit dem Gauner rede ich nicht!«

»Sie haben uns durch das Fenster beobachtet. Warum?«

»Ich wollte wissen, was Sie in Andys Haus machen.«

»Das hätten Sie leichter haben können. Sie hätten uns bloß zu fragen brauchen. Wir haben absolut nichts gemacht. Wir sitzen fest. Es liegt uns unendlich viel an Andy. Wir wollten ihn mitnehmen, und er sollte es gut bei uns haben. Aber die Polizei hat es nicht erlaubt.«

»Das ist eine verdammte Lüge.«

»Wie Sie meinen. Das beste aber wäre, Sie kämen mit ins Haus und sagten Mr. Wolfe ins Gesicht, er sei ein Bandit, ein hinterhältiger Schuft, ein Lügner. Dazu haben Sie nicht oft Gelegenheit. Oder haben Sie Angst?«

»Angst?« wiederholte er. »Lächerlich.« Er drehte sich um, ging zur Küchentür, öffnete sie und trat ein. Ich folgte ihm auf den Fersen. Aus dem Nebenzimmer kam Wolfes dröhnende Stimme. »Archie! Wer zum Teufel –«

Wir traten ein. Wolfe hatte sein Telefongespräch beendet. Er warf einen flüchtigen Blick auf Gus und dann auf mich. »Wo haben Sie ihn gefunden?«

Ich winkte mit der Hand ab. »Da draußen. Wie Sie sehen, habe ich mit den Lieferungen bereits begonnen.«

Wir brauchten zehn Minuten, um Gus Treble davon zu überzeugen, daß wir ein ehrliches Spiel spielten, und obwohl Wolfe eine Menge seiner besten Redewendungen ins Treffen führte, siegte schließlich nicht seine Beredsamkeit, sondern die Logik. Das Hauptargument war, daß Wolfe Andy in seinen Gewächshäusern brauchte, und zwar so schnell wie möglich. Andy konnte aber nicht gleichzeitig in Wolfes Haus und im Kittchen sein oder gar in der Todeszelle von Sing-Sing. Obwohl das doch einleuchtend genug war, gab Gus erst nach vollen zehn Minuten klein bei.

»Letzten Juli«, sagte er, »hat dieser Noonan einen Freund von mir ohne jeden Grund eingebuchtet.«

Wolfe nickte. »Das sieht ihm ähnlich. Ich darf voraussetzen, Mr. Treble, daß Sie ebenso wie ich von der Unschuld Mr. Krasickis überzeugt sind. Natürlich hat er die Frau nicht ermordet. Ich hörte selber, wie Sie das den Polizeileuten auseinandersetzten. Ich will Sie deshalb nicht länger mit dieser Frage bemühen. Aber etwas anderes: wenn Sie auch offen und ausgiebig alle Fragen, die Sie selber betrafen, beantwortet haben, so waren Sie doch hinsichtlich anderer Leute sehr vorsichtig. Ich kann das verstehen. Sie haben hier Ihre Arbeit, und Ihre Aussage wurde protokolliert. Aber das genügt mir nicht. Ich möchte Mr. Krasicki aus dem Gefängnis holen, und das kann ich nur, wenn ich einen Ersatz für ihn liefere. Wenn Sie wollen, können Sie mir gern dabei helfen, aber dann müssen Sie jegliche Vorsicht beiseite lassen und mir alles sagen, was Sie von diesen Leuten wissen. Wie denken Sie darüber?«

In dem künstlichen Licht wirkte Gus blasser als am Morgen im Freien. Man sah ihm an, daß er mit sich kämpfte. Schließlich murmelte er:

»Es ist eine gute Stellung. Ich bin gern hier.«

»Das kann ich verstehen«, sagte Wolfe freundlich. »Mr. Krasicki sagte mir, Sie seien geschickt, intelligent und ungewöhnlich zuverlässig.«

»Sagte er das?«

»Ja. Das sagte er.«

»Nun gut. Was wollen Sie wissen?«

»Ich möchte etwas über diese Leute hören. Nehmen wir zuerst einmal Miss Lauer. Ich habe das Gefühl, als hätte sie Ihnen nicht sonderlich imponiert.«

»Diese Zierpuppe? Sie haben ja gehört, was ich über sie ausgesagt habe. Sie wußte genau, was sie wollte.«

»Sie meinen Geld?«

»Nein, nicht Geld. Das glaube ich jedenfalls nicht. Aber Sie kennen doch diesen Typ. Sie machte den Männern schöne Augen, um zu sehen, wie sie darauf reagierten. Daran hatte sie ihren Spaß. Und es machte ihr ebenso Spaß, zu sehen, wie die Frauen darauf reagierten. Selbst Neil Imbrie, der alt genug ist, um ihr Vater zu sein, war vor ihr nicht sicher. Sie kokettierte mit ihm, wenn seine Frau dabei war.«

»Merkte Mr. Krasicki denn von alledem nichts?«

»Andy?« Gus beugte sich vor. »Hören Sie! Schon am ersten Tag, als er sie zu sehen bekam und ihre honigsüße Stimme hörte, war er verloren. Er ist sonst alles andere als ein dummer Mensch, aber da war nichts zu machen. Es hatte ihn so sehr gepackt, daß ihm gar nicht einfiel, einmal über sich und Dini Lauer nachzudenken. Einmal versuchte ich ein paar Worte über sie zu sagen. Ich war sehr vorsichtig, aber Sie hätten den Blick sehen sollen, den er mir zuwarf.« Gus schüttelte den Kopf. »Ich weiß nicht, was mit ihm los war. Hätte ich aber gewußt, daß er sie beredet hatte, ihn zu heiraten, dann hätte ich es fertiggebracht, sie um seinetwillen umzubringen.«

»Ja«, stimmte Wolfe zu. »Das wäre ein ausreichendes Motiv gewesen. Doch nun genug davon. Sie erwähnten Mr. Imbrie. Wie steht es mit ihm? Nehmen wir einmal an, Miss Lauer hatte auch dann mit ihm kokettiert, wenn seine Frau nicht da war. Vielleicht bildete er sich ein, sie sei wirklich in ihn verliebt. Als sie ihm dann gestern abend sagte, sie habe die Absicht, fortzugehen und Mr. Krasicki zu heiraten, könnte er den Kopf verloren haben. Besteht diese Möglichkeit?«

»Das weiß ich nicht. Ich habe nichts dergleichen angedeutet.«

»Warum wollen Sie nicht antworten? Ich bin doch nicht Mr. Noonan. Mit Vorsicht kommen wir zu nichts. Wäre es Mr. Imbrie zuzutrauen oder nicht?«

»Kann sein. Wenn sie ihn fest genug an der Angel hatte.«

»Sind Ihnen irgendwelche Tatsachen bekannt, die dieser Annahme widersprechen?«

»Nein.«

»Gut. Lassen wir das. Es ist Ihnen wohl klar, daß niemand ein Alibi hat. Es standen vier Stunden für die Tat zur Verfügung, von elf Uhr, als Dini Lauer Mr. Krasicki gute Nacht sagte und ihn verließ, bis drei Uhr, als Sie mit Mr. Krasicki ins Treibhaus gingen, um zu desinfizieren. Jedermann war im Bett, und abgesehen von Mr. und Mrs. Imbrie schlief jeder allein in seinem Zimmer. Das Alibi der Eheleute ist gegenseitig, und weil sie verheiratet sind, ist es völlig wertlos. Das Motiv, das er haben könnte, kennen wir. Auch sie käme in Frage, nach dem, was Sie gesagt haben, und im übrigen handeln Frauen oft ohne ein einleuchtendes Motiv. Aber um mit den Frauen zu Ende zu kommen: Wie steht es mit Miss Pitcairn?«

»Nun –« Gus öffnete den Mund, fuhr mit der Zungenspitze über die Oberlippe und machte den Mund dann wieder zu. Dann sagte er: »Ich werde nicht klug aus ihr. Sie ist mir höchst unsympathisch, aber ich weiß eigentlich keinen rechten Grund. Wahrscheinlich einfach deshalb, weil ich sie nicht verstehe.«

»Vielleicht. Kann ich Ihnen nicht helfen?«

»Kaum. Sie macht dauernd Krach, aber an einem Abend im Sommer überraschte ich sie draußen im Freien, wie sie ganz in Tränen aufgelöst war. Ich denke, es war ein Komplex. Aber sie muß mehr als einen haben. Eines Tages, ein paar Wochen nach Mrs. Pitcairns Unfall, machte sie ihrem Vater auf der Terrasse eine schreckliche Szene, obwohl sie wußte, daß ich ganz in der Nähe beschäftigt war. Daraufhin mußte die staatlich geprüfte Krankenschwester gehen, und eine private Pflegerin kam ins Haus. Das war dann Dini Lauer. Miss Pitcairn hatte sich so fürchterlich aufgeregt, weil sie der Meinung war, sie könnte selber nach ihrer Mutter sehen. Sie schrie wie verrückt, bis die Schwester von oben herabrief, sie möchte doch ruhig sein. Und dann noch eins. Es scheint nicht nur so, als ob sie die Männer haßt, sondern sie sagt offen heraus, daß sie es tut. Vielleicht ist das der Grund, daß ich sie nicht leiden kann. Es beruht auf Gegenseitigkeit.«

»Hat sie oft solche hysterischen Anfälle?«

»Daß es oft vorkommt, will ich nicht sagen, aber ich bin ja nur selten im Hause.« Gus schüttelte den Kopf. »Ich glaube, ich verstehe sie nicht.«

»Versuchen Sie es gar nicht erst, es würde uns doch nichts nützen. Was ich von Ihnen hören möchte, sind Tatsachen, falls Sie welche kennen. Ich brauche eine

Skandalgeschichte, in die Miss Pitcairn verwickelt ist. Kennen Sie eine?«

Gus machte ein verwirrtes Gesicht. »Meinen Sie etwas, das zwischen ihr und Dini vorgefallen ist?«

»Es braucht nicht unbedingt Dini zu sein, aber je größer der Skandal, desto besser. Ist sie Kleptomanin? Oder ist sie rauschgiftsüchtig? Verführt sie die Männer anderer Frauen? Betrügt sie beim Kartenspielen?«

»Nicht daß ich wüßte.« Gus dachte einen Augenblick angestrengt nach. »Sie streitet gern. Sagt Ihnen das etwas?«

»Kaum. Aber erzählen Sie nur.«

»Ich meine, sie zankt sich gern – mit ihrer Familie, mit Freunden, mit jedem, und immer weiß sie alles besser. Am schlimmsten treibt sie es mit ihrem Bruder.«

»Wie steht es übrigens mit diesem? Hat er auch Komplexe?«

Gus lachte verächtlich. »Die dürfte er wohl haben. Die Familie sagt, er sei empfindsam. Lächerlich. Er hat nur alle paar Minuten eine andere Laune. Im übrigen rührt er nie einen Finger. Er pflückt nicht einmal Blumen. Und dann hat er schon vier Universitäten hinter sich. Überall haben sie ihn an die Luft gesetzt; zuerst in Yale, dann in Williams, dann in Cornell und schließlich irgendwo in Ohio.«

»Weshalb?« fragte Wolfe. »Das könnte mir vielleicht helfen.«

»Ich habe keine Ahnung.«

»Das ist ärgerlich«, sagte Wolfe bedauernd. »Sind Sie denn gar nicht neugierig? Ein recht dunkler Punkt im Leben des Sohnes könnte mir noch mehr nützen als eine Skandalgeschichte über seine Schwester. Also? Wissen Sie etwas von ihm?«

Gus dachte wieder angestrengt nach, und als nach einer Minute noch immer keine Erleuchtung von seinem Gesicht abzulesen war, fragte Wolfe eindringlich: »Könnte er von den Universitäten gejagt worden sein, weil er etwas mit Frauen hatte?«

»Der?« Gus blies verächtlich durch die Nase. »Ich glaube eher, er interessiert sich überhaupt nicht für das andere Geschlecht. Aber dumm ist er nicht. Sie fragten, ob er Komplexe habe –«

Es klopfte an die Tür. Ich ging nachsehen, wer es war, und sagte: »Treten Sie näher.«

Donald Pitcairn kam herein.

Ich hatte ihn bisher nur flüchtig gesehen; jetzt betrachtete ich ihn genauer. Er sah gar nicht besonders empfindlich aus, aber natürlich konnte ich nicht wissen, in welcher Stimmung er gerade war. Er hatte ungefähr dasselbe Gewicht und dieselben Körpermaße wie ich, aber es fehlte ihm offensichtlich an jedem Training. Er hatte dunkle, tiefliegende Augen. Sein Gesicht war gar nicht so übel.

»So? Sie sind hier, Gus?« sagte er nicht gerade freundlich.

»Ja, ich bin hier«, erwiderte Gus. Damit schien die Sache für ihn erledigt zu sein.

Donald Pitcairn wandte sich an Wolfe. Er machte nicht erst viele Umschweife. »Wir wunderten uns, warum es so lange dauert, bis Sie Andys Sachen gepackt haben. Sagten Sie nicht, Sie wollten deshalb in sein Haus gehen? Es sieht aber gar nicht so aus, als ob Sie es auch wirklich tun.«

»Wir wurden unterbrochen«, erklärte Wolfe.

»Das sehe ich. Aber meinen Sie nicht, es wäre ein guter Gedanke, Sie ständen auf, packten und verschwänden?«

»O ja. Sie haben recht. Wir werden gleich ans Packen gehen. Aber ich freue mich, Mr. Pitcairn, daß Sie gekommen sind. Jetzt bietet sich eine unverhoffte Gelegenheit zu einer kleinen Unterhaltung. Natürlich –«

»Ich habe nicht die geringste Lust, mich mit Ihnen zu unterhalten«, erwiderte Donald Pitcairn kurz, machte kehrt und ging.

Als die Tür sich hinter ihm geschlossen hatte, hörten wir seine Schritte sich draußen entfernen.

»Sehen Sie«, bemerkte Gus, »so ist er. Papa sagte ihm, er sollte uns hinausschmeißen. Na bitte, Sie haben ja gehört.«

»Ja. Ich habe es gehört.« Wolfe seufzte: »Das beste ist, wir beeilen uns jetzt. Ich möchte nicht gern, daß Mr. Pitcairn persönlich uns holen kommt. Wie sieht es übrigens mit dem aus? Ich meine nicht, wie er aussieht. Ich habe ihn ja selber kennengelernt. Ich meine, was erzählt man sich von ihm? Wie ist sein Ruf? Was wissen Sie darüber? Ich hatte heute nachmittag den Eindruck, daß er jedenfalls den Frauen gegenüber eine andere Einstellung hat als sein Sohn. Er kann sicherlich eine Frau von einem Mann unterscheiden.«

»Und ob er das kann.« Gus lachte. »Sogar mit geschlossenen Augen. Und schon aus weiter Ferne.«

Gus öffnete den Mund, als wolle er etwas sagen, aber es kam nichts. Er blickte eine Weile abwechselnd auf Wolfe und mich.

»Jetzt verlangen Sie auch noch, daß ich etwas beweisen soll«, sagte er schließlich.

»Durchaus nicht. Ich verlange nicht einmal, daß Sie mir Tatsachen mitteilen. Ich bin sogar mit Vermutungen zufrieden – mit allem, was Sie zu wissen glauben.«

Gus besann sich. Plötzlich kam er zu einem Entschluß. »Warum sollte ich schweigen, wenn es für Andy vielleicht wichtig ist! Schließlich gibt es ja auch noch andere Arbeitsplätze. Also: Er hat einmal ein Mädchen am Hals gewürgt.«

»Mr. Pitcairn?«

»Ja.«

»Hat er sie so gewürgt, daß sie daran gestorben ist?«

»O nein, das nicht. Sie heißt übrigens Florence Hefferan. Ihre Leute wohnten seinerzeit in einem Häuschen auf Greasy Hill. Jetzt besitzen sie ein hübsches Anwesen und dreißig Morgen Land unten im Tal. Ich glaube nicht, daß Florence Mr. Pitcairn erpreßt hat; aber wenn sie es tat, so zwang ihr Vater sie dazu. Jedenfalls weiß ich, daß die dreißig Morgen Land einundzwanzigtausend Dollar gekostet haben, und ich weiß auch, daß Florence keineswegs unglücklich war, als sie nach New York verduftete. Wenn das Geld nicht von Pitcairn kam, woher kam es dann? Übrigens erzählt man sich die Geschichte nicht überall gleich. Manche sagen, er sei ganz verrückt nach ihr gewesen, und als sie ein Kind erwartete, sei er vor Eifersucht wild geworden, weil er dachte, das Kind sei nicht von ihm. So jedenfalls erzählte Florence die Geschichte ihrer besten Freundin, die ich gut kenne. Andere wieder sagen, er sei wütend geworden, weil er ordentlich blechen müßte. Jedenfalls hat er sie so heftig am Hals gewürgt, daß die Spuren sichtbar blieben. Ich habe sie selber gesehen.«

Wolfe schien sich sehr zu freuen, als er das hörte. »Wann war das?«

»Vor etwa zwei Jahren.«

»Wissen Sie, wo Miss Hefferan jetzt ist?«

»In New York. Ich kann ihre Adresse leicht bekommen.«

»Ich habe gesagt, ich würde keinen Beweis verlangen. Ich verlange auch keinen. Aber sagen Sie mir, was an dieser Geschichte Tatsache ist und was bloßes Gerede.«

»Nichts ist bloßes Gerede. Es ist alles absolute Tatsache.«

»Ist jemals etwas darüber in die Zeitung gekommen? Etwa ein Artikel über die Gerichtsverhandlung?«

Gus schüttelte den Kopf. »Es kam ja zu gar keiner Gerichtsverhandlung. Wie sollte es auch – wenn er doch vierzig- oder fünfzigtausend dafür zahlte, daß es nicht vor Gericht kam?«

»Natürlich. Ich wollte meiner Sache nur sicher sein. War diese Geschichte allgemein bekannt? Sprach man darüber in der Nachbarschaft?«

»Natürlich wurde darüber geredet, aber nur ganz wenige wußten, was wirklich geschehen war. Ich war einer von ihnen, weil ich Florence' beste Freundin gut kannte. Aber ich habe es nicht weitererzählt. Es ist heute das erste Mal, daß ich darüber spreche, und ich tue es nur, weil ich hoffe, damit Andy zu helfen – wenn ich auch nicht ahne, wie ihm das etwas nützen sollte.«

»Aber ich ahne es«, sagte Wolfe nachdrücklich. »Hat Mr. Pitcairn in ähnlicher Weise auch andern geholfen?«

»Nicht daß ich wüßte. Er muß damals den Kopf verloren haben. Aber das scheint mir nicht so bedeutungsvoll zu sein. Ich denke mehr an sein Verhalten im allgemeinen – zum Beispiel wie er sich aufführt, wenn er weibliche Gäste im Haus hat. Jedenfalls kann ich mit Sicherheit sagen, daß sein Sohn das nicht von ihm geerbt hat. Wenn ein Mann anfängt, grau zu werden, müßte er doch eigentlich merken, was die Stunde geschlagen hat, und seine Interessen in eine andere Richtung lenken. Das ist meine Meinung. Nehmen wir einmal Sie, zum Beispiel. Sie fangen auch an, grau zu werden. Aber ich möchte wetten, daß Sie nicht wie ein Hahn herumlaufen und mit den Flügeln schlagen und Ihre Gefühle durch Krähen aller Welt verkünden.«

Unwillkürlich mußte ich kichern. Wolfe warf mir einen vernichtenden Blick zu und wandte sich dann wieder an Gus.

»Sie haben ganz recht, Mr. Treble. Aber wenn Ihre allgemeinen Beobachtungen auch sehr vernünftig und interessant sind, so nützen sie mir doch nicht viel. Ich kann nur ganz bestimmte Tatsachen gebrauchen. Ich brauche Skandal – so viel ich nur bekommen kann. Hoffentlich wissen Sie noch mehr von Mr. Pitcairn.«

Aber offenbar hatte Gus sein Pulver bereits verschossen. Er wußte noch eine Reihe von Einzelheiten vorzubringen, die alle Joseph G. Pitcairn betrafen, und er war jetzt mehr als bereit, den Beutel umzudrehen und zu leeren, aber nichts von alledem konnte meiner Meinung nach dazu dienen, Pitcairn als den mutmaßlichen Mörder auszuweisen. Vor allem wußte Gus nicht das geringste von seinen Beziehungen zu Dini Lauer. Schließlich war das kein Wunder, denn, wie Gus selber berichtet hatte, war er meist im Freien beschäftigt und wußte daher wenig von dem, was im Hause vorging. Also schob Wolfe Mr. Pitcairn beiseite und sagte: »Wie steht es mit seiner Frau? Ich habe sie nur flüchtig erwähnen hören. Was ist sie für ein Mensch?«

»Sie ist all right«, erwiderte Gus kurz. »Lassen Sie Mrs. Pitcairn aus dem Spiel.«

»Warum? Ist sie über jeden Verdacht erhaben?«

»Sie ist eine nette Frau. Sie ist all right.«

»War ihr Unfall ein reines Mißgeschick?«

»Bestimmt. Sie war allein, als sie die steinerne Treppe nach dem Rosengarten hinunterging, und verlor plötzlich das Gleichgewicht. Das war alles.«

»Hat sie sich schwer verletzt?«

»Ich glaube, zuerst war es ziemlich schlimm. Es wird aber langsam besser; sie kann schon auf einem Stuhl sitzen und etwas gehen. Andy ist jeden Tag zu ihr ins Zimmer gegangen, um ihre Befehle zu holen. Aber sie gibt keine Befehle. Sie pflegt Andys Meinung anzuhören und sagt dann ihre.«

»Ich verstehe. Sie können sie gut leiden. Aber ich muß trotzdem noch eine Frage stellen. Können Sie mit Sicherheit behaupten, daß sie nicht imstande ist, einen Körper, der hundertzehn Pfund wiegt, eine Treppe hinunterzutragen und ins Treibhaus zu schleppen?«

»Wie können Sie nur so fragen?« rief Gus zornig. »Sie würde dabei zusammenbrechen.«

»Nun gut«, gab Wolfe nach. »Sie sollten aber auch daran denken, daß die Person, die Miss Lauer betäubt und durch das Haus geschleppt hat, sich in einem Ausnahmezustand befunden haben muß, der die Entwicklung ungewöhnlicher Körperkraft ermöglicht. Wir kennen das aus Erfahrung. Sagen Sie mir wenigstens, wo Mrs. Pitcairns Zimmer liegt.« Er deutete auf ein Stehpult. »Findet sich dort Papier und Bleistift?«

»Sicher.«

»Zeichnen Sie bitte einen Grundriß von dem Haus, und zwar von beiden Stockwerken. Ich hörte heute nachmittag eine Beschreibung mit an, aber ich möchte die Gewißheit haben, daß ich alles richtig verstanden habe. Sie brauchen nur anzudeuten, wo die einzelnen Zimmer liegen.«

Gus tat, wie ihm geheißen. Er nahm aus einer Schublade einen Notizblock und einen Bleistift und machte sich sofort an die Arbeit. Der Bleistift bewegte sich schnell. Er riß schließlich zwei Blätter von dem Block ab und händigte sie Wolfe aus.

Wolfe blickte auf die Skizzen, faltete die Blätter zusammen und steckte sie in die Tasche.

»Ich danke Ihnen vielmals«, sagte er liebenswürdig. »Sie haben –« Er unterbrach sich, da er draußen vor dem Haus schwere Schritte hörte. Ich stand auf und wollte die Tür öffnen, ohne abzuwarten, daß man anklopfte. Es hätte aber sowieso niemand geklopft. Wir hörten, wie ein Schlüssel in das Schloß geschoben und umgedreht wurde. Die Tür flog auf, und zwei Männer traten ein.

Der eine war Lieutenant Noonan, der andere ein Polizist.

»Wer, glauben Sie eigentlich, daß Sie sind?« fragte Noonan gelassen.

Wolfe blieb ruhig sitzen.

»Vermutlich erwarten Sie keine Antwort auf diese Frage, Mr. Noonan«, sagte er.

»Stehen Sie auf, und verschwinden Sie!« herrschte Noonan ihn an.

»Ich habe Mr. Pitcairns Erlaubnis –«

»Den Teufel haben Sie. Mr. Pitcairn hat mich gerade telefonisch davon unterrichtet, daß Sie noch immer nicht weg sind. Unterstehen Sie sich nicht, irgend etwas aus diesem Haus zu entfernen. Und nun machen Sie etwas schnell, wenn ich bitten darf! Wollen Sie allein gehen, oder brauchen Sie Hilfe?«

Wolfe legte seine Hände auf die Armlehnen seines Stuhles, richtete sich mühsam auf und sagte: »Kommen Sie, Archie.« Er nahm seinen Hut, Mantel und Stock und ging zur Tür. Dort blieb er stehen, wandte sich um und sagte zu Gus: »Ich hoffe Sie bald wiederzusehen, Mr. Treble.«

Während unseres Rückzuges hätte ich gern allerlei gesagt, aber ich beherrschte mich, denn Noonan und sein Mann gingen dicht hinter uns. Es wurde kein Wort gesprochen, bis wir bei unserem Wagen anlangten. Ich öffnete die hintere Tür, um Wolfe einsteigen zu lassen. Da begann Noonan, der neben mir stand, zu reden.

»Ich bin sehr großzügig. Ich hätte mir telefonisch die Vollmacht geben lassen können, Sie als wichtige Zeugen festzunehmen. Wie Sie sehen, habe ich es nicht getan. Unser Wagen steht dort vorn. Fahren Sie los, und machen Sie am Ausgang des Grundstücks halt, bis wir hinter Ihnen sind. Wir werden Ihnen folgen, bis Sie diesen Bezirk verlassen haben. Sie werden weder heute nacht noch zu einem späteren Zeitpunkt hierher zurückkehren. Haben Sie mich verstanden?«

Keine Antwort. Ich schlug die Tür zu, ging nach vorn, nahm meinen Platz hinter dem Steuerrad ein und betätigte den Anlasser. »Haben Sie mich verstanden?« wiederholte Noonan wütend seine Frage.

»Ja«, sagte Wolfe.

Noonan trat zurück, und wir fuhren ab. Als wir am Ausgang des Grundstücks hielten, leuchtete der Polizist, den Noonan dort aufgestellt hatte, uns an, sagte aber nichts.

Ich erklärte Wolfe: »Ich werde mich nach rechts wenden und nach Norden fahren, bis Brewster sind es nur fünfzehn Kilometer. Dann sind wir im Bezirk Putnam. Er sagte nur, wir sollten diesen Bezirk verlassen, aber nicht, wohin wir fahren sollen.«

»Wenden Sie nach links, und fahren Sie nach New York.«

»Aber –«

»Tun Sie, was ich sage.«

Als die Scheinwerfer des Polizeiwagens hinter uns auftauchten, fuhr ich also in der befohlenen Linkskurve auf die Landstraße hinaus. Zunächst war Wolfe still. Als wir aber einige Kilometer hinter uns hatten, sagte er:

»Versuchen Sie nicht, witzig zu sein. Keine Seitenwege, kein plötzlicher Tempowechsel. Es wäre eine Dummheit. Der Mann hinter uns ist geisteskrank; er weiß nicht, was er tut. Man kann ihm alles zutrauen.«

Da ich einsah, daß Wolfe recht hatte, erwiderte ich nichts. Die Uhr auf dem Instrumentenbrett zeigte auf Viertel vor sieben. Mein größter Kummer war, daß ich Wolfes Gesicht nicht sehen konnte. Wenn er nicht aufgegeben hatte, wenn sein Gehirn arbeitete, war alles gut. War er bloß nervös, weil er es haßte, nach Anbruch der Dunkelheit im Auto zu fahren, und sich ausmalte, was alles passieren konnte, dann ging es allenfalls noch an. Hatte er aber aufgegeben und war er entschlossen, endgültig nach Hause zurückzukehren, dann war es höchste Zeit für mich, meine ganze Beredsamkeit aufzubieten, um ihm das auszureden. Ich wußte nicht, was ich machen sollte, weil ich ihn nicht sehen konnte. Noch nie war mir so klargeworden, wie abhängig ich von diesem dicken, brummigen Gesicht war.

Die Kreuzung bei Hawthorne Circle konnten wir bei grünem Licht ungehindert passieren. Wenige Minuten später mußten wir bei rotem Licht plötzlich halten. Noonans Wagen war so dicht hinter uns, daß ich schon einen Zusammenprall befürchtete.

Als wir das erste Straßenschild sahen, das die Nähe der Stadt New York ankündigte, verlangsamte ich etwas die Fahrt. Ich wußte genau, wenn Wolfe erst in seinem Haus war, dann bestand nicht die geringste Aussicht, ihn wieder herauszulocken. Er würde zu seinen Orchideen gehen und anschließend zum erstenmal an diesem Tag ausgiebig essen.

Wir hatten jetzt nur noch etwa zwanzig Minuten zu fahren. Die Sache sah hoffnungslos aus.

Trotzdem verlangsamte ich noch mehr das Tempo und

sagte: »Wir haben jetzt Westchester hinter uns, und Noonan ist verschwunden. Was machen wir nun?«

»Wo sind wir?«

»In Riverdale.«

»Können wir jetzt diese Rennbahn verlassen?«

»Natürlich. Dazu ist ja das Lenkrad da.«

»Dann verlassen Sie sie, und fahren Sie zum nächsten Telefon.«

Seine Worte klangen wie Musik in meinen Ohren. Bei der nächsten Abzweigung verließ ich die Durchgangsstraße und bog nach rechts ab. Ich war fremd in Riverdale. Aber einen Drugstore kann jeder leicht finden, und nach wenigen Minuten hielten wir vor einem. Ich fragte, ob er telefonieren wolle. Er antwortete, er habe nicht die Absicht, aber ich solle aussteigen und in den Drugstore gehen. Ich blickte ihn fragend an.

»Ich weiß nicht, Archie«, sagte er, »ob Sie mich jemals gesehen haben, wenn mein Geist völlig von einem einzigen Gedanken beherrscht war.«

»Natürlich. Anders kenne ich Sie eigentlich gar nicht. Der Gedanke, der Sie meistens beherrscht, ist der an Ihre Bequemlichkeit.«

»Diesmal nicht«, ließ er mich wissen. »Sehen Sie zu, daß Sie Saul an den Apparat bekommen. Sagen Sie ihm, er solle sich sofort aufmachen und zu uns kommen. Wo können wir uns treffen?«

»Hier in der Nähe?«

»Ja.«

»Kann er einen Wagen nehmen?«

»Ja. Und wenn Sie mit ihm gesprochen haben, benachrichtigen Sie Fritz, wir wüßten noch nicht, wann wir nach Hause kämen. Das ist alles.«

Ich stieg aus. Um aber jedes Mißverständnis auszuschließen, steckte ich meinen Kopf noch einmal in den Wagen und fragte: »Wie ist es mit dem Abendesssen? Fritz wird es wissen wollen.«

»Sagen Sie ihm, wir würden zum Abendessen nicht da sein. Ich habe mir das schon überlegt. Ich bin entschlossen, darauf zu verzichten, nach Hause zu fahren. Ich glaube nicht, daß ich Willenskraft genug aufbringe, das Haus wieder zu verlassen, wenn ich einmal drin bin.«

Offenbar kannte er sich selber fast so gut, wie ich ihn kannte. Ich ging in den Drugstore und betrat dort die Telefonzelle.

Zuerst rief ich Fritz an. Er dachte, ich spaße. Als ich ihm klarmachte, daß ich es ernst meinte, argwöhnte er, es sei etwas passiert und ich wolle es bloß nicht sagen. Er konnte es einfach nicht glauben, daß Wolfe in Freiheit und an Körper und Geist gesund sei und trotzdem nicht zum Essen nach Hause käme. Es sah schon so aus, als bliebe mir nichts weiter übrig, als Wolfe selber ans Telefon zu holen. Schließlich aber gelang es mir, ihn zu überzeugen. Dann machte ich mich auf die Suche nach Saul. Ich war mit Wolfe einer Meinung, daß Saul Panzer so viel wert sei wie zehn andere zusammen, und ich hatte das Gefühl, daß wir bei dem, was Wolfe im Sinne haben mochte, den besten Mann brauchen würden, der erreichbar ist. Als ich erfuhr, Saul sei nicht zu Hause, müsse aber jeden Augenblick kommen, gab ich seiner Frau die Telefonnummer des Drugstores und sagte ihr, ich würde warten, bis er anriefe.

Das dauerte so lange, daß ich darauf gefaßt war, von Wolfe mit spitzen Bemerkungen empfangen zu werden, wenn ich zum Auto zurückkehrte. Aber er brummte nur. Ich sagte ihm, Saul würde gut eine Stunde brauchen, um zum Treffpunkt zu gelangen, den ich mit ihm vereinbart hatte. Wir selber könnten bequem in dreißig Minuten dort sein. Ob er nicht für die Wartezeit eine Verwendung habe? Da das nicht der Fall war, fuhren wir weiter.

Als kurz vor neun Uhr Saul Panzer erschien, saßen wir in einem Restaurant an der Straße zwischen Riverdale und White Plains und beendeten unser Mahl. Wolfe ließ Saul ein Kalbskotelett kommen, während er in Ruhe seinen Kaffee trank. Er wollte mit seinem Bericht warten, bis Saul mit Essen fertig wäre, aber Saul bat ihn zu beginnen, da er neugierig sei. Er könne gleichzeitig essen.

Wolfe schilderte zunächst, was geschehen war, und skizzierte dann kurz, wie er sich das Weitere gedacht hatte. So sehr er auch bemüht war, sich möglichst kurz zu fassen, dauerte es doch eine ziemliche Weile, da er mit allen denkbaren Möglichkeiten rechnen mußte.

Mir schien bedenklich, was er sich vorgenommen hatte. Ich sagte aber nichts. Wenn Wolfe Manns genug war, auf das Abendessen bei sich zu Hause zu verzichten, dann konnte ich unmöglich Bedenken äußern, bloß weil es so aussah, als hätten wir alle Chancen, noch vor Mitternacht Andy Krasicki in seinem Gefängnis Gesellschaft zu leisten. Die einzige Frage, die ich mir erlaubte, betraf die Rolle der Schußwaffe in diesem Unternehmen.

»Hierin muß völlige Klarheit herrschen. Wenn Sie in der Nachbarzelle sitzen, möchte ich nicht fünf Jahre lang von Ihnen zu hören bekommen, ich hätte alles mit der Schußwaffe verdorben. Soll ich überhaupt schießen, und wenn ja, in welchem Fall?«

»Das weiß ich auch nicht«, antwortete er geduldig. »Es gibt zu viele Möglichkeiten. Handeln Sie, wie Sie es für richtig halten.«

»Was soll ich tun, wenn jemand ans Telefon gehen will?«

»Dann hindern Sie ihn.«

»Und wenn jemand anfängt zu schreien?«

»Dann sorgen Sie dafür, daß er aufhört.«

Ich gab es auf. Mir liegt viel daran, daß er sich auf mich verläßt, aber ich habe nur zwei Hände, und ich kann nicht an zwei Orten zugleich sein.

Es wurde vereinbart, daß Saul in seinem eigenen Wagen fahren sollte. Wir könnten ihn dann vorausschicken, um das Gelände zu erkunden. Kurz nach zehn rollten wir vom Parkplatz.

Als ich auf feindlichem Gebiet von der Landstraße abbog und den Wagen zum Stehen brachte, zeigte die Uhr auf dem Instrumentenbrett zwölf Minuten vor elf. Es hatte ein wenig zu schneien begonnen. Sauls Wagen hielt hinter uns.

Ich schaltete die Scheinwerfer aus, ging die paar Schritte zurück und sagte zu Saul: »Noch etwa einen Kilometer weiter, vielleicht etwas mehr, auf der linken Seite. Sie können das Grundstück nicht verfehlen. Es ist kenntlich an den großen Steinpfeilern.«

Saul lenkte seinen Wagen wieder auf die Landstraße und war gleich darauf verschwunden. Ich kehrte zu unserem Wagen zurück und kletterte hinein. Gern hätte ich mit Wolfe ein wenig geplaudert, aber er wollte nicht. Ich kannte den Grund. Er lauerte gespannt auf Sauls Rückkehr, denn es hing viel davon ab, ob dieser gute oder schlechte Nachrichten brachte.

Wir brauchten nicht lange zu warten. Saul kam nach verdächtig kurzer Zeit zurück, parkte den Wagen dicht hinter uns und stieg aus.

»Er ist noch immer da«, meldete er, während die Schneeflocken um ihn herumwirbelten.

»Erzählen Sie«, sagte Wolfe verdrießlich.

»Ich bog in die Einfahrt hinein, da richtete er seine Taschenlampe auf mich und rief mich an. Ich hielt. Er fragte, wer ich sei und was ich wollte. Ich sagte ihm, ich käme aus New York, von einer Zeitung. Darauf meinte er, dann täte ich am besten, schleunigst wieder zurückzufahren, denn es finge an zu schneien. Um in meiner Rolle glaubhaft zu erscheinen, versuchte ich ihn zum Reden zu bringen. Aber er war schlechter Laune und machte den Mund nicht auf. Da wendete ich und fuhr wieder weg.«

»Verwünscht!« sagte Wolfe grimmig. »Ich habe keine Gummischuhe.«

Bis wir das Treibhaus erreichten, war Wolfe zweimal

hingefallen, ich selber viermal und Saul einmal. Ich hielt den Rekord, weil ich an der Spitze ging.

Natürlich konnten wir kein Licht zeigen. Insofern war der Schnee nützlich. In anderer Hinsicht aber erschwerte er uns den Weg, denn es hatte inzwischen so stark geschneit, daß die Unebenheiten des Bodens verwischt waren. Wenn man im Dunkeln geht und sich bemüht, jedes Geräusch zu vermeiden, dann ist ein ebener Boden von großem Vorteil. Hier aber war nirgends ebener Boden – jedenfalls nicht da, wo wir gingen.

Da wir natürlich die Einfahrt nicht benutzen konnten, mußten wir von der Landstraße vorher abbiegen und unserem Instinkt folgen. Fast gleich zu Anfang ging es bergan. Ich rutschte auf einem mit Schnee bedeckten Stein aus, suchte mich an einem Baum festzuhalten, verfehlte ihn aber und fiel hin.

»Vorsicht! Ein Stein!« flüsterte ich.

»Still!« zischte Wolfe.

Als ich mich gerade daran gewöhnt hatte, daß der Weg anstieg, wurde das Gelände plötzlich ganz verrückt. Bald ging es bergauf, bald bergab. Nach einer Weile wurde der Boden eben, im gleichen Augenblick aber hörten die großen Bäume auf, und ich stand vor einem Dickicht. Ich hätte vielleicht hindurchdringen können. Bei Wolfe aber war das ausgeschlossen. Ich mußte daher einen Umweg suchen. Dabei geriet ich an den Rand eines steilen Abhangs, merkte das aber erst, als ich ins Rutschen kam. Am Fuß dieses Abhangs stießen wir auf den Bach. Was der dunkle Strich bedeutete, erkannte ich leider zu spät. Ich schlitterte die Böschung hinunter ins Wasser, sprang wie ein Tiger, erreichte mit Mühe das andere Ufer und landete auf allen vieren. Als ich mich aufgerichtet hatte, fragte ich mich beklommen, wie um alles in der Welt wir Wolfe über den Bach bringen sollten. Da sah ich, daß er schon unterwegs war. Er watete durch das Wasser, wobei er sich bemühte, den Saum seines Mantels mit der einen Hand hochzuhalten, während er mit dem Stock in der andern Hand den Boden vorsichtig abtastete.

Ich bin zugegebenermaßen kein Naturmensch. Das zeigte sich wieder einmal in jener dunklen Nacht. Vermutlich hatte ich die Kurven des Fahrweges nicht genügend in Betracht gezogen. Nach meiner Berechnung mußten wir ungefähr auf der Höhe des Hauses, und zwar auf der Seite, wo sich das Treibhaus befand, herauskommen. Wir hatten aber noch ein paar weitere Berge zu erklettern, wobei ich wiederholt hinfiel und Saul es noch im letzten Augenblick verhindern konnte, daß Wolfe bergab rollte, bis endlich die Erlösung kam. Plötzlich merkte ich, daß vor uns ein Weg lag. Ich wandte mich nach links und hatte nach etwa dreißig Schritten den Eindruck, daß wir uns auf bekanntem Boden befanden. Tatsächlich konnte man jetzt die Lichter des Hauses sehen. Von nun an war es leicht. Da der Schnee immer dichter fiel, erschien es nicht einmal mehr nötig, daß wir uns dem Haus auf dem Bauche kriechend näherten.

Wir erreichten das Treibhaus am äußersten Ende. Ich zog den Schlüssel aus der Tasche und stellte zu meiner Befriedigung fest, daß er in das Schloß paßte. Mit größter Vorsicht öffnete ich. Wir traten ein und machten hinter uns die Tür geräuschlos zu. Bisher war alles gutgegangen. Wir befanden uns jetzt in dem Arbeitsraum; nur war es leider reichlich dunkel.

Wir zogen unsere mit Schnee bedeckten Mäntel aus und ließen sie mitsamt den Hüten zu Boden fallen. Erst später fiel mir ein, daß Wolfe seinen Stock mitnahm. Er wollte ihn wahrscheinlich benutzen, wenn jemand zu schreien begann oder nach dem Telefon zu stürzen beabsichtigte.

Ich übernahm wieder die Führung. Wolfe ging unmittelbar hinter mir, Saul hinter Wolfe. Es war nicht einfach, den Weg zwischen den Arbeitstischen zu finden, da man so gut wie nichts sah und wir keinen Lärm machen durften. Ich lernte dabei etwas Neues. Wenn in einem Glashaus kein Licht brennt, ist das Glas – vorausgesetzt, es liegt draußen Schnee – absolut schwarz.

Ohne etwas umzuwerfen, gelangten wir aus der kalten Abteilung in die warme und schließlich in die lauwarme. Als ich das Gefühl hatte, wir müßten ungefähr in der Mitte angelangt sein, ging ich noch langsamer und blieb alle Augenblicke stehen, um den Boden an dem Arbeitstisch zu meiner Linken abzutasten. Bald fühlte ich, daß wir die Stelle erreicht hatten, wo der Segeltuchvorhang begann. Ich ergriff Wolfes Hand und führte sie, damit er sich selbst vergewissern konnte. Wir hoben gemeinsam den Vorhang hoch, und Saul kroch unter den Tisch. Er streckte sich an der Stelle aus, wo Dini Lauers Leiche gelegen hatte. Da ich ihn nicht sehen konnte, überzeugte ich mich mit der Hand, daß er an der richtigen Stelle war. Dann ließ ich den Vorhang fallen.

Inzwischen war klargeworden, daß sich niemand außer uns in dem dunklen Gewächshaus befand. Wir hätten also ruhig flüstern können. Es war aber im Augenblick nichts zu sagen. Ich nahm meinen Revolver aus dem Halfter und schob ihn in die Seitentasche. Dann ging ich zu der Tür, die in das Haus führte. Wolfe folgte mir. Die Tür füllte den Rahmen gut aus, aber am Boden war ein schmaler Lichtstreif zu sehen. Jetzt würden wir Antwort auf eine ganz gewöhnliche Frage erhalten. War die Tür auf der Innenseite zugeschlossen oder nicht? Ich hörte den Klang von Stimmen durch das dicke Holz hindurch. Da packte ich den Türknopf, drehte ihn langsam herum, und als er sich nicht mehr weiter bewegen ließ, drückte ich leicht gegen die Tür. Sie war nicht verschlossen.

»Los!« flüsterte ich Wolfe zu, stieß die Tür weit auf und trat ein. Ein erster schneller Blick zeigte mir, daß wir Glück hatten. Sie waren alle drei im Wohnzimmer: Joseph G. Pitcairn, seine Tochter, sein Sohn. Interessant war, wie sie reagierten, als sie den Revolver in meiner Hand erblickten. Man hätte erwarten sollen, daß mindestens einer von ihnen aufschrie oder dergleichen tat, aber sie waren alle drei wie betäubt und gaben keinen Ton von sich.

Sybil lehnte, von vielen Kissen umgeben, auf einem Diwan, mit einem Glas Whisky in der Hand. Donald, der neben ihr auf einem Stuhl saß, war gerade im Begriff gewesen, sich ein Glas zu füllen. Mr. Pitcairn stand. Er war der einzige, der sich bewegt hatte, als die Tür sich öffnete. Blitzschnell war er herumgefahren.

»Jeder bleibe, wo er ist«, sagte ich. »Seien Sie vernünftig, und es passiert Ihnen nichts.«

Plötzlich rief Sybil: »Legen Sie den Revolver weg! Sie werden es nicht wagen zu schießen!«

Zu schießen war das letzte, wonach mir der Sinn stand. Wenn jemand schrie, so war es möglich, aber keineswegs sicher, daß der Polizeibeamte an der Einfahrt des Grundstücks es hörte. Ein Schuß dagegen konnte keinesfalls seiner Aufmerksamkeit entgehen. Ich ging zu Joseph G., tastete seine Taschen ab, ohne meinen Revolver einzustecken, und tat das gleiche bei Donald. An Sybil traute ich mich nicht heran.

»Okay«, sagte ich zu Wolfe.

»Sie machen sich eines Verbrechens schuldig«, stellte Pitcairn fest. Seine Worte waren wohl mannhaft, seine Stimme aber klang unsicher.

Wolfe schüttelte den Kopf.

»Ich denke nicht«, erwiderte er ruhig. »Wir hatten einen Schlüssel. Ich gebe zu, daß Mr. Goodwins Drohung mit dem Revolver die Sache etwas kompliziert, aber ich wünsche nichts weiter, als mit Ihnen zu sprechen. Ich sagte es Ihnen schon heute nachmittag. Sie wiesen mich aber ab. Jetzt bestehe ich darauf.«

»Sie werden jetzt genausowenig wie am Nachmittag erreichen, was Sie wollen«, sagte Pitcairn. Er wandte sich an seinen Sohn. »Donald, geh zur Haustür und rufe den Polizisten.«

»Sie sind noch immer im Schußfeld meines Revolvers«, sagte ich. »Ich hatte keine bösen Absichten damit. Aber wenn Sie wollen, kann ich Ihnen auch zeigen, wie man damit schießt.«

»Das ist nichts als Angeberei«, sagte Sybil verächtlich, ohne ihre bequeme Stellung zu verändern. »Glauben Sie wirklich, wir werden ruhig hier sitzen bleiben und Ihnen Rede und Antwort stehen, während Sie einen Revolver auf uns richten?«

»Nein«, erwiderte Wolfe. »Das glaube ich nicht. Die Drohung mit dem Revolver ist natürlich nicht ernst gemeint. Ich nehme aber an, Sie werden aus anderen Gründen bereit sein, mir einige Fragen zu beantworten. Ich werde Ihnen diese Gründe kurz erklären. Gestatten Sie, daß ich Platz nehme?«

Vater, Tochter und Sohn riefen gleichzeitig: »Nein!«

Wolfe ging zu einem bequemen Klubsessel und ließ sich nieder. »Ich nehme mir die Freiheit«, sagte er ruhig, »weil ich mich in einer Notlage befinde. Ich mußte Ihren elenden Bach durchwaten.«

Er beugte sich vor, schnürte seinen Schuh auf und zog ihn aus. Dann tat er das gleiche mit dem andern. Hierauf zog er sich die Strümpfe aus, krempelte seine nassen Hosenbeine fast bis zu den Knien auf und zog einen Vorleger, der neben dem Sessel lag, näher an sich heran.

»Ich fürchte, ich habe etwas Wasser verspritzt«, sagte er. »Bitte entschuldigen Sie.« Er wickelte sich den Vorleger um seine Füße und Waden.

»Das haben Sie fein gemacht!« sagte Sybil anerkennend. »Sie nehmen an, wir werden Sie barfuß nicht in den Schnee hinaustreiben.«

»Wenn er das glaubt, dann irrt er sich«, fauchte Mr. Pitcairn.

»Ich werde ihm einen heißen Punsch holen«, erbot sich Donald und stand auf.

»Nein!« sagte ich mit fester Stimme und stand ebenfalls

auf. »Sie werden hierbleiben!« Den Revolver hielt ich noch immer in der Hand.

»Ich denke, Archie«, meinte Wolfe, »Sie können das Ding da in Ihre Tasche stecken. Es wird sich bald zeigen, ob wir noch hierbleiben oder gehen.« Sein Blick ging in die Runde und blieb zuletzt auf Joseph G. Pitcairn haften. »Sie können wählen. Entweder bleiben wir hier, bis wir alles erledigt haben, das heißt also, Sie willigen darin ein, daß wir untersuchen, wer Miss Lauer ermordet hat. Oder ich gehe, kehre zu meinem Büro in New York zurück –«

»Nein, Sie werden nicht in Ihr Büro zurückkehren«, unterbrach ihn Pitcairn. »Sie werden ins Gefängnis wandern.«

Wolfe nickte. »Wenn Sie darauf bestehen, dann wird es wohl so sein. Aber das würde nur bewirken, daß meine Rückkehr in mein Büro sich etwas verzögert – so lange nämlich, bis ich Kaution gestellt habe, was zweifellos nicht viel Zeit brauchen wird. Bin ich erst wieder in meinem Büro, dann werde ich handeln. Ich erkläre hiermit, daß ich von Mr. Krasickis Unschuld überzeugt bin und daß ich mich entschlossen habe, ihn aus dem Gefängnis zu holen, indem ich den Schuldigen ausfindig mache. Ich kenne mindestens drei Zeitungen, die mir gerne helfen werden, wenn ich ihnen einen Stoff liefere, der Aufsehen erregen wird. Alle Bewohner dieses Hauses werden in diesem Augenblick Gegenstand der Neugierde, und das Publikum wird verlangen, daß die Zeitungen sie über den Stand der Dinge genau unterrichten. Alle Vorfälle der Vergangenheit, die irgendwie geeignet erscheinen, auf die Rolle der Hausbewohner in diesem Mordfall ein Licht zu werfen, dürften das Lesepublikum interessieren und daher einen geeigneten Stoff für die Zeitungen bilden.«

»Ach so!« sagte Sybil verächtlich.

»Das Fatale an der Geschichte ist«, fuhr Wolfe fort, ohne sie zu beachten, »daß jeder eine Vergangenheit hat. Um ein Beispiel zu geben: Man könnte sich plötzlich dafür interessieren, wie es kam, daß Mr. Hefferan nicht weit von hier sich plötzlich im Besitz eines Hauses mit mehreren Morgen Land sah. Ich glaube sicher, der Name Hefferan ist Ihnen bekannt. Erinnern Sie sich? Woher bekam er seinerzeit das Geld? Wohin begab sich damals ein gewisses Mitglied seiner Familie? Und warum? Die Zeitungen werden versuchen, aus allen möglichen Quellen ihr Material zusammenzutragen, zumal ihren Mitarbeitern verwehrt ist, sich an Ort und Stelle zu informieren. Es wird mir ein Vergnügen sein, die Zeitungen zu unterstützen. Ich habe einige Übung darin, Nachforschungen anzustellen.«

Pitcairn machte einen Schritt auf Wolfe zu, blieb dann aber wie erstarrt stehen. Sybil hatte sich aus ihrer halb liegenden Stellung aufgerichtet.

»Dergleichen Vorkommnisse«, erklärte Wolfe weiter, »würden natürlich auf Geschworene, die entscheiden sollen, ob ein Mann schuldig des Mordes an Miss Lauer ist, kaum Eindruck machen. Sie würden aber Leute interessieren, die aus geschäftlichen Gründen stets auf der Suche nach Neuigkeiten sind. Und das Publikum würde gern etwas darüber lesen. Man wird fragen, ob Miss Florence Hefferan noch immer unter den Folgen des Würgegriffs von damals leidet und ob die Spuren an ihrem Hals völlig verschwunden sind oder nicht. Sie würden gern Bilder in den Zeitungen sehen – je mehr, desto besser. Sie würden –«

»So eine elende Laus!« rief Sybil.

Wolfe schüttelte den Kopf. »Schelten Sie nicht mich, Miss Pitcairn. Das ist nun einmal eine der unvermeidlichen Folgen eines Mordes.«

»Weiß Gott«, sagte Pitcairn mit rauher Stimme, am ganzen Leibe zitternd, »ich wünschte, ich hätte Sie heute über den Haufen geschossen.«

»Sie haben es aber nicht getan«, erwiderte Wolfe ungerührt. »Und hier sitze ich nun. Man wird alle Ihre Geheimnisse ans Tageslicht zerren. Das gilt für Sie alle. Wenn Miss Hefferan das Geld ausgegeben hat, das sie von Ihnen bekam, und mehr braucht, dann wird man ihr für gewisse Enthüllungen großzügige Angebote machen. Sie sehen, was alles möglich ist. Man wird sich auch dafür interessieren, warum Ihre Tochter so streitsüchtig ist, und man wird fragen, warum Ihr Sohn dauernd die Universität gewechselt hat. Hat er Yale und Williams und Cornell verlassen, weil ihm der Lehrplan nicht paßte, oder weil –«

Donald, der sich bisher völlig unbeteiligt verhalten hatte, sprang plötzlich auf und machte Miene, sich auf Wolfe zu stürzen. Ich mußte mich beeilen, um ihm rechtzeitig in den Weg zu treten. Er stieß mit mir zusammen, wich zurück und landete dann seine Rechte in der Nähe meines Kinns. Je schneller ich mit ihm Schluß machte, desto besser. Ich wehrte seine Faust mit meiner Linken ab und schlug mit der Rechten kräftig auf seine Niere. Er schwankte, krümmte sich dann zusammen und saß plötzlich auf dem Fußboden.

»Aufhören!« erklang eine Stimme von irgendwo. »Aufhören!«

Aller Augen wandten sich in die Richtung, aus der die Stimme gekommen war. Hinter einigen Vorhängen im Hintergrund des Zimmers trat eine Frau hervor und näherte sich langsam. Sybil schrie auf und stürzte ihr entgegen. Joseph G. folgte eilig. Sie ergriffen jeder einen Arm der Frau und redeten gleichzeitig auf sie ein. Sie wollten wissen, wie sie die Treppe heruntergekommen sei, und sagten, sie wollten sie wieder nach oben bringen. Die Frau ließ sich aber nicht aufhalten, sondern ging langsam auf ihren Sohn zu, der noch immer auf dem Fußboden saß. Sie blickte auf ihn nieder und wandte sich dann an mich.

»Haben Sie ihm sehr weh getan?«

»Nicht sehr«, beruhigte ich sie. »Ein oder zwei Tage wird er es noch spüren, länger nicht.«

Donald blickte zu ihr auf. »Es ist nicht schlimm, Ma«, sagte er. »Aber hast du gehört, was –«

»Ja. Ich habe alles gehört.«

»Komm! Wir bringen dich hinauf«, drängte Joseph G.

Sie hörte nicht auf ihn. Mrs. Pitcairn wirkte ziemlich plump, hatte ein wenig ausdrucksvolles, rundes Gesicht, und man merkte ihr an, daß sie im Rücken verletzt war.

»Ich habe zu lange gestanden«, sagte sie.

Sybil wollte sie zum Diwan führen, aber sie erklärte, sie wolle lieber auf einem Stuhl sitzen. Man rückte ihn so, daß sie Wolfe gegenübersaß.

Donald, der sich inzwischen wieder aufgerichtet hatte, ging zu ihr und legte ihr die Hand auf die Schulter. »Mach dir um mich keine Sorgen, Ma«, sagte er.

Aber sie achtete nicht auf ihn, sondern blickte nur Wolfe an.

»Sie sind Nero Wolfe«, sagte sie.

»Ja«, bestätigte er. »Und Sie sind Mrs. Pitcairn, nicht wahr?«

»Ja. Natürlich habe ich von Ihnen gehört, Mr. Wolfe. Denn Sie sind ja sehr berühmt. Unter anderen Umständen hätte ich mich gefreut, Ihre Bekanntschaft zu machen. Ich stand hinter dem Vorhang, habe gelauscht und alles gehört, was Sie sagten. Ich finde alles richtig, wenn ich auch nicht viel davon verstehe, welche Methoden bei der Untersuchung eines Mordes üblich sind. Sie wissen das viel besser. Aber ich begreife, was uns allen bevorsteht, wenn gründliche und rücksichtslose Nachforschungen eingeleitet werden, und möchte das natürlich verhindern, wenn ich irgend kann. Ich besitze eigenes Geld. Mir scheint, daß wir uns schützen müssen, und ich wüßte niemand, der uns besser beraten könnte als Sie. Ich bin bereit, fünfzigtausend Dollar zu opfern, wenn Sie uns helfen wollen. Die Hälfte würde –«

»Belle, ich warne dich«, brach es aus Joseph G. heraus.

»Wovor?« fragte Mrs. Pitcairn ruhig. Sie wartete einen Augenblick. Da er aber nichts weiter sagte, nahm sie wieder das Wort. »Es wäre töricht, behaupten zu wollen, das Geld sei die Sache nicht wert. Jeder hat eine Vergangenheit, wie Sie richtig sagen, und das Unglück ist, daß wir infolge des schrecklichen Verbrechens, das in unserem Hause geschehen ist, ins allgemeine Interesse gerückt sind. Wir müssen daher alles daransetzen, um uns gegen Neugierige zu schützen. Die Hälfte der fünfzigtausend Dollar würde sofort gezahlt werden, der Rest, – nun, darüber könnte man sich ja einigen.«

Wolfe blickte Mrs. Pitcairn mit gerunzelter Stirn an. »Aber Sie sagten doch, Madam, Sie hätten alles gehört. War es nicht so?«

»Gewiß.«

»Dann haben Sie mich offenbar mißverstanden. Der einzige Grund für meine Anwesenheit hier im Hause ist der, daß ich von Mr. Krasickis Unschuld überzeugt bin. Er hat Miss Lauer nicht ermordet. Wie aber sollte es wohl möglich sein, daß ich gleichzeitig ihn und die Bewohner dieses Hauses beschütze? Nein. Es tut mir leid, Madam. Die Wahrheit ist, daß ich hergekommen bin, um Sie zu erpressen. Es handelt sich aber nicht um Geld. Ich habe Ihnen meinen Preis genannt: Geben Sie mir die Erlaubnis, daß ich mit Mr. Goodwin hierbleibe. Nur dann kann ich meine Untersuchungen in aller Stille durchführen, statt in mein Büro zurückzukehren und alles ins Werk zu setzen, was Sie mich haben andeuten hören. Ich werde meinen Aufenthalt hier auf eine möglichst kurze Zeit beschränken. Ich habe nicht den Wunsch, länger von zu Hause fortzubleiben, als es unvermeidlich ist. Ich werde nichts Unvernünftiges von Ihnen alllen verlangen, aber ich kann natürlich nur dann meine Nachforschungen anstellen, wenn ich auf meine Fragen auch Antworten bekomme.«

»Ein Erpresser, weiter nichts«, sagte Sybil bitter.

»Sie sagen, auf eine kurze Zeit«, wandte Donald ein. »Also bis morgen mittag.«

»Nein«, erklärte Wolfe mit fester Stimme. »Ich kann keine bestimmte Zeitdauer nennen, aber es liegt mir genausowenig wie Ihnen daran, daß sich mein Aufenthalt in Ihrem Haus in die Länge zieht.«

»Wenn nötig«, beharrte Mrs. Pitcairn bei ihrem Vorschlag, »könnte ich eine größere Summe bieten. Eine viel größere. Ich würde sagen, ich bin bereit, sie zu verdoppeln.« Sie war hartnäckig, wie es nur eine Frau sein kann. Offenbar scheute sie sich nicht, große Opfer zu bringen.

»Nein. Ich habe den Entschluß gefaßt, den unschuldig eingesperrten Mr. Krasicki zu befreien. Um dieses Ziel zu erreichen, habe ich darauf verzichtet, zum Abendessen nach Hause zu fahren. Ich habe seinetwegen zur Nachtzeit auf einem schwierigen und fremden Terrain gegen einen Schneesturm angekämpft. Ich habe mir – mit Mr. Goodwins Hilfe – den Zutritt zu diesem Hause erzwungen. Ich werde hierbleiben, bis ich meine Aufgabe gelöst habe. Wenn Sie mich daran hindern – Sie wissen ja, was die Folge sein würde.«

Mrs. Pitcairn blickte auf ihren Mann, ihren Sohn und ihre Tochter. »Ich habe getan, was ich konnte«, sagte sie leise.

Joseph G. setzte sich jetzt zum ersten Mal nieder und sah Wolfe ins Gesicht.

»Fragen Sie«, sagte er mit belegter Stimme.

»Gut.« Wolfe atmete sichtlich auf. »Holen Sie bitte Mr. und Mrs. Imbrie. Ich brauche alle.«

Seitdem die Wahrscheinlichkeit bestand, daß wir aufgefordert werden würden, dazubleiben, hatte mir ein neuer Gedanke zu schaffen gemacht. Unser Plan war gewesen, daß Wolfe, sobald er die Einwilligung Mr. Pitcairns erlangt hatte, alle veranlassen würde, mit ihm in die Küche zu gehen, und zwar unter dem Vorwand, sich zeigen zu lassen, wo Mrs. Imbrie ihre Morphiumpillen aufbewahrt hatte. Wie wollte er das jetzt erreichen? Durch Mrs. Pitcairns plötzliches Erscheinen war eine verhältnismäßig einfache Sache zu einem ernsten Problem geworden. Wie konnte Wolfe erwarten, eine Frau mit einem kranken

Rücken würde bereit sein, mit ihm in die Küche zu gehen, um auf eine bestimmte Stelle des Küchenbords zu zeigen, wo doch drei andere Leute zur Verfügung standen, die alle durchaus in der Lage waren, ihr diese Mühe abzunehmen?

Genaugenommen waren es sogar fünf Leute, da ja Mr. und Mrs. Imbrie noch dazugekommen waren. Sie sahen beide verstört und verschlafen aus und fühlten sich offenbar wenig wohl in ihrer Haut. Sobald sie ins Zimmer getreten waren, erklärte Wolfe, er wolle die Stelle sehen, wo die Schachtel mit dem Morphium gelegen hatte, und es sei ihm sehr darum zu tun, daß sie alle mitkämen. Da er das ausdrücklich betonte, schien er zu erwarten, daß er aus dem Ausdruck ihrer Gesichter entnehmen könnte, wer von ihnen das Morphium entwendet hatte, um Dini Lauer zu betäuben.

Die Art, wie sie alle darauf reagierten, zeigte mir, daß meine Sorgen und Hoffnungen umsonst gewesen waren. Ob schuldig oder unschuldig – vorausgesetzt der Schuldige war unter ihnen – schienen sie alle sich in diesem Punkt sicher zu fühlen und froh zu sein, daß das Verhör nicht schlimmer anging. Nur Sybil stellte eine besorgte Frage; alle übrigen hatten nicht das geringste dagegen einzuwenden, daß Mrs. Pitcairn der Weg zur Küche zugemutet wurde.

Wolfe, der ja die Strümpfe ausgezogen hatte, sagte zu mir, ehe sie gingen:

»Archie, seien Sie doch so freundlich, meine Strümpfe im Treibhaus in der Nähe eines Heizkörpers zum Trocknen aufzuhängen. Wringen Sie sie vorher aus.«

Ich blieb also zurück. Kaum hatten die andern das Zimmer verlassen, eilte ich ins Treibhaus und ließ die Tür hinter mir offen. Ich wrang schnell die Strümpfe aus, hängte sie auf, hob das Segeltuch hoch, hinter dem Saul verborgen lag, und fragte leise:

»Sind Sie wach, Saul?«

»Natürlich«, flüsterte er.

»Okay. Dann kommen Sie. Mrs. Pitcairn ist bei den andern. Halten Sie sich nicht erst damit auf, die Tür hinter sich zu schließen.« Ich kehrte ins Wohnzimmer zurück, ging zu der offenen Tür, durch die die Gesellschaft den Raum verlassen hatte, und lauschte auf die Stimmen, die ich aus der Ferne hören konnte. Gleichzeitig beobachtete ich Saul, wie er eintrat, zu der Tür eilte, die zur Halle führte und verschwand. Ich schloß die Tür hinter ihm und ging dann zur Küche.

Sie standen alle vor einem Geschirrschrank, dessen sämtliche Fächer geöffnet waren. Als ich mich mit Wolfe durch einen schnelle Blick verständigt hatte, machte er dem Verhör in der Küche schnell ein Ende und schlug vor, man solle ins Wohnzimmer zurückkehren.

Sybil bestand darauf, daß ihre Mutter wieder nach oben ginge. Mrs. Pitcairn aber weigerte sich, und ich gab ihr im stillen recht. Auf diese Weise hatte Saul freie Hand, und Wolfe bekam, was er am nötigsten brauchte: Zeit. Selbst wenn sie mit Rücksicht auf Mrs. Pitcairn versucht hätten, die weitere Vernehmung auf den nächsten Tag zu verschieben, wäre es Wolfe wohl gelungen, sie festzuhalten. Aber so war es besser.

»Wenn die Polizei nicht überzeugt gewesen wäre, daß Mr. Krasicki der Mörder ist, den sie suchte, dann wären die Herren jetzt noch hier und stellten allerlei Fragen an Sie«, nahm Wolfe wieder das Wort, als er auf seinem Sessel saß und den Vorleger um seine Füße gewickelt hatte. »Das wäre Ihnen sicherlich nicht angenehm, aber Sie könnten nichts dagegen machen. Mein Verhör müssen Sie aus einem ganz andern Grunde dulden; im übrigen aber läuft es auf dasselbe hinaus. Ich stelle an Sie Fragen, die Sie nicht gerne beantworten, und Sie könnten antworten, was Sie für richtig halten. Die Polizei nimmt immer an, daß ein großer Prozentsatz der Antworten Lügen und Ausflüchte sind. Ich nehme dasselbe an. Aber das ist meine Sache. Jeder Dummkopf könnte die schwierigsten Fälle lösen, wenn jeder die Wahrheit sagte. Ich frage Sie, Mr. Imbrie, haben Sie jemals Miss Lauer in Ihren Armen gehalten?«

Ohne zu zögern und unnötig laut erwiderte Imbrie: »Ja.«

»Wann?«

»Einmal in diesem Zimmer, weil ich dachte, sie wollte es. Sie wußte, daß meine Frau uns beobachtete. Ich aber wußte es nicht. Darum dachte ich, ich könnte es ja einmal versuchen.«

»Das ist erlogen!« rief Vera Imbrie empört.

Da blickte Neil seine Frau ernst an und sagte: » Das einzig Richtige, was wir tun können, ist, daß wir bei der Wahrheit bleiben. Als die Polizeileute gingen, dachte ich, es wäre jetzt alles überstanden; aber ich kenne diesen Mann und weiß, daß er nicht lockerläßt. Wer weiß, ob mich nicht sonst noch jemand gesehen hat. Wenn ich ihm erzähle, ich hätte Miss Lauer nie in den Armen gehalten, dann kann es mir passieren, daß jemand anderer sagt, er habe es selber gesehen. Was dann?«

»Sie haben ganz recht«, spottete Sybil. »Wir alle gestehen offen, was wir getan haben. Sie machen den Anfang, Neil.«

Es waren aber noch keine drei Minuten vergangen, da log Neil. Er behauptete, seine Frau habe sich gar nichts daraus gemacht, als sie ihn mit Dini Lauer überraschte. Sie habe es nicht ernst genommen. So ging das Verhör hin und her, bis ich auf der Armbanduhr feststellte, daß es fünf Minuten vor drei war. Ich will nicht behaupten, es sei langweilig gewesen. Es war interessant genug, Wolfe zu beobachten, wie er bald gegen den einen, bald gegen den andern einen Ausfall machte, und es war ebenso interessant, zu hören, wie sie sich wehrten. Aber so hübsch das Spiel auch war, es hatte den Anschein, daß eigentlich nichts dabei herauskam. Besonders wunderte ich mich, als Wolfe sich auf Einzelheiten der Orchideenpflege einließ. Ich begriff wohl, daß er von Pitcairns Erfahrungen profitierte, aber nichts von allem, was sie sagten, brachte uns weiter, und ich hatte den Verdacht, daß er nur die Zeit hinbringen wollte und ungeduldig auf Sauls Erscheinen wartete.

Er konzentrierte das Verhör ausschließlich auf den Charakter der Ermordeten. Er bemühte sich immer wieder, eine freie Diskussion in Gang zu bringen. Aber es gelang ihm nicht. Selbst Neil Imbrie lehnte es ab, sich klar über Dini Lauer zu äußern.

Plötzlich wandte sich Wolfe an mich. »Archie«, sagte er, »sind meine Strümpfe trocken?«

Ich ging ins Treibhaus, fühlte sie an und gab ihm Bescheid. Da bat er, ich solle sie ihm bringen. Als er den ersten anzog, sagte Mrs. Pitcairn:

»Mühen Sie sich nicht mit den nassen Schuhen ab, da Sie hier schlafen werden. Vera, ein Paar Hausschuhe!«

»Nein, danke«, wehrte Wolfe energisch ab. Er zog den andern Strumpf an und nahm einen Schuh auf. »Glücklicherweise kaufe ich sie immer groß genug.« Er steckte seine Zehen hinein, zog und drückte, bis der Schuh saß, schnürte ihn zu und richtete sich auf, um sich etwas auszuruhen. Dann nahm er den zweiten Schuh in Angriff. Während er ihn anzog, war das Schweigen so lastend, als sei die Decke herabgestürzt und habe sich auf unsere Köpfe gelegt. Pitcairn ertrug es nicht länger. »Es ist fast Morgen«, krächzte er. »Wir gehen jetzt zu Bett. Die Untersuchung ist zu einer Posse geworden, zu einer lächerlichen Posse.«

Wolfe seufzte erleichtert nach der körperlichen Anstrengung. Er blickte sich im Zimmer um und sagte dann: »Sie ist von Anfang an eine Posse gewesen. Aber nicht durch meine Schuld, sondern durch Ihre. Meine Haltung ist klar, logisch und unangreifbar.« Er machte eine kurze Pause und fuhr dann fort: »Die Umstände bei Miss Lauers Tod – die Benutzung von Mrs. Imbries Morphium, die Kenntnis von der bevorstehenden Desinfizierung des Treibhauses und anderes – machten es unwiderlegbar deutlich, daß sie von jemand getötet wurde, der mit den Verhältnissen vertraut ist. Aus guten Gründen überzeugt, daß Mr. Krasicki es nicht getan hat, zog ich den Schluß, daß einer von Ihnen der Mörder sein müsse. Das stand für mich fest, und es steht immer noch fest. Ich hatte keine Ahnung, wer es ist. Ich habe mir daher den Zutritt zu Ihrem Hause erzwungen, um es herauszufinden. Und ich werde hierbleiben, bis ich es weiß – es sei denn, Sie werfen mich hinaus und bieten der Alternative Trotz, die ich skizziert habe. Ich bin Ihr gefährlicher und unerbittlicher Feind, und ich habe Sie hier alle beisammen. Jetzt werde ich Sie einzeln vernehmen. Wollen Sie erst etwas schlafen, Madam?«

Mrs. Pitcairn versuchte tatsächlich zu lächeln.

»Ich fürchte«, sagte sie mit fester Stimme, »ich habe einen Fehler gemacht, als ich versuchte, Ihnen Geld anzubieten, damit Sie sich bereit fänden, unseren Schutz zu übernehmen. Ich glaube, dieses Angebot hat auf Sie einen ungünstigen Eindruck gemacht. Wenn Sie mich verstanden haben sollten, so bitte ich . . . Wer ist das?«

Es war Paul Panzer, der hinter den Vorhängen hervortrat, wo sie sich selbst vorher versteckt hatte, um zu lauschen. Er kam genau im richtigen Augenblick, denn wir hatten mit ihm vereinbart, daß er um drei Uhr erscheinen sollte, wenn er nicht vorher ein Signal erhielte.

Wir anderen konnten ihn sehen, ohne uns umzudrehen, nur Wolfe, dessen Sessel mit einer hohen Rückenlehne versehen war, mußte sich vorbeugen und den Kopf wenden. Während er das tat, sprang Donald auf, und auch Joseph G. und Imbrie setzten sich in Bewegung. Aber ich war schneller als sie. Als ich sie überholt hatte, drehte ich mich um und rief ihnen zu: »Regen Sie sich nicht auf! Er ist mit uns gekommen, und er beißt nicht.«

Sie machten zwar halt, verlangten aber eine Erklärung. Ohne sie zu beachten, wandete sich Wolfe an Saul und fragte ihn: »Haben Sie etwas gefunden?«

»Ja, Sir.«

»Etwas von Belang?«

»Ich denke ja, Sir.«

Saul streckte seine Hand aus, in der er ein zusammenge-
faltetes Blatt Papier hielt.

Wolfe nahm es und sagte zu mir: »Archie, Ihren Revolver.«

Ich hielt die Waffe schon in der Hand. Es war nicht wün-
schenswert, daß jemand in Wolfes Nähe gelangte, während er Sauls Fund prüfte.

Ich richtete die Waffe auf Joseph G. und warnte ihn: »Etwas weiter zurück, wenn ich bitten darf!«

Er gehorchte. Die anderen folgten seinem Beispiel. Wolfe
hatte inzwischen das Papier entfaltet und las. Saul stand
rechts von ihm und hielt ebenfalls einen Revolver in der
Hand.

Wolfe blickte auf.

»Ich bin Ihnen eine Erklärung schuldig«, sagte er. »Dies ist
Mr. Saul Panzer, der für mich arbeitet. Als Sie mit mir in
die Küche gingen, kam er aus dem Treibhaus, ging nach
oben und begann zu suchen. Ich war nicht überzeugt, daß
die Polizei gründlich genug war.« Er hielt das Papier
hoch. »Hier ist der Beweis, daß ich recht hatte. Wo haben
Sie das gefunden, Saul?«

»Ich fand es unter der Matratze des Betts in dem Zimmer
von Mr. Imbrie«, sagte Saul langsam und deutlich.

Vera und Neil Imbrie fuhren in die Höhe, und Neil näherte sich Wolfe, bis mein Arm ihn aufhielt.

»Regen Sie sich nicht auf«, redete ich ihm zu. »Er hat nicht
gesagt, wer es dort hingelegt hat, er sagte nur, wo er es
fand.«

»Was ist es denn?« fragte Mrs. Pitcairn mit etwas unsicherer Stimme.

»Ich werde es vorlesen«, erwiderte Wolfe. »Wie Sie sehen,
ist es ein Blatt Papier. Es ist mit Tinte beschrieben, meiner
Meinung nach von einer weiblichen Hand. Es trägt das
Datum vom 6. Dezember, wurde also gestern geschrieben

– halt, es ist ja schon nach Mitternacht, demnach vorge-
stern. Hier steht:

Lieber Mr. Pitcairn!
Ich werde Sie nun nie mehr Joe nennen, wie Sie es
wünschten. Ich halte es für richtig, meine Bitte an Sie
schriftlich festzuhalten. Wie ich Ihnen bereits sagte, erwartete ich von Ihnen ein Geschenk von zwanzigtausend
Dollar. Sie sind sehr nett zu mir gewesen, aber ich war
auch nett, und ich denke, zwanzigtausend habe ich verdient.
Da ich mich entschlossen habe, hier fortzugehen und zu
heiraten, werden Sie verstehen, daß ich höchstens noch
ein oder zwei Tage auf das versprochene Geschenk warten kann. Ich werde heute zu gewohnter Zeit in meinem
Zimmer sein. Ich bin überzeugt, daß Sie erkennen, wie bescheiden ich bin.«
Wolfe blickte auf. »Der Brief ist mit Dini unterschrieben«,
sagte er.
Ich beobachtete gespannt Donald. Sein Mienenspiel war
in der Tat höchst interessant. Zuerst sah sein Gesicht wie
erfroren aus. Dann entspannten sich seine Züge, und sein
Mund öffnete sich. Gleichzeitig stieg ihm das Blut in den
Kopf. Er wurde purpurrot.
Plötzlich brach er los: »Deshalb also wolltest du nicht, daß
ich sie heirate!« rief er zornbebend und sprang auf seinen
Vater zu. »Du dachtest, ich sei kein Mann. Du hast dich
geirrt. Ich liebte sie – vom ersten Augenblick an. Es war
das erste Mal in meinem Leben. Ich habe sie geliebt. Aber
du wolltest nicht, daß ich sie heirate. Sie wollte weggehen.
Jetzt weiß ich auch, warum. Das sollst du mir büßen.
Wenn ich sie töten konnte, kann ich auch dich töten. Und
wahrlich, ich werde es tun!«
Es hatte den Anschein, als wollte er seine Drohung wahr-
machen. Ich packte seinen Arm. Saul kam mir zur Hilfe.
»Oh! Mein Sohn!« jammerte Mrs. Pitcairn.

Um sechs Uhr am Nachmittag des übernächsten Tages saß ich im Büro an meinem Schreibtisch, als ich hörte, daß der Fahrstuhl von den Gewächshäusern auf dem Dach herunterkam. Kurz darauf trat Wolfe ein, machte es sich in seinem Stuhl hinter seinem Schreibtisch bequem, läutete um Bier, lehnte sich zurück und seufzte mit sichtlicher Zufriedenheit.

»Wie macht sich Andy?« fragte ich.

»Wenn man bedenkt, welch schweren Schock er erlitten hat – ausgezeichnet«, erwiderte er.

Ich legte einige Papiere in eine Schublade des Schreibtisches, verschloß sie und wandte mich zu ihm um.

»Nehmen Sie es nicht übel«, sagte ich, »aber eben kam mir in den Sinn, daß es gewissermaßen *Ihr* Werk ist, daß Dini Lauer nicht mehr am Leben ist und den Männern nicht mehr die Köpfe verdrehen kann.«

»Wieso?« fragte Wolfe ruhig.

»Ben Dykes erzählte mir vorhin am Telefon, Donald Pitcairn habe unter anderem erklärt, als Dini Lauer ihm gesagt habe, sie wolle fortgehen und Andy heiraten, sei ihm der Gedanke gekommen, sie zu töten. Wenn Sie Andy nicht eine Stelle angeboten hätten, die ihm verlockend erschien, hätte er wohl nicht so leicht den Mut gefunden, Dini Lauer seine Liebe zu gestehen und einen Heiratsantrag zu machen. Also kann man wohl sagen, daß Sie in gewisser Weise daran schuld sind, wenn sie ermordet wurde.«

»Wenn der Gedanke Sie befriedigt, dann sagen Sie es«, erwiderte Wolfe gelassen und öffnete eine der Bierflaschen, die Fritz brachte. »Übrigens«, fuhr ich fort, »sagte Dykes auch, Noonan, dieser Affe, wolle gegen Sie vorgehen, weil Sie ein Beweisstück vernichtet hätten. Er meint natürlich den Brief, den Sie selber schrieben und der angeblich ein Brief von Dini Lauer an Pitcairn war.«

»Pah!« sagte Wolfe und blies den Schaum weg, der überzufließen drohte. »Das war kein Beweisstück. Niemand sah, was auf dem Papier geschrieben stand. Es konnte ebensogut überhaupt nichts darauf stehen. Ich tat ja nur so, als läse ich es ihnen vor.«

»Natürlich«, stimmte ich zu. »Im übrigen bedarf es gar keines Indizienbeweises, da Donald Pitcairn ja ein volles Geständnis abgelegt und seine Aussage unterzeichnet hat. Er gab an, Dini sei seine erste und einzige Liebe gewesen. Er hatte sie heiraten wollen, aber seine Eltern drohten ihm, sie würden ihn enterben und ihm nur sein Pflichtteil hinterlassen. Trotzdem hat er Dini beschworen, Andy nicht zu heiraten. Sie aber hat ihn, wie er sagt, nur ausgelacht. Da verlor er den Kopf; er betäubte sie mit Morphium und schleppte sie ins Treibhaus.«

Wolfe kam überraschend schnell von seinem Stuhl hoch: »Was ist los?« fragte ich verblüfft.

»Mir ist plötzlich eingefallen, daß ich ganz vergessen habe, Andy wegen der Miltonia-Sämlinge Bescheid zu sagen«, brummte er und verließ bemerkenswert schnell das Büro.

Herausforderung zum Mord

1

Dem vornehmen kleinen Herrn gefiel das gar nicht. Er war gekränkt. »Nein, Sir« protestierte er. »Sie irren. Es ist kein gewöhnlicher Familienkrach, wie Sie es nennen. Es steht mir durchaus zu, mich um alles zu kümmern, was mit dem von meinem Vater geschaffenen Vermögen geschieht, nicht wahr?«

Er wog kaum halb soviel wie Nero Wolfe, und im roten Ledersessel drei Schritte vor Wolfes Schreibtisch wirkte er noch winziger. Wolfe, der sein überdimensionales Sitzmöbel hinter dem Tisch bequem ausfüllte, musterte den potentiellen Kunden, Mr. Herman Lewent aus New York und Paris, mit ungnädigen Blicken. Ich saß mit meinem Schreibtisch sozusagen in der neutralen Ecke, denn man schrieb Freitag und ich war fürs Wochenende verabredet, und wenn Lewents Auftrag dringend war und wir ihn übernahmen, dann war es mit dem Wochenendvergnügen Essig.

Wolfe war unschlüssig wie meist, wenn er sich belästigt fühlte. Er haßte die Arbeit, aber er liebte Essen und Trinken und seinen Geschäfts- und Wohnsitz im alten Backsteinhaus in der 35. Straße, einschließlich der Orchideen im Treibhaus unterm Dach; und er hatte stets schrecklichen Appetit auf Dollars. Die einzige Dollarquelle war sein Einkommen als Privatdetektiv, und in diesem Augenblick lag auf der Schreibtischkante ein hübsches Häufchen Banknoten mit einem Gummiband darum. Herman

Lewent, der es hingelegt hatte, bezifferte den Betrag auf eintausend Dollar.

Wolfe, arbeitsunlustig und unschlüssig, brummte: »Wieso steht Ihnen das zu?«

Lewent war in jeder Hinsicht eine Miniaturausgabe. Er war dünn und klein, Hände und Füße waren fast schon winzig, und seine Züge paßten dazu, er hatte einen zusammengekniffenen kleinen Mund, an dem kein Platz für Lippen war. Außerdem war er in einem Alter, in dem man ein bißchen schrumpft und Falten bekommt. Einen Wichtigtuer mochte ich ihn freilich nicht nennen. Wenn er einen mit seinen flinken grauen Augen ansah, hatte man das Gefühl, daß er eine ganze Menge weiß und einen scharfen Verstand besitzt.

Er war Wolfe immer noch böse, aber er beherrschte sich. »Ich bin zu Ihnen gekommen«, sagte er, »weil es sich um eine delikate Angelegenheit handelt, mit der Sie und Mr. Goodwin möglicherweise fertig werden könnten. Aus diesem Grund nehme ich Ihr Verhalten in Kauf. Mein Verlangen ist rechtmäßig, denn es war mein Vater, der das Vermögen zusammengetragen hat – im Bergbau, vornehmlich in Kupferbergwerken. Meine Mutter starb, als ich noch ein Kind war, und ich habe nie gelernt, wie man sich vernünftig und gesund ernährt, und nun bin ich zu alt dazu. Vor ein paar Monaten hatte ich drei Freundinnen, eine in Paris, eine in Toulouse und eine in Rom. Und eine von ihnen hat versucht, mich zu vergiften.«

Ich beschloß, ihm kein Wort zu glauben. Für drei Freundinnen war er einfach nicht gebaut.

Er fuhr fort: »Ich bin kein toller Hecht, aber als junger Mann war ich einer. Obwohl das meinem Vater mißfiel und er sich schließlich weigerte, mich zu empfangen, ließ er mich dennoch nicht darben – im Gegenteil, er war recht großzügig. Aber als er starb – ich war damals 36, es war vor zwanzig Jahren –, da hinterließ er alles meiner Schwester Beryl mit der Auflage, sie solle mich versorgen. Das tat sie auch, bis sie vor einem Jahr starb. Ich habe die meiste Zeit im Ausland gelebt, war also gerade nicht zu Hause, aber selbstverständlich flog ich zur Beisetzung herüber.«

Er zuckte mit den Schultern wie ein Franzose, oder jedenfalls nicht wie ein Amerikaner. »Von all den Millionen, die unser Vater ihr vererbt hatte, hinterließ sie mir nichts. Ihr Mann, Theodore Huck, bekam alles, wieder mit der Auflage, mich zu versorgen. Meine Schwester wußte, was sich gehörte. Ich sprach mit Huck und meinte, es sei doch einfacher, mir einmalig eine bestimmte Summe zu überweisen – etwa eine Million oder auch nur eine halbe –, aber er lehnte es ab. Er sagte, er kenne Beryls Wünsche und fühle sich gebunden, sie genau zu befolgen. Er überwies mir die Summe, die auch sie mir in den letzten beiden Jahren hatte zukommen lassen – tausend Dollar im Monat. Leider unterließ ich, was ich hätte tun sollen.«

Er wollte eine Frage hören, und Wolfe tat ihm den Gefallen. »Was hätten Sie denn tun sollen?«

»Ich hätte ihn umbringen sollen. Da saß er in seinem Rollstuhl – er hat schlimme Arterien und kann nicht laufen –, da saß er im Haus meines Vater, als dessen Besitzer, und sagte, er wolle mir jeden Monat tausend Dollar schicken, von dem Vermögen, das meinem Vater gehört hatte. Das war geradezu eine Herausforderung zum Mord. Wenn ich ihn ermordet hätte, natürlich mit der nötigen Umsicht, bekäme ich nach dem Testament meiner Schwester jährlich mehr als vierzigtausend Dollar. Ich dachte daran, aber knifflige Dinge wie der perfekte Mord sind nicht meine Stärke, und obwohl ich im Leben nicht viel gelernt habe, so ist mein Instinkt fürs Überleben doch sehr ausgeprägt.«

Er gestikulierte. »Und dieser Instinkt hat mich auch hierhergeführt. Wenn es diesem Menschen in seinem Rollstuhl einfiele, mir kein Geld mehr zu schicken, müßte ich verhungern. Ich bin unfähig, mich allein durchzubringen. Und deshalb flog ich nach New York, als mich in Paris die Nachricht von möglicher Gefahr erreichte. Mein großzügiger Schwager nahm mich in meinem Vaterhaus auf, und da wohne ich nun seit zwei Wochen und komme nicht weiter – und deshalb, wie gesagt, bin ich hier. Es gibt drei . . .«

Er schwieg plötzlich, richtete die flinken grauen Augen auf mich, dann wieder auf Wolfe, und sagte: »Dies ist vertraulich.«

Wolfe nickte. »Was in diesem Zimmer gesprochen wird, ist es im allgemeinen.«

»Also gut. Ich glaube, die Warnung, die ich erhielt, ist ernst zu nehmen. Mit meinem Schwager im Haus leben drei Frauen, von der Köchin und den Dienstmädchen abgesehen: Mrs. Cassie O'Shea, die Haushälterin, eine Witwe; eine Krankenschwester namens Sylvia Marcy und eine sogenannte Sekretärin, Dorothy Riff. Sie sind alle hinter ihm her, und ich bin sicher, daß eine von ihnen es auch bald geschafft haben wird – aber ich weiß natürlich nicht, welche von den dreien es sein wird. Das muß ich so schnell wie möglich erfahren – aus dem einfachen Grund, weil ich ihr Interesse, ihr Mitgefühl gewinnen muß. Ich will mich ihres Wohlwollens mir gegenüber versichern. Dazu brauche ich drei Wochen, wenn es sich um Miss Marcy oder Miss Riff handelt, bei Mrs. O'Shea hingegen vier. Das ist doch kein gewöhnlicher Familienkrach, das sind völlig legale Nachforschungen. Nicht wahr? Mein Einkommen ist vom guten Willen meines Schwagers abhängig. Und wie lange wird der vorhalten, wenn seine zukünftige Gattin dann ganz plötzlich anders darüber denkt?«

Wolfe brummte: »Und wie lautet mein Auftrag, präzise formuliert?«

»Schnellstmöglich herausfinden, welche von den drei Grazien ihn eingefangen hat.« Lewent wies mit dem Daumen auf die Banknoten. »Diese tausend Dollar gehören

Ihnen, unabhängig von Erfolg oder Mißerfolg, aber sie müssen genügen, denn mehr kann ich nicht aufbringen. Es scheint Ihnen vielleicht nicht lohnend, aber da Sie das Haus nie aus beruflichen Gründen verlassen, wird der Auftrag Sie wenig Zeit und Mühe kosten. Mr. Goodwin wird die Arbeit tun, und sein Gehalt müssen Sie ohnehin zahlen. Er könnte jetzt gleich mit mir fahren, das Haus meines Vaters steht in der 69. Straße.«

Wolfes Stirnfalten hatten sich in freundlichere Fältchen verwandelt. »Sie sagen, Sie hätten eine Warnung erhalten. Von wem?«

»Von Paul Thayer, das ist Hucks Neffe. Huck hat ihn bei sich aufgenommen. Er ist ein Taugenichts wie ich – er komponiert Musik, die kein Mensch hören will. Er hofft, von Huck aus der Hinterlassenschaft meines Vaters zu erben. Weil er beunruhigt ist, schrieb er mir.«

»Was hat ihn beunruhigt?«

»Ein paar Kleinigkeiten und etwas Wichtiges. Ein Herr von Tiffany erschien mit Schmuckköfferchen und blieb fast eine Stunde bei Huck in seinem Arbeitszimmer. Das kann nur eins bedeuten: Huck hat etwas Wertvolles für eine Frau gekauft – für eine von diesen drei Ladies.«

»Wieso? Es gibt noch mehr Frauen.«

Lewent schüttelt den Kopf. »Für Huck nicht. Er kann nicht gehen, und seit meine Schwester nicht mehr lebt, hat er das Haus nur zwei- oder dreimal verlassen. Er hat nie Damenbesuch. Es ist eine von diesen dreien. Sie werden denken, Paul oder ich müßten doch merken, welche es ist, aber so einfach ist das nicht. Er ißt in seinem Schlaf- oder Arbeitszimmer, wir sehen ihn kaum. Paul hat versucht, die Damen auszuhorchen, ich ebenfalls, leider vergeblich.«

Lewent rutschte zur Vorderkante des Ledersessels. »Aber Sie können doch etwas herausbekommen, ohne daß die Leute es merken, nicht wahr? Ich kann Goodwin natürlich nicht ins Haus bringen, damit er sie wegen ihrer Beziehungen zu Huck ins Kreuzverhör nimmt, selbst wenn ich wollte. Es ist mein Vaterhaus, aber es gehört Huck. Wir werden eine Ausflucht benutzen müssen, besonders für die Unterredung Goodwins mit Huck. Ich habe mich entschlossen . . .«

Wolfe brachte ihn mit einem Geräusch zum Schweigen – ein ziemlich lautes Geräusch, halb Knurren und halb Schnauben. Lewents graue Äuglein weiteten sich überrascht. »Was ist denn?«

Wolfe gab sich leicht angewidert. »Ich könnte mich darauf einlassen, das Liebesleben eines wohlhabenden Witwers zu erforschen, wenn ich in finanzieller Notlage wäre und es um ein nennenswertes Honorar ginge. Aber wie die Dinge liegen, vergeuden Sie Ihre Zeit. Und meine. Guten Tag, mein Herr.«

Das klang endgültig. Lewents verkniffener Mund arbeitete, von links nach rechts, hinauf und hinunter. »Also, in Gottes Namen. Ich fürchtete schon, daß es nicht anders geht. Es ist so: Meine Schwester starb hier in New York, im Haus meines Vaters, an einer Fleischvergiftung. Sie hatte etwas gegessen, das Ptomain enthielt. Huck telegrafierte nach Paris, ich flog herüber, wie gesagt. Ich hegte nie einen Verdacht, bis zweierlei passierte: Erstens versuchte Odette, eine Freundin in Toulouse, mich zu vergiften, aus Eifersucht. Das zeigte mir, daß jeder Mensch zu einem Mord fähig ist, wenn das Motiv stark genug ist. Zweitens schrieb mir Paul Thayer, eine dieser Grazien umgarne Huck. Ich fing an, nachzudenken, und ich ging in eine Bibliothek und informierte mich über Ptomain – Leichengift. Die drei Frauen waren anwesend, als meine Schwester vergiftet wurde. Ich glaube, ja, ich bin davon überzeugt, daß eine von ihnen sie ermordet hat.«

»Beweise?«

»Keine. Ich glaube, daß sie Huck damals schon für sich gewonnen hatte, oder jedenfalls ihrer Sache sicher war. Ich bin jetzt zwei Wochen hier und von meiner Annahme überzeugt, aber was kann ich unternehmen? Ich wage nicht einmal Fragen zu stellen. Die Polizei würde mich natürlich auslachen. Dann dachte ich an Sie, aber mehr als tausend Dollar konnte ich nicht zusammenkratzen, und das sind für Sie kleine Fische. Deshalb versuchte ich zuerst, Sie ohne Erwähnung des Wortes Mord für die Sache zu gewinnen . . .«

Er gestikulierte wieder. »Ich will diese Person verscheuchen, von ihrem Vorhaben abbringen, und ich glaube, das könnte mir gelingen, wenn ich weiß, welche von den dreien es ist.«

»Wie wollen Sie das ohne Beweise schaffen?«

»Das ist meine Sache.«

Unvermittelt rollte Wolfe seinen Sessel zurück und stand auf. »Ich habe ein wichtiges Telefongespräch zu führen«, erklärte er Lewent, »und ich überlasse Mr. Goodwin alles Weitere. Da er, wie Sie sagen, die Arbeit tun soll, werde ich ohnehin nicht gebraucht, auch zur Entscheidung nicht, ob wir den Auftrag übernehmen.«

Er stampfte zur Tür und war verschwunden, aber nicht um zu telefonieren, das wußte ich. Er wollte das Geld nicht zurückweisen, aber er wollte auch den Eindruck vermeiden, er verderbe mir wegen eines miesen Tausenders das Wochenende, und so schob er mir den Schwarzen Peter zu. Und ich saß in der Zwickmühle. Wenn ich Lewent hinauskomplimentierte, dauerte es Monate, ehe ich Wolfe gegenüber den Mund aufmachen konnte, wenn er Aufträge abwies. Und so nahm ich das Geldbündel, das der kleine Mann auf Wolfes Schreibtisch gelegt hatte, zählte es nach und sah, daß es zwanzig Fünfziger waren.

»Okay«, sagte ich. »Ich gebe Ihnen eine Quittung. Dann müssen wir besprechen, was wir Huck erzählen. Sind Sie einverstanden?«

Er war es, ich nahm Platz, und wir besprachen, auf welche Weise wir die Sache angehen wollten.

2

Lewents Vaterhaus, aus Bruchsteinen in der 69. Straße zwischen Fifth und Madison erbaut, hatte offensichtlich keine Fassadenreiniger gesehen, seit der kleine Herman hier geboren worden war. Drinnen hingegen hatten zweifellos Veränderungen stattgefunden. Schon der Selbstbedienungslift war so modern und geräumig, daß ich folgerte, er sei installiert worden, nachdem die schlimmen Arterien den Hausherrn in seinen Rollstuhl verbannt hatten.

Obwohl Lewent darauf bestanden hatte, das Unternehmen erst nach Theodores Hucks Siesta zu starten, begannen wir gleich mit der Arbeit. Es war kurz nach 14 Uhr, als wir von einem weiblichen Wikinger eingelassen wurden, der Herman in der Schürze hätte herumtragen können. Ich hegte immer noch die Hoffnung, den Tausender bis zum Abend zu verdienen und dadurch mein Wochenende doch noch genießen zu können. Nachdem die Wikingerin uns die Hüte abgenommen hatte, verlor ich deshalb keine Zeit mit der Bewunderung der luxuriösen Eingangshalle, sondern folgte Lewent in den Aufzug. Wir verließen ihn im ersten Stock und wandten uns nach rechts. Ich wunderte mich über die dicken Teppiche in einem Haus, wo der Besitzer sich ausschließlich im Rollstuhl fortbewegte.

Das Staunen wich, als wir das hohe Zimmer an der Rückseite des Hauses betraten und ich den Rollstuhl erblickte. Mr. Huck hätte damit auf einen Campingplatz fahren und drin wohnen können, wenn das Ding ein Dach besessen hätte. Der Sitz wäre selbst für Nero Wolfe geräumig genug gewesen. Zu beiden Seiten befanden sich Fächer, Ablagebretter und Schubladen. Ein großer Blechkasten am hinteren Ende beherbergte wohl den Motor. Eine Leselampe war links montiert und beleuchtete die Illustrierte, in der er gerade las.

Lewent sagte: »Hier ist Mr. Goodwin, wie ich dir schon am Telefon erklärte«, drehte sich um und ging hinaus.

Theodore Huck sprach gar nichts. Er warf das Heft auf einen Tisch und drückte auf einen Knopf, worauf sich die Fußstütze hob, bis die Beine unter der großen Schottendecke waagerecht lagen. Dann betätigte er einen anderen Knopf, und die Lehne glitt zurück. Knopf Nummer 3, und die Fußstütze bewegte sich hin und her, nicht eben sanft. Er schloß die Augen. Ich ließ mich in einem Sessel nieder und besah mir sein Arbeitszimmer, dann ihn. Die obere Hälfte von Mr. Huck war für sein Alter ansehnlich, er war breitschultrig und hatte ein glattes, ebenmäßiges Gesicht. Der ehemals dunkle Schopf war stark ergraut, aber noch dicht. Ich hatte Zeit genug für meine Betrachtung, denn er ließ seine Beine gut fünf Minuten lang schaukeln. Dann drückte er wieder auf ein paar Knöpfe, und das bewirkte, daß er bald wieder gerade in seinem Spezialstuhl saß, er zog die Schottendecke enger um die Hüften.

Nun erst sah er mich an, aber ich konnte seinen Blick nicht erwidern, weil er sich auf eine Stelle dreißig Zentimeter unter meinem Kinn konzentrierte. »Ich mache das sechzehnmal am Tag«, sagte er. »Stündlich. Es nützt ein bißchen. Vor einem Jahr konnte ich kaum stehen, und nun kann ich fünf oder sechs Schritte gehen. Ihr Name ist Goodwin?«

»Stimmt.«

»Mein Schwager sagte, Sie wollten mich sprechen.«

Ich nickte. »Das stimmt nicht ganz, aber ungefähr. Er wünschte, daß ich Sie aufsuchte. Mein Name ist Archie Goodwin, und ich arbeite für Nero Wolfe, den Detektiv, und Ihr . . .«

»Oh! Dieser Goodwin sind Sie also.«

»Ja. Ihr Schwager kam heute in Mr. Wolfes Büro, um ihm einen Auftrag zu erteilen. Er sagte, seine Schwester . . .«

Rechts von uns öffnete sich eine Tür, und eine junge Dame in meinem Alter trat ein, mit Papieren in der Hand. Sie war blond, hatte graugrüne Augen, und was das Äußere betraf, war nichts an ihr auszusetzen. Auf halbem Wege zum Rollstuhl blieb sie stehen und fragte: »Möchten Sie die Briefe jetzt unterschreiben, Mr. Huck?«

»Später, Miss Riff.« Er war ein bißchen ungehalten. »Später.«

»Sie sagten . . . Ich dachte, vielleicht . . .«

»Es eilt wirklich nicht.«

»Wie Sie wünschen. Ich bitte um Entschuldigung, wenn ich gestört habe.«

Sie drehte sich um und schloß die Tür so sanft, daß man es überhaupt nicht hörte.

»Mr. Lewent sagt«, fuhr ich fort, »seine Schwester habe ihm versprochen, er werde im Falle ihres Todes eine beträchtliche Summe erhalten. Das war etwa ein Jahr vor ihrem Tod, und er ist überzeugt, sie hat dafür gesorgt, daß ihr Versprechen erfüllt werde.«

Huck schüttelte den Kopf. »Er war dabei, als ihr Testament verlesen wurde. Er hat es selbst gesehen.«

»Er sagt, sie habe ihm erklärt, daß sie es nicht ins Testament aufnehmen werde, weil das einem Versprechen zuwidergelaufen wäre, das sie ihrem Vater gegeben hat. Er glaubt, sie hat es jemandem für ihn übergeben – nicht Ihnen, meint er, denn Sie hätten ihre Anweisungen genau und prompt befolgt. Er vermutete, daß sie es Miss Riff oder Miss Marcy oder Mrs. O'Shea gab, und er möchte, daß Mr. Wolfe Ermittlungen anstellt. Er betont freilich, daß dies nur mit Ihrem Wissen und Einverständnis erfolgen kann, und deshalb hat er Sie gebeten, mich zu empfangen. Außerdem dachte Mr. Wolfe . . .«

Eine andere Tür ging auf, und ein anderes weibliches Wesen beehrte uns. Sie war schätzungsweise etwas jünger als Dorothy Riff, aber genau war es bei ihrer Schwesterntracht nicht auszumachen. Sie hatte große schwarze Augen und dunkelbraunes Haar.

»Alles in Ordnung?« Sie sprach nicht, sie gurrte förmlich.

336

»Ja, danke.«

»Ihre Übung um halb drei?«

»Selbstverständlich.«

Sie verließ uns, nachdem sie mich flüchtig begutachtet hatte. Als sie draußen war, sagte ich: »Das war Sylvia Marcy?«

»Ja. Sie hatten sagen wollen, Mr. Wolfe habe gedacht . . .«

»Er meinte, bevor ich mich mit den drei Damen unterhalte – Ihr Einverständnis vorausgesetzt –, seien Sie vielleicht bereit, uns Ihre Ansicht zu verschiedenen Punkten wissen zu lassen. Zum Beispiel: Halten Sie es für wahrscheinlich, daß Ihre Gattin so gehandelt hat, wie Mr. Lewent annimmt? Hat sie jemals etwas angedeutet? Hat sie große Barbeträge abgehoben oder Wertpapiere verkauft? Am wichtigsten scheint Mr. Wolfe die Frage, welche der drei Damen Ihre Frau wohl am ehesten mit einem solchen Auftrag betraut hätte.«

Huck blickte mir immer noch nicht in die Augen. »Mein Schwager hat das mir gegenüber nie erwähnt«, sagte er zurückhaltend.

Ich nickte. »Wie er sagt, fürchtet er, Sie zu verletzen. Aber nachdem nun ein Jahr vergangen und offenbar ist, daß Sie ihn lediglich so versorgen wollen, wie das im Letzten Willen Ihrer Gattin festgelegt wurde, meinte er, man solle der Sache nachgehen – soweit das möglich ist, ohne Ihnen Ungelegenheiten oder Umstände zu machen.«

»Wie sollte mir das Umstände machen?«

»Ich weiß nicht. Sie sind ein wohlhabender Mann, und Miss Riff, Miss Marcy und Mrs. O'Shea arbeiten für Sie und wohnen in Ihrem Haus, und ich nehme an, Mr. Lewent dachte, Sie möchten vielleicht nicht, daß ich den Damen peinliche Fragen stelle.«

»Miss Riff wohnt nicht hier.«

»Aber die beiden anderen?«

»Ja.«

»Halten Sie alle drei für ehrlich und vertrauenswürdig?«

»Ja.«

»Das könnte uns weiterhelfen. Sind Sie von der Ehrenhaftigkeit der Damen so überzeugt, daß Sie keiner von ihnen zutrauen, in eine solche Angelegenheit verwickelt zu sein?«

Er wollte gerade antworten, da ging die Tür vom Flur wieder auf, und wir bekamen erneut Besuch. Diesmal war ich nicht ganz sicher. Bei Sekretärin und Krankenschwester hatte im Augenblick ihres Auftauchens keinerlei Zweifel bestanden, aber ich hatte nicht erwartet, die Haushälterin in einem bunt gemusterten Kleid zu erblikken. Es war weiß und blau in zwei Tönen. Und obwohl sie reifer als die beiden anderen war, konnte man sie keineswegs als alte Schachtel bezeichnen. Sie hatte mittelbraunes Haar und tiefblaue Augen und schwenkte die Hüften ein wenig. Sie ging wie zu bestimmten Zwecken an den Rollstuhl, bückte sich und zog die Wolldecke enger um Hucks Beine. Ich beobachtete Hucks Blick. Er galt natürlich ihr, schien aber eher gedankenverloren als erfreut. Sie richtete sich auf. »Alles in Ordnung, Sir?«

»Ja, danke, Mrs. O'Shea.«

»Irgendein Wunsch?«

»Nein, nichts.«

Sie machte eine Vierteldrehung und musterte mich. Ihr Blick war zu kurz, um lästig zu wirken, aber verstohlen war er nun auch wieder nicht. Ich sah ihr nach und sagte mir, keine von den dreien habe gezögert, sich den Fremden einmal anzuschauen. Ich war noch keine Viertelstunde bei Huck, und schon waren sie alle mal eben vorbeigekommen.

Als sich die Tür geschlossen hatte, sagte Huck: »Sie haben mich einiges gefragt. Ich halte es für sehr unwahrscheinlich, daß meine Frau jemals ein Arrangement getroffen hat, wie Sie es erwähnten. Jedenfalls hat sie mir nie ein Wort davon gesagt. Soviel ich weiß, hat sie im Jahr vor ihrem Tod keinen ungewöhnlichen Betrag verbraucht, aber ich werde das gern noch einmal nachprüfen lassen. Ich will meinen Schwager ja nicht der Phantasterei bezichtigen, ich vermute jedoch, daß er meine Frau irgendwie grundsätzlich mißverstanden hat. Aber da er nun einmal Nero Wolfe konsultiert hat und Sie hier sind, will ich ihm den Gefallen tun, dem armen Teufel. Möchten Sie die Damen einzeln oder zusammen sprechen?«

»Zunächst einmal gemeinsam.«

»Wie lange wird das dauern? Werden Sie heute fertig?«

»Ich hoffe es. Ich habe die Absicht, aber ich weiß es nicht.« Er fuhr mit erstaunlicher Geschwindigkeit zur Tür und öffnete sie weit. »Herman! Komm doch mal herunter!«

Heute weiß ich, was den ganzen Haushalt auf die Beine brachte: Paul Thayer, Hucks Neffe, hatte ausgeplaudert, daß ich Nero Wolfes Archie Goodwin war. Aber damals wußte ich das nicht, und deshalb staunte ich, daß sie aus allen Richtungen angelaufen kamen – Dorothy Riff aus einer Tür nebenan. Mrs. O'Shea die Treppe herauf, Lewent und Sylvia Marcy von oben. Lewent war im Stehen genauso groß wie Huck im Sitzen. Er fragte: »Du hast gerufen, Theodore?«

Die Damen blieben erwartungsvoll stehen.

»Ja«, antwortete Huck seinem Schwager. »Mr. Goodwin hat mir die Sachlage erläutert, und ich möchte, daß du hörst, was ich Mrs. O'Shea, Miss Marcy und Miss Riff zu sagen habe.« Seine Blicke wandten sich der Weiblichkeit zu. »Ich nehme an, Sie alle haben schon von einem Privatdetektiv namens Nero Wolfe gehört. Mr. Lewent hat ihn heute vormittag aufgesucht und beauftragt, Nachforschungen anzustellen, und zu diesem Zweck ist Mr. Goodwin hierherbeordert worden. Mr. Goodwin möchte Ihnen Fragen stellen. Sie können darauf antworten, wie Sie es für richtig und vertretbar halten. Mehr habe ich nicht zu sagen. Ich möchte klarstellen, daß ich in keiner Weise einschränken will, was Mr. Goodwin fragt oder was Sie antworten, aber ich möchte auch zu verstehen ge-

ben, daß dies eine private Untersuchung auf Betreiben
von Mr. Lewent ist und es demnach Ihrem Urteil unter-
liegt, was von Belang und zur Sache gehörig ist.«
Man hätte meinen können, daß er ganz genau wußte,
warum ich gekommen war, und ich hatte das starke Gefühl, daß er dafür sorgen wollte, daß mir nichts gelingen
würde. Nicht mit einem Wimpernzucken hatte er mir
Grund für einen brauchbaren Tip gegeben, welche von
den dreien ihn denn nun umgarnt hatte.

3

Der Lift brachte uns zwei Stockwerke höher. In einem
Zimmer mit bequemen Polstermöbeln erwiesen sich die
drei als gute Zuhörerinnen. Ich ließ mir Zeit und holte
weit aus. Miss Riffs graugrüne Augen, Miss Marcys
schwarze und Mrs. O'Sheas tiefblaue konzentrierten sich
alle auf mich. Die Blicke wirkten anregend und ließen
meine Rede munter fließen. Ich erzählte vom Versprechen, das Lewents Schwester ihm gegeben hatte – ein Jahr
vor ihrem Tod – und das natürlich pure Erfindung war;
von seiner Überzeugung, daß sie es gehalten hatte, und
von seinem Verdacht, sie habe jemandem eine beträchtliche Summe in bar oder in Wertpapieren für ihn anvertraut. Ich fügte hinzu, er halte es für möglich, eine der drei
Anwesenden sei diese Treuhänderin, und ob sie bereit
seien, mir ein paar Fragen zu beantworten?
Mrs. O'Shea bemerkte, Lewent sei ein widerlicher Zwerg.
Miss Marcy sagte, es sei überaus lächerlich. Miss Riff hob
die Nase und fragte: »Wieso ein paar Fragen? Sie brauchen uns nur eine zu stellen: Hat Mrs. Huck jemandem
von uns etwas für ihren Bruder übergeben – dann sagen
wir nein, und damit ist die ganze Angelegenheit erledigt.«
»Für Sie vielleicht«, räumte ich ein. »Aber wie Mr. Huck
Ihnen erklärt hat, soll ich hier Nachforschungen betrei-

ben, und so einfach geht das nicht. Nehmen wir zum Beispiel an, ich ermittle wegen einer schwerwiegenden Sache – wie etwa Mordverdacht. Was wäre wenn Lewent den Verdacht hätte, jemand von Ihnen habe seine Schwester vergiftet, um Huck ehelichen zu können?«

»Das sähe ihm schon ähnlicher«, sagte Miss Marcy, und das Gurren war immer noch in ihrer Stimme.

»Ja. Aber was dann? Ich frage, ob Sie es getan haben. Sie sagen nein, und damit hat es sich? Kaum. Ich frage eine ganze Menge, nach Ihren Beziehungen zu Mr. und Mrs. Huck und untereinander, ferner nach Ihrem Tun und was Sie gesehen und gehört haben, nicht nur an ihrem Todestag, sondern in der Woche, dem Monat, dem Jahr davor. Sie können antworten oder auch nicht. Wenn Sie antworten, prüfe ich es nach. Wenn nicht überprüfe ich Sie doppelt und dreifach.«

Ich holte Luft und schlug einen freundlicheren Ton an. »Aber lassen wir das, schließlich bin ich kein Inquisitor. Ich möchte zuerst Ihre Meinung zu einer Idee hören, die mir selbst gekommen ist. Mir scheint, wenn Mrs. Huck ihrem Bruder etwas hinterlassen wollte, dann war der Treuhänder logischerweise ihr Mann. Lewent glaubt das nicht, weil er ihn für absolut ehrlich hält. Mir genügt das nicht – aber Sie, meine Damen, kennen Mr. Huck besser als ich. Was für ein Mensch ist er? Halten Sie es für möglich, daß er Mr. Lewent etwas vorenthält?«

Keine Antwort. Auch kein Austausch von Blicken. Ich ließ nicht locker. »Was meinen Sie, Mrs. O'Shea?«

Sie schüttelte den Kopf, ein Mundwinkel hob sich. »So etwas fragt man nicht.«

»Sie wissen doch, wir arbeiten für Mr. Huck«, gurrte Sylvia Marcy.

»Er ist ein sehr feiner Mensch«, erklärte Dorothy Riff. »Ein sehr feiner Mensch. Deshalb hat ja auch eine von uns Mrs. Huck vergiftet – damit sie ihn heiraten kann. Worauf sie nur wartet? Es ist doch schon ein Jahr her.«

Ich befaßte mich eine Stunde lang mit ihnen. Ich habe schon wesentlich unerfreulichere Sitzungen erlebt, aber keine unergiebigeren. Verschiedenes deutete darauf hin, daß sie einander nicht gerade liebten, anderes auch, daß sie Huck nicht ausschließlich als Lohnzahler betrachteten, aber um am Ende der Stunde für Lewent eine herauszupicken, hätte ich abzählen müssen. Ich war von mir selber enttäuscht. Ich sagte mir, es sei ein Fehler gewesen, sie gemeinsam zu vernehmen, stand auf, bedankte mich für ihre Geduld und Hilfsbereitschaft und deutete an, daß ich sie später einzeln zu sprechen wünschte. Ich fragte, ob ich wohl Lewent finden könnte, und erfuhr, sein Zimmer sei im Stock unter uns, im zweiten Obergeschoß. Sylvia Marcy erbot sich, es mir zu zeigen, ging voraus und die Treppe hinunter. Sie hatte die ganze Zeit gegurrt. Es war ein angenehmes, sogar musikalisches Gurren, aber man weiß da nie, was draus wird. Wenn ich, wie Huck, dem Gurren fortlaufend ausgesetzt gewesen wäre, dann hätte ich sie nach ein paar Tagen gefeuert – oder ich hätte den Standesbeamten bestellt.

Lewent öffnete auf mein Klopfen und bat mich in sein Zimmer. Auf den ersten vier Schritten war es nur ein korridorartiger Schlauch, wie man das oft in alten Häusern findet, wo nachträglich Bäder eingebaut wurden. Anschließend betrat ich jedoch ein geräumiges Gemach. Er bot mir einen Sessel an, aber ich lehnte ab und sagte, ich habe eine Eröffnungssitzung mit den Verdächtigen absolviert und wolle nun Paul Thayer kennenlernen, Hucks Neffen. Lewent meinte, er werde nachsehen, ob Paul im Haus sei. Er stieg zwei Treppen höher, ich folgte ihm, auch oben durch einen Flur zu einer Tür. Er klopfte an, und jemand rief »Herein.«

Das Zimmer war vergleichsweise klein, und kein Eckchen war ungenutzt. Ich sah ein Bett, einen Flügel, zwei kleine Sessel und ein paar Tonnen Bücher und Noten, die auf Regale, Tisch und Fußboden verteilt waren. Thayer, etwa so alt wie ich und wie ein Bulle gebaut, wollte mir beim Händeschütteln offenbar die Knöchel lädieren, aber dann ließ er es bleiben, als er Gegendruck verspürte. Ich hatte Lewent unterwegs erklärt, ich wünsche Thayer allein zu sprechen, was ihm recht gewesen war, und so verließ er uns jetzt. Thayer streckte sich aufs Bett, und ich nahm in einem Sessel Platz.

»Da habt ihr einen schönen Quatsch gemacht«, bemerkte er.

»Wirklich? Wieso?«

»Eure Idee, mit dem Märchen hier einzufallen, eine von ihnen enthalte Lewent einen Sack voll Geld vor – das ist doch der letzte Blödsinn.«

»Tut mir leid. Ich habe das als Ersatz für Lewents Märchen vorgeschlagen, wonach eine von den drei Ihre Tante vergiftet hat.«

Er warf den Kopf zurück und gab viele Hahas von sich. Als er wieder sprechen konnte, meinte er: »Sie war nicht meine richtige Tante – oder wohl doch, nachdem Onkel Theodore sie geheiratet hatte. Sie starb unter großen Schmerzen, und das hat mich sehr mitgenommen. Ich konnte wochenlang nicht richtig essen. Aber die Idee, eins von den Mädchen habe ihr Gift gegeben – also, wissen Sie, Herman der Zwerg ist tatsächlich ein Märchenerzähler! Lieber Gott, so etwas Dummes! Trotzdem bin ich sein treuer Bundesgenosse. Er und ich sitzen in einem Boot. Können Sie sich vorstellen, wie brennend gern ich ein paar von den Lewent-Millionen hätte, auf denen Onkel Theodore jetzt sitzt?«

»So etwas kann ich mir vorstellen«, sagte ich mitfühlend.

»Sagen wir mal, ich hätte fünf Millionen. Von den Zinsen allein könnte ich ein Dreißig-Mann-Orchester jede Woche eine Stunde lang in zwölf Großstädten über Rundfunksender spielen lassen – die Musik der Zukunft. Lieber Gott, und die Platten, die ich produzieren könnte! Statt hier herumzusitzen. Natürlich kann man nicht behaupten, es ginge mir schlecht. Ich esse hier, also brauche ich nicht zu hungern. Übrigens, hat Lewent Ihnen verraten, daß ich für Miss Riff schwärme?«

»Nein. Tun Sie's?«

»O ja. Leider rührt es sie ganz und gar nicht. Deshalb habe ich auch Lewent geschrieben, er solle kommen – weil ich stark annehme, daß sie hinter meinem Onkel her ist. Ich fürchte das noch immer, ich zittere geradezu. Und nun kommt ihr beide, baut einen solchen Mist und verderbt alles.«

Ich unterhielt mich noch eine Weile mit ihm, aber dann wurde mir klar, daß ich nur Zeit vergeudete, da er nicht mal einen ernstzunehmenden Tip zur Antwort auf die Frage wußte, die mich bewegte. Ich ließ ihn allein und stieg gemächlich die Treppen hinab.

Im Parterre drangen Töne aus einer halboffenen Tür, und ich ging ihnen nach. Ich habe die Angewohnheit, mich leise zu bewegen. Auf einem Bildschirm blitzten ein Mann und eine Frau sich zornig an, wobei sie heftig atmete und er irgend etwas sagte. Auf einem Sessel saß Mrs. O'Shea, kehrte mir den Rücken zu, nippte an einem Glas und guckte in die Röhre. Ich nahm in ihrer Nähe Platz und tat desgleichen. Sie wußte, daß ich da war, ließ es sich aber nicht anmerken. Runde zwanzig Minuten schauten wir zu, bis die Story zu Ende war. Als die Werbung einsetzte, ging sie hin und schaltete ab.

»Guter Empfang«, sagte ich doppeldeutig.

Sie musterte mich. »Haben Sie irgend etwas mit der Galle? Und wollten Sie mich vielleicht sprechen?«

»Ich dachte, wir sollten uns einmal ganz privat unterhalten.«

»Aber nicht jetzt. Ich habe etwa eine halbe Stunde in der Küche zu tun.«

»Dann danach. Übrigens hat Mr. Lewent mich zum Dinner eingeladen, aber nach Lage der Dinge scheint mir die Frage angebracht, ob es Ihnen recht ist.«

»Mr. Lewent ist Mr. Hucks Gast, und wenn er Sie eingeladen hat – selbstverständlich. Mr. Huck speist in seinem Zimmer.«

Ich sagte, das sei mir bekannt, und sie rauschte ab. Ich verließ das Zimmer einen Augenblick später. Ich hielt es für ratsam, Lewent mitzuteilen, daß er mich zum Dinner eingeladen hatte, und so ging ich in den zweiten Stock zu seiner Tür und klopfte an. Nichts tat sich. Ich klopfte lauter, mit demselben Mißerfolg. Wie ich da stand, glitt zehn Schritte weiter im Flur die Lifttür auf, und heraus kam der Rollstuhl gefahren. Huck sah mich an, hielt an und rief: »Sie sind noch da?«

»Jawohl, Sir. Wenn Sie nichts dagegen haben.«

»Warum sollte ich?«

Er drückte einen Knopf, und weiter ging die Fahrt, zur Tür seines Zimmers. Er öffnete sie und rollte hinein, und die Tür schloß sich wieder. Ich blickte auf die Armbanduhr, wobei ich sie mir wegen der düsteren Beleuchtung unter die Nase halten mußte; es war zwei Minuten nach fünf. Ich nahm an, Lewent mache ein Nickerchen, klopfte nochmals und gab es auf, als ich wiederum keine Antwort bekam. Ich ging zur Treppe, aus dem Haus, zur Madison Avenue und in den Drugstore, wo ich mich in eine Telefonzelle verfügte und wählte.

Wolfe meldete sich. Ich erstattete Bericht. »Kein Fortschritt. Gar nichts, außer daß, wenn Sie krank werden, ich eine Schwester weiß, die Sie gesundgurrt. Zum Dinner komme ich nicht nach Hause. Ich rufe an, um Ihnen das zu sagen und um Sie zu konsultieren.«

»Weswegen?«

»Wegen meines Geisteszustandes. Mein Verstand muß defekt sein, sonst hätte ich mich nie auf so etwas eingelassen.«

Er brummte und legte auf. Ich wählte eine andere Nummer und erläuterte Lily Rowan, wie das mit unserem Wochenende aussah, und sie bedauerte mich ein bißchen und sagte, sie werde auf meinen nächsten Anruf warten.

Die Wikingerin ließ mich ins Haus, und ich klomm wieder Stufen empor, um nach unserem Klienten zu schauen. Ich pochte laut und vernehmlich an seine Tür, wartete fünf Sekunden, drehte den Knopf und trat ein. Ich wäre ums Haar auf ihn getreten. Er lag unmittelbar hinter der Tür, die ihn fast gestreift hatte, flach auf dem Rücken, ein Bein leicht gebeugt, das andere gestreckt. Ich schloß die Tür, kniete mich hin, knöpfte ihm die Weste auf und schob die Hand unter sein Hemd. Nichts. Sein Kopf war seltsam verdreht. Ich faßte mit den Fingerspitzen darunter, und an seinem Hinterkopf oder vielmehr dort, wo der hätte sein müssen, faßte ich weich ins Leere. Sein Schädel war eingeschlagen, aber ich fühlte keinen Riß in der Kopfhaut und auch kein Blut an meinen Fingern.

Ich stand auf und sah auf ihn hinab, die Hände in den Hosentaschen und das Kinn vorgeschoben. Dann ging ich durch den kurzen Korridor ins Zimmer und sah mich langsam und gründlich um. Danach kniete ich hinter Lewents Kopf, packte ihn an den Schultern und hob den Körper an. Es lag nichts darunter. Ich betrachtete mir den Hinterkopf, dann legte ich ihn wieder hin, stand auf, ging nach vorn, hob die Beine an und vergewisserte mich, daß auch unter ihnen nichts lag. Ich ging zur Tür, lauschte zehn Sekunden, hörte nichts, öffnete sie, huschte hinaus und zog sie hinter mir ins Schloß. Ich ging zur Treppe, ins Parterre, und als sich niemand sehen ließ, machte ich mir die Haustür selber auf.

Im Drugstore in der Madison Avenue wechselte ich mir Kleingeld zum Telefonieren ein.

4

Als Wolfe meine Stimme vernahm, wurde er aus Prinzip mürrisch, weil ich ihn nie im Treibhaus stören sollte, und dies geschah nun binnen zwanzig Minuten schon zum zweitenmal. Ich war ebenfalls verdrossen, aber nicht aus Prinzip.

»Warten Sie«, sagte ich. »Ich will nur um einen Gefallen bitten. Vor zwanzig Minuten meldete ich ›kein Fortschritt‹, aber das war ein Irrtum. Wir können unseren Klienten gar nicht mehr enttäuschen, denn er ist tot. Ermordet. Ich habe seine Leiche entdeckt, und ich rufe jetzt aus einem Drugstore an. Ehe ich um den Gefallen bitte, muß ich berichten – nicht alles, aber das Wichtigste.«

»Reden Sie.«

Ich kolportierte die Unterhaltung nicht wörtlich, beschrieb jedoch die Charaktere und das Milieu, ferner die Vorgänge bis zum Augenblick, da ich Lewents Tür geöffnet hatte. Danach wurde ich ausführlicher.

»Es ergeben sich einige Fragen«, erklärte ich. »Die ersten drei Meter hinter der Tür ist nur ein Durchgang, kaum mehr als einen Meter breit. Der Tote liegt in diesem Korridor, diagonal, mit den Füßen zur Tür. Wenn man die Tür weit öffnet, reicht sie bis auf 25 Zentimeter an Lewents rechten Fuß. Der Durchgang ist mit einem Orientteppich ausgelegt. Er ist nicht festgeheftet, dennoch nicht verrutscht. Weder im Zimmer noch im Durchgang ist irgend etwas in Unordnung. Alles ist so wie bei meinem Besuch eine Stunde vorher.«

»Von Mr. Lewent abgesehen.« Wolfes Ton war trocken und voll Widerwillen.

»Ja. Der Schlag traf ihn am Hinterkopf. Der Gegenstand war so schwer und hart, daß er den Schädel regelrecht eingedrückt hat. Er muß glatt gewesen sein, denn die Haut ist nicht verletzt. Kein Blut. Ich bin kein Fachmann, aber ich würde wetten, es war nur ein einziger Schlag, und er kam von unten. Die Waffe liegt nicht im Durchgang . . .«

»Unter ihm?«

»Auch nicht, ich habe nachgesehen. Auch im Zimmer liegt nichts dergleichen offen herum. Ergeben sich da nicht einige Fragen?«

»Zweifellos. Die Polizei wird sie stellen.«

»Darauf komme ich noch. Niemand hat mich gesehen, als ich das Zimmer betrat und verließ. Ich könnte nun heimkommen, wenn eines nicht wäre – der Tausender, den Lewent gezahlt hat. Unser Klient war vielleicht keine Zierde der Menschheit, aber herzukommen und in seinem Auftrag herumzuschnüffeln, während jemand ihn erschlägt, und dann seine Leiche zu finden – also, das ist kein Meisterstück. Das gefällt mir gar nicht. Und die Bemerkungen von Cramer und Stebbins, wenn ich jetzt anrufe und sage, ein Klient von Mr. Wolfe sei ermordet worden, während ich im Haus war und ob sie bitte den Fall übernehmen würden – die gefielen mir noch weniger. Und Ihnen auch nicht.«

»Da höre ich gar nicht hin. Gibt es eine Alternative?«

»Ja, der Gefallen, um den ich Sie bitte. Es stört mich, wenn einer glaubt, er kann einen Kunden praktisch in meiner Gegenwart umbringen. Das will ich ihm eintrichtern. Ich hatte Mrs. O'Shea bereits gesagt, daß ich zum Essen bliebe, und nun bitte ich auch Sie, mir das zu gestatten. Einer von diesen Leuten sitzt auf heißen Kohlen und wartet, daß die Leiche entdeckt wird, und wenn ich halb so gut bin, wie ich glaube, dann werde ich sehen oder hören oder spüren, wer es ist. Jedenfalls möchte ich es versuchen. Natürlich kann ich die Leiche jederzeit entdecken, wenn es angebracht erscheint.«

Er brummte. »Sie brauchen zum Essen nicht heimzukommen.«

Ich legte auf, blieb ein Weilchen sitzen und sortierte meine Gedanken. Schließlich kehrte ich zum Haus zurück, klingelte und wurde von der Wikingerin eingelassen. Sie war schweigsam wie bisher, was wohl hieß, daß während meiner Abwesenheit kein Toter aufgefunden worden war. Als ich auf die Treppe zur Küche zuging, rief mich jemand beim Namen. Ich drehte mich um, und Dorothy Riff trat aus einer Tür.

»Ich habe Sie gesucht«, sagte sie und sah sich um. »Hier sind wir nicht ungestört. Kommen Sie da hinein.«

Sie ging voran ins Zimmer, wo ich mit Mrs. O'Shea ferngesehen hatte. Wir nahmen Platz, und sie sagte: »Ich war vier Jahre lang Mrs. Hucks Sekretärin, und als sie starb, hat Mr. Huck mich behalten. Er vertraut mir sehr. Es wäre mir lieb, wenn Sie mir etwas sagen könnten.«

»Aber gern«, versicherte ich. »Was denn?«

»Nun . . . Mr. Huck ist ziemlich sicher, daß sein Schwager versucht, ihn zu erpressen, und das ist auch meine Ansicht. Was meinen Sie?«

Ihre graugrünen Augen blickten mich unverwandt und gespannt an. So ganz und gar arglos konnte sie eigentlich nicht sein, eher recht gerissen. »Ich fürchte«, antwortete ich, »da müssen Sie mir erst noch ein bißchen mehr erzählen. Gewöhnlich weiß ein Mensch doch, ob er erpreßt wird oder nicht – ohne daß er seine gutaussehende Sekretärin beauftragen muß, einen schlauen Detektiv zu fragen.«

»Ich wollte, wir könnten uns ganz sachlich unterhalten«, sagte sie hoffnungsvoll. »Wenn ich nur wüßte, wie ich Sie bitten kann, mir zu helfen.«

»Nichts einfacher als das. Wobei soll ich helfen?«

»Es geht um Mr. Huck.« Ihr Blick ließ mich nicht los. »Ich sagte, er vertraut mir sehr, und das hat er auch immer getan, aber nun bin ich nicht mehr so sicher. Ihr Kommen hat ihn mißtrauisch gemacht. Er weiß, daß sein Neffe Paul mit Mr. Lewent befreundet ist, und er glaubt, Paul und ich seien befreundet; nun fürchte ich, er verdächtigt uns drei, wir wollten ihn erpressen. Er hat es nicht ausgesprochen, aber er denkt es bestimmt, und Sie wissen doch, daß es nicht wahr ist. Warum wollen Sie mir nicht genau sagen, was los ist, was Mr. Lewent eigentlich will? Dann könnte ich Ihnen womöglich helfen. Ich kenne Mr. Huck doch so gut. Ich weiß, wie er denkt. Was Sie auch für Mr. Lewent ermitteln sollen – sicher möchten Sie doch nicht, daß ich eine gute Stellung verliere, weil Mr. Huck mich verdächtigt. Oder möchten Sie das?«

»Auf gar keinen Fall«, erklärte ich mit Nachdruck. »Aber Sie sagen, Sie stimmen mit Huck überein, Lewent versuche, ihn zu erpressen. Da Lewent unser Klient ist, kränkt mich das, und ich meine, wir sollten das klären. Wie wär's, wenn Sie mit mir zu Lewent gehen und wir ihn fragen, was er zu sagen hat?«

»Jetzt?«

»Sofort.«

Sie zögerte einen Moment, dann stand sie auf. »Kommen Sie.«

Wir stiegen die Treppen hinauf. Als wir im ersten Stock waren, hatte ich mir zurechtgelegt, wie ich den Besuch und die Entdeckung aufschieben könne, bis ich noch ein paar andere Gesichter gesehen hatte. Aber ich brauchte keine Ausrede. Als wir im zweiten Stock anlangten, blieb sie stehen und legte den Kopf etwas zurück, um mir in die Augen blicken zu können.

»Nein«, sagte sie.

»Was – nein?«

»Es würde nichts nützen. Ich kann nicht! Ich kann mit diesem Mann nicht reden.« Sie erschauerte. »Ich kriege eine Gänsehaut! Ich möchte nicht, daß Sie . . .«

Sie schwieg, biß sich auf die Unterlippe, drehte sich um und ging rasch zur Tür von Hucks Zimmer. Sie klopfte an, trat aber ein, ohne eine Antwort abzuwarten.

Der Lift befand sich gerade in diesem Stockwerk, und ich stieg ein und fuhr in den Keller, wo die Küche lag. Sie war groß und sauber, und es duftete appetitlich. Eine kleine rundliche Frau mit mehrfachem Kinn, die ich noch nie gesehen hatte, saß am Tisch und putzte Pilze, und Mrs. O'Shea saß ihr gegenüber und kramte in Zetteln.

Im Näherkommen sagte ich: »Ich hätte es Ihnen schon mitteilen sollen, Mrs. O'Shea – ich bezweifle, daß Mr. Lewent zum Essen erscheint. Soweit ich ihn bei seiner Einladung an mich verstanden habe, hält er es unter den gegebenen Umständen für besser, wenn er nicht dabei ist.«

Sie befaßte sich noch einen Moment mit den Zetteln, ehe sie aufblickte. »Ist recht. Sie wollen mich sprechen?«

»Ich bin etwas aufgehalten worden.« Ich sah die Köchin an. »Hier?«

»Warum nicht?« Die tiefblauen Augen musterten mich kalt. »Ich unterhalte mich nur mit Ihnen, Mr. Goodwin, weil Mr. Huck uns darum gebeten hat.«

»Und ich unterhalte mich nur mit Ihnen, Mrs. O'Shea, weil der Mann, dessen Vater dieses Haus gebaut hat, sich betrogen glaubt und mich beauftragt hat, hier nachzuforschen. Aber das interessiert Sie wohl nicht?«

»Nein.« Sie beschäftigte sich wieder mit ihren Zetteln.

Ich beobachtete sie. Das Dumme bei ihr und auch den anderen war, daß ich sie nur mit ein paar ausgeklügelten peinlichen Fragen aus dem Gleichgewicht bringen konnte, und die besten dieser Fragen waren nicht anwendbar, solange Lewent noch als Lebender galt.

»Hören Sie«, sagte ich, »versuchen wir es einmal so. Es ist jetzt mehr als zwei Stunden her, seit wir uns zu viert unterhalten haben. Haben Sie seither mit Mr. Lewent über die Sache gesprochen? Wenn ja, wann und wo, und was wurde gesagt?«

Sie sah mich scharf von der Seite an. »Fragen Sie doch ihn.«

»Das habe ich vor, aber ich möchte . . .«

Ich wurde unterbrochen. Die Tür ging auf, und herein kam Paul Thayer mit einem elektrischen Küchengerät.

»Es funktioniert wieder«, meldete er. »Nur ein Wackelkontakt am Kabel. Bitte sehr, stets zu Ihren Diensten.« Er stellte das Ding auf den Tisch.

»Ich danke Ihnen, Paul.« Mrs. O'Shea hatte die Zettel zusammengeheftet und legte sie in die Schublade. »Mr. Goodwin bleibt zum Essen, ich wäre Ihnen dankbar, wenn Sie ihn zum Cocktail mit hinaufnähmen. Harriet, vergessen Sie die Kapern nicht.«

Die rundliche kleine Frau sagte, sie wisse schon Bescheid, und Mrs. O'Shea verließ uns mit Hüftschwung – was also keine spezielle Demonstration für Huck gewesen war, sagte ich mir.

Ich wandte mich an Paul Thayer. »Lewent hat mich zum Essen eingeladen, aber er selbst nimmt nicht teil. Meinen Sie, mir steht trotzdem ein Cocktail zu?«

»Aber sicher. Meine Tante hat das vor Jahren so eingeführt, und dabei ist es geblieben. Wie kommen Sie denn voran? Haben Sie die Dame schon entdeckt?«

»Das wäre zuviel gesagt.« Ich sah ihn an. »Verraten Sie mir doch bitte etwas: Hat Lewent heute nachmittag zu Ihnen irgend etwas – hm – Nachteiliges über Miss Riff gesagt?«

Er blinzelte. »Wovon reden Sie da?«

»Ich stelle lediglich eine Frage. Hat er etwas gesagt?«

»Nein. Ich habe Lewent heute nachmittag nicht mehr gesehen, seit er Sie zu mir ins Zimmer brachte. Kommen Sie, genehmigen wir uns ein Gläschen.« Er ging voran zum Lift.

Die Auswahl an Getränken war überaus reichhaltig. Eine transportable Bar stand mitten in Hucks Zimmer, das groß und luxuriös eingerichtet war. Huck saß daneben in seinem Rollstuhl, frisch rasiert und gekämmt, in einem zitronengelben Hemd und kastanienbrauner Jacke, plus ebensolcher Krawatte. Die Schottendecke war gegen eine kastanienbraune ausgewechselt worden. Huck begrüßte uns, als wir hereinkamen.

»Daiquiri wie immer, Paul? Und Sie, Mr. Goodwin?«

Da ich in der Flaschensammlung Mangans Irish erspäht hatte, bat ich darum. Huck schenkte selber ein, und Sylvia Marcy reichte mir das Glas. Sie hatte ihre Schwesterntracht mit einem hübschen Kleidchen vertauscht, von der gleichen Farbe wie Hucks Hemd, ihr Gurren hingegen hatte sie beibehalten. Mrs. O'Shea stand im Hintergrund und nippte an einem Drink auf Eis, und Dorothy Riff neben der Bar hatte ihr Glas schon halb geleeert. Ich zog mich zurück, beobachtete und hörte zu. Ich habe gute Augen und Ohren, aber ich nahm keine Bewegung wahr und hörte weder Wort noch Ton, was auch nur andeutungsweise hätte folgern lassen, jemand wisse von der Leiche mit dem zertrümmerten Schädel, die keine zwanzig Meter entfernt ihrer Entdeckung harrte. Sie plauderten, füllten sich die Gläser neu und lachten über eine Geschichte, die Huck erzählte. Es war eine gutgelaunte Gesellschaft.

Am Ende sorgte Huck für noch bessere Laune. Mrs. O'Shea wollte gerade hinausgehen, da rief er sie zurück und griff in ein tiefer gelegenes Fach an seinem Rollstuhl. Er förderte drei kleine Etuis mit dem Aufdruck Tiffany zutage und wandte sich an die drei Damen.

»Ich bin sicher, Sie alle drei wissen, welch ein elendes Leben ich als Krüppel ohne Sie führen müßte. Sie gestalten mir das Leben nicht nur erträglich, sondern sogar angenehm, wirklich angenehm, und ich habe darüber nachgedacht, wie ich Ihnen meinen Dank dafür ausdrücken kann.«

Er tippte mit dem Finger aufs oberste Etui. »Ich wollte Ihnen das am nächsten Mittwoch überreichen, an meinem Geburtstag, aber ich habe mich entschlossen, es Ihnen Mr. Goodwins wegen schon heute zu geben. Sein Auftrag hier, von meinem Schwager veranlaßt, ist ein Vorwurf gegen Sie, den ich als höchst ungerecht empfinde. Mr. Lewent ist der Bruder meiner Frau, und ich will ihm deshalb bis zur äußersten Grenze der Toleranz seinen Willen lassen. Er wurde hier geboren, und ich möchte niemals sein Recht antasten, hier zu wohnen und zu sterben, aber ich möchte Sie wissen lassen, daß ich Ihnen allen völlig vertraue, und um dies zu unterstreichen, übergebe ich Ihnen in Mr. Goodwins Gegenwart ein kleines Geschenk. Mrs. O'Shea?«

Er streckte eine Hand mit Etui aus, und die Haushälterin ging hin und nahm es in Empfang.

»Miss Riff?«
Sie nahm ihr Etui.
»Miss Marcy?«
Auch sie bekam ihr Präsent.
Als die drei ihre Ausbeute betrachteten, gab es Rufe des Entzückens. Sylvia Marcy ließ ein langes Gurren ertönen, das mir Tränen in die Augen getrieben hätte, wenn ich sie nicht so dringend zum Hinschauen gebraucht hätte.
Ohne zu neugierig zu wirken, sah ich so viel, daß es sich bei den Geschenken um Armbanduhren handelte, offenbar gleiche, und wenn die roten Steine burmesische Rubine waren, dann war Sylvias Gurren nicht übertrieben. Nachdem sich die Aufregung gelegt hatte, schob Miss Marcy die Bar beiseite, und Mrs. O'Shea fragte, ob sie ihm die Suppe servieren solle.
»Ach, wissen Sie«, meinte Huck, »das tue ich heute einmal selbst. Gehen Sie nur mit den anderen essen.«
Er klappte ein Regalbrett an seinem Rollstuhl um, so daß es als Tisch diente, und nahm ein Serviertuch von der Stange am elektrischen Warmhaltegerät, mit dem seine Speisen aus der Küche herauftransportiert wurden.
Es entstand allgemeine Bewegung in Richtung Tür, und ich gesellte mich dazu. Im Flur bildeten Thayer und ich die Nachhut; er murmelte: »Der verdammte alte Kerl hat ja einen Kalifenkomplex. Also alle drei!«
Auf dem Weg zur Tür kamen wir ganz dicht an Lewents Zimmertür vorbei. Soweit ich sehen konnte, blickte niemand auch nur flüchtig hin.

5

Um zehn Minuten vor acht war das Essen für uns fünf beinahe vorüber: Ich sagte, ich mache mir nichts aus Kaffee, was gar nicht stimmte, entschuldigte mich mit einer

Ausrede, ging in den zweiten Stock, öffnete die Tür zu Lewents Zimmer und trat ein.

Ich hatte mich entschlossen, den Toten zu entdecken. Beim Dinner waren sie alle guter Dinge gewesen, bis auf Thayer, der aus unerfindlichem Grund mürrisch wirkte. Andererseits war klar, daß sie mich nur ertrugen, weil Huck gesagt hatte, man müsse seinem Schwager den Willen lassen. Niemand sagte oder tat etwas, das mir den geringsten Schluß erlaubt hätte; als das Dessert serviert wurde und ich sie nochmals betrachtete – den muffigen Thayer, die kühle und eitle Mrs. O'Shea, die über ihre neue Armbanduhr stolz grinsende Dorothy Riff und Sylvia Marcy, die mich anlächelte –, da hatte ich das sichere Gefühl, es sei angebracht, ihnen allen zu einem langen Gespräch mit Polizisten zu verhelfen, besonders mit einem tüchtigen Beamten der Mordkommission. Außerdem mußte ich mir eingestehen, daß mich mein grandioser Einfall, einen Mord aufzuklären, ohne ihn zu enthüllen, kein Stück vorangebracht hatte.

Und nun, im Durchgang hinter der geschlossenen Tür allein mit dem Toten, ballte ich die Fäuste und biß die Zähne zusammen. Jemand in diesem Haus hatte die Frechheit ohnegleichen besessen, einen Klienten von Nero Wolfe zu ermorden, während ich unterm selben Dach herumging. Er wirkte jämmerlich, wie er so dalag – noch winziger als zu Lebzeiten. Ich brannte darauf, den Mörder überführt zu sehen, je schneller desto lieber; aber nicht eine Schar städtischer Beamter sollte es tun, während ich in einer Ecke von Lieutenant Rowcliff durch die Mangel gedrehte wurde.

Ich lauschte eine Minute an der Tür, öffnete sie, schloß sie hinter mir, blieb stehen. Von Mann oder Frau war nichts zu sehen, hören oder riechen. Ich ging zur Treppe und stieg leise hinab, was auf den teppichbelegten Stufen keine Kunst war. Unten wartete ich wieder. Stimmen klangen von oben herab, wo wir gegessen hatten, also waren sie noch bei Tisch. Ich schritt durch den Flur zu Hucks Arbeitszimmer.

Drinnen war es dunkel, aber ich schloß erst die Tür, ehe ich nach dem Lichtschalter tastete. Dann ging ich zu Hucks Schreibtisch, was im Grunde zwei Schreibtische waren, mit einer Lücke für den Rollstuhl dazwischen. Wenn er hineinfuhr, hatte er sie zu beiden Seiten. Links standen drei Telefone, ein Hausapparat und zwei mit verschiedenen Amtsnummern. Eine von ihnen stand im Telefonbuch, und nach diesem Apparat griff ich. Ich wollte ihn benutzen – gleichgültig, wieviel Nebenanschlüsse es im Haus gab. Ich brauchte zwei Requisiten und sah mich um. Eins lag auf dem Tisch, genau das, was ich benötigte: ein Briefbeschwerer, eine schwere Kugel aus grünem Marmor mit einer glatt geschliffenen Fläche zum Hinlegen. Zum zweiten Zweck gab es Hunderte von Büchern. Ich nahm eins, das knapp drei Zentimeter dick war, legte es auf den rechten Schreibtisch, hob ab, wählte und nahm den Briefbeschwerer in die rechte Hand.

Fritz meldete sich, und ich sagte ihm, es tue mir leid, Wolfe beim Essen zu stören, falls er noch nicht fertig sei, aber ich müsse ihn etwas fragen. Nach einer kurzen Pause erklang seine gereizte Stimme.

»Ja, Archie?«

Ich sprach rasch und drängend. »Ich bin in Hucks Arbeitszimmer, und vielleicht hört jemand mit, aber das kann ich nicht ändern. Wenn ich die Polizei anrufe, kommen wir in Teufels Küche, weil . . . Nein, das zu erklären, dauert zu lange. Sie selber weigern sich ja beharrlich, das Haus aus geschäftlichen Gründen zu verlassen, okay, aber wie wär's mit Saul? Ich brauche ihn. Wenn Sie Saul erreichen können . . .«

Ich unterbrach mich selber, indem ich den Briefbeschwerer auf das Buch hieb und einen kurzen scharfen Schrei ausstieß, wie ein Mensch ihn von sich gibt, wenn er einen auf den Schädel kriegt, und dazu ließ ich den Hörer auf den Tisch knallen. Außerdem ließ ich mich zu Boden fallen, was hoffentlich per Telefon zu hören war, aber nicht für Huck über und das Quartett unter mir. Dann stand ich wieder auf und betrachtete den Hörer auf dem Tisch. Eine Frage blieb noch offen. Eigentlich hätte mein Angreifer den Hörer wohl auflegen müssen, aber ich wollte vermeiden, daß Wolfe die Nummer anwählte und im ganzen Haus die Nebenanschlüsse klingelten. Also ließ ich ihn liegen.

Jetzt kam es auf den rechten Zeitpunkt an. Wolfe mochte mehrmals versuchen, die Nummer doch noch zu erreichen, und wenn es nicht gelang, schulterzuckend aufgeben. Aber ich bezweifelte das. Er konnte andererseits die Polizei herschicken, um mir den Puls fühlen zu lassen, aber das würde er niemals tun, jedenfalls nicht, nachdem er mir gestattet hatte, die Mordmeldung aufzuschieben. Nein, er würde herkommen, was natürlich der Sinn der ganzen Sache war, und ich wollte an der Haustür stehen, um ihn zu empfangen, allerdings auch das Arbeitszimmer nicht sofort verlassen. Zwei Minuten dauerte es wohl, bis er aus dem Haus und unterwegs war, aber ich gab ihm zehn. Ich legte den Briefbeschwerer wieder an seinen Platz, stellte das Buch ins Regal und verbrachte den Rest der Zeit mit der Betrachtung meiner Uhr. Am Ende der zehnten Minute legte ich den Hörer auf, verließ das Zimmer und ging hinunter zur Haustür.

Dort traf ich Dorothy Riff mit Hut und beim Mantelanziehen. Wenn ich dreißig Sekunden später gekommen wäre, hätte ein Mitglied des Ensembles gefehlt. Sie warf mir einen Blick zu, sprach aber kein Wort. Ich fragte sie höflich: »Sie wollen uns doch nicht verlassen?«

»Ja.« Sie war brüsk. »Ich gehe nach Hause. Etwas dagegen?«

»Ja.« Jetzt war ich kurz angebunden.

»Oh? Tatsächlich?«

Ich nickte. »Ich habe erkannt, daß Sie alle für mich zu fein sind. Ich bin der Typ, der anderen Finger in die Augen stößt, und das ist hier fehl am Platze. Ich habe Mr. Wolfe angerufen, um ihm das zu sagen; er gibt mir recht und kommt her. Er wird ganz besonders mit Ihnen sprechen wollen, da Sie es ja waren, die seinen Klienten einen Erpresser genannt hat – wie wär's also, wenn Sie ein bißchen warten würden?«

Sie machte den Mund auf, schloß ihn wieder, wandte sich dann zur Treppe und eilte hinauf. In diesem Augenblick tauchte Paul Thayer aus der Tür rechts auf, gefolgt von Mrs. O'Shea und Sylvia Marcy. Sie kamen aus dem Zimmer, in dem der Fernseher stand, und Thayer erkundigte sich: »Was ist denn los? Wo will Miss Riff hin?«

Ich erklärte, daß ich ihr von Wolfes Kommen erzählt hatte; sie wolle das wohl Huck berichten. Die Nachricht beeindruckte Mrs. O'Shea nicht sichtlich, Sylvia hingegen gurrte beifällig, und Thayer wich ein paar Schritte zurück, ließ das Kinn sinken und zog die Brauen zusammen.

Ein Summer ertönte, ich ging hin und öffnete die Haustür; Wolfe trat ein.

Er bedachte mich mit einem Röntgenblick, widmete den anderen eine kurze Musterung, wandte sich dann wieder mir zu und murmelte: »Nun?«

»Miss Marcy«, sagte ich. »Mrs. O'Shea. Mr. Thayer. Dies ist Mr. Wolfe.«

Er neigte den Kopf um etwa einen Zentimeter. »Guten Abend.« Dann wieder zu mir, lauter und deutlicher: »Nun?«

»Es gibt hier einen Aufzug«, erklärte ich ihm, »was vieles vereinfacht. Wir steigen alle ein. Sie und ich steigen im ersten Stock aus und gehen ins Arbeitszimmer, und ich erläutere die Lage. Die anderen Herrschaften begeben sich in Mr. Hucks Zimmer im zweiten Stock und teilen ihm mit, daß wir in Kürze nachfolgen, wenn Ihnen das so recht ist. Andernfalls können Sie mich mit einer

Nachricht hinaufschicken. Ganz einfach. Ihr Mantel und Ihren Hut, bitte?«

Er gab mir beides. Ich deponierte es auf einen Stuhl und ging zum Lift, die anderen folgten. Ich hörte, wie Sylvia ihm etwas zugurrte, konnte es aber nicht verstehen. Ein Stockwerk höher stiegen Wolfe und ich aus, und ich ging voraus durch den Flur zum Arbeitszimmer, öffnete die Tür und trat beiseite. Als ich die Tür hinter uns geschlossen hatte, starrte er mich an.

»Nun?« grollte er.

»Jawohl, Sir. Darf ich demonstrieren?«

Ich stellte mich zwischen die Schreibtische. »Mit diesem Apparat habe ich telefoniert.« Ich berührte ihn. »Hier habe ich ein Buch hingelegt.« Ich klopfte auf die Stelle. »Nachdem ich die Nummer gewählt hatte, nahm ich das in die rechte Hand.« Ich ergriff den Briefbeschwerer. »Im geeigneten Moment habe ich ihn auf das Buch gehauen, aufgestöhnt, den Hörer auf den Tisch und mich zu Boden fallen lassen.«

Das war die erste der wenigen Gelegenheiten, bei denen ich ihn sprachlos erlebt habe. Er schaute nicht mal wütend drein. Er sah sich um, erblickte keinen geeigneten Sessel, ging zur Couch an der Wand, setzte sich und stützte sich mit beiden Handflächen ab.

»Ich habe auf Salat, Käse und Kaffee verzichtet«, sagte er, »und bin sofort losgefahren.«

»Jawohl, Sir. Ich weiß das zu würdigen. Ich kann . . .«

»Halten Sie den Mund. Sie betrachten meinen Grundsatz, das Haus nie aus geschäftlichen Gründen zu verlassen, als eine Marotte. Aber er ist weder exzentrisch noch ein Luxus, er ist lediglich eine Notwendigkeit für eine erträgliche Existenz. Ohne diesen Grundsatz ist ein Privatdetektiv jedes Nachbarn Narr, und in New York gibt es viele Millionen davon. Sind Sie nur dickköpfig, weil Sie mich nicht verstehen wollen?«

»Nein. Aber ich kann . . .«

»Seien Sie still.« Er hatte sich so weit entspannt, daß er die Lippen zusammenpressen und wütend dreinschauen konnte. Er schüttelte den Kopf. »Nein. Reden Sie.«
Ich schob einen Sessel hin, setzte mich vor Wolfe hin – ich weiß, daß er ungern zu andern aufblickt – und sprach ganz leise. »Ich bin einigermaßen sicher, daß keine Abhörvorrichtung im Zimmer ist«, sagte ich, »und daß sich hier keiner versteckt hat. Trotzdem brauchen wir nicht zu schreien. Ich möchte Ihnen berichten, was sich in den letzten drei Stunden ereignet hat. Es wird sieben Minuten dauern.«
»Da ich schon mal hier bin«, brummte er, »reden Sie.«
Ich brauchte ein bißchen länger, aber nicht viel. Seine Miene blieb die ganze Zeit schmerzlich und verdrossen, aber ich sah ihm an den Augen an, wie interessiert er zuhörte. Nachdem ich die Ereignisse geschildert hatte, kam ich auf meine Gedankengänge zu sprechen.
»Als ich vom Essen aufstand und hinaufging«, erklärte ich, »war ich entschlossen, einen Blick auf den Toten zu werfen und dann die Polizei anzurufen. Aber wie ich da auf ihn hinabschaute, wurde mir klar, daß ich zuvor Sie anrufen mußte, um Ihnen von meinem Vorgehen zu berichten, und das wollte ich nicht von hier aus tun. Ich brauchte Anweisungen. Wenn die Polizei kam und erfuhr, womit Lewent uns beauftragt hatte, und wenn die anderen hier im Hause aussagten, was ich als Lewents Auftrag ausgegeben hatte, dann steckte ich wieder mal mitten in einer von diesen teuflischen Verwicklungen. Ich mußte Sie bitten, das zu bedenken und zu entscheiden, aber ich wollte das Haus zum Telefonieren nicht verlassen.«
Er brummte, aber nicht gerade mitfühlend.
»Anweisungen, Entscheidungen, bah«, sagte er. »Die Polizei und insbesondere Mr. Cramer, weiß genau, daß Sie mich nur wegen eines Mordfalles hierherlocken würden. Folglich muß ich mich mit diesen Leuten hier über Mord

unterhalten. Gibt es in Mr. Hucks Zimmer einen anständigen Sessel?«
»Ja, einer könnte vielleicht ausreichen.«
Er stand auf. »Also gut. Gehen wir.«

6

Nachdem ich Wolfe Huck und Dorothy Riff vorgestellt und der Hausherr nicht gerade überschwenglich zugestimmt hatte, daß Wolfe mit ihnen über die Angelegenheiten seines Klienten Herman Lewent sprach, vertrieb ich Paul Thayer mit sanfter Gewalt aus dem größten Sessel. Wolfe nahm Platz und blickte in die Runde, und die Runde musterte ihn, und mir war gar nicht wohl zumute, obwohl ich die Verantwortung ja nun ihm aufgebürdet hatte. Er hatte gesagt, er wolle sich mit ihnen über Mord unterhalten, und bei seinem Ärger über meine List, mit der ich ihn zu einer Taxifahrt veranlaßt hatte, traute ich ihm zu, es so zu drehen, daß ich der Polizei nicht weniger, sondern eher mehr zu erklären hatte.
Huck ergriff das Wort. »Ich habe Mr. Goodwin erklärt, daß ich sein Eindringen mit Rücksicht auf meinen Schwager ertragen habe.« Sein Ton war nicht sehr ehrerbietig. »Aber nun platzen auch Sie hier herein – offen gestanden, Mr. Wolfe, meine Geduld hat Grenzen.«
Wolfe nickte. »Ich kann es Ihnen nachfühlen. Ich erwidere Ihre Offenheit und gestehe, daß alles Mr. Goodwins Fehler ist. Er hat seinen Auftrag hier derart verpfuscht, daß ich gezwungen war, mich selber einzuschalten. Als er mich vor vier Stunden zweimal anrief, vermutete ich schon, er sei von einer Dame hier im Haus dermaßen angetan, daß seine Denkfähigkeit darunter litt. Bei ihm kommt das vor. Als er später wieder anrief, erwies sich meine Befürchtung als begründet, und ich war sogar in der Lage, die Verführerin zu identifizieren.«

Unverwandt blickte er Mrs. O'Shea an, danach Miss Riff, dann Miss Marcy, aber sie erwiderten seinen Blick nicht, weil sie alle mich anstarrten. Mir war das gleichgültig – Hauptsache, er sagte sich, nun seien wir quitt.

Er fuhr fort: »Es gab ganz einfach keine Alternative, und so bin ich gekommen, den Fall zu übernehmen. Selbstredend werde ich nicht bei der kindischen List bleiben, die Mr. Lewent und Mr. Goodwin sich ausgedacht haben. Die beiden hätten wissen müssen, daß ihr angebliches Anliegen – eine große Summe, die Mr. Lewents Schwester ihm per Treuhänder heimlich vermacht habe – von keinem hier ernstgenommen wurde.« Er sah Huck an. »Sie, mein Herr, haben sogar angenommen, es handle sich um eine getarnte Erpressung, nicht wahr?«

»Das hielt ich für möglich.« Huck als Millionär hatte keine Furcht vor einer Klage wegen übler Nachrede. »Sie nannten es eine List?«

»Ja.« Wolfe winkte ab. »Lassen wir das. Ich bin stets für offene Karten, und deshalb sage ich Ihnen unverblümt, daß ich hergekommen bin, um über Mord zu reden.«

Es gab Geräusche und Reaktionen, aber niemand explodierte. Paul Thayers Kopf ruckte hoch.

»Mord?« Huck schien seinen Ohren nicht zu trauen. »Sagen Sie Mord?«

»Ja, mein Herr, das sagte ich.« Wolfe war etwas behindert. In seinem Büro hätte er leicht alle Gesichter im Blickfeld behalten, aber hier bildeten sie fast einen Halbkreis, mit Huck in der Mitte, und Wolfe mußte daher ständig Kopf und Augen bewegen. »Ich beziehe mich damit auf Mr. Lewents ursprüngliche Erklärung, als er mich heute früh aufsuchte und beauftragte. Er schlug vor, Mr. Goodwin solle hierherkommen und Ihnen mitteilen, er – Lewent – verdächtige eine dieser drei Damen des Mordes an seiner Schwester, des Giftmordes, und daß er mich engagiert habe, zu ermitteln. Ich schlage nun vor . . .«

Diesmal konnte man die Geräusche Explosionen nennen,

besonders von seiten Mrs. O'Sheas. Sie sprang aus ihrem Sessel hoch und wollte zur Tür, aber ich vertrat ihr den Weg. Bleich forderte sie mich auf: »Gehen Sie weg! Diese dreckige kleine Ratte!«

Ich hielt die Stellung. Wolfe sagte: »Falls Sie zu Mr. Lewent möchten, Madam, überlegen Sie es sich noch einmal. Er kam zu mir und gab mir Geld, weil ihm der Mut fehlte, die Sache selber in die Hand zu nehmen. Sie können ihn hierherschleifen, Sie können auch zu dritt schreien und kratzen, aber was hilft das? Ich bin willens, eine Lösung zu finden, aber nicht bei einem solchen Höllenlärm.«

Sie drehte sich um und trat einen Schritt zurück.

»Sie alle sollten sich im klaren sein«, erklärte Wolfe, »wie die Lage ist. Vielleicht denken Sie, Mr. Lewents Verdacht sei ungeheuerlich, er sei geistig nicht normal – aber damit werden Sie ihn nicht los. Wenn er dabeibleibt und die Sache publik macht, kann es für Sie alle äußerst unangenehm werden. Wenn Sie ihn verklagen, muß er schweigen, aber der Morast bleibt aufgerührt und stinkt weiter. Aus der Tatsache, daß er mich mit den Ermittlungen betraut hat, folgere ich, daß er meinen Scharfsinn, meine Urteilsfähigkeit und meine Integrität sehr hoch einschätzt. Wenn ich überzeugt bin, daß seine Verdächtigungen ungerechtfertigt und grundlos sind, dann kann ich ihn bestimmt dazu bringen, daß er sie fallenläßt; und es ist möglich, daß Sie mich hier und jetzt überzeugen. Wollen Sie es versuchen?«

Paul Thayer warf den Kopf zurück und erging sich wieder in Gelächter. Es klang nicht so gut wie bei meinem Besuch in seinem Zimmer. Alle sahen ihn an, nicht eben beifällig, und als er schwieg, richteten sich die Blicke auf Theodore Huck. Der musterte Wolfe nachdenklich.

»Ich überlege gerade«, sagte er, »ob es wohl nützt, wenn ich mit meinem Schwager spreche.«

»Nein, überhaupt nicht«, sagte Sylvia Marcy so nachdrücklich, daß alle sie überrascht anblickten. Sogleich verfiel sie wieder in ihr Gurren. »Ich will damit nur sagen«, erläuterte sie, »daß er verrückt ist. Er ist tatsächlich nicht normal.«

Huck sah Dorothy Riff an. »Und was meinen Sie?«

Sie zögerte nicht. Die graugrünen Augen waren auf der Hut und entschlossen. »Ich möchte gern erfahren, was nötig ist, um Mr. Wolfe zu überzeugen.« Sie sah ihn an.

»Das kommt darauf an«, antwortete Wolfe. »Wenn beispielsweise die Herkunft des Giftes, an dem Mrs. Huck starb, einwandfrei erwiesen ist, und wenn niemand von Ihnen in irgendeiner Weise damit in Zusammenhang zu bringen war, dann wären wir der Überzeugung schon ein gutes Stück näher. Laut Mr. Lewent war es eine Fleischvergiftung, und Sie alle waren zu dieser Zeit im Hause. Ist das richtig?«

»Ja.«

»Lieber Himmel«, protestierte Paul Thayer, »das ist doch nicht Ihr Ernst! Sie wollen uns doch nicht deswegen befragen?«

»Gerade Sie werde ich fragen, Mr. Thayer, da Sie von Mr. Lewent nicht verdächtigt werden. Wo ist Mrs. Huck gestorben? Hier?«

»Meine Tante starb in diesem Haus, in ihrem Bett«, antwortete Thayer, nachdem er Huck fragend angeblickt und ein Nicken als Antwort erhalten hatte. »Etwa vor einem Jahr.«

»Waren Sie hier?«

»Ja.«

»Erzählen Sie mir davon. Ich stelle dann Zwischenfragen, wenn es erforderlich ist.«

»Meinetwegen.« Thayer räusperte sich. »Mein Onkel hatte Geburtstag, und hier im Zimmer fand eine kleine Feier statt. Wir alle tranken und schwatzten, und dann wurde ein kaltes Büffet serviert. Es gab viel Wein – meine Tante trank gern Wein, Onkel Theodore übrigens auch –, schließlich Champagner, und ein paar von uns waren ziemlich lustig; ich auch. Ich verließ die Party, ehe sie zu Ende war, und ging in mein Zimmer. Und wollen Sie mir nun bitte verraten, warum eine dieser Damen meine Tante vergiftet haben soll? Aus welchem Grund?«

»Laut Mr. Lewent, weil sie ein intimes Verhältnis mit Ihrem Onkel unterhielt und ihn heiraten wollte. Das kann . . .«

»Sie wagen es!« zürnte Mrs. O'Shea. Sie saß wieder in ihrem Sessel.

»Nein, Madam. Ich suche lediglich herauszufinden, ob es einen Grund gibt, etwas zu wagen. Fahren Sie bitte fort, Mr. Thayer.«

Thayer zuckte die Schultern. »Ich spielte erst auf meinem Flügel, später ging ich zu Bett. Am Morgen erzählte man mir, meine Tante sei gestorben, und wie es mir geschildert wurde, war es ein schrecklicher Tod.«

»Wer hat es Ihnen geschildert?«

»Miss Marcy, teilweise auch Mrs. O'Shea.«

Wolfes Blick wanderte. »Sie haben es also mit angesehen, Miss Marcy?«

»Ja, das habe ich.« Sie gurrte nicht mehr. »Und zu behaupten, jemand von uns habe sie vergiftet – das ist einfach furchtbar.«

»Da haben Sie recht. Was haben Sie gesehen?«

»Ich schlief im Stockwerk über uns, Mrs. Huck ebenfalls. Sie kam und weckte mich, weil sie starke Schmerzen hatte und ihren Mann nicht stören wollte. Ich brachte sie wieder ins Bett, rief einen Arzt – es war nach Mitternacht – und weckte Mrs. O'Shea. Wir sagten auch Mr. Huck Bescheid. Er konnte nicht zu ihr ins Schlafzimmer, weil die Tür für seinen Rollstuhl zu schmal war. Sie starb gegen acht Uhr früh.«

Wolfe wandte sich an Huck. »Es hat natürlich eine Untersuchung gegeben – bei einem Todesfall unter diesen Umständen.«

»Selbstverständlich.« Huck war kurz angebunden.

»Fand eine Obduktion statt?«

»Ja. Es handelte sich um eine Fleischvergiftung.«

»Wurde festgestellt, worin sich das Gift befunden hatte?«

»Diese Analyse war nicht möglich.« Ein Zittern durchlief Hucks Züge. »Vor dem eigentlichen Essen gab es eine ganze Reihe von Horsd'œuvres, und darunter befanden sich auch eingemachte Artischocken, die meine Frau sehr gern aß. Niemand außer ihr hat davon gegessen, und offenbar hat sie alle verzehrt, denn hinterher waren keine mehr da. Da sonst niemand erkrankte, wurde angenommen, das Ptomain habe sich in der Füllung der Artischocken befunden.«

Wolfe brummte: »Ich bin kein Giftexperte, aber ich habe mich heute nachmittag ein bißchen informiert. Ist Ihnen bekannt, mit welcher Genauigkeit die Möglichkeit des Vorhandenseins eines echten Alkaloids ausgeschlossen wurde?«

Ich weiß nicht, was Sie meinen.«

»Ist Ptomain denn kein Alkaloid?« fragte Dorothy Riff.

»Doch«, gab Wolfe zu, »ein Verwesungsgift. Jedenfalls muß ein schriftliches Untersuchungsergebnis vorliegen. Sie waren in der Nacht, als Mrs. Huck starb, hier im Haus, Miss Riff?«

»Ich war zur Party hier und ging etwa um elf Uhr abends.«

»Wußten Sie, daß Mrs. Huck gern gefüllte Artischocken aß?«

»Das wußten wir alle.«

»Und wieso ist Ihnen bekannt, daß Ptomain ein Alkaloid ist?«

Sie errötete leicht. »Als Mrs. Huck starb, habe ich es nachgeschlagen.«

»Weshalb? Gab es etwas an ihrem Tod oder an den Artischocken, das Ihren Verdacht erregte?«

»Nein! Natürlich nicht!«

Wolfes Kopf drehte sich nach links und rechts. »Hat sonst jemand den Verdacht gehegt, Mrs. Hucks Tod sei kein Unglücksfall gewesen?«

Die Antwort war rundum negativ, aber er bohrte weiter. »Hat jemand irgendwann das Gefühl gehabt, die Möglichkeit eines Verbrechens sei nicht gründlich genug untersucht worden?«

Einstimmiges Nein. Mrs. O'Shea giftete: »Wieso sollten wir dieses Gefühl haben, wenn wir keinerlei Verdacht hegten?«

Wolfe nickte. »Ja, warum wohl?« Er lehnte sich zurück, räusperte sich und gab sich wie ein Richter. »Ich bin natürlich vom Nichtvorhandensein jeglichen Mißtrauens beeindruckt. Drei Frauen wie Sie – jung, tüchtig, mit klarem Blick für Möglichkeiten und Gelegenheiten, unausweichlich in gewissem Sinne auch Konkurrentinnen –, Sie sind der ideale Nährboden für einen Verdacht, wenn er erst einmal aufgetaucht ist. Aber offenbar ist bei niemandem ein Verdacht entstanden. Das ist mehr als nur ein Zeichen, das ist nahezu schlüssig, aber man kann von mir nicht erwarten, daß ich so schnell zum gleichen Schluß komme. Es wäre auch unbillig, von Ihnen zu verlangen, daß Sie mich völlig überzeugen; das Gesetz selber setzt übrigens die Unschuld voraus, solange die Schuld nicht bewiesen ist; und mithin bleibt uns allein die Frage, was es Ihnen wohl wert ist, sich meiner Dienste, meiner Begabung und Energie zu versichern, damit ich Mr. Lewent überzeuge, sein Verdacht sei unbegründet. Sagen wir – hunderttausend Dollar?«

Wieder herrschte Einstimmigkeit, diesmal in Form von Entsetzen. Miss Riff fand am schnellsten die Sprache wieder: »Ich habe ja gleich gesagt, es ist Erpressung!«

Wolfe hob die Hände. »Bitte! Es ist mir gleichgültig, wie Sie es nennen. Erpressung oder Räuberei, aber es wäre kindisch von Ihnen, anzunehmen, ich erwiese Ihnen einen solchen Dienst nur aus Menschenfreundlichkeit.

Die Summe, die ich genannt habe, ist gewiß nicht übertrieben. Ich bin auch kulant, was die Bedingungen angeht; ich verlange nichts Schriftliches, es genügt mir, wenn Mr. Huck hier vor aller Ohren erklärt, daß er die Zahlung des Gesamtbetrages innerhalb eines Monats garantiert. Auf einer Bedingung muß ich freilich bestehen: Von unserer Übereinkunft darf Mr. Lewent nie etwas erfahren. Die Garantie verlange ich von Mr. Huck, weil ich weiß, daß er Millionär ist – über die finanziellen Verhältnisse der anderen hier ist mir nichts bekannt.«

Sie blickten Huck an, wollten wissen, wie sie sich verhalten sollten. Huck hatte den Kopf zur Seite geneigt und musterte Wolfe stirnrunzelnd, als zweifle er daran, richtig gehört zu haben.

Dann fragte er: »Was bringt Sie zu der Überzeugung, Sie könnten mit meinem Schwager fertig werden?«

»Hauptsächlich mein Selbstbewußtsein. Ich übernehme die Aufgabe, Sie garantieren Zahlung, ich garantiere Erledigung. Sie garantieren mir hunderttausend Dollar innerhalb eines Monats, und ich garantiere, daß Mr. Lewent niemanden der hier Anwesenden irgendeines Vergehens bezichtigen wird. Tut er es dennoch, habe ich den erhaltenen Betrag zurückzuerstatten.«

»Ist Ihre Garantie zeitlich begrenzt?«

»Nein.«

»Dann akzeptiere ich sie. Ich garantiere Ihnen Zahlung von hunderttausend Dollar vor Ablauf eines Monats. Genügt Ihnen das?«

»Selbstverständlich. Nun zu meiner Bedingung. Wir sind uns einig, daß Mr. Lewent nie ein Wort von dieser Abmachung erfährt. Sie verpflichten sich, ihm niemals direkt oder andeutungsweise einen Wink zu geben. Zum Zeichen Ihres Einverständnisses bitte ich, die Hand zu heben.«

Mrs. O'Sheas Hand hob sich zuerst, dann Miss Marcys, dann Miss Riffs. Wolfe fragte: »Mr. Huck?«

»Ich hielt das für überflüssig. Selbstredend verpflichte ich mich.«

»Mr. Thayer?«

Paul Thayer, dem alle Blicke galten, schien sich gar nicht wohl zu fühlen. Er sah seinen Onkel an. »Ach was, von mir aus«, sagte er und hob beide Hände, so hoch es ging.

»Das wäre also erledigt.« Wolfe verzog das Gesicht. »Nun muß ich an die Arbeit gehen und brauche dazu Ihre Hilfe. Zunächst spreche ich mit Lewent allein, aber es ist möglich, daß ich ihn anschließend zu einer gemeinsamen Unterredung hierherbringe. Bleiben Sie bitte noch – es wird nicht lange dauern, denke ich.« Er stand auf. »Archie, Sie sagten, Mr. Lewent sei in seinem Zimmer in diesem Stockwerk?«

Es war nicht ganz einfach, zu antworten und zur Tür zu gehen, weil ich gleichzeitig alle ihre Gesichter sehen wollte. Aber ich mußte wohl oder übel aufstehen, denn Wolfe wiederholte meinen Namen. Ich ging um ihn herum und öffnete ihm die Tür. Ich führte ihn zu Lewents Zimmer, öffnete auch dessen Tür, trat ein und schaltete Licht an und stieg über Lewents Beine, um Wolfe Platz zum Hereinkommen zu machen. Er schloß die Tür hinter sich und blickte auf seinen Klienten hinab.

»Heben Sie ihn an, damit ich seinen Hinterkopf sehen kann.«

»Wissen Sie«, sagte er, als ich den Toten auf sein Zeichen wieder hingelegt hatte, »es heißt, man soll eine Leiche nicht ohne Aufsicht liegen lassen, besonders, wenn Anzeichen von Gewalt vorliegen. Ich bleibe hier. Sie gehen und sagen ihnen, was wir entdeckt haben. Sie sollen alle in Mr. Hucks Zimmer bleiben. Dann rufen Sie die Polizei an.«

Ich ging.

7

Es war zwanzig Minuten vor zehn gewesen, als Wolfe und ich die Versammlung in Hucks Zimmer verlassen hatten. Jetzt war es Viertel nach zwölf, und wiederum fand in Hucks Zimmer eine Versammlung statt – allerdings mit einigen Neuankömmlingen.

In der Zwischenzeit hatten zwei Dutzend speziell ausgebildete Beamte, einschließlich eines Vizepolizeichefs und zweier Staatsanwälte, eine Galavorstellung in dem Haus gegeben, das Herman Lewents Vater gebaut hatte und in dem Herman nun gestorben war. Ich sah freilich wenig von der Vorstellung, weil ich während der meisten Zeit im selben Zimmer saß, Antworten erteilte oder frühere Antworten erläuterte. Bei einigen Punkten hätte ich gern Rücksprache mit Wolfe gehalten, aber das wurde mir verwehrt. Wir durften nicht zusammenkommen, und so sah ich ihn erst eine Viertelstunde nach Mitternacht wieder, nachdem Sergeant Purley Stebbins mich in Hucks Zimmer eskortiert hatte.

Die alte Besetzung war nicht mehr ganz taufrisch. Huck selber in seinem Rollstuhl wirkte derart mitgenommen, daß ich mich wunderte, wieso die Behörde nicht mehr Rücksicht auf einen Mann in seinem Zustand nahm. Es schien, als habe Paul Thayer einiges Temperament offenbart, das Behandlung erfordert hatte, denn sein Schlips war verrutscht und sein Haar zerzaust, und neben ihm stand nun ein Beamter. Insgesamt hatten es die drei Damen besser überstanden als die Herren, aber munter oder gar keck war keine mehr. Mrs. O'Shea hielt sich steif aufrecht, die kalten blauen Augen auf Inspektor Cramer gerichtet, der neben Wolfe saß. Sie würdigte Purley und mich beim Eintreten keines Blickes. Und tatsächlich – Miss Riff und Miss Marcy hielten Händchen! Sie saßen nebeneinander auf der Couch, wo auch Staatsanwalt Mandelbaum und Polizeichef Boyle Platz genommen hatten.

Wolfe hatte sich in den größten Sessel gesetzt, auch ohne meinen Beistand. Und er wirkte keineswegs erschöpft. Ich kannte diesen Ausdruck in seinem Gesicht. Er hatte etwas vor.

Er fuhr mich an: »Archie!«

»Jawohl, Sir.«

»Setzen Sie sich. Ich habe Mr. Cramer erklärt, daß ich nach Hause möchte, und zur Beschleunigung seiner Entscheidung habe ich ihm einige Bemerkungen zu diesem Fall angeboten, wobei ich auf Ihrer Anwesenheit bestand. Sie haben natürlich alle Fragen beantwortet und alle Auskünfte gegeben?«

»Jawohl, Sir.«

»Das habe ich ebenfalls. Rücken Sie Ihren Sessel, er behindert mich sonst am Blick auf Mr. Thayer. So ist es besser. Mr. Cramer, ich hätte das schon viel früher erledigen können, eigentlich sofort nach Ihrer Ankunft, aber da waren Sie nicht bereit, mich anzuhören. Außerdem bestand die Möglichkeit, daß Ihre Leute etwas entdeckten, was meine Annahmen in Frage stellen oder sogar widerlegen konnte. Ich weiß nicht, was sie ermittelt haben, und deswegen muß ich ein paar Fragen stellen.«

Inspektor Cramers rundes Gesicht war alles andere als freundlich. Er schnaubte: »Sie haben nicht gesagt, Sie wollten Fragen stellen, Sie sagten, Sie hätten Bemerkungen zu machen. Praktisch haben Sie behauptet, Sie wüßten, wer Lewent ermordet hat.«

»Das tue ich noch, es sei denn, Sie wissen es besser. Aber um das klarzustellen, muß ich fragen. Können Sie irgend jemandem etwas beweisen?«

»Nein.«

»Haben Sie eine Waffe gefunden?«

»Nein.«

»Haben Sie etwas ermittelt, das der Annahme widerspräche, Lewent sei anderswo erschlagen und die Leiche sei danach in sein Zimmer transportiert worden?«

»Nein.«

»Haben Sie einen Hinweis, der auf irgendeinen anderen Platz im Haus als Tatort schließen läßt?«

»Nein.«

»Sehen Sie jemanden der Anwesenden aus irgendeinem Grund, sei er faktisch oder spekulativ, von jedem Verdacht befreit?«

»Nein.«

Boyle schaltete sich ein. »Wie lange wollen Sie das noch so weitergehen lassen, Inspektor?«

»Sie hätten es verhindern können, ehe es begann«, sagte Wolfe trocken. »Also, nun eine Bemerkung: Es ist nahezu unglaublich, daß Lewent dort getötet wurde, wo man ihn fand. Er ist an diesem Schlag auf der Stelle gestorben, und sicher wurde der Schlag nicht in diesem schmalen Durchgang geführt, insbesondere weil sich Lewent im Moment des Zuschlagens aufwärts bewegte. Ohne Anzeichen eines Kampfes, sogar ohne daß der Teppich auch nur ein Stück verrutschte, kann ich nicht glauben, daß ein derartiger Schlag . . .«

»Schon gut«, grollte Cramer. »Wir glauben's auch nicht.«

»Sie nehmen also an, er wurde an anderer Stelle ermordet?«

»Ja.«

»Aber Sie wissen nicht, wo?«

»Nein.«

Mandelbaum explodierte. »Was denken Sie eigentlich, was das ist, Wolfe – ein Quiz?«

Wolfe ignorierte ihn. »Meine zweite Anmerkung: Wenn er anderswo erschlagen wurde, warum wurde die Leiche vom Tatort weggebracht? Weil der Täter nicht wollte, daß sie dort gefunden wurde. Wie wurde sie transportiert? Das ist der springende Punkt. Für hinauf oder hinab gibt es den Lift, aber zum und vom Aufzug, wie da? Wurde der Tote geschleift? Das hätte Spuren hinterlassen, und nach denen haben Sie natürlich gesucht. Haben Sie welche entdeckt?«

»Nein.«

»Dann wurde er nicht geschleift. Getragen? Von wem? Keine der Damen wäre dazu fähig. Lewent war klein, aber er wog mehr als einen Zentner. Von Mr. Huck? Es ist erwiesen, daß seine Beine ihn selbst ohne Last nur ein paar Schritte weit tragen. Dann Mr. Thayer? Er bleibt allein übrig, aber warum er? Auch diese Frage muß ich Ihnen stellen, Mr. Cramer. Warum hat Mr. Thayer Mr. Lewent umgebracht?«

»Ich weiß es nicht.«

»Haben Sie wenigstens eine passable Theorie?«

»Im Augenblick noch nicht.«

»Ich habe auch keine. Aber es gibt einen weiteren Grund, ihn auszuschließen, jedenfalls vorläufig; er ist nicht verrückt. Nur ein Verrückter würde die Leiche eines Mannes, den er soeben ermordet hat, bei Tag in diesen Fluren hin und her tragen, wo die Wahrscheinlichkeit, gesehen zu werden, überaus groß ist. Nein, ich glaube, wir können verneinen, daß die Leiche geschleift oder getragen wurde. Bleibt nur . . .«

»Lieber Himmel!« Das war ich. Es rutschte mir heraus. Es passiert nicht oft, daß ich Wolfe unterbreche, wenn er Dampf aufgemacht hat und grollt, aber diesmal traf mich die Erkenntnis so schlagartig, daß mir nicht einmal bewußt wurde, was ich ausrief. Blicke richteten sich auf mich; Wolfe wandte den Kopf und fragte: »Was haben Sie, Archie?«

Ich schüttelte den Kopf. »Ich sag's später.«

»Nein, die Zeit dazu ist jetzt. Was wollten Sie sagen?«

»Nicht viel; mir wurde nur plötzlich klar, daß ich selber mit angesehen habe, wie der Mörder den Toten transportierte. Ich habe ihn geradewegs angeschaut, und wir haben ein paar Worte gewechselt. Ich gebe nicht gern an, aber habe ich nicht recht?«

»Ja, das glaube ich allerdings . . .«

»Komisch, daß Ihnen das ausgerechnet jetzt einfällt«, fuhr Sergeant Stebbins mich an.

»Ich schlage vor«, bedeutete ihm Wolfe, »daß Sie sich neben Mr. Huck stellen. Er kann in und an seinem Stuhl alles mögliche versteckt haben, besonders unter dieser Wolldecke, und ich . . .«

»Einen Moment mal, Wolfe.« Mandelbaum war aufgestanden und trat den Vormarsch an. »Wenn Sie Beweise gegen irgend jemanden haben, einschließlich Mr. Hucks, dann möchten wir sie sehen oder hören.«

»Dieser Mann da«, sagte Huck mit nicht sehr fester Stimme, »hat versucht, mich um hunderttausend Dollar zu erpressen!«

»Und zwar erfolgreich«, erläuterte Wolfe. »Ich bin auch durchaus der Ansicht, daß ich kassieren könnte, obwohl . . .«

Er schwieg überrascht. Purley Stebbins, der Wolfe schon lange kannte, hatte sich sachte neben Hucks Stuhl gestellt, an seinen rechten Ellbogen, und urplötzlich war Hucks Kopf herumgefahren, und voller Wut herrschte er Stebbins an: »Weg da, Sie!« Er geiferte derart, daß Mandelbaum Wolfe vergaß und Huck anstarrte. Purley, der schon viele Anschnauzer hingenommen hatte, rührte es überhaupt nicht.

»Ich habe Anmerkungen geben wollen, keine Beweise«, erinnerte Wolfe. »Hier ist eine, was Stelle und Art der Wunde an Mr. Lewents Hinterkopf betrifft sowie die Schlagrichtung. Nehmen wir an, ich bin Mr. Huck. Ich sitze hier in meinem Rollstuhl, in meinem Arbeitszimmer. Es ist kurz vor 17 Uhr, und mein Schwager, Mr. Lewent, ist bei mir. Ich habe beschlossen, daß er sterben muß, weil ich glaube, daß er für mich eine tödliche Gefahr darstellt. Er hat Nero Wolfe beauftragt, einen Detektiv, der seine Zeit und sein Können nicht mit Lächerlichkeiten vergeudet, wie es die Ausrede ist, mit der er in meinem Hause Ermittlungen aufgenommen hat. Ich weiß nicht nur, daß meine Frau ihrem Bruder niemals heimlich Geld hinterlassen hätte, ich weiß auch, daß er dies selber weiß. Außerdem hat Wolfes Assistent Goodwin in Gesprächen mit meiner Haushälterin, meiner Sekretärin und der Krankenschwester die Möglichkeit angedeutet, eine von ihnen könne meine Frau vergiftet haben. Eine der Damen hat es mir erzählt. Diese Einzelheiten können Sie bei Vernehmungen beweisen.«

»Haben wir schon«, gab Cramer zu. »Es war Miss Riff.«

»Gut. Ich bin also überzeugt, daß mein Schwager hinsichtlich des Todes seiner Schwester Verdacht geschöpft hat, wodurch mein Leben bedroht ist. Um diese Anmerkung zu erhärten, wollen wir diese Bedrohung einmal in der Tatsache sehen, es könne bewiesen werden, daß ich seine Schwester – meine Frau – vergiftet habe, indem ich Gift in die Artischockenfüllung mischte. Das Motiv war, ihr Millionenvermögen zu erben. Übrigens – ich glaube nicht, daß Mr. Huck beweisen kann, Mr. Lewent sei zwischen vier und fünf Uhr *nicht* in sein Arbeitszimmer gekommen?«

»Nein. Gegen halb fünf hat er ihn von Miss Riff rufen lassen. Er sagt, Lewent sei zehn Minuten bei ihm gewesen und dann wieder gegangen.«

»War Mrs. Riff anwesend?«

»Nein. Sie verließ das Haus, um etwas zu erledigen.«

Wolfe nickte. »Gut. Um zu Ihnen, Mr. Cramer, und den anderen Herren fair zu sein, möchte ich sagen, daß ich Ihnen gegenüber einen bemerkenswerten Vorteil genieße. Sie haben noch nicht gesehen, wie Mr. Huck mit seinem Stuhl herumfährt, nicht wahr?«

Sie verneinten.

»Ich ebenfalls nicht, aber Mr. Goodwin hat mir den Vorgang ausführlich beschrieben, und ich war sehr beeindruckt. Diese Schilderung hat mich auf die richtige Idee gebracht. Im Augenblick sieht Mr. Huck nicht so aus, als wolle er Ihnen sein Fahrzeug vorführen, aber das können Sie ja später erledigen. Kehren wir zurück: Ich bin jetzt Mr. Huck, hier im Rollstuhl im Arbeitszimmer, kurz vor

17 Uhr.« Wolfe zog ein Taschentuch heraus und ballte es zu einem Knäuel. »Das ist ein Briefbeschwerer, eine schwere Kugel aus grünem Marmor mit einer glattgeschliffenen Standfläche. Sie befindet sich freilich noch nicht in meiner Hand, aber sie liegt parat, auf einem Brett an meinem Stuhl, auf einigen Papieren. Archie, Sie sind Mr. Lewent. Treten Sie bitte vor mich. Ein bißchen näher, so. Nun hebe ich den Briefbeschwerer mit einer Hand an, und mit der Linken ergreife ich ein Blatt Papier, um es Ihnen zu zeigen, aber es fällt mir aus den Fingern zu Boden. Natürlich bücken Sie sich, um es mir aufzuheben – das geschieht automatisch, da ich doch ein Krüppel bin –, und sobald Sie das tun, schlage ich mit dem Briefbeschwerer zu.«

Ich bückte mich, und er tippte mir ins Genick.

»Der Himmel bewahre uns«, murmelte Mrs. O'Shea, und sonst war nichts zu hören. Wolfe fuhr fort: »Weil ich sitze und er sich gebückt hat, trifft der Schlag den Hinterkopf. Jetzt muß ich so rasch handeln, wie mein Zustand es irgend erlaubt. Zwanzig Sekunden genügen, um mich zu vergewissern, daß ein zweiter Schlag nicht erforderlich ist. Lewent ist tot. Von den Hüften aufwärts bin ich gesund und stark, und in weiteren zwanzig Sekunden habe ich ihn aufgehoben, mir über die Knie gelegt und mit der großen Decke zugedeckt, die ich immer bei mir habe. Ich drücke einen Knopf, und los geht die Fahrt. Ich muß ihn in einem anderen Stockwerk deponieren. Das ist natürlich ein Risiko, aber ich muß es eingehen.«

»Beweise, verdammt noch mal«, brummte Mandelbaum.

»Aber freilich«, sagte Wolfe. »Fangen Sie an, indem Sie nachprüfen, ob der Briefbeschwerer zu dem Loch im Hinterkopf paßt; untersuchen Sie die Schottendecke, die zur Tarnung benutzt wurde – Sie dürften Haare von Lewent darin finden. Sie haben selber ermittelt, daß der Mord nicht in Mr. Lewents Zimmer begangen wurde – ich fordere Sie auf, zu erklären, wie die Leiche anders transportiert wurde, wenn nicht mit Mr. Hucks Rollstuhl. Ich gebe zu, es war ein Jammer, daß es schon dämmerte und im Flur so düster war, als Mr. Goodwin in Lewents Zimmertür stand und Mr. Huck in seinem Stuhl aus dem Lift fahren sah. Mr. Goodwin hat gute Augen, und bei besserer Beleuchtung hätte er wahrscheinlich gemerkt, daß die Ausbuchtung unter der Decke größer war, als sie eigentlich sein durfte. Seine Gegenwart zwang Mr. Huck natürlich, sich vorübergehend mit seiner Ladung in sein Zimmer zu begeben, aber Mr. Goodwin verließ das Haus unmittelbar danach, um mich anzurufen, und Mr. Huck vollendete den Transport. Das muß der schwerste Teil für ihn gewesen sein, da die Tür von Lewents Zimmer zu schmal für seinen Rollstuhl war.«

Wolfe blickte Mandelbaum an. »Aber ich habe noch mehr Beweise vorzubringen. Offen gesagt, genügen sie mir persönlich. Sie haben uns alle ausführlich verhört und wissen, was in diesem Zimmer gesprochen wurde, ehe man die Leiche entdeckte. Sie wissen, daß ich in Gegenwart von fünf Zeugen Mr. Huck um hunderttausend Dollar erpreßt habe – wofür? Für mein Versprechen, Mr. Lewent werde ihn nicht mehr mit irgendwelchen Vorwürfen und Anklagen belästigen. Es ist nicht anzunehmen, daß Mr. Huck ein so großer Esel ist, sich auf einen solchen Handel einzulassen – wenn er Lewent noch am Leben glaubte. Lewent hätte sicher davon erfahren – durch Mr. Thayer auf jeden Fall –, und dann hätte er, von mir verraten und betrogen, seine Anstrengungen und Anklagen nur verdoppelt statt eingestellt.«

Wolfe schüttelte den Kopf. »Nein. Fraglos wußte Huck zu diesem Zeitpunkt, daß Lewent tot war. Diese Gewißheit ging mir in dem Moment auf, als ich den Toten sah. Und nicht nur das: Indem er auf meinen unverschämten Vorschlag einging, gestand Huck seine Schuld. Er dachte, ich erpresse ihn, und im Augenblick jedenfalls meinte er, darauf eingehen zu müssen. Ich hatte vor Zeugen mit ihm verhandelt, und er mußte mich zuerst einmal unter vier Augen sprechen, um herauszufinden, wieviel ich wußte und wie man mit mir fertig werden konnte. Aber trotz seines Schuldbewußtseins hätte er mich verhöhnt und verlacht, als ich meine Forderung stellte, hätte er seinen Schwager rufen lassen und mich vor ihm bloßgestellt – wenn ihm das möglich gewesen wäre. Statt dessen ... Nun, Sie wissen, was er getan hat. Und nun sehen Sie sich ihn an.«

Die meisten blickten Huck an, aber drei taten es nicht. Die drei waren Mandelbaum, Boyle und Cramer. Es enthüllte ihren Charakter, wie sie ungnädig und ärgerlich nicht den entlarvten Mörder betrachteten, sondern den Mann, der ihn entlarvt hatte. Nicht, daß man es ihnen sehr verübeln konnte. Sie mußten Huck festnehmen, das war klar, aber sie waren keineswegs schon für Anklage und Prozeß gerüstet, und Huck hatte Geld genug, um sich die zehn besten Anwälte der Stadt zu leisten.

Cramer erhob sich, warf einen Blick nach rechts, ob Sergeant Stebbins auch noch auf Posten stand, und dann pflanzte er sich vor Wolfe auf.

»Ja, sehen Sie sich ihn an«, grollte er. »Und sehen Sie sich selber an! Sie und Ihre hilfreichen Anmerkungen! Der Handel, den Sie ihm vorgeschlagen haben ... Sie sagen, er hätte ein großer Esel sein müssen, sich darauf einzulassen, wenn Lewent noch gelebt hätte. Okay, aber wie war das bei Ihnen? Genausowenig hätten Sie den Handel vorgeschlagen, wenn Lewent noch lebendig gewesen wäre. Der Himmel weiß, was ich Sie alles nennen könnte – aber einen Esel gewiß nicht. Dieser Trick, mit dem Goodwin Sie hergelotst hat – versuchen Sie mir bloß nicht einzureden, er hätte das getan oder Sie wären gekommen, wenn ihr nicht beide gewußt hättet, daß Lewent ermordet worden war! *Dazu* möchte ich gern eine Anmerkung hören!«

»Pfui«, sagte Wolfe sanft. »Meinen Sie nicht, Sie hätten jetzt genug um die Ohren, ohne ...«

Er schwieg, um eine Vorstellung anzuschauen, und sie enthüllte jetzt speziell weibliche Charaktere. Mrs. O'Shea war aufgestanden und ging langsam, wie in Trance, auf ihren Arbeitgeber zu. Tränen strömten ihr aus den Augen und über die Wangen und tropften auf die Arme, die sie über der Brust verschränkt hatte. Drei Schritte vor ihm blieb sie stehen.

»Das ist ein Wink des Schicksals«, sagte sie so leise, daß man sie kaum verstand. »Die Angst in meinem Herzen – o Gott, so lange hat sie mich gepeinigt! Du hast mich belogen, und in meinem Inneren habe ich es die ganze Zeit gespürt! Sie hat gemerkt, was zwischen uns war – sie hat es gemerkt und es dir ins Gesicht gesagt, und du hast sie umgebracht. Ich danke meinem Schöpfer, daß . . . Oh, ich danke dir . . .«

Inspektor Cramer nahm ihren Arm und stützte sie. Auch eine andere weibliche Seele reagierte. Sylvia Marcy stand von der Couch auf, ging zur Gruppe um den Rollstuhl und legte Theodore Huck etwas in den Schoß. Erst als sie wieder beiseite getreten war und zur Tür ging, sah ich, worum es sich handelte – eine Armbanduhr, ringsum mit roten Steinen besetzt.

Über das Schicksal der beiden anderen Geschenke kann ich nichts berichten. Monate sind vergangen, und gerade vorige Woche hat ein Schwurgericht Theodore Huck des zweifachen Mordes für schuldig befunden, aber soviel ich weiß, besitzen Mrs. O'Shea und Miss Riff ihre Uhren noch immer.

Quellenverzeichnis